CLAUDIA SCHIRDEWAN

Die Walfängerin von Borkum

Weitere Titel der Autorin:

Die Geliebte des Nachtwächters (E-Book)

Über die Autorin

Claudia Schirdewan lebt mit ihrer Familie im Münsterland. Nach dem Abitur absolvierte sie eine kaufmännische und eine fremdsprachliche Ausbildung, später studierte sie nebenberuflich Kulturmanagement. Sie schreibt Geschichten, seit sie alle Buchstaben kennt und liebt es, ihre Figuren auf abenteuerliche Reisen durch die Vergangenheit zu schicken.

Die Walfängerin von Borkum

Historischer Roman

lübbe

Dieser Titel ist auch als E-Book erschienen

MIX
Papier aus verantwortungsvollen Quellen
FSC® C014496

Vollständige Taschenbuchausgabe
der bei Bastei Lübbe erschienenen E-Book-Ausgabe

Umschlaggestaltung: Christin Wilhelm, www.grafic4u.de unter Verwendung von Illustrationen von: © Trevillion Images: Magdalena Russocka; © shutterstock: Vasya Kobelev | Evannovostro | ms_pics_and_more
Satz: 3w+p GmbH, Rimpar (www.3wplusp.de)
Gesetzt aus der Schrift: Minion
Druck und Verarbeitung: GGP Media GmbH, Pößneck
Printed in Germany
ISBN 978-3-404-18442-2

5 4 3 2 1

Sie finden uns im Internet unter luebbe.de
Bitte beachten Sie auch: lesejury.de

Prolog

Emden, Juli 1643

Die Jungen rannten die enge Gasse entlang. Die Füße des älteren schmerzten in den ungewohnten Holzschuhen, doch er achtete nicht darauf, als er seinen Bruder an der Hand nahm und hinter sich herzog.

»Komm, sonst verpassen wir es noch«, feuerte er ihn an, obwohl er selbst bereits außer Atem war. Die Jungen drängten sich an einem Pferdekarren, der bis oben hin mit Fässern beladen war, vorbei. Der Kutscher rief ihnen etwas nach und hielt drohend eine Faust hoch, aber die Kinder liefen einfach weiter. Sie bogen noch einmal ab und erreichten endlich den Hafen. Die ganze Welt schien hier versammelt zu sein. So viele Menschen auf einmal! Der salzige Geruch des Meeres mischte sich mit dem Schweiß der Menschen, die dicht an dicht standen, um sich durch das Hafentor zu drängeln. Joris' Herz schlug schneller, als er sich einen Weg durch die Menge bahnte. Hoch über den Köpfen der Schaulustigen waren bereits die Masten des Walfängers zu sehen. Einige auf die Ferne winzig wirkende Gestalten waren damit beschäftigt, die Segel einzuholen.

»Komm schon!«, trieb er Nils zur Eile an. »Sie legen an!«

Obwohl die beiden nur ein Sommer trennte, war Nils beinahe einen ganzen Kopf kleiner als der zehnjährige Joris, und es fiel ihm schwer, Schritt zu halten. Sein Atem kam stoßweise, und er drückte die Hände in die schmerzenden Seiten, als ein Raunen durch die Menge ging. Joris konnte nichts erkennen, zu eng beisammen standen die Erwachsenen in den ersten Reihen vor dem Wasser und versperrten ihm die Sicht.

Tränen traten in seine grünen Augen. Würde er alles verpassen? Er wollte so gern das Schiff sehen. Endlich bemerkte ihn ein Mann. Er trat zur Seite und zwinkerte ihm zu, während er dem hochgewachsenen Kerl, der vor ihm stand, auf die Schulter tippte.

»Lass mal die Bengel hier durch«, bat er. »Die können ja gar nix sehen.«

Der Angesprochene hob verwundert die Augenbrauen, doch dann musterte er die Jungen und trat mit einem Schmunzeln zur Seite.

»Dann mal ab mit euch«, sagte er gutmütig und ließ die Kinder vorbei.

Tatsächlich schafften die Brüder es nun bis ganz vorn an die Wasserkante. Staunend sah Joris nach oben. Er fand sich direkt vor dem Dreimaster wieder, der erhaben auf den Wellen schaukelte. Das Holz des Bugs war vom Wasser feingeschliffen worden. Es glitzerte feucht und dunkel in der Sonne und verströmte einen Geruch nach getrocknetem Salz und Algen. Und die riesigen Segel! Obwohl die Männer mit dem Einholen fast fertig waren, schienen die Stoffbahnen noch immer bis zu den Wolken zu reichen. Holzfässer wurden mit Getöse über den Steg gewuchtet, der das holländische Schiff mit dem Ufer verband. Was für Schätze verbargen sich wohl in ihnen? Ein Mann, er mochte um die dreißig sein, trat an Deck. Er war sauber gewandet, und seine dunkelblonden Haare glänzten in der Sommersonne. Trotz der langen Reise wirkte er gepflegt, als er in die Menge winkte. Hunderte Arme reckten sich ihm entgegen, die Leute jubelten lauthals.

»Das ist Gerrit Hansen«, rief Joris. Seine Stimme überschlug sich vor Aufregung. »Der Commandeur! Der ist Borkumer, Nils! Genau wie wir!«

Nils nickte ehrfürchtig.

»Wir sind zurück!«, brüllte Hansen gegen die Menge an

und hob die Hand. Es wurde ruhiger. Alle wollten hören, was der Seemann zu berichten hatte.

»Die *Vrouw Jacoba* und ihre tapferen Männer haben vor Spitzbergen Eis, Sturm und Wellen getrotzt und reiche Beute gemacht. Sechs Wale haben wir erlegt!«

Der Jubel wurde lauter. Joris spürte, wie Nils' Finger sich noch fester um die seinen schlossen. Es war, als gingen die Brüder in diesem Moment einen Pakt ein. Sie wollten werden wie Hansen. Ganz oben auf einem Walfänger stehen, eine Mannschaft befehligen. Reich und geachtet sein. Der Kälte, dem Wind und dem Meer standhalten. Dort draußen, irgendwo im fernen Norden, lag ihre Zukunft. Hand in Hand würden sie ihren Weg gehen.

In dieser Stunde glaubten sie beide daran.

1.

Borkum, 1653

Die Steine der Kirchenmauer in ihrem Rücken waren tröstlich kalt. In den Fugen hing noch der Frost des langen Winters. Sie wünschte, er würde andauern und Schnee und Eis eine endlose Decke über den Strand ziehen lassen. Doch die Sonnenstrahlen, die seit einigen Tagen immer kraftvoller durch die Wolken brachen, ließen sich nicht beirren. Der achtzehnte Lenz ihres Lebens war der erste, den sie nicht voller Vorfreude erwartete. Fenja Akkermann lehnte sich an die Mauer, als könnten die Steine ihr Halt geben, während sie den Trubel vor den Kirchentoren beobachtete.

Erst heute war Joris mit einem Handelsschiff aus Emden zurückgekommen, wo er den ganzen Winter über die Schule besucht hatte. Sie hatte noch gar nicht wirklich mit ihm sprechen können; nach einem kurzen Begrüßungskuss war er sofort von den Borkumern in Beschlag genommen und zum Kirchplatz geführt worden. Eigentlich sollte sie neben ihm stehen, doch sie wusste, dass sie das Funkeln in seinen grünen Augen nicht ertragen würde. Nicht, wenn es nicht ihr galt, sondern der Reise, die nun bald vor ihm lag.

Die Leute drängten sich um ihn, schlugen ihm auf die Schultern, voller Vorfreude, weil das Eis das Meer endlich freigab. Die Insulaner hatten selten Grund zur Ausgelassenheit, aber heute war für sie alle ein besonderer Tag. Einer der Ihren war Commandeur geworden, würde einen Walfänger ins Eis führen und reiche Beute nach Hause bringen. Sie waren so stolz auf Joris, dass sie zur Feier seiner bestandenen Ausbildung ein richtiges Fest auf die Beine gestellt hatten. Der

Wirt hatte ein paar Fässer auf den Kirchplatz geschafft und schenkte aus, während Jan Klaas, der Bäcker, frische Kringel feilbot. Der alte Piet hatte gar seine Flöte mitgebracht und spielte einen Reigen. Einige Frauen klatschten im Takt der Musik und wiegten sich in den Hüften.

Fenja schluckte schwer. Ihr war nicht nach Tanz und Gesang zumute. Sie wünschte, sie könnte das Glück und die Aufregung teilen. Doch alles in ihr fühlte sich schwer an, während sie ihn aus der Ferne beobachtete. Wie er lachte, wie sein Gesicht strahlte. Wie sollte sie es ohne Joris nur aushalten? Die langen Monate auf See. Die Ungewissheit, ob er überhaupt zurückkommen würde. Wie viele Männer hatten ihr Leben schon dort oben im Eis verloren? Nicht einmal ein Grab gab es für diejenigen, die von den Wellen verschlungen worden waren. Die Zahl der trauernden Witwen wurde von Jahr zu Jahr größer. Und wenn er die Reise mit Gottes Hilfe überstand, was würde er bei seiner Rückkehr vorfinden? Was würde aus ihr werden, während er fort war?

Sie bemerkte, dass sein Blick suchend über die Menge streifte. Fenja drückte den Rücken durch. Sie würde ihm ihre Sorgen nicht aufbürden. Diesmal nicht. Sie zwang sich zu einem Lächeln, atmete noch einmal tief die salzige Meeresluft ein und ging mit geöffneten Armen auf ihn zu.

»Frühling, Fenja«, lachte er und drückte sie an sich, ohne darauf zu achten, dass alle sie sehen konnten. »Es wird endlich Frühling!«

Den Kopf an seine Schulter gelehnt, atmete sie ein. Er roch wie immer. Nach Salz, nach Meer. Nun stahl sich doch ein Lächeln auf das Gesicht des Mädchens. So ausgelassen war Joris selten. Eine raue Hand legte sich von hinten in ihren Nacken, und sie wurde sanft zur Seite geschoben.

»Aber Kinder«, mahnte eine heisere Stimme. »Vergesst mir nicht, dass ihr vor dem Haus Gottes steht.«

Fenja drehte sich um, wobei ihre Wangen rot anliefen,

aber Joris lachte übermütig und nahm nun seine Großmutter in den Arm.

»Junge, du zerdrückst mich ja. Nu lass mal los«, forderte sie und strich das Wolltuch glatt, das sie über ihr derbes Leinenkleid gelegt hatte. Obwohl sie sich um einen strafenden Blick bemühte, verrieten die geröteten Wangen ihren Stolz.

»Ein Commandeur«, befand Greta kopfschüttelnd. »Mein Junge! Ist es denn zu glauben?«

»Das hat Mutter auch gesagt«, lachte Joris.

»Da hat sich die lange Plackerei für sie und meinen Jan doch gelohnt. Vergiss nicht, Junge, dass sie für dich jede Münze beiseitegelegt haben. Sie sind damals nur nach Emden gezogen, um Geld für die Ausbildung zu verdienen. Für dich und …« Sie unterbrach sich. »Jedenfalls hast du es geschafft. Dank ihnen.«

»Ich werde meinen Eltern das nie vergessen.«

Joris strahlte seine Großmutter an. »Und dir auch nicht! Schließlich hast du uns bei dir aufgenommen, damit wir trotzdem auf der Insel aufwachsen konnten.«

Greta winkte ab. »Was sollte ich denn tun? Magda und mein Jan waren den ganzen Tag mit ihrer Arbeit beschäftigt. Und wir wollten nicht, dass zwei kleine Jungs wie ihr am Hafen herumlungert und auf dumme Gedanken kommt.«

Sie ließ den Blick über die Menge wandern und vergewisserte sich, dass alle ihren Enkel sahen, der es so weit gebracht hatte, als ihr Lächeln auf einmal verschwand.

Fenja folgte den trüben grauen Augen der Alten und bemerkte die schlanke Gestalt am Rand der Menge. Im Schatten der Bäume stand ein junger Mann, die Schultern hochgezogen und den Kopf gesenkt. Joris öffnete den Mund und wollte ihm etwas zurufen, doch Fenja legte ihre Hand auf seinen Unterarm.

»Lass ihn«, bat sie leise, und Greta nickte zustimmend.

»Es ist nicht leicht für ihn, Joris. Dich so zu sehen und zu wissen, dass er selbst …« Sie brach ab.

Fenja bemerkte, dass Joris' Blick sich verdunkelte.

»Ich gehe mal zu ihm«, murmelte sie und überließ Joris der Gruppe junger Burschen, die johlend auf ihn zukam, um ihn hochleben zu lassen. Während sie einen Fuß vor den anderen setzte, dachte Fenja an jenen Morgen vor fast sechs Jahren zurück. An den Morgen, der alles verändert hatte.

*

Es war ein sonniger Tag im Frühjahr gewesen. Beinahe wie heute. Die Nachricht, dass ein Handelsschiff aus Amsterdam angelegt hatte, verbreitete sich wie ein Lauffeuer auf der Insel. Fenja war mit Nils und Joris am Strand gewesen, gerade einmal dreizehn Jahre alt und stolz, dass die älteren Jungen sie mitgenommen hatten. Sie lebte mit ihrer Familie nur wenige Häuser von den Meyers entfernt am Rand der Dünen und kannte die beiden von Kindesbeinen an. Sie hatten zusammen nach Muscheln gesucht, waren barfuß durchs Watt getollt, hatten zwischen den Dünen Fangen gespielt und einander im Winter mit Schneebällen beworfen, bis ihnen fast die Nasen abfroren. Doch seit einigen Wochen hatte sich etwas verändert. Ihr fiel immer häufiger auf, dass Joris' Haare glänzten wie Gold, wenn die Sonne sich in seinem Schopf verfing. Dass seine Augen in der gleichen Farbe leuchteten wie die Algen, wenn das Meer sie gerade erst an Land gespült hatte und sie so herrlich nach Salz und Freiheit dufteten. Dass er kräftig geworden war und mit seinen nunmehr sechzehn Lenzen jede jungenhafte Schlaksigkeit verloren hatte. Wenn ihre Blicke sich trafen, fuhr ihr ein Gefühl durch den Magen, das ihr fremd war.

Fenja hegte insgeheim die Hoffnung, dass auch Joris diese Veränderung spürte. Immer öfter tauchte er ohne seinen Bruder bei ihr auf. Dann gingen sie gemeinsam an den Strand, saßen nebeneinander im Sand und unterhielten sich, während sie die Wellen beobachteten. Joris erzählte von seinen Plänen, irgendwann ein erfolgreicher Seemann zu werden, und brachte sie mit seinen Geschichten, wie er gegen Klabautermänner und Piraten bestehen würde, zum Lachen. Sie liebte es, ihm zuzusehen, wenn er mit den Händen gestikulierte und Grimassen zog, während er einen Seeräuber darstellte. Wenn er bei ihr war, war ihr oft, als schiene die Sonne etwas heller, als funkelte das Meer etwas blauer.

Sie vertraute ihm sogar an, dass ihr Herz der Malerei gehörte. Fenja war nur selten im Besitz von Pergament, aber wenn sie welches hatte, dann zeichnete sie. Die Sanddornbüsche, die Möwen, das Meer. Alles, was ihr auf der Insel etwas bedeutete, brachte sie mit sorgfältigen Strichen auf das Pergament. Wenn sie malte, vergaß sie die Zeit. Über Stunden saß sie dann in den Dünen, die Stirn vor Konzentration in Falten gelegt. Meist versteckte sie ihre Werke ganz unten in ihrer Truhe. Der Vater hielt es für vergeudete Zeit, sich mit derlei Dingen zu beschäftigen, und konnte Fenjas Leidenschaft nicht viel abgewinnen.

Fenja jedoch hatte Joris sogar schon einmal eine Zeichnung geschenkt, auf der sie beide am Strand saßen, und er hatte jedes kleine Detail des Bildes bewundert. Ihr Herz hatte bis zum Hals geschlagen vor Angst, dass die Abbildung ihm womöglich nicht gefiel, aber er hatte behauptet, dass er sie immer bei sich tragen würde, und sie sorgfältig in seiner Tasche verstaut, damit das Werk ja keine Knicke bekam. Mit einem Lächeln dachte sie daran zurück.

Auch in diesem Moment konnte sie ihren Blick nicht von Joris' Gestalt wenden, während sie den Brüdern zum Hafen folgte. Das Schiff aus Amsterdam hatte bereits festgemacht, und Männer waren unter lauten Rufen damit beschäftigt, Fässer und Kisten mit Waren abzuladen. Einer schleppte einen ausladenden Beutel. Er mochte um die vierzig Jahre alt sein. Seine Haut war vom schweren Wetter auf See wie gegerbt, die Wangen waren rot, und kräftige Muskeln spielten in seinen Oberarmen, als er sich den Beutel über die andere Schulter warf. Seine Hose wirkte alt und war an den Knien mehrfach von ungelenken Fingern geflickt worden. Er stellte den Beutel neben sich ab, sobald er festen Boden unter den Stiefeln hatte, spuckte aus und sah sich um.

»He«, sprach er Nils an, der ihn neugierig musterte. »Was gibt es da zu gaffen? Sag mir lieber, wo es hier etwas zu trinken gibt.«

Fenja entging nicht, dass trotz der harschen Worte ein Lächeln die Lippen des Mannes umspielte. Vermutlich lag es daran, dass Nils es wagte, ihm eine Frage zu stellen.

»Was ist denn in dem Sack?«

Der Mann schnaubte und stemmte die Hände in die Hüften. »Da wird ein ganzes Schiff voller Waren abgeladen, und du interessierst dich für meinen schäbigen Seesack?«

Als Nils schüchtern nickte, legte er den Kopf in den Nacken und lachte. Ein dröhnendes Lachen, wie von jemandem, der es gewohnt war, seine Stimme gegen den Wind zu erheben. Er trat einen Schritt auf die drei zu, sodass sie seinen fauligen Atem riechen konnten und unwillkürlich zurückwichen. Fenja spürte, wie Joris sie mit einer Hand an der Taille fasste und hinter sich schob. Ein Kribbeln durchfuhr ihren Magen.

»Wir haben eine Schenke«, beeilte sich Joris zu sagen. »Direkt im Ort. Ist nicht weit.«

Dem Seemann entging nicht, dass Nils noch immer neugierig auf den Beutel starrte. Etwas ragte heraus. Eine nur dürftig mit einem Tuch umwickelte, nach oben gewundene Klinge, die verheißungsvoll und zugleich bedrohlich in der Sonne glitzerte. Der Mann kam näher, bis er Nils direkt in die Augen sah. Fenja schluckte und griff nach Joris' Fingern. Sie fühlten sich kalt an.

»Weißt du, was ich mit dem Ding gemacht habe?«, wollte der Seemann wissen. Er ließ Nils nicht eine Sekunde aus den Augen, und der Junge hing wie gebannt an seinen Lippen.

»Wir müssen jetzt gehen«, warf Joris ein und bedeutete Nils, mitzukommen, doch der starrte auf die Waffe, die der Fremde in diesem Moment aus dem Beutel zog. Triumphierend hielt er sie in die Höhe.

»Fünf Wale habe ich damit zerlegt. Ihnen den Speck von den riesigen Leibern geschnitten.«

Seine Stimme war ein Zischen und drang scharf wie die Waffe selbst an Fenjas Ohren.

»Wie Butter ist mein Messer durch das Walfleisch geglitten, so scharf ist es. Wie Butter!«

Nils schnappte hörbar nach Luft, während der Fremde die Waffe wieder verstaute.

»Wenn du mich zur Schenke bringst, gehört sie dir.«

»Nein«, wandte Joris ein. »Das geht nicht.«

»Wieso?« Der Mann richtete sich auf und strich sein Leinenhemd glatt. »Ich brauche es nicht mehr. Der Griff ist in der Mitte durchgebrochen, als ich einem Biest damit an sein zähes Fleisch gegangen bin, und nun zu kurz. Wenn die nächste Walfahrt beginnt, gibt es neue Flensmesser.«

Joris runzelte die Stirn, und auch Fenja verzog den Mund. Warum sollte der Mann Nils etwas schenken? So freundlich wirkte er nicht.

»Keine Sorge«, erklärte dieser nun, als könnte er die Gedanken der beiden lesen. »Ich bin nur ein müder Seemann, der eine Pause braucht. Ich will euch nichts Böses. Also, wie sieht es aus?«

»Hier entlang.«

Eifrig zeigte Nils dem Fremden die Richtung, der daraufhin seinen Beutel schulterte. Fenja und Joris folgten mit etwas Abstand.

Als sie vor der Schenke standen, aus der trotz der frühen

Stunde schon laute Rufe und ein durchdringender Geruch nach Dünnbier und Gebranntem auf die Straße zogen, machte der Seemann sein Versprechen wahr. Er wickelte das Flensmesser in ein schäbiges Leinentuch, das er ebenfalls aus seinem Seesack holte.

»Muss ja nicht jeder sehen«, schmunzelte er und übergab das verpackte Messer an Nils, der das Paket entgegennahm wie einen zerbrechlichen Schatz.

»Danke«, sagte er.

Der Seemann winkte ab.

»Hab's doch versprochen. Unter Seeleuten gilt das noch was. Fahrt zur See, Jungs, wenn ihr etwas aus euch machen wollt. Jagt die Ungetüme im Eis, und kommt reich zurück.«

Er drehte sich um, schob die schwere Tür zur Schenke auf und verschwand ohne ein weiteres Wort.

»Los, wir gehen zum Strand. Ich will das Flensmesser ausprobieren.«

Nils' blaue Augen leuchteten, und er lief los, ohne sich noch einmal umzudrehen.

»Vorsichtig«, mahnte Joris, als sie die Dünen erreichten und durch den beinahe weißen Sand hinunter zum Strand rannten. »Denk dran, das ist eine Waffe.«

»Die schon mal in einem toten Wal gesteckt hat.« Fenja kräuselte die Nase. »Eklig.«

»Von wegen«, lachte Nils. Er sah sich um, und als er niemanden entdecken konnte, wickelte er das Flensmesser aus dem Tuch. Man sah, wo der Griff abgebrochen war, aber die Klinge schien unbeschädigt. Nils hielt die Waffe hoch, sodass die metallene Klinge in der Sonne glitzerte. Fenja wich einen Schritt zurück. Nils wirkte auf einmal fremd. Ein harter Zug hatte sich um seinen sonst immer lächelnden Mund gelegt, und er kniff die Augen zusammen, als wollte er sich einem Feind stellen. Wie ein Krieger.

»Pass auf!« Joris' Tonfall war scharf, doch sein Bruder

lachte und hob das Flensmesser über den Kopf. Er drehte sich um die eigene Achse und schwang die Waffe wie einen Säbel. Sein suchender Blick fand eine Reihe von Sanddornbüschen, die am Rand der Dünen wuchsen. Mit ein paar schnellen Schritten erreichte Nils die Pflanzen. Er hieb das Messer mitten hinein, als seien die orangenen Beeren nichts anderes als die Augen eines riesigen Meerestieres. Saft spritzte aus den Früchten und sprenkelte den Sand rot, als die Zweige der Büsche nachgaben.

»Nils! Verdammt, was soll das?«

Joris beobachtete seinen jüngeren Bruder mit gerunzelter Stirn. Fenja hielt den Atem an. Die Beeren waren kostbar, die Sandböden der Insel gaben sonst nicht viel her. Die Leute machten Saft oder Gebrannten daraus. Nils wusste das, und dennoch stach er auf die Triebe ein. Durchbohrte die Wurzeln der Gehölze. Schneller und schneller. Wie im Kampf, als würde er ein Schwert führen. Schweißperlen traten auf die blasse Stirn des Jungen. Und dann geschah es.

War es die starke Böe, die auf einmal vom Meer her über den Sand trieb? Oder die Möwe, die wie aus dem Nichts kreischend hinter den Dünen auftauchte? Sie würden nie erfahren, was ihn abgelenkt hatte. Das Nächste, was Fenja hörte, war ein Schrei. Schrill und alles durchdringend. Unmenschlich. Wie von einem verwundeten Tier. War das ihre Stimme gewesen? Seine? Sie wusste es nicht. Und dann war da das Blut. Tiefrot sprudelte es aus seinem Arm. Von dort, wo seine linke Hand gewesen war. Ihr Blick glitt zu Boden. Da, im Sand. Fünf Finger. Das Blut gerann schon, vermischte sich mit dem Sand. Die Klinge des Flensmessers steckte noch fest, hatte sich in den zerfetzten Überresten seines Handgelenks verbissen. Fenja spürte, wie ihr etwas in den Hals stieg. Luft! Sie bekam keine Luft. Als die Übelkeit sie übermannte, wandte sie den Blick ab. Ihr Magen krampfte. Nils sackte in sich zusammen, und Joris sprang vor. Jede Farbe war aus dem Gesicht des Jüngeren gewichen. Joris riss ein Stück Stoff aus seinem Hemd und wickelte es um den Stumpf. Nils schrie, doch Joris drückte fest darauf, um die Blutung zum Stillstand zu bringen. Fenja sah aus dem Augenwinkel, wie sich seine Finger rot verfärbten.

»Ruhig«, redete er auf den Bruder ein, der wimmernd im Sand hockte. »Ganz ruhig.«

Nils zitterte am ganzen Leib, und Joris zog ihn an seine Brust. Er warf Fenja einen Blick zu, sie las in seinen Augen, was er dachte. Nils' Traum war zerplatzt. Er würde nie zur See fahren.

*

Als Fenja nun an diesem Frühlingstag sechs Jahre nach dem Unglück neben Nils trat, der noch immer an den Baumstamm gelehnt dastand und sich gedankenverloren über seinen Handstumpf strich, fröstelte sie leicht. Was konnte sie zu ihm sagen? Sie suchte nach Worten, als er sie mit einem schiefen Lächeln begrüßte, das seine blauen Augen nicht erreichte.

Nils war ein gut aussehender Bursche, aber der spöttische Gesichtsausdruck, der so oft um seine Mundwinkel lag, ließ ihn unnahbar wirken. Er war nachlässig gekleidet. Während die meisten Borkumer sich in ihrem Sonntagsstaat auf den Weg gemacht hatten, um den neuen Commandeur zu feiern, trug Nils an den Knien mehrfach geflickte Hosen und ein altes Hemd. Die blonden Haare hingen ihm zerzaust in die Stirn.

»Willst du nicht mehr feiern?«, fragte er, und Fenja entging der bittere Unterton keineswegs. »Ist doch ein Festtag. Der arme Junge von der Insel, der Commandeur geworden ist und auf große Fahrt gehen wird.«

Er schluckte sichtbar. Fenja senkte den Blick.

»Es tut mir leid«, sagte sie und strich eine hellbraune

Strähne aus ihrer Stirn, die sich unter der Haube gelöst hatte. »Für dich, meine ich. Ihr wolltet das immer zusammen machen …«

Sie brach ab, als sie bemerkte, dass der Unterkiefer des jungen Mannes mahlte, aber er zuckte mit den Schultern.

»Mir geht es gut«, entgegnete er tonlos. »Ich komme schon zurecht. Irgendwer hat immer ein wenig Arbeit für mich.«

Fenja wusste, dass Nils mit gelegentlichen Hilfsarbeiten etwas Geld verdiente. Er durfte Botengänge erledigen, manchmal sogar für Geert Matthis, den Vogt, und gelegentlich sah ein gutmütiges Herz auch darüber hinweg, dass er beim Handwerken ungeschickter und langsamer war als die anderen, und ließ ihn trotzdem etwas erledigen.

Die Menge um Joris löste sich allmählich auf, die Leute drängten in die Schenke. Joris winkte Fenja und Nils zu und legte die Hände trichterförmig um den Mund.

»Nils! Kommst du mit? Ich spendiere dir einen Krug.«

Fenja sah aus dem Augenwinkel, wie Nils' Schultern sich anspannten, als er den Kopf schüttelte. Joris wollte noch etwas rufen, doch da zogen ihn die anderen Burschen schon mit sich.

»Wenn du möchtest, kannst du gern mit zu mir kommen«, warf sie rasch ein. »Sina hat frisches Brot gebacken.«

Sie ahnte, dass er Joris' sicher freundlich gemeinte Einladung als Almosen missverstand.

»Oder wir gehen zum Strand«, schlug sie vor, da Nils nicht reagierte. »Vielleicht steht auch Greta der Sinn nach einem Spaziergang? Ihre Knie scheinen ihr heute recht wenig Kummer zu bereiten.« Sie verstummte.

»Es ist schon gut, Fenja.« Nils hob den Blick und sah Fenja aus seinen blauen Augen das erste Mal direkt an. Sein Blick war entschlossen. »Ich werde mit Großmutter nach Hause gehen. Ich gebe zu, ich habe wenig Lust, bei der Feier dabei zu sein. Das heißt aber nicht, dass ich mich nicht für Joris freue.«

Er brach ab, als Greta zu ihnen trat.

»Na, mein Junge«, sagte sie und fasste ihren Enkel am Ellbogen. »Bringst du deine alte Großmutter nach Hause? Für mich war das genug Trubel.«

Fenja entging nicht, dass sie trotz ihrer siebzig Jahre gar nicht müde wirkte. Sie hielt sich ungewöhnlich aufrecht. Ihre von Falten zerfurchten Wangen waren gerötet vor Stolz und Aufregung, und Fenja war sich fast sicher, dass Greta nur zu gern mit einem Sanddornschnaps auf Joris angestoßen hätte. Niemand hätte daran Anstoß genommen, wenn sie heute in die Schenke gegangen wäre, auch wenn Weibsbilder dort üblicherweise nicht gern gesehen waren. Doch wie sie selbst hatte auch Greta offenbar Skrupel, Nils mit seinem Kummer allein zu lassen.

»Natürlich bringe ich dich heim. Wir können zu Hause auf Commandeur Meyer trinken«, sagte er. In seiner Stimme war keine Bitterkeit mehr zu hören, doch er wandte den Blick ab, und Fenja bemerkte ein Flackern in seinen Augen.

»Bis bald«, verabschiedete Nils sich von ihr. Er hakte Greta unter, und die beiden gingen in Richtung Dünen.

*

Nils drehte sich nicht noch einmal um. Er hatte genug gesehen. Sein Bruder, in neuen Stiefeln. Ließ sich feiern, als sei er etwas ganz Besonderes. Dabei war er nicht anders als Nils. Ein armer Schlucker von der Insel, der einfach nur mehr Glück gehabt hatte. Hatten die Eltern die neuen Sachen für ihn gekauft, in denen er vor der Kirche herumspaziert war wie ein Pfau? Bestimmt hatten sie sich jede Münze vom Mund abgespart, damit ihr Ältester angemessen auftreten konnte, wenn er als Commandeur die Insel betrat. Nils ließ Gretas Arm los, um über seinen Armstumpf zu reiben, der auf einmal juckte. Joris war der Seefahrt gar nicht gewachsen! Ausgerechnet Joris, der Streit schon als Kind nicht hatte ertragen können. Der wegen jeder toten Möwe, die sie am Strand gefunden hatten, geweint hatte, bis ihm der Rotz aus der Nase lief. Als ob so jemand es schaffen könnte, eine ganze Mannschaft zu befehligen!

Nils selbst wäre als Commandeur besser geeignet gewesen. Er hätte es sein sollen, auf den nun in der Schenke die Becher gehoben wurden. Nicht Joris. Verdammt noch mal nicht Joris.

*

Fenja wartete, bis die beiden außer Sichtweite waren, dann trat auch sie den Heimweg an. Nun war also endlich ein Commandeur aus Joris geworden. Er hatte beinahe fremd gewirkt, in seinen neuen Stiefeln und so sehr im Mittelpunkt der Aufmerksamkeit. Als habe er den Jungen, als den sie ihn kennengelernt hatte, weit hinter sich gelassen. Der Gedanke schmerzte. Und doch – sie sollte sich für ihn freuen. Sie war stolz auf ihn, ohne Zweifel. Jahrelang war er immer wieder nach Emden gereist, hatte die Schule besucht und sich vom Nachbarsjungen mit den ständig aufgeschürften Knien in einen stattlichen Mann verwandelt, der eine gute Ausbildung vorzuweisen hatte. Nicht zuletzt auch für sie, damit sie eine unbeschwerte gemeinsame Zukunft hätten.

Sie wusste, dass ihre Träume und Wünsche ihm dabei mindestens so wichtig waren wie seine eigenen. Sie würde sich Pergament leisten können und weniger hart arbeiten müssen. Dann hätte sie abends Zeit, gemütlich am warmen Ofen zu sitzen und zu malen, anstatt müde vom Tagewerk auf ihr Lager zu sinken. Vielleicht würden sie sogar auf Reisen gehen? Sie hatten sich schon oft ausgemalt, dass sie irgendwann zusammen die Berge sehen würden.

Sie lächelte bei dem Gedanken, schaffte es aber nicht, die Sorgen, die an ihr nagten, zu vergessen. Würde ihm die Insel jetzt nicht zu klein werden? Was, wenn es ihn in die Stadt zog? Wenn er in Zukunft lieber in Emden oder Amsterdam leben wollte? Würde er sie mitnehmen – und würde sie ihn begleiten? Fenja fragte sich, ob sie überhaupt in die Stadt passte, ob sie dort leben könnte. Sie hatte die Insel ja noch nie verlassen. Sie war immer nur das Mädchen, das am Hafen stand und den Schiffen nachsah, wenn sie am Horizont verschwanden. Der Gedanke an all die fein gewandeten, gebildeten Leute, bei denen Joris künftig ein und aus gehen würde, schnürte ihr den Hals zu.

Er würde in den guten Stuben der Städter am Ofen sitzen und sich Gewürzwein servieren lassen. Sie sah vor sich, wie alle an seinen Lippen hingen, wenn er von den Abenteuern und Unwägbarkeiten des Walfangs berichtete. Fenja schüttelte den Kopf. Niemals würde es für ein Inselkind wie sie einen Platz in dieser Welt geben. Sie bekam schon Angst, wenn sie an all die Menschen nur dachte. Die vielen unbekannten Gesichter, die sich in den engen Gassen der Städte tummelten. Wenn Joris davon erzählte, seine Wangen glühend vor Aufregung, lief ihr stets ein Schauer über den Rücken. Auf Borkum kannte sie jede Ecke, jeden Winkel, jedes Gesicht. Und wenn sie wirklich wegzog – was würde aus Sina werden? Bei dem Gedanken, die jüngere Schwester in der Obhut ihres Vaters zu lassen, drückte sie die Hand gegen den auf einmal schmerzenden Magen. Nein, das konnte sie nicht.

Endlich kam die kleine Hütte in Sicht, in der sie mit ihrer Familie lebte. Sie lag ein gutes Stück außerhalb des Dorfkerns am Rand der dicht mit Sanddorn und Seegras bewachsenen Dünen, hinter denen sich das Meer erstreckte. Ein schmaler Sandweg führte an einigen anderen Hütten vorbei. Die Behausungen standen weit auseinander, sodass es sich für Fenja oft anfühlte, als wohnten sie einsam und verlassen. Grünspan wucherte an den hölzernen, etwas schiefen Außenwänden ihrer Hütte, die von der Seeluft dunkel verfärbt waren. Neben dem Haus gab es eine Feuerstelle, wo sie früher, als Vater noch regelmäßig zum Fischen gefahren war, ihren Fang geräuchert hatten.

Ein Mädchen kam hinter dem Gebäude hervor. In der rechten Hand hielt sie einen Eimer, aus dem Wasser schwappte. Sie hatte dunkelblonde Haare und die gleichen blauen Augen wie Fenja. Sina war erst dreizehn, und obwohl die Gestalt des Mädchens sich allmählich veränderte und sich nun Brüste unter ihrem Hemd abzeichneten, sah Fenja in ihr immer noch das kleine Kind, das sich kaum auf den ungeschickten Beinchen halten konnte, wenn es mit der Mutter und ihr am Strand herumtollte. Auch jetzt stahl sich ein Lächeln auf Fenjas Gesicht, und sie beschleunigte ihre Schritte, um der Schwester den Eimer abzunehmen.

»Hast du Steine gesammelt, Sina?«

Die Jüngere lachte und ließ zu, dass Fenja mit anpackte.

»Ich habe Wasser geholt«, erklärte sie. »Ich muss ein paar Hemden waschen.«

»Ich helfe dir.«

Sina warf ihr einen Blick zu. Ihre Schultern schienen einzusacken. Fenja runzelte die Stirn. »Was ist denn?«

»Ach, schon gut.«

»Sina ...«

»Es ist ... Vater. Er schläft immer noch. In letzter Zeit ist es schlimmer geworden, Fenja. Ich sorge mich um ihn. Was, wenn er doch krank ist?«

Fenja half ihrer Schwester, den Eimer neben dem Waschzuber, der bestückt mit einer Wurzelbürste schon neben der Tür bereitstand, abzustellen. Auf der kleinen Feuerstelle daneben stand ein Kessel, in dem Sina Wasser erhitzt hatte. Mit einem Seufzer strich Fenja ihre Haube glatt.

»Er ist nicht krank«, sagte sie entschieden. »Es ist wie immer. Ich habe selbst gesehen, dass er gestern Abend wieder mindestens drei Becher zu viel getrunken hat.«

Sie rümpfte die Nase. »Ich rieche den Gebrannten bis vor die Tür. Du etwa nicht?«

Sina antwortete nicht. Gleichzeitig blickten die Schwestern zu dem Holzkreuz hinüber, das sich auf einem Hügel oben auf den Dünen abzeichnete. Zwar lag der Leichnam ihrer Mutter auf dem Friedhof bei der Kirche begraben, doch der Platz in den Dünen war ihr liebster Ort auf Erden gewesen. Viele Stunden hatte sie dort gesessen und den Mädchen Geschichten erzählt, während sie gemeinsam Fische ausnahmen oder Wäsche ausbesserten. Eine Möwe kreischte, als sie über die bescheidene Gedenkstätte hinaus aufs Meer flog.

Es war beinahe ein Jahr her, seit ihre Mutter gestorben war, und es wurde nicht besser mit Vater. Sören war sein Lebtag auf Hannah angewiesen gewesen, auch wenn er es sich nie eingestanden hatte. Sie hatte ihn immer wieder zur Arbeit angetrieben, darauf geachtet, dass genug zu essen auf dem Tisch stand, und unerbittlich den ein oder anderen Krug ausgekippt, wenn er sich gar zu oft einen Rausch antrank. Seine Flüche und Drohungen nahm sie nicht ernst, und tatsächlich hatte Sören nie die Hand gegen seine Frau erhoben. Fenja ahnte, dass er gewusst hatte, wie sehr er sie brauchte. Und jetzt ließ es sich nicht mehr verbergen.

Fenja stieß die Tür der Hütte auf. Sie glitt mit einem hässlichen Knarzen über die Bodendielen und hätte längst repariert gehört. Fenja hustete, als ein abgestandener Geruch ihr in die Nase stieg.

»Vater?«, rief sie. Ein Stöhnen aus der Ecke der Hütte war die Antwort. Sie hörte, wie er sich unter der Decke hin- und herwälzte. Es war eine weiße, mit billiger Spitze besetzte Leinendecke, die Mutter vor etlichen Jahren genäht hatte und die vom Waschen längst grau und löchrig geworden war. Trotzdem würde Vater sie nie hergeben.

Fenja seufzte. Bestimmt war ihm übel. Sie eilte zu dem einzigen Fenster der Hütte und zog das Stück Leder, mit dem es verhängt war, beiseite.

»Hier stinkt es«, befand sie und hielt den Kopf aus dem Fenster, durch das der Westwind kühle Seeluft in die Hütte trieb. Ihr Vater richtete sich, geblendet von der unerwarteten Helligkeit, auf seinem Lager auf. Er kniff die Augen zusammen und fuhr sich mit den Händen durch die graumelierten Haare.

»Bist du des Wahnsinns? Mein Kopf!« Er stöhnte. »Mach die verdammte Luke wieder zu.«

Fenja sah ihn schweigend an. Er gähnte und offenbarte dabei eine Reihe gelb verfärbter Zähne, ehe er sich umdrehte und so tat, als bemerke er sie gar nicht mehr. Ein leises Schnarchen verriet, dass er Sekunden später bereits wieder eingeschlafen war. Die junge Frau setzte sich auf einen der drei Schemel am Tisch unter der Fensterluke und sah sich um. So trostlos hatte die Hütte nie gewirkt, als ihre Mutter noch lebte. Hannah hatte es verstanden, mit einfachen Mitteln etwas Gemütlichkeit in den dunklen, engen Raum zu bringen. Da hatte mal etwas Seegras in einem Krug auf dem Tisch gestanden, da hatte der Geruch von Honig oder warmer Milch verheißungsvoll die Hütte durchzogen. Die Luke war tagsüber nur bei Sturm verhängt gewesen, und die Decken hatten immer nach frischer Meeresluft gerochen.

Fenja spielte an ihren Fingern, zupfte an ihrem Daumennagel. Warum schaffte sie es nicht auch, Sina ein ordentliches Heim zu bieten, vielleicht Vaters Lebensgeister wieder zu wecken, ihn aus seiner Trauer zu reißen, die seit bald einem Jahr wie eine dunkle Wolke über ihrer Hütte hing? Hannahs Fußstapfen waren einfach zu groß für Fenja. Sie schloss die Augen und dachte an ihre Mutter zurück. Sie wusste, dass sie ihr ähnlich gesehen hatte. Die gleichen hellbraunen Haare, die gleichen blauen Augen und eine ähnlich schlanke Gestalt. Doch Mutter hatte ein Selbstvertrauen ausgestrahlt, das Fenja nie besessen hatte. Niemand hatte Hannah auf der Nase herumtanzen können.

»Ich wünschte, du wärst noch hier«, flüsterte sie.

Und wie so oft meinte sie, im Wind ein leichtes Säuseln zu vernehmen, wie ein Streicheln der mütterlichen Hände. Warum nur hatte das Fieber ausgerechnet sie holen müssen? Fenja schloss die Augen. Sie schaffte es einfach nicht, Hannah zu ersetzen. Und wenn sie wirklich mit Joris ging, falls er auf das Festland zog? Dann würde es noch schlimmer werden. Mit ihren dreizehn Jahren konnte Sina nicht für sich und den Vater sorgen. Sie schluckte schwer und wischte sich mit den Händen die Tränen aus den Augen.

»Fenja«, hörte sie ihre Schwester in diesem Moment von draußen rufen und schreckte aus ihren düsteren Gedanken auf. »Joris ist hier!«

»Joris?« Sie sprang auf und eilte nach draußen. Tatsächlich stand er vor der Hütte und half Sina dabei, das kochend heiße Wasser von der Feuerstelle in den Waschzuber umzufüllen.

»Warum bist du nicht mehr in der Schenke? Ich dachte, wir sehen uns erst morgen?«, fragte sie. Lächelnd stellte Joris den Kessel zurück auf die Feuerstelle.

»Ich fand, dass ich für heute genug gefeiert worden bin. Wir haben uns seit Wochen nicht gesehen. Ich wollte nicht bis morgen warten, um Zeit mit dir zu verbringen.«

Die Wärme in seiner Stimme ließ sie erröten.

»Ich wollte Sina mit der Wäsche helfen«, warf sie ein.

Die jüngere Schwester winkte ab. »Das schaffe ich auch allein. Ihr könnt ruhig zum Strand gehen, wenn ihr wollt.«

Fenja zögerte noch, doch Joris hielt ihr die Hand hin. Seine grünen Augen strahlten, als sie ihre Finger in die seinen legte.

»Wir bleiben nicht lange«, beeilte Fenja sich über die Schulter zurückzurufen, aber Sina lachte nur.

»Macht, dass ihr wegkommt.«

Hand in Hand erklommen sie die ersten Dünen, und als dahinter das Meer in Sicht kam, streiften beide ihr Schuhwerk ab und rannten durch den Sand bis hinunter zur Wasserlinie. Fenja verlor das Gleichgewicht, weil sie kaum Schritt halten konnte, und fiel beinahe hin, doch Joris hielt sie lachend fest.

Er umfasste ihre Wangen mit beiden Händen und sah ihr in die Augen.

»Endlich habe ich dich wieder«, flüsterte er. Sanft legte er seine Lippen auf ihre. Fenja schloss die Augen. Wie sehr hatte sie dieses Gefühl vermisst. Viel zu schnell löste er den Kuss. Sie hielt die Augen geschlossen. Als sie spürte, wie seine Arme sich um sie schlangen, ließ sie ihren Kopf an seiner Schulter ruhen. Die Wellen schlugen sanft an ihre Knöchel, und ein leichter, wohliger Schwindel durchfuhr sie. So hätte sie ewig verweilen können. Seinen Herzschlag an ihrem Ohr. Dennoch unterbrach sie selbst die Stille. Zu sehr lastete eine Frage auf ihr, seit er als Commandeur wieder die Insel betreten hatte. Sie hob den Kopf und beugte sich zu seinem Ohr.

»Wann wirst du gehen?«, fragte sie. Ganz leise, weil sie Angst vor ihren eigenen Worten hatte, fast so sehr wie vor seiner Antwort.

Joris zog sich ein Stück zurück. Seine Wangen wirkten auf einmal eingefallen. Er sah müde aus. Für einen Augenblick wünschte Fenja, sie hätte die Frage nicht gestellt.

»Fenja …« Er schüttelte den Kopf.

»Bitte, Joris. Ich muss es wissen.«

Er seufzte. Sein Blick wanderte zu den Dünen, wo das Seegras sich unter dem Wind beugte.

»Ich habe in Emden unterschrieben. Für die *Gulden Leeuw.*«

Er bemühte sich um Gelassenheit, doch Fenja entging die Aufregung, die in seinen Augen aufblitzte, ebenso wenig wie das leichte Zittern in seiner Stimme.

»Die *Gulden Leeuw* ist ein älteres Schiff«, erzählte er weiter. »Aber gut erhalten, wie man hört. Sie war auf See, deshalb konnte ich sie noch gar nicht sehen. Ich kann jedenfalls sogar selbst entscheiden, wen ich anheuere. Es sollen an die vierzig Männer mitreisen, habe ich gehört. Hoffentlich schaffe ich das alles.«

»Bestimmt.« Etwas schnürte ihr die Kehle zu, und Fenja räusperte sich. »Du wirst ein guter Commandeur sein. Der beste.«

Joris neigte den Kopf zur Seite. »Ich werde mich auf jeden Fall bemühen. Das Schiff gehört einer holländischen Reederei. Die Reeder sind streng, aber sie zahlen gut. Vor allem natürlich, wenn man reiche Beute macht. Sie haben deutlich gemacht, dass ihre Erwartungen hoch sind.«

Fenja nickte. »Aber wann geht es los? Wir haben doch noch Zeit, oder? Es ist gerade erst Frühling, und ...«

Sie brach ab, als sie bemerkte, dass Joris die Lippen zusammenkniff.

»Ich muss ja noch das Anheuern übernehmen«, sagte er leise und wich ihrem Blick aus. »Das wird dauern. Wir werden lange zusammen unterwegs sein. Es ist eine gefährliche Reise, Fenja. Da ist es wichtig, dass man eine gute Mannschaft hat. Leute, auf die man sich verlassen kann, auch in der Not. Echte Kameraden! Damit alle wohlbehalten nach Hause zurückkehren.«

»Warum machst du das nicht hier?«, wandte Fenja ein. »Es gibt so gute Seeleute auf der Insel. Dann könntest du länger bleiben.«

Joris fuhr sich mit beiden Händen durch die Haare und lachte freudlos.

»Das wäre schön. Und ich würde gern Borkumer in den Dienst nehmen. Das wäre viel einfacher. Hier weiß ich, wem ich trauen kann. Doch die Reeder bestehen darauf, dass ich meine Leute in Emden anheuere. Begründet haben sie den Wunsch nicht, aber ich könnte mir vorstellen, dass es mit

Gerrit Hansen zusammenhängt. Der holt seine Leute von Beginn an von der Insel. Vielleicht hat er durch irgendwelche Absprachen der Reeder da ein Vorrecht.«

Er zuckte mit den Schultern. »In diese Karten lassen die Kaufleute sich nicht schauen. Ich muss das einfach hinnehmen, fürchte ich.«

Fenja nickte verstehend.

»Aber wann reist du ab?«, fragte sie zaghaft nach.

»Wenn der Wind das nächste Mal günstig steht«, antwortete er. »Die Fleute, die jetzt im Hafen festgemacht hat, wird dann nach Emden segeln, und ich habe einen Platz reserviert.«

»So bald schon?« Fenja wollte nicht weinen, doch sie konnte nicht verhindern, dass eine Träne über ihre Wange lief. »Dann bleibt uns ja fast keine Zeit. Du warst so lange weg, und ich …«

Sie stockte und ließ zu, dass Joris sie wieder an seine Schulter zog. Obwohl er ihr beruhigend über den Rücken streichelte, spürte sie, wie angespannt auch er war.

»Das Wetter war sehr beständig und ruhig in der letzten Zeit, Fenja. Wir hatten viel zu wenig Wind. Es kann gut und gern noch zwei Wochen dauern, bis es so weit ist«, sagte er tröstend, doch Fenja zweifelte. Sie wusste genauso gut wie er, dass der Wind jederzeit drehen konnte.

»Wie geht es dir mit Sören und Sina?« Joris sah ihr prüfend in die Augen. »Kommt ihr zurecht? Deinen Vater habe ich noch gar nicht gesehen, seit ich zurück bin. Ich dachte, er kommt vielleicht auch zum Hafen.«

Fenja hob die Brauen, und ihr Blick verdunkelte sich.

»Er liegt den Großteil seiner Zeit im Bett. Und wenn er nicht schläft, trinkt er. Es wird immer schlimmer. Ihm ist alles egal. Ich weiß gar nicht mehr, wann er das letzte Mal zum Fischen hinausgefahren ist. Darum sieht sein Boot auch so schlimm aus. Im Moment leben wir von der Hand in den Mund.«

Joris nickte.

»Nach eurem Boot sehe ich morgen«, versprach er. »Und dann fahren Nils und ich raus, damit ihr Vorräte anlegen könnt.« Er zögerte. »Soll ich einmal mit deinem Vater sprechen?«

Fenja zuckte mit den Schultern. »Das wird nichts bringen. Deine Großmutter hat es immer und immer wieder versucht, selbst der Pastor war einmal da, um ihm ins Gewissen zu reden. Ich glaube, Vater wäre es am liebsten, das Meer oder der Sturm würden ihn holen. Seit Mutter die Augen geschlossen hat, ist er der Welt gram.«

Ihr Blick wanderte auf die Nordsee hinaus. Weiße Gischt spritzte auf den Wellen, die dank der Sonne nur sanft an den Strand rollten. Sie griff nach Joris' Hand.

»Lass nicht zu, dass dich das Meer holt. Komm zurück zu mir«, flüsterte sie, ohne ihn anzusehen.

*

Joris begleitete Fenja wenig später nach Hause, da sie Sina nicht zu lange allein lassen wollte. Er selbst nahm auf dem Weg zu Gretas Hütte seinen üblichen Umweg. Hinter den Dünen lag ein Stückchen Land, das so dicht mit Büschen bewachsen war, dass es Joris an einen Wald erinnerte und einigen scheuen Tieren Heimat bot. Er ließ sich auf einem Stein nieder und beobachtete zwei junge Kiebitze, die ein Stück entfernt auf ihren dünnen Beinen durch den Sand hüpften und nach Würmern suchten. Einer von ihnen sah Joris aus großen Augen an, und er warf vorsichtig einen Krümel Brot, den er noch von der Überfahrt nach Borkum in der Tasche trug, in seine Richtung. Einen Moment lang beäugte das Tier ihn, als würde es sich fragen, ob ihm zu trauen war. Dann machte es sich über den Krumen her, und der zweite Kiebitz eilte herbei, um auch etwas abzubekommen. Joris beobachtete ihr aufgeregtes Picken.

»Habt ihr Hunger? Das Gefühl kennen wir hier wohl alle«, flüsterte er mit einem Schmunzeln.

Die Feuchtigkeit des Mooses, das auf dem Holzstumpf wucherte, drang durch den Stoff seiner Hose, doch es war ihm gleich. Er streckte die Beine aus. Die ungewohnten Lederstiefel drückten an den Zehen. Er hatte sie sich vom Mund abgespart, um sie gebraucht von einem Straßenhändler in Emden erstehen zu können, denn er hatte unbedingt mit den anderen jungen Männern aus der Schule mithalten wollen. Noch immer kam er sich vor, als hätte er sich nur wie ein Commandeur verkleidet. Wie ein Kind, das spielte.

War es zu glauben, dass er in Kürze tatsächlich ein Schiff ins Nordmeer führen würde? Würde er es schaffen, eine Mannschaft zu befehligen? Den Ton anzugeben, obwohl er selbst bislang nur einmal als Kajütwächter auf Walfahrt gewesen war? Unsicherheit, so hatte man ihm in der Schule eingebläut, durfte ein Commandeur sich niemals anmerken lassen. Ein Commandeur, der auch nur den Eindruck vermittelte, zu zögern, war der erste Schritt zur Meuterei.

Er schloss die Augen, legte den Kopf in den Nacken und ließ seine Stirn von den wenigen Sonnenstrahlen wärmen, denen es gelang, sich einen Weg durch das dichte Geäst zu bahnen, während seine Gedanken zu Fenja wanderten und er ihren Vater innerlich verfluchte. Sörens Trauer um Hannah verstand er allzu gut. Sie war eine feine Frau gewesen. Die Hände immer fleißig, das Herz offen für die Insel und ihre Menschen. Nie waren Nils und er zu Besuch gewesen, ohne dass sie ein wenig Gebäck oder ein Stückchen Obst für sie gehabt hatte. Die Hütte war zu jeder Zeit blitzblank gewesen und Hannah energisch genug, Sören zur Arbeit anzutreiben und dafür zu sorgen, dass er nicht zu viel trank. Es war ein

Jammer, dass es ausgerechnet sie erwischt hatte. Dieses schlimme Fieber, das über die Insel gezogen war. Doch die Guten gehen immer zuerst – das war es, was Greta gesagt hatte.

Trotz der Wärme lief ihm ein Schauer über den Rücken, als er an die Tage zurückdachte, bevor Hannah so krank geworden war. Sie war bei ihnen zu Besuch gewesen, hatte Großmutter ein wenig frisch gebackenes Brot gebracht und mit ihr Tee getrunken. Als sie sich auf den Heimweg machte, hatte Greta ihr nachgesehen und schließlich geseufzt.

»Da geht sie hin und ahnt nicht, dass sie dem Tode geweiht ist«, hatte sie geflüstert. Ihre Augen waren ganz starr geworden. Joris sah diesen Blick noch immer vor sich. Der Welt entrückt. Er hatte sie an der Schulter gepackt und geschüttelt. Greta war erschrocken gewesen, aber als Joris ihre Worte wiederholt hatte, hatte sie nur gelacht.

»Hör auf mit den Gespenstergeschichten, Junge! Die Leute erzählen schon genug dummes Zeug.«

Seit Jahr und Tag hieß es unter den Insulanern, dass Greta das zweite Gesicht hätte, doch sie selbst schüttelte über solche Gerüchte nur den Kopf und meinte, die Leute sollten tüchtiger arbeiten, statt sich solchen Unfug auszudenken.

Joris waren die Worte dennoch nicht mehr aus dem Kopf gegangen, erst recht nicht, als das Fieber nur wenige Tage später Besitz von Hannah ergriffen und sein tödliches Werk verrichtet hatte. Seither waren Fenja und Sina auf ihren Vater angewiesen. Ausgerechnet Sören Akkermann, von dem ein jeder wusste, dass er mit sich selbst nicht zurechtkam, trug die Verantwortung für zwei Mädchen. Oder sollte sie tragen, was er aber nicht tat. Vermutlich gar nicht konnte. Joris schob einen kleinen Stein zwischen seinen Füßen hin und her. Er würde mit Nils sprechen. Wenn sein Bruder auf die beiden achtgab, konnte er beruhigt auf Walfahrt gehen.

Mit erleichtertem Herzen stand er auf, klopfte die Hose

sauber und setzte seinen Weg fort, bis nur Minuten später die Büsche lichter wurden und er die Hütte auf den Dünen ausmachte, die er mit Greta und Nils bewohnte.

Seit die Eltern auf dem Festland waren, kam sie ihm regelrecht großzügig vor, obwohl es nur drei kleine Räume gab. Eine Kammer, die Greta vorbehalten war, die Stube mit der Herdstelle und eine zweite Kammer, die früher den Eltern einen Schlafplatz geboten hatte und die er nun für sich allein hatte. Nils zog es seit seinem Unfall vor, in der Stube zu schlafen. Er sagte, die Wärme täte seinem Arm gut. Joris hielt das jedoch für eine Ausrede. Er hatte Nils sogar einmal geradeheraus gefragt, ob er ihm aus dem Weg ginge, aber sein Bruder hatte nur den Kopf geschüttelt.

Als Joris nun eintrat, saß Nils auf einem Schemel am Küchentisch und hielt einen Becher in der Hand. Es roch nach warmer Milch. Greta stand gebeugt über dem Ofen, den Jan und Magda vor nicht allzu langer Zeit aus Emden geschickt hatten. Joris lehnte sich über ihre Schulter und gab ihr einen Kuss auf die Wange.

»Nur ein wenig Brei«, sagte Greta. »Es gibt Brot dazu. Aber ein bisschen dauert es noch. Du bist früh dran, nicht wahr? Ich dachte, du bleibst noch über Stunden in der Schenke und lässt dich feiern. Verstanden hätte ich es.«

Sie warf ihm einen liebevollen Blick zu. Joris nahm sich eine Holzschale aus dem Regal über der Herdstelle.

»Ich hatte genug vom Feiern, um ehrlich zu sein. Ich war noch bei Fenja.«

»Dann bist du aber erst recht früh dran. Hattet ihr Streit?«, mischte Nils sich ein.

Er blies scheinbar wenig interessiert in seinen Becher. Joris zog die Augenbrauen hoch.

»Nein.«

»Nun ja«, gab Greta zu bedenken. »Glücklich wird das arme Mädel nicht sein, Nils. Den beiden steht eine lange

Trennung bevor. Und das, wo unser Joris gerade erst wieder zurück ist.«

Sie goss noch ein wenig Milch in den Kessel, legte dann den Kochlöffel beiseite und nahm den Brei von der Feuerstelle.

»Hast du Sören gesehen?«, erkundigte sie sich.

Joris schüttelte den Kopf.

»Fenja sagt, er schläft die meiste Zeit. Ich habe nur Sina getroffen. Sie hat die Wäsche gemacht. Morgen reparieren Fenja und ich das Boot. Danach könnten wir beide rausfahren, ein paar Fische fangen. Was meinst du, Nils?«

»Für die Akkermanns?« Der Jüngere verzog das Gesicht. »Eigentlich sollte der Alte zusehen, dass er sich aus dem Bett bewegt, und sich selbst darum kümmern. Er ist ja nicht krank.«

»Das ist er sehr wohl.« Greta warf Nils einen tadelnden Blick zu. »Er ist krank vor Trauer und hat sich in die falsche Medizin geflüchtet.«

»Ich komme ja mit«, beschwichtigte Nils. »Für die Mädchen.«

»Danke.« Joris lächelte seinem jüngeren Bruder zu, schenkte sich aus dem Krug neben dem Herd etwas Wasser ein und setzte sich ebenfalls an den Tisch, an dem auch Greta inzwischen Platz genommen hatte. Sie griff nach ihrem Nähkorb, um vor dem Essen rasch einen Riss in einem Leinenhemd zu flicken, und seufzte.

»Natürlich sorge ich auch dafür, dass hier alles in Ordnung ist, bevor ich abreise«, beeilte Joris sich zu versprechen.

Nils warf ihm einen Blick zu, den er nicht recht zu deuten wusste, aber Greta nickte dankbar.

»Der Stall muss ausgebessert werden. Der letzte Sturm hat ein paar Ziegel mit sich gerissen.«

»Das mache ich.« Joris lächelte. Er wusste, wie stolz seine Großmutter auf die Ziege und die drei Hühner war, die sie ihr

Eigen nannten und in einem kleinen Unterschlupf neben der Hütte hielten.

»Und wenn wir vielleicht ein wenig Fleisch hätten …«

Die alte Frau senkte den Blick, doch ein verschmitztes Lächeln umspielte ihre Mundwinkel. Joris runzelte die Stirn. Er wusste, worauf Greta anspielte. Kaninchen gab es mehr als genug auf der Insel. Da die Jagd jedoch verpachtet war, hatte es sich stillschweigend eingebürgert, dass die Borkumer durch Wilderei für Fleisch auf dem Tisch sorgten. Auch Joris hatte in der Vergangenheit immer wieder Schlingen ausgelegt oder Kaninchen direkt aus ihren Löchern gegraben.

»Ich weiß nicht, ob ich das noch machen kann«, gestand er. »Wenn ich erwischt werde … als Commandeur …« Er brach ab.

Nils seufzte.

»Mach dir da mal keine Sorgen, Großmutter. Ich sorge schon dafür, dass wir nicht verhungern, wenn Joris auf großer Fahrt ist. Bislang ist es uns doch auch gut gegangen.«

Joris ging über den bitteren Unterton in der Stimme seines Bruders hinweg.

»Danke, Nils.« Er räusperte sich. »Aber um den Stall kümmere ich mich.«

»Dann ist alles geklärt«, beschied Greta.

»Nils?«, fragte Joris leise, als seine Großmutter sich wieder dem Abendbrei zuwandte. »Kann ich dich kurz draußen sprechen?«

Als sein Bruder nickte, sagte er laut: »Wir holen noch schnell etwas Feuerholz, damit wir gut durch die Nacht kommen.«

Greta nickte, und die jungen Männer traten ins Freie.

»Hör zu, Nils«, sagte Joris, sobald sie außer Hörweite der Hütte waren. »Ich habe eine Bitte an dich.«

»Ach ja? Und die wäre?«

»Wenn ich fort bin … könntest du ein Auge auf Fenja haben? Auf sie achtgeben? Ihr Vater wird es nicht können, und sie selbst muss sich noch um Sina sorgen. Ich habe Angst, dass sie … ich weiß nicht, dass es ihr an etwas fehlen könnte. Oder dass einer aus dem Ort ihr nachstellen könnte. Ein paar der jungen Burschen sind unberechenbar.«

Er seufzte tief.

»Wenn ich wüsste, dass du dich um sie kümmerst, würde ich viel beruhigter in See stechen. Bitte.«

Er sah Nils ernst in die blauen Augen, und der Jüngere schluckte.

»Gern«, sagte er dann bloß, und die Brüder schüttelten einander die Hand, um das Versprechen zu besiegeln.

»Danke, Nils. Das bedeutet mir viel.«

Jeder der beiden griff sich ein paar Holzscheite, und sie gingen zurück zur Hütte. Die jungen Männer hatten kaum die Tür hinter sich geschlossen, als ein energisches Klopfen zu hören war.

»Wer mag das sein? Um diese Zeit?« Greta runzelte die Stirn, hörte aber nicht auf, im Kessel zu rühren.

»Ich sehe mal nach.«

Joris ging zur Tür und öffnete. Ein stattlicher Mann bat um Einlass.

»Guten Abend, mein Name ist Piet Jansen. Ich gehöre zur niederländischen Besatzung und wurde ausgesandt, um mit Commandeur Meyer zu sprechen.«

Piet Jansen war in einen neu wirkenden Mantel gekleidet und trug einen Hut auf dem rot gelockten Haar. Die glatt rasierte Haut seiner Wangen war gebräunt und zeigte erste Falten. Um den Mund lag ein strenger Zug. Als wäre er nicht nur ein Bote, sondern hätte selbst eine Mannschaft zu befehligen. Joris trat ein Stück zur Seite, um den Mann eintreten zu lassen.

»Sie sind Commandeur Meyer?«, vergewisserte Jansen sich

mit einer heiseren Stimme, deren Akzent seine Herkunft verriet.

Joris nickte. »Kommen Sie herein.«

»Geben Sie mir Ihren Mantel«, sagte Greta. »Darf ich Ihnen eine warme Milch anbieten?«

»Gern. Es ist recht kühl draußen.« Piet Jansen nahm am Küchentisch Platz. »Bitte entschuldigen Sie die späte Störung, doch mein Besuch ist dringlich.«

»Was gibt es denn?«, fragte Joris und setzte sich zu ihm an den Tisch.

»Ich bringe gute Nachrichten«, antwortete der Holländer. »Entgegen unserer Erwartungen sieht es so aus, als wollte der Wind drehen. Der Steuermann und der Kapitän haben beschlossen, alles für einen baldigen Aufbruch vorzubereiten.«

Ein baldiger Aufbruch? Joris holte tief Luft und bemühte sich, seine Aufregung zu verbergen. Sosehr er sich auch danach sehnte, endlich seine Arbeit als Commandeur aufzunehmen, hatte er doch gehofft, es bliebe ihm ein wenig mehr Zeit. Ihm und Fenja! Er räusperte sich.

»Das kommt in der Tat etwas unerwartet, muss ich zugeben.« Jansen nickte.

»Deshalb wurde ich zu Ihnen gesandt, damit Sie sich noch vorbereiten können. Es tut uns leid, dass alles so schnell gehen muss, aber je früher wir unsere Ladung nach Emden bringen, desto besser. Sicher verstehen Sie, dass wir nicht länger als nötig hier ausharren möchten. Ich nehme an, Sie möchten trotzdem mit uns reisen?«

»Gern«, log Joris. Er hatte keine Wahl. Einfach auf das nächste Schiff zu warten war zu riskant. Die Reeder zählten auf ihn. Doch was würde Fenja sagen?

Greta stellte einen Krug und zwei Becher auf den Tisch. Beinahe unmerklich strich sie dabei über den Oberarm ihres Enkels. Joris lächelte ihr zu. Der verfrühte Aufbruch sollte nicht die Sorge seiner Großmutter sein.

Greta gab Nils einen Wink, und die beiden zogen sich in die Kammern zurück, damit die Seeleute in Ruhe ihren Angelegenheiten nachgehen konnten.

Nils ließ die Tür einen Spalt weit offen, um den Worten lauschen zu können, die Joris und der Mann mit dem seltsamen Akzent wechselten. Er saß auf dem Strohlager, das Greta vor Joris' Ankunft auf Borkum frisch bezogen hatte. Es war kalt in der Kammer, und Nils wickelte das Laken um sich, um nicht zu frösteln. Ein schwacher Duft von Seeluft hing noch in dem Leinen. Die Holzschuhe hatte er ausgezogen und die Füße auf einem kleinen Schemel gelagert. Mit der rechten Hand rieb er den Stumpf der linken. Seine Narben juckten und bestätigten, was der Holländer gesagt hatte – ein Wetterwechsel stand bevor, der Wind drehte und würde zunehmen. Das versprach in der Tat günstige Bedingungen für die Kaufleute, nach Emden zu segeln.

Er dachte an die paar Male zurück, als Joris und er die Eltern auf dem Festland besucht hatten. Das bunte Treiben auf dem Marktplatz, das Gedränge am Hafen. Die geheimnisvollen Gerüche aus den Säcken und Kisten, die in der Nase kitzelten. Gewürze aus fremden Ländern, bunte Stoffe. Ein Durcheinander aus Sprachen und Menschen. Joris hatte das über Jahre immer wieder erleben dürfen, während Nils auf der Insel bleiben musste. Und nun würde sein Bruder wieder dorthin reisen. Mittendrin sein, als Commandeur eines Walfängers. Die Leute würden vor seinem Schreibtisch Schlange stehen, um ihre Dienste anzupreisen, alle in der Hoffnung, mit auf die Fahrt nach Norden zu gehen und als gemachte Männer zurückzukehren. Reich von Joris' Gnaden.

Nils schämte sich dieses Gedankens, kaum dass er ihm durch den Kopf gegangen war. Ihm war bewusst, wie hart Joris für seine Ausbildung gearbeitet hatte. Wie viele Stunden er über Seekarten und Schriften gebrütet hatte. Aber er hätte den gleichen Weg gehen sollen. Auch er sollte jetzt dort in der Stube sitzen, seine Reise nach Emden planen, gewandet in feinen Zwirn. Anheuern. Männer befehligen. Reich zurückkommen, den Tran der Wale an Bord seines Schiffes. Stattdessen saß er hier und musste sich aufs Lauschen beschränken. Nur wegen seiner vermaledeiten Hand. Er schlug mit dem Stumpf auf den Strohsack, bis ihm ein Schmerz durch den Arm fuhr.

Und es war Joris' Schuld, dass er dazu verdammt war, auf der Insel zu bleiben. Als Krüppel. Darauf angewiesen, dass der ein oder andere Borkumer sich ein Herz fasste und ihm eine Arbeit zuwies, damit er sich nicht gar zu sehr als Bettler fühlen musste! Das wäre zu verhindern gewesen! Joris hätte es verhindern müssen: Er war der Ältere! Trug er da nicht Verantwortung für seinen kleinen Bruder? Joris hatte gewusst, dass Nils zu der Zeit ungestüm war, unüberlegt. Und Joris war auch viel stärker gewesen als er. Ohne Weiteres hätte er ihm an jenem Tag das Flensmesser aus der Hand schlagen können. Oder dem Seemann sagen, er solle sich zum Teufel scheren. Nichts hatte er getan, um zu verhindern, dass Nils' Schicksal auf so grausame Art besiegelt wurde. Gar nichts. Der große Bruder, der sich bis zu diesem Tag doch immer um ihn gekümmert hatte. Der ihm Süßigkeiten zugesteckt, der ihn verteidigt hatte, wenn die älteren Jungs ihn beim Spielen drangsalierten. Er hatte Nils im Stich gelassen, als er ihn am nötigsten gebraucht hatte. War es da ein Wunder, dass er Joris nun kaum noch ertragen konnte? Aber wenigstens war er bald fort. Er würde lange Zeit nicht mehr im Haus sein, um Nils vor Augen zu führen, was er verpasste. Seinetwegen! Und er hatte ihm etwas gegeben.

Nils lehnte sich zurück und stützte den Kopf an der Wand ab. Für einen Moment schloss er die Augen und blendete die Stimmen aus der Stube aus. Die Gespräche über Gepäck, Gezeiten und Winde. Über Seekarten und Wellengang. Die Aufregung, die er seinem Bruder anhörte.

Ein zufriedenes Lächeln huschte über sein Gesicht. Nils hatte von Joris soeben etwas bekommen, das wichtiger war als alle Seefahrten der Welt. Er hatte ihm ein Versprechen abgenommen. Und Nils schwor sich, dieses zu halten. Mehr noch. Er würde es für sich nutzen. Anders, als sein Bruder es sich erhoffte. Aber so, dass es gut werden würde. So, dass Nils' Leben endlich wieder gut werden würde.

*

Als Jansen ging, legte Joris den Riegel vor und lehnte sich von innen gegen die Tür. Die Stube schien sich vor seinen Augen zu drehen. Übermorgen. So bald!

»Joris?«

Wie ein Rauschen drang die Stimme der Großmutter an sein Ohr. Er antwortete nicht. Übermorgen. Die Zeit würde nicht reichen, um Fenja für die nächsten Monate abzusichern. Was würde sie sagen, wenn er ihr erzählte, dass er schon wieder abreisen musste? Wie würde sie ihn ansehen?

»Joris!«

»Ja?«

Er öffnete die Augen und rieb sich die Schläfen, hinter denen es auf einmal pochte. Greta stand direkt vor ihm und musterte ihn scharf.

»Übermorgen! Hast du das geahnt?«

»Nein.« Er schüttelte den Kopf. »Ich wusste, dass es nicht lange dauert. Aber zwei Tage nur …«

»Ich will, dass ihr euch überlegt, was bis dahin zu tun ist«, forderte Greta ihre Enkelsöhne auf. Nils stand auf und schob mit der Hüfte seinen Schemel unter den Tisch.

»Ich kann zu den Akkermanns gehen und sehen, was dort zu erledigen ist. Joris soll sich doch um den Stall kümmern.«

Joris wollte widersprechen, aber Greta hob die Hand.

»Denk daran, dass wir uns auch um deinen Aufbruch

kümmern müssen. Das ganze Gepäck! Du wirst monatelang weg sein, Junge, und es ist noch nichts vorbereitet. Für Monate«, wiederholte sie leise. »In eisige Gewässer …«

Sie zog fröstelnd die Schultern hoch, als spüre sie die Kälte des Nordmeeres auf der Haut. Ihre Augen waren starr geworden, und sie stieß ein kehliges Seufzen aus.

Joris und Nils wechselten einen Blick.

»Großmutter?«, fragte Nils leise und trat zu ihr. »Was ist mit dir?«

Joris packte sie am Oberarm. Gretas Blick wurde wieder klar, und sie schüttelte ihren Enkel ab.

»Lass mich los, Junge. Was soll der Unsinn?«

»Geht es dir gut?« Joris musterte seine Großmutter besorgt, doch sie nickte nur.

»Natürlich. Tut nicht immer so, als wäre ich schon halb tot. Joris, du musst dich um deine Reisevorbereitungen kümmern. Sorge trotzdem dafür, dass dir Zeit für Fenja bleibt. Nicht, dass ihr noch im Streit auseinandergeht.«

»Das Wichtigste ist wohl, dass wir die Arbeit schnell bewerkstelligen«, warf Nils ein, und Joris meinte, Unwillen in der Stimme seines Bruders zu hören.

Greta wiegte den Kopf hin und her, während Joris die Lippen zusammenpresste. Er verspürte einen Druck in der Magengegend und legte die Hand auf die Stelle, während er sich auf seinen Schemel unter dem Fenster der Stube setzte. War er zu lange fort gewesen? Wie mochte Fenja sich dabei fühlen, dass er nie hier war? Sie hatte schon während der Ausbildung so lange auf ihn verzichten müssen. Joris dachte an die vielen Monate zurück, die er in Emden verbracht hatte.

Auf Borkum hatte es auch Unterricht gegeben; Pastor Wilhelm Cornelis war ihr Lehrer gewesen. Ein älterer Mann, der mehr dem Alten Testament als dem Lesen und Rechnen zugetan und mit wenig Geduld für die Kinder gesegnet war. Den Frust darüber hatte er an ihnen allen ausgelassen. Sein Rohrstock war über blanke Kinderhintern getanzt, bis die Schüler grün und blau geprügelt nach Hause geschlichen waren. Joris hatte den Stock nur selten zu spüren bekommen, und eines musste er dem Pastor lassen: Cornelis hatte erkannt, in welchen Kindern mehr steckte, und er war es gewesen, der den Eltern nahegelegt hatte, Joris in Emden zur Schule zu schicken, damit ein Seefahrer aus ihm werden konnte.

Die Eltern hatten geschuftet und gespart, und dann, endlich, durfte Joris in den Wintern zu ihnen reisen, um die Schule zu besuchen. Auf einem Strohsack vor dem Ofen hatte er geschlafen. Irgendwann hatte sein Vater voller Stolz einen kleinen Tisch für Joris erworben, an dem er lernen konnte. Seekarten studieren, alles über die großen Walfänger erkunden, die er eines Tages befehligen sollte. Joris konnte noch heute die Aufregung und die Erwartung spüren, die er damals empfunden hatte. Die Aussicht, kein kleiner Junge aus ärmlichen Verhältnissen mehr zu sein. Ein Befehlshaber zu werden, ein erfolgreicher Seemann. Er hatte im Klassenzimmer viele Mitschüler aus bessergestellten Familien kennengelernt. Oft hatten sie die Nase über ihn gerümpft. Als hätten sie ein Grundrecht darauf, Commandeure zu werden. Als sei es selbstverständlich, dass jemand wie Joris für alle Zeiten nur ein Schiffsjunge sein konnte! Ihnen hatte er dank der Aufopferung seiner Eltern das Gegenteil bewiesen. Und auch dank seines eigenen Ehrgeizes. Nicht einen Abend war er durch die Schenken gezogen, wie die meisten der anderen jungen Männer. Immer hatte er am Tisch gehockt und im Schein einer Öllampe studiert, bis ihm vor Müdigkeit die Augen zufielen.

Doch seit Fenja mehr als ein Nachbarsmädchen für ihn war, hatte er sie in den Wintern vermisst. Ihm war klar, dass ihr Leben in diesen Zeiten viel eintöniger gewesen war als seines. Sie hatte dennoch nie etwas gesagt, ihm nie Vorwürfe gemacht oder ihn gar bedrängt. Geduldig hatte sie auf ihn gewartet. Und jetzt sollte er nach nur zwei Tagen bereits wieder abreisen? Um monatelang fort zu sein? Diesmal würde sie ihn nicht in der Sicherheit eines warmen Studierzimmers wissen, sondern musste um ihn bangen. Seufzend vergrub er die Stirn in den Händen, dann rieb er sich die müden Augen und sah auf.

»Du hast recht, Nils, und ich bin dir wirklich dankbar für deine Hilfe. Du kümmerst dich um die Dinge, die jetzt eigentlich ich selbst für die Akkermanns erledigen wollte. Umso schneller werden wir fertig sein.«

Nils nickte. Er klopfte seinem Bruder auf die Schulter und ging zur Tür.

»Ich gehe zum Brunnen, noch etwas Wasser holen«, sagte er, nahm seinen Umhang und trat nach draußen, wo die Dämmerung eingesetzt hatte.

Joris blieb sitzen. Sein Blick ging ins Leere. Wenn er die Insel verließ und etwas zwischen Fenja und ihm stand, würde er die ganze Fahrt über nur an zu Hause denken und vor Sorge vergehen. Dann wäre er weder ein guter Commandeur noch ein anständiger Mann. Er musste wissen, dass es Fenja gut ging – und dass sie an ihn glaubte.

Greta schien seine Gedanken lesen zu können. Mit einem Seufzer zog sie einen Schemel heran, setzte sich neben ihn und streckte die Beine aus. Ihre vom Tagwerk geschwollenen Füße steckten in Holzschuhen, die von der Witterung schon dunkel waren. Sie rieb sich die Knie und stöhnte leicht.

»Gib ihr etwas, Joris.«

»Wie meinst du das?«

»Gib ihr dein Versprechen. Sie sollte nicht daran zweifeln müssen, dass du zu ihr zurückkommst. Sie wird etwas brauchen, an das sie sich klammern kann, wenn du fort bist. Ihr Leben ist nicht einfach, und dann noch die Sorge um dich, wenn du irgendwo hoch im Norden gegen Wellen, Eis und diese riesigen Ungeheuer kämpfst. Die Arme!«

Joris griff nach Gretas Fingern und drückte sie. Er verstand, dass die Sorgen, über die sie sprach, nicht nur Fenjas, sondern auch ihre eigenen waren.

»Ich werde zurückkommen«, versprach er und bemühte sich, seiner Stimme einen festen Klang zu verleihen. »Ich werde nicht allein dort oben sein. Ich werde mir eine gute Mannschaft suchen. Die beste! Und wenn ich wieder da bin, werde ich ein gemachter Mann sein. Du wirst staunen, welchen Glanz wir in dieser Hütte noch erleben werden. Dagegen wird das Haus von Vogt Matthis nichts sein als ein ärmliches Fleckchen Erde.«

Greta sah ihn an. »Prunk brauche ich nicht. Ich bete nur, dass du wohlbehalten zurückkommst.«

»Ich bin doch schon einmal mitgereist«, erinnerte Joris sie an seine Zeit als Kajütwächter, die am Anfang der Ausbildung gestanden hatte.

Natürlich war das etwas anderes als die Verantwortung, die er als Commandeur zu tragen hatte, aber die Kälte Spitzbergens hatte er durchaus schon auf der Haut gespürt. Er kannte die Aufregung, die ausbrach, wenn ein Wal gesichtet wurde. Den Geruch des sterbenden Tieres und den der Männer, die trotz der Eiseskälte vor Aufregung schwitzten, wenn sie eine Harpune nach der anderen auf den riesigen Körper des Wals richteten, hatte er noch immer in der Nase. Er merkte, wie ein Schauer über seinen Rücken kroch. Greta legte ihm eine Hand auf den Oberschenkel.

»Diesmal bist du der Commandeur. Das ist nicht zu vergleichen«, fand sie. »Aber halte an deinem Versprechen fest. Für Fenja, für mich – und auch für deinen Bruder.«

»Das werde ich«, schwor Joris – ohne zu ahnen, wie schwer es ihm noch fallen sollte, Wort zu halten.

2.

Joris machte sich am nächsten Morgen gleich nach dem Frühstück auf den Weg zum Strand, um Fenja zu treffen. Er hatte einen Korb mit ein paar Leckereien gepackt, um sie zu überraschen. Die Sonne hatte zu der frühen Stunde noch nicht viel Kraft, doch der Himmel war beinahe wolkenlos. Er schloss die Augen und atmete tief durch. Die salzige Meeresluft vertrieb die Müdigkeit und weckte in ihm die Vorfreude auf einen warmen Frühlingstag. Für ihn würde es einer der letzten sein, bevor er sich auf den Weg ins Eis machte.

Bei dem Gedanken an die Reise lief ein Schauer über seinen Rücken. Er sehnte sich danach, endlich unter Beweis zu stellen, dass er ein guter Commandeur war. Dass es ihm gelingen würde, reiche Beute zu machen. Vor allem aber konnte er es kaum erwarten, als Lohn für all die Anstrengung endlich ein unbeschwertes Leben mit Fenja zu führen. Wenn alles wie erhofft verlief, dann würden sie nicht mehr jede Münze dreimal umdrehen müssen. Der Tisch in ihrer Stube wäre reich gedeckt, und ihre Kinder, die der Herrgott ihnen hoffentlich schenken würde, hätten nicht nur genug zu essen, sondern sogar die Möglichkeit, selbst auf dem Festland zur Schule zu gehen.

Er beschleunigte seine Schritte ein wenig. Er wollte keine Minute versäumen, die er mit Fenja verbringen konnte. Wie sehr hatte er sie in Emden vermisst. Ihr Lachen, das Steine zum Schmelzen bringen konnte. Die kleinen Zeichnungen, die sie anfertigte, wann immer ihr Pergament und eine Feder in die Hände fielen. Er lächelte, als er sich vorstellte, wie sie an ihrem Lieblingsplatz in den Dünen saß und malte. Ihre rosige

Zungenspitze schob sich dann zwischen ihren Lippen hindurch, ohne dass sie es bemerkte, und wenn sie sich über ihr Pergament beugte, kniff sie die Augen so konzentriert zusammen, dass sie ganz klein wurden. Fenja verstand es, mit wenigen Strichen wie aus dem Nichts ganze Landschaften für die Ewigkeit festzuhalten. Wenn sie das Meer malte, hörte er es rauschen. Wenn sie einen Seestern abbildete, war es, als würde er direkt vor ihm liegen. Die Zeichnung, die sie ihm dereinst mit roten Wangen am Strand geschenkt hatte, war längst in seinem Seesack verstaut. Auf keinen Fall würde er sie zu Hause zurücklassen! Wenn Fenja nur wüsste, wie besonders sie war.

Joris liebte sie zwar auch für ihre Schüchternheit. Für die Röte, die in ihre Wangen stieg, wenn er ihre Zeichnungen lobte oder ihr sagte, wie sehr er ihr Lächeln mochte. Wie sehr er sie dafür bewunderte, dass sie sich um ihre Schwester kümmerte wie eine Mutter, obgleich sie selbst noch so jung war. Gleichzeitig jedoch tat es ihm weh, dass es ihr so schwerfiel, an sich zu glauben und zu sehen, wie bezaubernd sie war.

Joris wusste, dass Sören seine Töchter liebte, doch er hatte es nie geschafft, Fenja Selbstsicherheit zu vermitteln. Vermutlich hatte er es gar nicht gekonnt. Für Sören hatte es nie ein anderes Leben als das auf der Insel gegeben. Und hier war wenig Raum für alles, was über die Frage hinausging, wie man die nächste Mahlzeit auf den Tisch bekam. Joris erreichte die Dünen. Er streifte seine Stiefel ab und nahm sie in die Hand, ehe er den weichen Sandhügel erklomm. Fenja war viel stärker, als sie ahnte. Und sie hatte Nils.

Sein Bruder hatte ihm sein Wort gegeben und würde auf sie achten. Ein Kloß bildete sich bei dem Gedanken an Nils in Joris' Hals. Er hätte dem Jüngeren gegönnt, ebenfalls Commandeur zu werden. Die Blicke, die Nils ihm manchmal zuwarf, entgingen ihm nicht. Der stumme Vorwurf, der sich dann in seinen blauen Augen spiegelte, traf Joris jedes Mal ins

Herz. Und hatte Nils nicht recht? Trug Joris nicht eine Mitschuld daran, dass er seine Hand verloren hatte? Sein kleiner Bruder. Wenn er diesen Moment, in dem das Flensmesser dessen Fingern entglitten war, nur rückgängig machen könnte. Wenn er ihn nur besser beschützt hätte! Joris schluckte. Er hatte gleich ein komisches Gefühl gehabt, als dieser Fremde Nils die Waffe geschenkt hatte. Warum nur hatte Joris dem Ganzen nicht Einhalt geboten? Er hatte schon so viele Nächte wach gelegen wegen dieses Augenblicks, der Nils' Leben verändert hatte. Und es würden noch viele Nächte folgen, in denen er daran dachte. Aber nicht an diesem Frühlingstag, beschloss er. Dieser Tag sollte Fenja gehören.

*

»Joris! Ich bin hier!«

Fenja winkte ihm zu, als er über die Dünen lief und sich suchend umsah. Er winkte zurück und beschleunigte seine Schritte, bis er bei ihr war. Er setzte sich neben sie in den Sand, legte einen Arm um ihre Schultern und küsste sie auf die Schläfe.

Fenja griff nach seiner Hand.

»Wie geht es dir heute?«

»Ganz gut. Greta und ich haben gestern noch angefangen, Sachen zusammenzusuchen.«

»Wenn ich helfen kann, mache ich das gern«, sagte sie. »Hast du noch Kleidung zum Ausbessern?«

Joris schüttelte den Kopf und deutete auf den Korb, den er vor sich abgestellt hatte.

»Sieh mal, ich habe uns etwas mitgebracht.«

Er nahm das Leinen, das er über den Korb gelegt hatte, beiseite und breitete es wie ein Tischtuch im Sand aus. Fenja beugte sich vor und lugte in den Korb.

»Das ist ja das reinste Festessen.«

Ihre Augen funkelten vor Freude darüber, dass Joris sich so viel Mühe gab.

Zwei Stücke duftendes Brot, etwas Käse, ein Krug mit Milch und sogar ein paar Kluntjes hatte er dabei. Fenja lachte.

»Feiern wir etwa heute schon Abschied?«

Sie hatte die Bemerkung nicht ernst gemeint, doch als Joris den Blick senkte, ahnte sie, dass sie richtiglag. Sie zog sich ein Stück zurück und ließ den Käse, nach dem sie gerade gegriffen hatte, sinken. Ihr Magen war auf einmal wie zugeschnürt.

»Joris?« Fenjas Stimme zitterte. »Das ist nicht wahr, oder?«

Er biss sich auf die Unterlippe und schloss die Augen.

»Der Wind dreht«, flüsterte er.

Fenja zog die Schultern hoch.

»Wann?«, fragte sie. »Wann reist du ab?«

Joris schluckte.

»Morgen.«

Seine Stimme drohte zu brechen. Er streckte die Hände nach ihr aus, während er vergeblich nach tröstenden Worten suchte, doch sie drehte sich weg.

Fenja fröstelte. Sie legte die Arme um die Knie, machte sich ganz klein. Ihr Blick glitt zum Wasser.

Wellen trafen eintönig auf den Strand, taten harmlos, als seien sie nicht mehr als ein paar Regentropfen. Wut stieg in ihr auf. Das Meer. Seit Ewigkeiten rief es nach den jungen Männern, lockte sie von zu Hause fort. Forderte sie heraus, auf große Fahrt zu gehen, um ihr Glück zu machen. Doch wie viele kamen leblos zurück, wenn überhaupt! Ihre Finger griffen nach Joris' Hand, und er drückte sie fest.

»Ich habe keine Wahl, Fenja. Es ist allein die Entscheidung der Kaufleute, wann sie ablegen.«

»Das weiß ich. Aber so schnell?« Fenja wischte sich eine Träne von der Wange. Sie sah ihn an und konnte die Angst in ihren Augen nicht verbergen. Sie hatte gehofft, dass sie noch ein paar Tage zusammen verbringen könnten. Zeit, von der sie zehren konnte, wenn er auf See war.

Wieder und wieder hatte sie erlebt, wie Frauen aus dem Ort weinend am Strand zusammengebrochen waren, wenn die See ihre Opfer gefordert hatte. Was, wenn sie eine dieser Frauen werden würde?

Er legte einen Finger unter ihr Kinn und wartete, bis sie ihm in die Augen sah.

»Ich komme wieder. Ich verspreche es dir«, sagte er, als hätte er ihre Gedanken gelesen. Fenja nickte und zwang sich zu einem Lächeln. Sie wollte Joris keinen Kummer aufbürden. Nicht so kurz vor seiner Abreise! Stattdessen griff sie in die Tasche ihrer Schürze.

»Ich habe etwas für dich. Es ist nur eine Kleinigkeit, aber ich dachte … vielleicht lässt es dich an mich denken. Ein Glücksbringer.«

Sie zog einen kleinen Beutel hervor und reichte ihn Joris.

»Danke.« Er öffnete das Geschenk behutsam. Fenja hatte eine blauglänzende Muschel auf ein Stück Lederschnur gezogen und auf der glatten Innenseite der Muschel die winzige Zeichnung einer Möwe angebracht. Sie hatte lange für die Abbildung gebraucht, die Striche waren ganz fein gezogen.

»Das ist wundervoll, Fenja.«

Er drehte die Muschel in seiner Hand hin und her, um sie von allen Seiten zu betrachten. »Man kann förmlich sehen, wie die Möwe ihre Flügel spannt und in den Himmel aufsteigt.«

»Die Möwe ist ein bisschen wie du«, lächelte Fenja und spürte, wie sie errötete. Ob Joris das Geschenk wirklich gefiel? »Du wirst auch bald auf eine weite Reise gehen. Dich in ungeahnte Höhen emporschwingen.«

Joris legte das Band um den Hals und verknotete es in seinem Nacken.

»Ich bin sicher, die Muschel wird mir Glück bringen.«

Er beugte sich vor. Als ihre Lippen sich trafen, schloss Fenja die Augen. Sie legte die Hände an seine Wangen, genoss die Wärme seiner Haut. Sie öffnete ihre Lippen und spürte, wie seine Zunge an ihren Zähnen entlangstreichelte. Ein wohliger Schauer lief über ihren Rücken. Sie fühlte, wie seine Hände sich um ihre Taille legten und er sie noch dichter an sich zog. Wenn Joris sie küsste, war es, als fielen sämtliche Sorgen der Welt von ihr ab. Sie wurde leicht wie eine Feder. In seinen Armen war sie geborgen und sicher. Sie liebte es, wie er sie hielt. Fest und gleichzeitig so vorsichtig, als wäre sie zerbrechlich. Er gab ihr ein Gefühl, das sie sonst nicht kannte. Sie, deren Leben nur aus Arbeit bestand, verwandelte sich in etwas Größeres, wenn er bei ihr war. Und nun musste sie ihn gehen lassen! Viel zu schnell löste er sich von ihr. Seine Hände legten sich um ihre Wangen, und er sah ihr in die Augen. Auf einmal wirkte er unsicher.

»Fenja … Ich habe auch etwas, das ich dir geben möchte.«

Er atmete tief durch. »Es ist eigentlich nur stellvertretend. Also sei nicht enttäuscht.«

Er ließ sie los, um etwas aus der Tiefe seines Korbes hervorzuholen. Ein blütenweißes Stofftuch, in das etwas eingewickelt war. Mit zitternden Fingern reichte er es ihr.

»Danke schön. Darf ich es öffnen?«

»Natürlich.«

Fenja bemerkte, dass Joris' Wangen gerötet waren. Gespannt schlug sie das Tuch auf und entdeckte einen schlichten Ring, der aus hellem Holz geschnitzt war. Sie schlug eine Hand vor den Mund.

»Joris! Der ist wunderschön! Darf ich ihn anprobieren?«

»Warte.« Joris beugte sich vor und nahm den Ring zwischen seine Finger.

»Du hast ihn selbst gemacht«, stellte Fenja fest. »Das muss viel Arbeit gewesen sein.«

»Ich habe ihn in Emden gemacht«, sagte er. »Ja, ein paar

Abende hat es gedauert. Ich musste ja sicherstellen, dass du keine Splitter in den Finger bekommst.«

Er lächelte und sah sie fragend an. Als sie nickte, schob er den Reif über ihren linken Ringfinger. Fenja hob die Hand und bewunderte das Schmuckstück. Es mochte nur ein einfacher Ring aus Holz sein, aber sie besaß nichts, was einen ähnlichen Wert hatte.

»Ich danke dir.«

Fenjas Herz schlug schneller. Sie konnte den Blick nicht von dem Ring abwenden. Ein Ring von Joris, ein Versprechen. Er gehörte zu ihr. Nichts und niemand würde sich zwischen sie stellen können. Sie spürte, wie eine Träne über ihre Wange lief.

»Das bedeutet mir so viel.«

Ihre Stimme brach. Sie schlang die Arme um Joris und vergrub ihr Gesicht an seinem Hals. Mit geschlossenen Augen atmete sie den Duft seiner Haut ein und versuchte, ihn tief in sich zu bewahren. Ein Hauch von Salz, gemischt mit dem sanften Aroma der warmen Ziegenmilch, die er so gern zum Frühstück trank.

»Ich werde ihn gegen einen echten tauschen«, versprach Joris, während er sie noch fester an sich drückte. »Sobald ich zurück bin, werde ich mir das leisten können, Fenja. Aber ich wollte, dass du weißt, dass ich zu dir gehöre. Dass ich wiederkommen werde.«

Ein warmes Gefühl durchflutete die junge Frau.

»Das weiß ich. Und ich werde auf dich warten.«

»Wir werden zusammen sein, Fenja. Als Mann und Frau. Und es wird uns gut gehen. Ich werde nicht mehr arm sein, wenn ich zurück bin.«

Er lockerte seinen Griff um Fenjas Körper und küsste ihre Wange. Fenja hob den Kopf. Sie kniff die Augen zusammen, als ihr Blick die Sonne streifte, die inzwischen höher gewandert war. Joris sah sie von der Seite an.

»Fenja? Geht es dir gut?«

Behutsam strich er eine hellbraune Haarsträhne aus ihrer Stirn.

»Ich habe gerade gedacht, dass du schon heute deinen letzten Sonnenuntergang auf der Insel sehen wirst. Danach wirst du fort sein. Ich habe mir immer vorgestellt, dass wir beide abends zusammen in den Dünen sitzen und zusehen, wie die Sonne im Meer verschwindet.« Sie lächelte verlegen. »Ich weiß, das ist albern.«

»Nein, ist es nicht«, beeilte sich Joris zu sagen. »Ich finde, es gibt kaum einen friedvolleren Anblick als einen Sonnenuntergang.«

Er griff nach ihrer Hand und führte sie an seine Lippen. Sein Mund berührte den Ring, der das Versprechen besiegelte, das sie einander gegeben hatten.

»Aber weißt du was? Wir könnten uns den Sonnenuntergang trotzdem jeden Abend gemeinsam ansehen«, schlug er vor. »Das geht von überall auf der Welt. Und dabei denken wir aneinander. Was meinst du?«

»Ja. Das machen wir.«

Fenja lehnte ihren Kopf an Joris' Brust, und er schlang die Arme um sie.

»Das ist eine gute Idee. Ein gemeinsamer Moment, jeden Tag.«

»Ich liebe dich«, flüsterte Joris und beugte sich vor, bis ihre Lippen sich wieder berührten.

Fenja schloss die Augen. Sie ließ sich von dem warmen Gefühl, das sie durchflutete, mitreißen und drückte sich noch fester an Joris, bis sie seinen Herzschlag an ihrer Brust spürte. Ihre Hände streichelten über seine Schultern. Sie spürte die Muskeln, die verrieten, dass er harte Arbeit gewohnt war. Ihre Finger glitten an seinem Rücken entlang. Jeden Zentimeter seiner Haut wollte sie sich einprägen. Joris' Atem ging schneller und streichelte ihr Ohr. Doch auf einmal ließ etwas sie auseinanderfahren. Ein Schrei! Joris ließ Fenja los und sprang auf.

Da! Schon wieder. Ein hoher, schriller Schrei.

»Hilfe!«

Fenja hätte diese Stimme überall erkannt.

»Das ist Sina!«

Sie schlug eine Hand vor den Mund und spürte, wie ihre Knie nachgeben wollten, als sie eilig aufstand. *Nein*, ermahnte sie sich, *reiß dich zusammen*. Von wo kam das Geräusch?

»Leise«, mahnte Joris und lauschte. Als der Wind den Ruf wieder zu ihnen trug, spürte Fenja das Rauschen ihres eigenen Blutes in den Ohren.

»Hilfe!«

»Das kommt aus den Dünen«, rief Fenja und raffte ihren Rock. Sie stürmte in die Richtung, aus der sie den Schrei vernommen hatte. Dass Joris ihr folgte, hörte sie nur an seinen schweren Schritten im Sand. Nach ihm umsehen konnte sie sich nicht. Alles in ihr schrie danach, ihre Schwester zu suchen. Muscheln bohrten sich in Fenjas Fußsohlen. Sie bemerkte, wie die Haut unter ihren Fersen aufgerissen wurde, wie das Salzwasser in den Wunden brannte. Doch sie rannte weiter. Schneller, sie musste sich beeilen. Was passierte hinter den Dünen? Was geschah mit ihrer kleinen Schwester?

»Sina! Wo bist du?«

»Helft mir.«

Ein Wimmern. Wie von einem verwundeten Tier. Fenja dachte, das Herz würde ihr stehen bleiben. Kurz vor den Dünen überholte Joris sie.

»Bleib hinter mir«, keuchte er, von dem anstrengenden Lauf durch den Sand außer Atem. »Warte kurz.«

»Aber Sina …«

Joris legte einen Finger an die Lippen.

»Pst.«

War Sina etwa angegriffen worden? Aber wer sollte so etwas tun? Fenja wurde übel bei dem Gedanken, und als etwas Saures ihre Kehle hochstieg, legte sie eine Hand auf den Magen. Die Kaufleute waren sicher alle im Hafen beschäftigt, die Abreise war für morgen geplant. Und die Insulaner? Nein, die kannte Fenja alle. Sie waren eine Gemeinschaft. Gaben aufeinander acht! Keiner von ihnen würde Sina etwas antun. Niemals! Vielleicht hatte sie sich nur verletzt? Aber ihre Stimme hatte so panisch geklungen!

Fenja unterdrückte ein Schluchzen, während Joris langsam auf die hohe Düne zuging, hinter der sie Sina vermuteten. Fenja folgte ihm leise. Oben angekommen, hockten sie sich hinter das Seegras, das dem Himmel sei Dank ausladend genug war, sie beide zu verbergen.

Fenja schob mit zitternden Fingern die Halme auseinander, lugte hindurch. Und schrie.

Was sie sah, sollte sie für lange Zeit in ihren Träumen verfolgen. Ihre kleine Schwester, auf den Boden gedrückt. Über ihr ein Mann. Blut an Sinas Wange. Ein Schnitt! Der Mann mit einer Klinge in der Hand, die in der Abendsonne rot glänzte. Das Blut ihrer Schwester tropfte in den Sand. Funkelte. Er sah auf. Fenja hielt inne, doch Joris stürmte schon die Düne hinab. Der feine Sand ließ ihn beinahe stolpern. Fenja schüttelte ihre Erstarrung ab und folgte ihm auf den Fersen. Ein Gedanke ließ ihr den Atem stocken: Sie waren unbewaffnet! Das schien der Mann ebenfalls zu bemerken. Ein Lächeln glitt über seine harten Gesichtszüge, und er strich sich das blonde Haar aus der Stirn. Mit ruhiger Hand, als hätte er alle Zeit der Welt, hob der Fremde das Messer auf, dann zerrte er Sina auf die Beine. Noch immer lief Blut über ihr Gesicht. Ihre Augen waren geweitet, und Fenja sah, wie die Brust der Schwester sich hob und senkte, als wollte ihr das Herz aus dem Leib springen. Ihr Kleid war an der Schulter gerissen, sie hielt ihre

Hände vor den Bauch. Und in diesem Moment erkannte Fenja Sinas Angreifer.

»Gerrit Hansen«, flüsterte sie fassungslos.

Konnte das wirklich wahr sein? Hansen, der bis vor einigen Jahren selbst auf der Insel gewohnt hatte. Er nannte hier noch immer ein Haus sein Eigen, wurde aber nur selten gesehen. Er galt als Commandeur der ersten Stunde, hatte es zu Ruhm und Reichtum gebracht und, wie die Leute ehrfürchtig erzählten, besaß ein Haus in Emden. Mit Bediensteten! Gerrit Hansen, den der Herr zudem noch mit einer markanten Schönheit gesegnet hatte, die nur wenigen gegeben war. Dunkelblonde Haare, warme braune Augen. Groß und kräftig, von der Sonne gebräunt und von der See gestählt.

Auch Joris war wie erstarrt stehen geblieben. Fenja wusste, dass Hansen sein Vorbild war, seit er ihn als Kind im Hafen von Emden gesehen hatte. Sein Traum war es immer gewesen, so zu sein wie er. Bis heute.

»Haut ab«, hob Hansen die Stimme. Er stand hinter Sina und hielt wie nebenbei das Messer an ihren Hals. Sein Tonfall war gelassen, aber bestimmt. Es lag etwas Dunkles in seiner Stimme. »Das hier geht euch nichts an.«

»Doch, das tut es«, entgegnete Joris. Er ballte die Hände zu Fäusten und blieb fest stehen, die Füße in den Sand gestemmt. Die Männer sahen einander in die Augen. Joris' Unterkiefer zitterte leicht, dennoch hielt er dem Blick des Älteren stand.

»Lass sie los! Sofort.«

Hansen neigte den Kopf und musterte Joris von oben bis unten. Eine Mischung aus Erstaunen und Abfälligkeit spiegelte sich in seinen blauen Augen. Er war es offenbar nicht gewohnt, dass sich ihm jemand widersetzte. Sina wimmerte unter seinem festen Griff, doch Hansen zog das Kind nur noch fester an sich. Selbst auf die Entfernung sah Fenja die Stellen, die der Druck seiner Finger auf der Haut ihrer Schwester hinterließ. Langsam, ganz langsam, glitt das Messer an Sinas Hals tiefer. Die Klinge legte sich auf ihr Hemd, unter dem sich ihre kindlichen Brüste abzeichneten. Ein Schnitt. Ein Schrei.

Joris rannte los. Er nutzte den kurzen Moment, in dem Hansens Augen der Klinge folgten, um sich auf ihn zu stürzen.

»Lauft«, brüllte er Fenja zu, während er Hansen das Messer zu entwinden versuchte. Der ließ Sina los. Das Mädchen taumelte zurück und fiel in den Sand. Fing an zu schluchzen.

Fenja stürzte zu ihr, riss sie hoch. Weg hier, sie mussten weg. Während sie Sina halb stützte und halb hinter sich herzog, warf sie einen Blick über die Schulter. Das Messer! Es lag ein Stück von den Männern entfernt. Ihr Blick traf Hansens, und sie begriff, was er vorhatte.

»Warte!«

Sie ließ Sina los und rannte zurück.

»Joris, das Messer!«

Ihre Stimme überschlug sich. Die Männer waren ineinander verkeilt. Wälzten sich im Sand. Joris hatte Blut am Hemd. Fenja schauderte. War es sein Blut? War es Hansens? Sie erreichte das Messer, griff es an seinem Edelholzschaft und rannte zurück zu Sina, die im Sand hockte. Den Kopf in den Händen verborgen, wiegte sie sich hin und her. Im Laufen warf Fenja die Waffe von sich. So weit sie konnte.

»Los, steh auf! Wir müssen weg! Bitte!«

Sie zerrte die kleine Schwester am Arm hoch. Stolpernd erklommen sie die nächste Düne.

»Wir müssen Hilfe holen!«

In diesem Moment erklang ein wütender Aufschrei hinter ihnen. Hansens Stimme, wie ein wildes Tier. Fenja blieb stehen und sah sich um. Ihr Herz schlug so schnell, dass sie meinte, es würde ihr die Brust sprengen. Sie legte die Hand an die Stirn und kniff die Augen leicht zusammen, um nicht von der Abendsonne geblendet zu werden. Joris kniete auf Hansen, doch der wehrte sich bitterlich. Die Zähne gefletscht, die

Muskeln unter seinem Hemd angespannt. Joris nutzte den Moment der Oberhand und rammte Hansen die geballte Faust ins Gesicht. Der heulte auf, rasend vor Wut, nahm alle Kraft zusammen und versetzte dem Jüngeren einen Schlag in die Rippen. Joris stöhnte und ließ sich zur Seite fallen. Hansen jedoch setzte den Angriff nicht fort. Er ging auf die Knie, tastete nach seiner Nase und starrte dann entsetzt auf das Blut, das seine Finger im Nu rot färbte.

»Du hast mir die Nase gebrochen«, brüllte er, und seine Stimme schien zwischen den Dünen widerzuhallen.

»Du Ratte hast mir die Nase gebrochen!«

Joris rührte sich nicht. Er hatte die Augen zugekniffen und hielt sich die schmerzende Flanke.

»Joris!«, schrie Fenja. »Komm!«

Sie mussten weg, ehe Hansen wieder richtig zu Sinnen kam. Endlich rappelte Joris sich auf und stolperte in ihre Richtung. Es entging Fenja nicht, wie schwer ihm jeder Schritt fiel. Wie sein Mund sich vor Schmerzen verzog, wenn er versuchte, durchzuatmen. Trotzdem half er ihr, Sina auf die Beine zu stellen. Sie nahmen das Mädchen in die Mitte und rannten, so schnell es ihnen eben möglich war, über die Dünen. Immer wieder sah Joris zurück. Hansen folgte ihnen nicht! Nur seine Stimme drang noch zu ihnen.

»Das hier ist nicht vorbei. Hört ihr? Das hier ist nicht vorbei!«

Fenjas Blick glitt zu Boden. Sie versuchte, den Gedanken zu verdrängen, doch er bohrte sich mit Gewalt in ihr Bewusstsein, ließ sie innerlich erschauern. Sie alle hatten sich in dieser Stunde einen Feind fürs Leben gemacht.

*

Neele Klaas hatte gerade ein paar Laibe Brot in den Ofen geschoben und wollte nun ins Haus neben der Backstube gehen, um einen Schluck Wasser zu trinken. Die Hitze des Ofens und die Anstrengung des Teigknetens hatten sie durstig gemacht. Das hochgewachsene Mädchen strich sich die dunklen Locken aus der Stirn. Seit den frühen Morgenstunden half die Achtzehnjährige den Eltern in der Backstube. Sie war das einzige Kind des Inselbäckers. Irgendwann hatte ihre Mutter ihr verraten, dass sie bei Neeles Geburt beinahe umgekommen war. Die Verletzungen, die sie bei der Niederkunft, die sich beinahe über drei Tage hingezogen hatte, davongetragen hatte, waren verheerend gewesen, und die Bäckersfrau war nie wieder schwanger geworden. Wenn sie Brüder gehabt hätte, dann hätte Vater diese vermutlich in der Backstube helfen lassen. So aber war Neele seit jeher an die harte Arbeit gewohnt. Mit einem leisen Seufzer fragte sie sich, ob die Bäckerei wohl ihr ganzes Leben lang ihr Tagwerk bleiben würde. Die Arbeit machte ihr zwar nichts aus, aber sie wusste, dass ihr Vater längst darüber nachdachte, für Neele einen Mann zu suchen, mit dem sie gemeinsam das Geschäft weiterführen konnte.

Nachdenklich ließ sie den Blick über die Dünen schweifen, die sich hinter dem Elternhaus erstreckten. Als sie ein Stück weit entfernt etwas ausmachte, kniff sie die Augen zusammen. Eine kleine Gruppe stolperte in ihre Richtung! Neele schlug die Hände vor den Mund, als sie die drei erkannte. Sie eilte ihrer besten Freundin Fenja entgegen, die ihre Schwester stützte. Joris Meyer sah aus, als könne er sich kaum auf den Beinen halten. Schweißperlen glänzten auf seiner Stirn.

»Was ist passiert?«, rief sie und wischte die Hände, an denen noch Mehl klebte, an ihrer blauen Schürze ab. »Kommt schnell, lasst euch helfen.«

Sie bedeutete Joris, Sina loszulassen. Erleichtert überließ er ihr seinen Platz und hielt einen Moment inne, um sich mit schmerzverzerrtem Gesicht die Seite zu reiben, die unter den Auswirkungen von Hansens Schlag schon angeschwollen war.

»Setzt euch hinter das Haus«, übernahm Neele das Kommando und tauschte einen Blick mit Fenja. »Dort seid ihr ungestört. Vater und Mutter sind in der Backstube. Wir bereiten schon Teig für morgen vor und …«

Sie brach ab. Ihre Freunde sahen nicht so aus, als hätten sie ein Ohr dafür, was in der Bäckerei gerade zu tun war. Neele führte die drei zu der Bank hinter dem Haus ihres Vaters und beobachtete, wie sie sich dort erleichtert niederließen. Sina verbarg den Kopf an der Schulter ihrer Schwester und schluchzte leise. Joris ließ den Kopf gegen die Wand sinken und stöhnte. In seinem Gesicht und auf seiner Kleidung waren Blutspritzer, und Neele fragte sich, ob es sein eigenes war. Sie befürchtete es, denn Fenja ließ ihn nicht aus den Augen, und ihr Blick war voller Sorge.

Für einen Moment fühlte Neele einen Hauch von Traurigkeit in sich aufsteigen. Joris und Fenja. Sie waren wie die beiden Hälften einer Muschel. Sie gehörten zusammen, passten zueinander und waren gemeinsam ein Ganzes. Sie freute sich für ihre Freundin, dass sie an seiner Seite ihr Glück gefunden hatte, doch heimlich wünschte sie sich, ebenfalls jemanden zu finden, mit dem sie so eine tiefe Liebe verband.

Neele seufzte und dachte kurz an Michel, den Sohn eines Fischers, der seit geraumer Zeit immer wieder versuchte, mit ihr anzubandeln. Er war ein freundlicher Bursche, aber Neele war es eher lästig, wenn er mit schwitzigen Händen versuchte, sie zu berühren, oder seine seltsam weit auseinanderstehenden Augen ihm beinahe aus dem Kopf fielen, wenn er sie ansah. Auf der ganzen Insel schien es niemanden zu geben, der für sie der Richtige sein könnte. Neele schüttelte den Kopf. Jetzt war sicherlich nicht der rechte Zeitpunkt für solche sentimentalen Gedanken!

»Was ist denn nur passiert?«, fragte sie stattdessen leise und hockte sich vor der Bank ins Gras.

Sina schluchzte auf, und Fenja wollte den Mund öffnen, um etwas zu sagen, aber Joris unterbrach sie.

»Nichts weiter«, sagte er bestimmt. »Streit am Strand. Ein paar angetrunkene Rüpel von der holländischen Fleute. Es ist nichts passiert.«

Neele entging der warnende Blick, den er Fenja bei seinen Worten zuwarf, keineswegs. Sie kniff die Lippen zusammen und beschloss, es erst einmal dabei zu belassen. Sie stand auf und stemmte die Hände in die Hüften.

»Ich hole eine Schüssel Wasser. Ihr seht schlimm aus. Joris, was ist mit deiner Seite? Du hältst die ganze Zeit die Hand dahin.«

»Er hat einen Schlag abbekommen«, erklärte Fenja.

Joris nickte und verzog das Gesicht.

»Ja, aber es ist nicht schlimm. Ich glaube, es schwillt einfach nur etwas an.«

Neele seufzte.

»Ich bringe dir ein kühles Tuch und ein bisschen Salbe. Wir haben noch welche da, weil Vater sich neulich bös in den Finger geschnitten hat.« Sie schüttelte ungläubig den Kopf. »Seit wann lasst ihr euch in Keilereien verwickeln?«

Als niemand antwortete, raufte sich Neele die Haare. Ihre blauen Augen, die einen lebhaften Kontrast zu den dunklen Locken bildeten, funkelten.

»Mir soll es ja egal sein, wenn ihr mich anlügt. Aber Joris – sich vor der Fahrt nach Emden auf so einen Unfug einzulassen ist nicht gerade die klügste Idee, die du je hattest. Was machst du, wenn sich etwas entzündet?«

Ohne ihm eine Möglichkeit zur Erwiderung zu geben, drehte sie sich um und ging ins Haus, um Tücher, Salbe und einen Krug Wasser zu holen. Sie hörte, dass Joris leise etwas murmelte, das sich wie unverschämtes Weibsbild anhörte. Neele schmunzelte, denn ihr war klar, dass er es nicht ernst meinte. Mit Joris verstand sie sich gut, aber ein Blatt vor den Mund nahm sie tatsächlich nie, und ihr war bewusst, dass sie mit ihrer Art bei vielen Leuten aneckte. Neele war es einerlei.

Sie trug das Herz auf der Zunge und war nicht willens, sich für dumm verkaufen zu lassen. Sie spürte Fenjas Blick im Rücken und hoffte, dass die Freundin ihr später anvertrauen würde, was wirklich geschehen war. Doch jetzt galt es erst einmal, die Wunden zu versorgen, so gut es ging.

Sie spähte durch das kleine Fenster über der Kochstelle hinüber in die Backstube. Der Weg zwischen den Häusern war schmal, und sie konnte erkennen, dass ihre Eltern noch bei der Arbeit waren, obwohl es längst Zeit für die Abendsuppe war. Neele nahm einen Krug Wasser und holte ein paar saubere Leinentücher aus der Truhe ihrer Mutter. Nachdem sie noch den angebrochenen Tiegel mit der Heilpaste in der Schürzentasche verstaut hatte, eilte sie zurück zu ihren Freunden.

Besonders der Zustand von Sina bereitete ihr Sorgen. Unsicher wirkte die Kleine immer, die Schultern hochgezogen, als hätte sie Angst, Prügel zu beziehen. Das arme Mädchen hätte seine Mutter noch dringend gebraucht. Und heute offenbar mehr denn je, denn sie wirkte wie ein Schatten ihrer selbst. Als hätte sie einen Geist gesehen.

»Hier.« Neele stellte den Wasserkrug ab und hockte sich vor Sina. Sanft legte sie die Hände auf die Knie des Mädchens, das den Kopf noch immer an der Schulter der Schwester verbarg. »Fangen wir mit dir an, Süße? Schaust du mich einmal an?«

Sina reagierte nicht, bis Fenja eine Hand unter das Kinn des Mädchens legte und sachte den Kopf der Schwester anhob. Der Anblick des Blutes, das auf der Haut des Kindes getrocknet war, ließ Neele schlucken. Sie befeuchtete ein Leinentuch mit Wasser und tupfte die roten Flecken weg.

»Das haben wir gleich«, murmelte sie. »Keine Angst, Sina. Die Wunden sind nicht tief. Das wird wieder!«

Das Mädchen nickte. Tränen glänzten in ihren Augen, als

sie an dem zerrissenen Stoff ihres Kleides herumspielte, den Blick noch immer abgewandt.

Neele nahm das Wolltuch ab, mit dem sie sich vor dem Abendwind schützte, und legte es Sina um die Schultern, damit sie sich bedecken konnte. Dann wandte sie sich Fenja zu.

»Was ist mit dir? Hast du auch etwas abbekommen?«

»Nein.«

Neele musterte sie noch einen Moment prüfend.

»Du solltest etwas trinken oder essen. Du siehst aus, als wolltest du gleich in Ohnmacht fallen.«

»Es geht mir gut.« Fenja setzte ein Lächeln auf. »Joris braucht deine Hilfe dringender.«

Der wollte abwinken, doch Neele nickte und tauchte einen frischen Lappen in den Wasserkrug.

»Das ist nicht zu übersehen. Kühl deine Seite, Joris, damit sie nicht noch mehr anschwillt. Ich kann die Beule unter deinem Hemd sehen. Bist du sicher, dass du dir keine Rippen gebrochen hast?«

»Ja. Das ist Vater mal passiert. Die Schmerzen müssen höllisch sein. Ich habe höchstens eine Prellung.«

Er griff nach dem Lumpen und platzierte ihn unter seinem Hemd. Sein Gesicht verzog sich. Fenja begann derweil, das getrocknete Blut von seiner Haut zu tupfen. Joris bemühte sich offensichtlich, unter ihren Berührungen nicht zusammenzucken, aber er wurde noch blasser und presste die Lippen fest aufeinander.

»Hier.« Neele reichte der Freundin den Tiegel mit der Salbe. »Gib ein wenig davon auf ein Tuch. Joris, du musst die Paste ein paar Stunden einwirken lassen. Ich würde euch den Tiegel mitgeben, aber wenn Vater etwas merkt, stellt er nur Fragen. Und ihr seht aus, als wolltet ihr keine beantworten.«

»Danke, Neele.« Joris nickte ihr zu. »Das ist sehr großzügig von dir.«

»Du solltest morgen einigermaßen manierlich aussehen,

wenn du auf das Schiff gehst. Mein Vater war gestern noch in der Schenke. Vogt Matthis hat zu später Stunde angekündigt, dass er dich feierlich verabschiedet wissen möchte. Die halbe Insel wird auftauchen.«

Joris rollte mit den Augen, aber überrascht war er nicht. Der Vogt würde sicher eine Rede halten wollen, um sich selbst in ein gutes Licht zu rücken. Um Joris ging es ihm dabei wohl weniger.

»Das fehlt mir noch.« Er seufzte. »Aber sag, ist mein Bruder zufällig hier?«

»Nein, heute nicht. Vater will ihn jedoch bald wieder einbestellen. Er soll einige Lieferungen übernehmen, glaube ich.«

»Das ist gut. Er wird sich freuen.«

Joris nickte zufrieden, doch Neele wandte den Blick ab. Nils Meyer war ihr ein Dorn im Auge. Sie verstand einfach nicht, warum Joris ihn immer in Schutz nahm. Neele war sicher, dass Nils sich umgekehrt keinen Pfifferling um Joris scherte. Die Blicke, die er seinem älteren Bruder zuwarf, wenn er sich unbeobachtet wähnte, waren ihr nicht entgangen. Die Dunkelheit, die sich dann in Nils' Augen ausbreitete, hatte ihr schon mehr als einmal einen Schauer über den Rücken gejagt.

»Kommst du morgen zur Verabschiedung?«, wechselte Fenja das Thema.

Neele nickte. »Natürlich. Die ganze Insel wird da sein, schätze ich. Vater will, dass wir eine Karre Backwaren mitbringen. Er glaubt, die Holländer kaufen vielleicht Brot und Gebäck für die Überfahrt ein.«

»Da könnte er recht haben. Das ist etwas anderes als das getrocknete Zeug, das man auf See bekommt.« Joris stand auf, eine Hand an die Seite gelegt. Das kalte Tuch hatte sein Hemd durchtränkt. Er verzog das Gesicht, während er es von der Wunde löste, und Neele beobachtete, wie seine Wangen noch fahler wurden. Fenja nahm ihm das Tuch ab, wrang es aus und legte es zurück in die Schüssel.

»Wir sollten jetzt aufbrechen. Es ist lieb, dass du uns geholfen hast, Neele. Danke!«

Sie stand auf und umarmte die Freundin. »Dann sehen wir uns morgen am Schiff, ja?«

»Natürlich.« Neele beugte sich vor, um Fenja ins Ohr zu flüstern. »Wurde Sina etwa …?« Sie brach ab und senkte den Blick.

»Wir waren rechtzeitig vor Ort«, gab Fenja leise zurück.

»Dem Herrgott sei Dank.« Neele drückte der Freundin aufmunternd die Hand, dann wandte sie sich Sina zu, die zögerlich aufstand, und strich ihr über das Haar.

»Geh heute zeitig schlafen, Kleines. Ich hoffe, du träumst etwas Wunderbares, das alles Böse vertreibt.«

Sina nickte nur und drückte sich an ihre Schwester, die den Arm um ihre Schultern legte.

»Danke für deine Hilfe, Neele. Wir sehen uns morgen«, verabschiedete Joris sich, dann trat er an Sinas andere Seite, und zu dritt machten sie sich auf den Weg nach Hause.

Neele sah ihnen nach. Sie stolperten davon, als hätten sie gerade eine Schlacht hinter sich gebracht. Was um Himmels willen war ihnen nur widerfahren? Weder Joris noch Fenja waren Streithähne, und Sina war ein Mädel, das vor seinem eigenen Schatten erschrak. Wie verängstigt sie ausgesehen hatte! Fenja hatte ja bestätigt, dass Sina angegriffen worden war. Vermutlich war Joris ihr beigesprungen. Und morgen würde er seine Seekiste schultern und abreisen. Die Mädchen blieben zurück. Allein bei ihrem Vater, der selten auch nur nüchtern genug war, um aus dem Bett zu kriechen. Joris' Gesichtsausdruck … Entsetzen hatte in seinen Augen gestanden. Steckten wirklich die Holländer hinter dem, was geschehen war? Was, wenn er gelogen hatte? Was, wenn die Gefahr nicht morgen zusammen mit ihm abreiste?

3.

Am nächsten Morgen half Nils Joris mit seiner gesunden Hand dabei, die Seekiste von der Hütte der Meyers zum Hafen zu schleppen. Joris hatte eine beinahe schlaflose Nacht hinter sich, in der er sich vor Sorge um Fenja und Sina von einer Seite auf die andere gedreht hatte, ohne Ruhe zu finden. Er hatte Sina und Fenja noch nach Hause begleitet, aber Fenja hatte nicht gewollt, dass Sören Verdacht schöpfte, und ihn darum gebeten, zu gehen. Sie hatte sich allein um ihre Schwester kümmern wollen. Das verstand er, aber er hätte den beiden gern beigestanden.

Hansen hatte Sina angegriffen und Joris außerdem um seine letzten Stunden mit Fenja gebracht. Wütend setzte er einen Fuß vor den anderen. Dass er ausgerechnet heute abreisen musste! Was würde aus den Mädchen werden? Wann würde Hansen die Insel verlassen? Wenn er nur vor ihm wieder in See gestochen wäre! Joris wollte sich nichts anmerken lassen, aber die Sorgen lasteten schwer auf ihm, und auch seine Wunden bereiteten ihm noch solche Schmerzen, dass es ihm schwerfiel, die Kiste zu halten.

»Was hast du da drin? Steine?«, fragte Nils und pustete sich eine verschwitzte Strähne aus der Stirn.

»Ja, selbstverständlich. Borkumer Steine! Damit ich kein Heimweh bekomme.« Joris lachte freudlos und dachte an das Band um seinen Nacken, das von seinem Hemd verdeckt wurde. Sein wahres Mittel gegen Heimweh trug er dort. In der Kiste befand sich ausschließlich warme Kleidung. Greta hatte wollene Strümpfe für ihn eingepackt, gleich mehrere Paare, die er in den Stiefeln übereinanderziehen konnte. Die Eltern hatten geschrieben, dass sie die Kiste noch mit ein wenig warmem Oberzeug füllen würden, sobald er in Emden ankam. So sollte er der Kälte standhalten können, die im Eismeer auf ihn wartete.

Von seiner letzten Reise als Kajütwächter erinnerte er sich noch gut an den beißenden Schmerz, wenn der Frost einem durch die Glieder kroch, bis die Zehen und Finger sich blau verfärbten. Joris nahm sich vor, darauf zu achten, dass er ein paar Teile mehr als nötig dabeihatte. Neulinge auf See konnten die Kälte oft nicht einschätzen und entschieden sich für viel zu leichtes Gepäck. Da war es gut, wenn jemand mit warmer Kleidung aushelfen konnte.

»Warum nimmst du keine Borkumer in die Pflicht?«, wollte Nils wissen. »Es gibt viele geschickte Kerle hier bei uns.«

Joris war zu sehr außer Atem, um dem Bruder eine Antwort zu geben. Seine Hand wurde schwer, und es war noch ein gutes Stück bis zum Hafen. Bei dem Gedanken daran, dass niemand auf den Einfall gekommen war, den Commandeur mit einer Kutsche zu seiner groß angekündigten, feierlichen Verabschiedung zu bringen, schmunzelte Joris.

»Lass uns eine Pause machen«, bat er, und die Brüder setzten die Kiste ab. Nebeneinander ließen sie sich darauf nieder und wischten sich mit den Hemdsärmeln den Schweiß von der Stirn.

»Nils …«, begann Joris vorsichtig. Er hoffte, dass sein Bruder nicht unwirsch werden würde, da er eine weitere Bitte an ihn richten musste. Tatsächlich fiel der Jüngere ihm direkt ins Wort.

»Ich passe auf die Akkermanns auf. Habe ich dir doch versprochen.«

Nils legte den Kopf in den Nacken und ließ sich das Gesicht von der Frühjahrssonne wärmen.

»Da ist noch etwas.«

Als Joris nach den richtigen Worten suchte, sah Nils ihn

wieder an. Sein Blick glitt erst zu Joris' noch immer sichtbar geschwollener Seite, dann zu den Kratzern in dessen Gesicht.

»Wirst du jetzt endlich erzählen, was gestern passiert ist? Greta hat sich die halbe Nacht auf ihrem Lager gewälzt, kann ich dir sagen. Sie glaubt so wenig wie ich an eine Keilerei mit den holländischen Burschen. Die hatten gewiss anderes zu tun, als einen Mitreisenden übel zuzurichten.«

Joris senkte den Blick. Er hätte wissen müssen, dass die beiden ihm nicht glauben würden. Sie kannten ihn zu gut.

»Es war Hansen«, sagte er tonlos.

»Was?«

»Ja, Gerrit Hansen. Er hatte Sina in den Dünen abgefangen. Er wollte …«

Joris brachte die Worte nicht heraus.

»Fenja und ich … wir sind gerade noch rechtzeitig gekommen. Aber es gab einen Kampf. Daher rühren die Verletzungen.«

Nils biss sich auf die Unterlippe. Er wurde blass um die Nasenspitze.

»Hansen«, wiederholte er. »Das gibt es doch nicht. Die Weiber küssen den Boden unter seinen Füßen. Ich hätte nie gedacht, dass er so etwas macht …« Nils schüttelte den Kopf.

»Ich auch nicht«, entgegnete Joris. »Aber ich sage die Wahrheit. Und er bleibt noch auf der Insel, um Männer anzuheuern. Ich schätze, deshalb lassen die Reeder mich das erst in Emden erledigen. Als hätte Hansen ein Vorrecht auf die Borkumer Seeleute. Niemand will Zwist mit ihm. Nicht einmal die Reeder.«

»Hm.« Nils schob mit den Füßen den Sand hin und her, während er nachdachte. »Wie dem auch sei. Er reist ab, oder?«

»Ja, aber nicht sofort«, gab Joris zurück. »Hansen wird noch ein paar Tage hier sein. Wie lange genau, weiß ich nicht. Aber ich werde keine ruhige Minute haben, wenn ich mich ständig fragen muss, ob er Sina noch einmal auflauert. Oder Fenja.«

Nils nickte, ohne seinen Bruder anzusehen.

»Ich hatte dir bereits versprochen, dass ich ein Auge auf die beiden haben werde. Dabei bleibt es.«

»Das weiß ich. Mir war nur wichtig, dir zu sagen, was passiert ist. Damit du weißt, was mit Hansen ist, und ihn im Blick behältst. Du darfst ihm nicht trauen, hörst du? Du musst ihn sorgfältig beobachten.«

»Du kannst dich auf mich verlassen.«

Nils stand auf und ließ die Schultern kreisen. »Ich kann weitergehen. Wollen wir?«

»Ja. Die anderen werden schon warten. Bringen wir es hinter uns.«

Sie wuchteten die Kiste wieder hoch.

Fenja erwartete sie an der letzten Weggabelung vor der Anlegestelle. Ihr Anblick wollte Joris das Herz zerreißen. Sie saß vornübergebeugt auf einem Stück Treibholz, das Gesicht in den Händen vergraben. Das Zucken ihrer Schultern verriet, dass sie weinte. Ein Kloß bildete sich in Joris' Hals, und für einen Moment hasste er sich.

*

Als Fenja die Brüder näher kommen sah, richtete sie sich auf und wischte sich mit dem Handrücken über die Augen. Joris sollte ihre Tränen nicht sehen, sondern unbesorgt aufbrechen. Es war sein großer Tag, sie wollte ihm nicht im Wege stehen. Der gestrige Abend jedoch hatte alles verändert. War ihr der Gedanke an den Abschied vorher bitter erschienen, so war er nun schier unerträglich.

»Joris! Bist du bereit?« Sie stand auf und eilte den Brüdern entgegen. Das Zittern in ihrer Stimme ärgerte sie, und als sie

Joris' Blick voller Sorge auf sich spürte, ahnte sie, dass ihre Wangen noch feucht von Tränen waren.

»Soll ich mit anpacken?«, fragte sie rasch.

Joris schüttelte den Kopf.

»He, Commandeur! Soll ich dich mitnehmen?«, ertönte eine Stimme hinter ihnen, und das Getrappel von Pferdehufen drang an ihre Ohren. Hinter der Weggabelung erschien der Wagen von Bäcker Jan Klaas. Neele saß auf der Ladefläche und sorgte dafür, dass die Kisten mit den Backwaren bei der holprigen Fahrt nicht herunterfielen.

»Mich nicht«, rief Joris zurück, »aber meine Seekiste, falls es geht.«

Jan nickte und stoppte das Fuhrwerk mit dem gutmütigen Rappen direkt neben Joris. Er sprang ab und half den Brüdern, die Holzkiste zu verladen.

»Der Commandeur läuft also zum Hafen«, stellte er mit einem Schmunzeln fest. »Ich wette, dass der werte Herr Hansen sich nicht die Füße platt treten muss, wenn er abreist.«

Sein Blick fiel auf Nils.

»Willst du morgen arbeiten?«, fragte er. »Unsere Handmühle ist nicht in Ordnung, da muss sich jemand drum kümmern. Und einige Lieferungen sind zu erledigen. Kannst dir ein paar Münzen verdienen.«

Nils nickte. »Ich komme gleich morgen früh.« Dann zögerte er einen Moment. »Kann ich vielleicht bei euch mitfahren? Ich glaube, ich störe hier nur.«

Fenja entging nicht, dass Neele die Nase rümpfte und Nils skeptisch musterte, doch sie sagte nichts, als ihr Vater ihn mit einer Handbewegung einlud, auf die Ladefläche zu klettern. Fenja warf Neele dennoch einen warnenden Blick zu.

Die Freundin hatte ihr gegenüber schon häufiger angedeutet, dass sie Nils nicht vertraute. Vor einiger Zeit war immer mal wieder etwas Mehl aus der Backstube verschwunden, und ein oder zwei Mal hatten ein paar Münzen gefehlt, nachdem

Nils beim Verkauf des Backwerks geholfen hatte. Neele war überzeugt, dass Nils dahintersteckte. Fenja hatte vergeblich versucht, die Zweifel der Freundin auszuräumen.

Nils hatte damit bestimmt nichts zu schaffen. Greta hatte ihre Enkel anständig erzogen, und keiner der Brüder war ein Dieb, da war Fenja sicher. Jan tippte sich an die Mütze, stieg auf den Bock und schnalzte mit der Zunge. Folgsam setzte der Rappe sich in Bewegung.

Fenja und Joris folgten dem Wagen zu Fuß. Er griff nach ihrer Hand. Seine Finger waren kalt. Obwohl sie kein Wort gesagt hatten, blieben beide nach wenigen Schritten gleichzeitig stehen und wandten sich einander zu. Fenjas Verzweiflung spiegelte sich in Joris' Augen. Er legte die Hände um ihre Wangen, und sie schmiegte ihr Gesicht in seine Handflächen. Prägte sich ein, wie er sich anfühlte. Die Schwielen an seinen Fingern, die von harter Arbeit zeugten. Starke Hände, und trotzdem so sanft, wenn sie ihre Haut berührten.

»Ich wünschte, du würdest nicht gehen«, flüsterte sie.

»Es ist nicht für immer.« Er legte seine Stirn an die ihre. »Sieh mich an, Fenja.«

Sie hob den Blick.

»Bitte weine nicht. Ich verspreche dir, dass ich im Herbst wieder da bin. Egal, was passieren mag. Ich werde zu dir zurückkommen. Hörst du?«

»Das kannst du nicht wissen.« Sie konnte nicht verhindern, dass ihr erneut Tränen in die Augen stiegen. »Es kann so viel passieren. Die gefährliche Reise. Die vielen Leute, die du gar nicht kennst. Und hier …« Ihre Stimme brach.

Joris versuchte, sie zu trösten. »Nils und Greta sind doch da. Du kannst jederzeit zu ihnen gehen. Und Sina auch. Meine Familie lässt euch nicht im Stich, Fenja. Ihr seid nicht allein!«

Sie seufzte und zwang sich zu einem Lächeln.

Er küsste ihre Stirn und drückte sie an sich.

»Du kannst dich auf mein Wort verlassen, Fenja. Im Herbst bin ich wieder da. Mit einem echten Ring. Und dann werden wir ein neues Leben anfangen. Ein besseres.«

Sie nickte. Zu gern wollte sie seinen Worten glauben, doch die Zukunft, die er ausmalte, schien ihr unendlich weit weg. Trotzdem lächelte sie.

»Ich warte auf dich. Und ich werde alles tun, damit wir das Leben führen können, das wir uns wünschen. Endlich genug zu essen auf dem Tisch. Zeit füreinander haben. Zeit zum Malen.«

Sie lächelte verlegen, als sie ihre Wünsche in Worte fasste. Mit einem leisen Seufzer verschränkte sie ihre Finger mit den seinen, während sie ihm fest in die Augen sah.

»Ich passe auf mich auf und du auf dich.«

Joris lächelte.

»Damit bin ich einverstanden.«

Sie besiegelten ihr Versprechen mit einem langen Kuss.

»Es tut mir leid, aber jetzt müssen wir wirklich weiter, fürchte ich«, sagte Joris bedauernd.

Sie lösten sich voneinander, und Hand in Hand erreichten sie wenig später die Anlegestelle. Dort herrschte bereits emsiges Treiben. Die ganze Insel schien auf den Beinen zu sein. Der Geruch von gebratenem Fisch lag in der Luft. Der Schankwirt hatte einige Fässer herbeigeschafft und verkaufte Dünnbier, während Neeles Vater frisches Backwerk feilbot.

Fenja hielt Ausschau nach Sina, die mit zwei Freundinnen zur Verabschiedung gegangen war. Die Mädchen waren schon vor ihr aufgebrochen, denn sie wollten gemeinsam bei der Beladung des Schiffes zusehen. Fenja hatte es nicht gern erlaubt, doch sie nahm an, dass Sina in Begleitung der beiden anderen Mädchen sicher war. Zudem würde Hansen es bestimmt nicht wagen, der Kleinen inmitten all der Insulaner nachzustellen. Mit Erleichterung entdeckte Fenja die drei am Rand der Menge und winkte ihnen zu.

Joris runzelte ob des Schauspiels an der Anlegestelle die Stirn.

»Was für ein Spektakel. Musste das sein? Das ist ja fast so viel Trubel wie bei meiner Ankunft.«

»Du weißt ja, wie das ist. Wenn schon mal Geschäfte zu machen sind …« Fenja drückte ermutigend seine Finger.

Mitten in der Menge hielt Geert Matthis Hof. Seine Stimme klang bis zu ihnen herüber. Er hatte sich auf ein leeres Fass gestellt, damit alle ihn verstehen konnten. Fenja erkannte auch Gretas grauen Haarschopf. Sie stand wenige Schritte von Matthis entfernt und musterte ihn mit einem amüsierten Gesichtsausdruck. Der Vogt tönte von den Abenteuern der Seefahrt, dem Mut und der Tapferkeit der Borkumer und den großartigen Taten der Walfänger.

»Als sei er selbst dabei gewesen«, schnaubte Joris und verdrehte die Augen, als Matthis ihn ausmachte.

»Ah, und da kommt er. Unser neuer Commandeur. Einer von uns! Joris Meyer, dem wir alles Glück der Erde und Gottes Segen für seine große Fahrt wünschen.«

Die Menge johlte, und Matthis winkte Joris zu sich heran.

Noch einmal drückte dieser Fenjas Hand, dann ließ er sich von den Leuten nach vorn ziehen, während sie zurückblieb. Fenja fühlte sich wie betäubt, doch sie schluckte den Kloß, der sich in ihrem Hals bildete, herunter. Sie wollte stark sein, auch wenn sie sich noch nie so einsam gefühlt hatte. Joris hatte das Schiff noch nicht einmal betreten, und schon kam es ihr vor, als sei er unerreichbar weit weg. Sie nestelte an dem Holzring, der ihren Finger zierte. Sina hatte ihn bemerkt, aber sich nichts dabei gedacht, und Vater hatte natürlich kein Auge dafür gehabt. Da legte sich eine Hand auf ihre Schulter. Fenja fuhr herum.

»He, ich bin es nur.« Neele strich ihr über den Rücken. »Wie geht es dir? Hast du Angst?«

Fenja nickte.

»Ja. Zu wissen, dass er so lange weg sein wird. Auf so einer Reise.« Sie rieb sich die Unterarme, auf denen sich eine Gänsehaut gebildet hatte.

»Er wird wohlbehalten zurückkommen«, tröstete Neele sie. »Er ist besonnen, nicht so ein Hitzkopf. Er wird umsichtig sein und nicht für das letzte Fass Waltran sein Leben riskieren.«

»Viele Männer werden krank dort oben.«

»Ich bin sicher, dass es gut gehen wird.«

Aufmunternd drückte Neele die Hand der Freundin. »Und du weißt ja, dass du immer zu mir kommen kannst. Du bist nicht allein.«

»Danke.« Fenja lächelte. Neele hatte ja recht. Sie sollte sich ihrer Traurigkeit nicht zu sehr hingeben, sondern sich freuen, dass sie Menschen an ihrer Seite hatte, die es gut mit ihr meinten.

Matthis hatte derweil seine Rede beendet, und Betriebsamkeit brach aus, derweil die Holländer die letzten Kisten und Fässer an Bord brachten. Fenja wollte sich zu gern einen Weg durch die Menge bahnen, sich in Joris' Arme werfen und ihn festhalten, doch sie wusste, dass sie ihn nicht mehr allein zu Gesicht bekommen würde. Ihr Abschied hatte schon stattgefunden. Dennoch drängte sie sich nach vorn, bis sie ihn sehen konnte, umrundet von Leuten, die ihm die Hand schütteln und Glück wünschen wollten. Nur noch wenige Augenblicke, dann würde er das Schiff besteigen und verschwinden. Für Monate! Suchend sah er sich um, und Fenja wusste, dass er nach ihr Ausschau hielt. Sie wollte gerade die Hand heben, um auf sich aufmerksam zu machen, da trat eine Gestalt aus dem Schatten der Segel hervor.

Fenja erstarrte. Auf einmal schien sich alles um sie herum zu drehen. Hansen! Was machte er hier? Die Angst war sofort wieder da, und sie bekam kaum noch Luft. Unfähig, einen Fuß vor den anderen zu setzen, verharrte sie. Beobachtete, wie

Hansen zu Joris trat. Ihm auf die Schulter tippte. Joris drehte sich um. Selbst auf die Entfernung konnte Fenja erkennen, wie das Gesicht ihres Verlobten sich verdunkelte. Wie seine Hände sich zu Fäusten ballten. Hansens selbstgefälliges Lächeln. Er beugte sich vor. Flüsterte Joris irgendetwas zu. Entsetzt beobachtete Fenja, wie ihm daraufhin sämtliche Farbe aus dem Gesicht wich. Hansen zog sich zurück, und Joris' Blick glitt über die Leute. Getrieben sah er auf einmal aus. Angsterfüllt. Was hatte Hansen zu ihm gesagt?

Endlich lösten Fenjas Füße sich vom Boden, sie raffte ihren Rock und versuchte, zu Joris zu kommen. Schob Leute beiseite. Sie standen so dicht!

»Lasst mich durch! Bitte!«

Ihre verzweifelten Rufe gingen unter. Die Leute plauderten und lachten. Ahnten nicht, dass etwas Furchtbares passiert sein musste. Was nur hatte Hansen Joris zugeraunt?

Der holländische Kapitän kam von Bord und winkte den jungen Commandeur zu sich. Als dieser sich nicht rührte, ging der Seemann ihm entgegen. Er legte eine Hand auf Joris' Schulter und sagte etwas zu ihm. Joris setzte daraufhin einen Fuß vor den anderen. Er wirkte wie versteinert.

»Joris!«, schrie Fenja. »Was ist passiert?«

Er hatte sie gehört! Sah zu ihr herüber. Verzweiflung in seinem Blick, als er den Kopf schüttelte. Jemand johlte. Taue wurden gelöst und an Bord geworfen. Sie schaffte es nicht! Warum ließen die Leute sie nicht durch? Immer wieder wurde sie zurückgestoßen, bekam winkende Arme ins Gesicht.

»Sie legen ab!«, rief jemand.

Zu spät, es war zu spät! Sie würde nie erfahren, was Hansen zu ihm gesagt hatte … Sina, durchfuhr es sie. Wo war Sina? Sie musste ihre Schwester finden.

»Sina! Sina, wo bist du?«

Ihre Stimme brach, als sie sich im Kreis drehte. Nirgendwo war Sinas Haarschopf zu entdecken.

»Was ist los, Fenja?« Zwei Hände griffen nach ihren Oberarmen und hielten sie fest. Neele stand vor ihr.

»Sina! Ich weiß nicht, wo sie ist.«

»War sie nicht mit Freundinnen unterwegs?«

Neeles Blick wanderte über die Menge.

»Ich muss sie finden.« Fenjas Stimme war nur noch ein Schluchzen.

»Sie wird schon nicht weg sein. Sei nicht so aufgebracht.«

»Du verstehst nicht. Ich … sie ist in Gefahr. Bitte! Ich erkläre dir alles später, aber wir müssen sie finden.«

»Gut. Dann lass uns dahinten nachsehen. Wo die leeren Kisten und Fässer lagern. Da treffen sich die Kinder oft.« Entschlossen griff Neele nach Fenjas Hand. »Wir finden sie. Mach dir keine Sorgen.«

Fenja sah noch einmal zurück. Die Menge zerstreute sich. Einige standen weiterhin plaudernd zusammen und sprachen dem Dünnbier zu, doch die meisten traten den Heimweg an. Die holländische Fleute war dank des günstigen Windes schon zu weit entfernt, als dass man noch Einzelheiten hätte erkennen können. Fenjas Herz zog sich zusammen.

»Gute Reise, Liebster«, flüsterte sie so leise, dass nicht einmal Neele ihre Worte verstand. So hätte ihr Abschied nicht sein dürfen. Die Angst in Joris' Augen …

Im nächsten Augenblick rannte Fenja an Neeles Seite an den Dünen entlang, immer wieder nach Sina rufend, bis ein Mädchen sie aufhielt. Es war Hanne Matthis, die fünfzehn Jahre alte Tochter des Vogtes. Im Gegensatz zu ihrem Vater war sie von großer Bescheidenheit. Ein Mädchen mit blasser Haut, mausbraunen Haaren und stets ein wenig ängstlich geweiteten, grauen Augen. Nur die sorgsam ausgewählten Kleider der neuesten Mode verrieten, dass sie aus einem betuchten Haus stammte. Fenja vermutete seit Langem, dass sie Angst vor ihrem Vater hatte. Sie hatte mehr als einmal beobachtet, wie er das Mädchen mitten im Ort mit einer Ohrfeige für kleine Ungeschicktheiten bestraft hatte.

»Sina ist da drüben!«

Hanne deutete auf eine mit Strandhafer überwucherte Düne.

Tatsächlich drang nun ein Kichern an Fenjas Ohr. Offenbar hatten Sina und ihre Freundinnen sich dort verschanzt, um in Ruhe über ihre Geheimnisse zu plappern. Fenja legte eine Hand an ihre Brust. Ihr Herz schlug rasend schnell, auch wenn sich jetzt Erleichterung in ihr ausbreitete.

»Danke, Hanne!« rief sie über die Schulter zurück, während Neele schon drängte, weiterzulaufen.

»Sina, komm her!«

Endlich erhob sich der Kopf des Mädchens über das grüne Gewächs. Sie stand auf und klopfte den Sand von ihrem Rock.

»Fenja, Neele! Was macht ihr denn für ein Geschrei?«

»Komm her, bitte. Wir müssen gehen.«

Fenja tauschte einen Blick mit ihrer Schwester und wusste, dass sie verstand. Sinas Lächeln verschwand, das Zittern ihrer Hände war nicht zu übersehen. Eilig verabschiedete sie sich von ihren Freundinnen und rannte in Fenjas Arme.

»Ist er hier?« Ihre Stimme überschlug sich. Fenja antwortete nicht. Sie drückte das Mädchen kurz an sich.

»Wir müssen weg. Komm.«

»Da vorn steht Greta.« Neele legte eine Hand an die Stirn, um ihre Augen gegen die Sonne abzuschirmen, und blinzelte.

Die alte Frau stand am Rand des Weges. Vermutlich hatte sie die Ausfahrt des Schiffes von diesem ruhigen Punkt aus beobachtet, doch jetzt ging ihr Blick ins Leere. Ihr Oberkörper wiegte sich hin und her.

»Was hat sie?«, fragte Sina, als ihr Winken keine Reaktion bei Greta hervorrief.

»Ich weiß es nicht.«

Fenja runzelte besorgt die Stirn und ging zu ihr.

»Greta?« Sie fasste die alte Frau am Oberarm. »Geht es dir gut?«

Die Angesprochene schien durch Fenja hindurchzublicken. Mit tonloser Stimme murmelte sie: »Es liegt etwas in den Wellen. Etwas Dunkles. All das Blut!«

»Was?« Obwohl Fenja bei diesen Worten ein Schauer über den Rücken jagte, legte sie Greta beide Hände auf die Schultern und schüttelte sie leicht.

»Greta! Was ist denn los mit dir?«

Erschrocken fuhr die alte Frau einen Schritt zurück, während ihre Augen wieder klar wurden. Sie blinzelte ein paar Mal und schüttelte den Kopf.

»Fenja, herrje. Wo kommst du denn her?«

»Du warst gerade ganz merkwürdig, Greta. Fühlst du dich nicht wohl? Möchtest du dich setzen?«

»Nein, Kind. Es geht mir gut. Ich habe nur dem Schiff nachgesehen. Ich war wohl ganz in Gedanken.« Sie lächelte, doch ihre Wangen wirkten blass. »Nun ist er also auf der großen Reise, unser Joris.«

»Möge der Herr ihn behüten«, entgegnete Fenja und hakte Greta unter. »Komm. Wir bringen dich nach Hause.«

»Nee, das lass mal, Mädchen.« Greta entzog ihr vorsichtig den Arm. »Ich muss noch einmal ins Dorf, um Vogt Matthis für die Feierlichkeit zu danken. Das nimmt er mir sonst übel.«

Ihre Augen, nun wieder hellwach, blitzten spöttisch.

»Schaffst du das denn allein?« Fenja runzelte die Stirn.

»Ja, ja. Geht ihr nur eurer Wege. Ich muss zu Matthis und ihn für seine Rede loben.«

Mit einem Lächeln drehte sie sich um und ging davon. Die drei sahen ihr einen Moment nach. Als sie außer Hörweite war, ergriff Neele das Wort.

»Sie wird allmählich wunderlich, nicht wahr?«

»Unfug«, erklang da eine tiefe Stimme hinter ihnen. Die

Mädchen drehten sich um. *Hansen!*, fuhr es Fenja durch den Kopf. Aber nein!

»Du bist es, Nils.« Erleichtert schloss sie für einen Moment die Augen und atmete hörbar aus.

»Was ist denn mit euch los? Habt ihr einen Geist gesehen?« Kopfschüttelnd schaute Nils von einem Mädchen zum anderen.

»Nein. Aber deine Großmutter war gerade wirklich seltsam«, erklärte Neele. »Du solltest ein Auge auf sie haben.«

»Vielleicht lag es auch einfach am Abschied von Joris«, warf Fenja ein.

Nils verzog den Mund. »Mit Greta komme ich schon zurecht. Darüber braucht ihr euch nun wirklich keine Gedanken zu machen.«

Er musterte Fenja, die Sina an der Hand hielt. Die Schärfe verschwand aus seiner Stimme, als er fortfuhr:

»Kommt, ihr beiden, ich bringe euch nach Hause.«

»Das ist nicht nötig«, warf Neele ein und stemmte die Hände in die Hüften.

»Ich habe Joris versprochen, dass ich auf Fenja und Sina achtgebe. Und ich beabsichtige, Wort zu halten.«

»Ach ja?«

Neele verzog den Mund, doch Fenja warf der Freundin einen warnenden Blick zu. Auch wenn Neele Nils seit den Vorkommnissen in der Backstube misstraute, war dies nicht der Zeitpunkt für solche Zänkereien. Die Freundin verdrehte zwar die Augen, als sie Fenjas Blick bemerkte, verstummte aber.

Nils setzte sich in Bewegung, und die drei Mädchen folgten ihm schweigend. Bis sie die Hütte der Akkermanns erreichten, sagte niemand ein Wort. Als Fenja die Tür öffnete, fand sie Sören schlafend vor. Er hatte den Kopf auf den Tisch gelegt und schnarchte. Neben ihm stand ein leerer Krug.

Sie seufzte über den altbekannten Anblick. Wenn Vater wenigstens heute ansprechbar wäre. Die Welt seiner Töchter drohte in Trümmer zu zerfallen. Wie sehr hätte Fenja sich seine Hilfe gewünscht. Als ihre Mutter noch lebte, hatte Vater immer einen Weg gefunden, sie zu trösten. Er war nicht wie Hannah gewesen. Er hatte sie nicht an sich gedrückt und geküsst. Aber er hatte sie mit zum Strand genommen, sie beschäftigt, bis sie zu müde waren, um sich noch vor Gespenstern zu fürchten oder sich über Kinder, die sie gehänselt hatten, zu ärgern. Und manchmal hatte er sie einfach gekitzelt, bis ihnen vor Lachen schier der Bauch platzen wollte. Fenja schluckte. Warum nur war das alles vorbei?

Nils spähte über ihre Schulter.

»Ihr könnt auch mit zu uns kommen«, schlug er leise vor. »Greta wird etwas zu essen vorbereitet haben.«

Fenja schüttelte den Kopf.

»Danke, aber ich habe viel zu tun. Außerdem war es ein anstrengender Tag.«

Als Nils keine Anstalten machte, etwas zu erwidern, zögerte sie. Es war freundlich von Nils, dass er sie begleitet hatte, aber sie sehnte sich danach, mit Neele allein zu sein. Sie fühlte sich aufgewühlt, vermochte kaum einen klaren Gedanken zu fassen. Nein, die Gastgeberin mochte sie jetzt nicht spielen. Auch nicht für Nils, so vertraut er ihr auch sein mochte.

»Wir kommen zurecht.« Neele stellte sich neben ihre Freundin und lächelte Nils gezwungen an. »Danke.«

Er beachtete sie gar nicht. »Fenja?«

»Neele hat recht. Es ist alles in Ordnung. Vielen Dank, dass du uns nach Hause gebracht hast«, beeilte sie sich zu sagen. Nils sah unzufrieden aus, gab aber nach.

»Dann mache ich mich auf den Heimweg. Ich komme bald wieder, um nach euch zu sehen. Und wenn du Hilfe brauchst, egal, was es ist, dann sag es mir.«

»Natürlich. Danke.«

Fenja nickte, und Nils machte sich auf den Weg.

»Ich kann den Brei für das Abendessen richten«, sagte Sina, sobald er außer Sichtweite war, und griff nach ihrer Schürze, die neben der Tür an einem Haken hing.

»Ich glaube, es ist gut, wenn ich etwas zu tun habe.«

Sie setzte ein tapferes Lächeln auf und band die Schürze um ihre schmale Taille.

Neele nahm Fenjas Hand und zog sie hinter die Hütte, wo sie sich auf einer Holzplanke, die über zwei Steine gelegt war und als Bank diente, niederließen. Vor ihnen tanzte der Strandhafer im Wind. Feiner Sand wehte ihnen um die Füße und kitzelte auf der Haut. Hinter den Dünen hörten sie das Meer rauschen.

»Wie weit sie wohl schon weg sind?«, fragte Fenja. Neele zuckte mit den Schultern. »Der Wind steht günstig. Sie werden schneller als üblich in Emden sein.«

Fenja spürte den Seitenblick, den die Freundin ihr zuwarf. Abwartend. Doch wie sollte sie ihr erklären, was geschehen war? Der Gedanke an Hansen lähmte sie. Mit jeder Erinnerung an die Geschehnisse jenes Abends schwoll ein Kloß in ihrem Hals an und schnürte ihr die Luft ab. Sie schloss die Augen und lehnte den Kopf an die Hauswand, als sie Neeles Hand auf ihrem Oberschenkel spürte.

»Du musst es mir nicht erzählen, Fenja. Nicht, wenn du nicht willst.«

Ihre Stimme klang so ungewohnt sanft, dass es Fenja die Tränen in die Augen trieb. Sie verschränkte die Arme vor der Brust, als würde sie frieren. Ohne ihre Freundin anzusehen, erzählte sie im Flüsterton, was vorgefallen war.

»Joris und ich waren am Strand. Er … er hat mir einen Ring geschenkt.«

Sie strich über den hölzernen Reif an ihrem Finger, und für einen Augenblick huschte ein Lächeln über ihr Gesicht.

»Dann haben wir einen Schrei gehört. So voller Angst. Ich wusste gleich, dass es Sina ist.«

Fenja spürte, wie die Freundin sich neben ihr versteifte und den Atem anhielt, doch Neele unterbrach sie nicht.

»Wir sind gerannt. Und dann haben wir sie gesehen. Mit Hansen … er wollte ihr Gewalt antun. Und da war Blut. Hansen hatte ein Messer. Irgendwie haben wir es geschafft, wegzukommen. Aber er hat gesagt, dass die Sache nicht vorbei ist. Er wird sich rächen wollen …« Ihre Stimme brach. »Und Joris ist weg! Ich weiß nicht, ob ich auf Sina aufpassen kann! Was, wenn Hansen es noch einmal versucht?«

Sie vergrub ihr Gesicht in den Händen, als die Angst sie endgültig übermannte. Einen Moment schwiegen die Mädchen. Neele zog die Knie an und legte ihr Kinn nachdenklich darauf ab. Dann sprang sie auf.

»Hör zu! Mein Vater besitzt eine Hütte im Ostland. Dort könnt ihr euch verstecken. Es dauert höchstens ein paar Tage. Die Witterungsbedingungen sind gut, Hansen wird bald aufbrechen.«

»Im Ostland?«

Neele nickte. »Ja, der Priel ist passierbar. Vater nimmt meistens das Fuhrwerk, wenn er zur Hütte muss. Er lagert dort Getreide. Da ist es sicher vor Dieben wie Nils. Dieser …«

»Neele!«, fiel Fenja ihr rügend ins Wort. »Du weißt gar nicht, ob er wirklich geklaut hat. Und wenn ja … ich will es nicht entschuldigen, aber wir wissen alle, wie grausam Hunger sein kann.«

Neele winkte ab. »Wie dem auch sei. In der Hütte würde euch niemand suchen.«

Fenja dachte nach. Ein Bild stieg in ihr auf. Sina und sie, nachts allein im einsamen Ostland. Keine Menschenseele lebte dort. Der Wind, der an den Wänden der Hütte rütteln würde. Nebel, der über dem Sand lag. Ihr fröstelte. Und doch. War es nicht besser, dort ein oder zwei einsame Nächte zu verbringen, wenn sie gewiss sein konnte, dass Hansen sie nicht fand? Eigentlich glaubte Fenja nicht an Geister, aber es waren Geschehnisse wie Gretas seltsames Gemurmel von der Dunkelheit in den Wellen, die sie immer wieder verunsicherten. Neele schien ihre Gedanken zu erraten.

»Mir wären Geister lieber als Hansen«, versuchte sie, Fenja den Rücken zu stärken. »Die vergehen sich nicht an kleinen Mädchen und haben auch keine Messer in der Tasche. Außerdem hat mein Vater schon oft dort draußen übernachtet. Da ist nichts, was dich ängstigen müsste.«

»Was ist mit meinem Vater?«

»Mit Sören?« Neele schnaubte. »Der merkt gar nicht, dass ihr weg seid. Und wenn doch, erzähle ich ihm schon etwas. Keine Sorge. Also, was meinst du?«

Fenja dachte einen Moment nach, dann biss sie sich entschlossen auf die Unterlippe.

»Ja«, sagte sie. »Ja, so machen wir es. Dann kann Sina nichts geschehen.«

Neele nickte. »Ich hole euch morgen früh ab. Packt ein paar Sachen zusammen, und macht euch keine Gedanken. Es wird alles gut gehen.«

Sie warf Fenja eine Kusshand zu und machte sich auf den Weg nach Hause. Fenja blieb noch einen Moment lang auf der Bank sitzen. Die Sonne ging langsam unter, und sie erinnerte sich an ihre Vereinbarung mit Joris. Sie stand auf, streifte ihre Schuhe ab und ging barfuß die Düne hinauf, bis sie das Meer sehen konnte. Das Wasser hatte sich weit zurückgezogen, es war Ebbe.

»Hab eine sichere Reise. Gib auf dich acht und komm heil zu mir zurück«, flüsterte sie leise, und der Wind trug ihre Worte auf die See hinaus. Sie hielt einen Moment inne. Spürte sie ihn? Konnte sie fühlen, dass er auch an sie dachte? Auf jeden Fall fühlte sie eine Wärme in sich, die ihre Gänsehaut vertrieb. Der Gedanke an Hansen und an Geister im Ostland verschwand allmählich zusammen mit der rot glühenden Sonne hinter dem Horizont.

*

Die Schenke war gut besucht an diesem Abend. Die Männer hockten an den Tischen zusammen, sprachen Bier und Sanddornschnaps zu und schlossen Wetten darüber ab, wie erfolgreich Joris von der Walfahrt zurückkommen würde. Rolf, der Wirt, schenkte mit strahlendem Gesicht aus, und seine Söhne, beide noch Kinder, halfen, die leeren Krüge und Becher einzusammeln und für Nachschub zu sorgen. So gut wie heute liefen die Geschäfte für ihn selten.

Nils überlegte, ob er Rolf nach Arbeit fragen sollte, aber der Wirt hatte ihn schon mehrfach abgewiesen. Mit einer Hand kann man sich in einer Schenke kaum nützlich machen, hatte er gesagt, und dass der Anblick seines Armstumpfes den Leuten schlimmstenfalls gar die Lust am Trinken nehmen würde. Schon deshalb trug Nils seine Münzen eigentlich nicht gern hierher, aber es war die beste Möglichkeit auf der Insel, Neues zu erfahren und in großer Runde einen Becher zu leeren.

»Wir sind allesamt gute Seefahrer«, meinten die meisten und lobten Joris. »Er wird in Hansens Fußstapfen treten und uns Ehre machen.«

Einige wenige nur sorgten sich.

»Fast noch ein Kind, der Junge … wenn den das Nordmeer mal nicht verschlingt«, flüsterten sie einander zu.

Nils saß inmitten der Leute. Auch wenn er die Schenke nicht oft aufsuchte, so war heute ein Tag, der ohne ein wenig Bier nicht zu ertragen war. Das hatte selbst Greta so gesehen und ihm ein paar Münzen zugesteckt.

»Geh, mein Junge, und mach dir einen schönen Abend mit den anderen Burschen«, hatte sie ihn aufgefordert. »Trink auf dein Wohl und auf das Glück deines Bruders.«

Der Abend verlief jedoch nicht so, wie Nils es sich erhofft

hatte. Obwohl er Joris am besten von allen Anwesenden kannte, sprach ihn kaum jemand an. Warum wurde er nicht einmal heute nach seiner Meinung gefragt? Aus Rücksicht, weil ein jeder wusste, dass er selbst gern Commandeur geworden wäre? Beinahe hätte er bei diesem Gedanken gelacht. Es war doch eher so, dass niemand sich für die Meinung eines verkrüppelten Habenichts interessierte! Seit seinem Unfall mieden ihn die Leute. Greta glaubte, das sei nur, weil sie unsicher waren und Angst hatten, ihn zu verletzen, aber Nils wusste es besser. In Wirklichkeit gingen sie ihm aus dem Weg, weil er nicht mithalten konnte. Wegen seiner Verletzung konnte er nichts dazu beitragen, dass es den Borkumern besser ging, sondern war eher ein Klotz am Bein der Gemeinschaft. Sie hielten ihn sicher für dumm, weil er es geschafft hatte, sich selbst die Hand zu nehmen. Er war seit dem Unfall nie wieder etwas anderes gewesen als Joris' lästiges Anhängsel!

Nils stürzte das Bier hinunter und stellte seinen Krug ab. Sogleich kam einer der Wirtssöhne herbei und griff nach dem leeren Gefäß.

»Soll ich dir noch etwas bringen?«

Nils schüttelte den Kopf. Er hatte genug. Niemand achtete auf ihn, als er sich einen Weg durch die schwitzende, lachende Menge bahnte und die Schenke verließ. Vor der Tür, die er hinter sich zuzog, blieb er kurz stehen und atmete durch. Er genoss es, die klare Seeluft und den Wind zu spüren.

»Nils Meyer?«

Erschrocken fuhr er herum. »Wer ist da?«

Ein Schatten trat aus der Dunkelheit. Nils machte einen Mann aus, der eine Laterne in der Hand hielt. In ihrem flackernden Licht erkannte Nils, wer ihn angesprochen hatte. Überrascht kniff er die Augen zusammen.

»Herr Hansen?«

»Hast du einen Moment Zeit? Ich möchte dir einen interessanten Vorschlag machen.«

4.

Erst als es dunkel geworden war, ging Fenja zurück in die Hütte.

»Du bist spät dran«, begrüßte ihre Schwester sie. »Der Brei ist leider schon kalt.«

Sina hatte eine Kerze entzündet, und selbst Sören war wach und saß halbwegs aufrecht vor einer leeren Breischüssel. In dem Krug auf dem Tisch war Wasser, und obwohl Sören die Nase rümpfte, ließ er doch zu, dass Sina ihm den Becher damit füllte.

»Setz dich, Fenja.« Er deutete auf den freien Schemel und musterte seine Älteste. »Hast du gehört, was Sina passiert ist?«

Fenja zuckte zusammen, und Sören schnalzte mit der Zunge, während die Schwestern einen Blick tauschten. Sina zog die Augenbrauen hoch. Beinahe unmerklich schüttelte sie den Kopf.

»Dass ein Mädel in dem Alter noch auf Bäumen rumklettert. Als hätte sie sonst nichts zu tun. Gut, dass Neele zur Stelle war und sie gleich versorgt hat.«

Sören schüttelte den Kopf, und Fenja versuchte, ihre Erleichterung zu verbergen. Sina hatte Vater also eine Lüge aufgetischt, und er hatte sie geglaubt. Manchmal war es geradezu ein Segen, dass der Gebrannte seine Sinne immer mehr vernebelte.

»Geht es dir denn gut?«, wandte er sich nun an seine Älteste. »Es tut mir leid, dass ich den Abschied heute verpasst habe. Ich war … ich war krank.«

Er errötete leicht. Wann immer er in dieser Stimmung war, konnte Fenja ihm nicht böse sein. Er wusste, dass er nicht gut für sie sorgte. Womöglich ahnte er sogar, dass Sina ihn angelogen hatte, und wagte nicht, nachzufragen. Es gab immer wieder Momente wie diesen, wenn er recht klar im Kopf war und sichtlich wünschte, er wäre ein anderer Mann. Ein Vater, der sich um seine Töchter kümmerte, allen Widrigkeiten zum Trotz. Leider fand er aber nie den Mut, auf den Nebel des Gebrannten zu verzichten und sich dem Leben ohne Hannah zu stellen. Fenja lächelte ihren Vater an und tätschelte kurz seinen Handrücken, entschlossen, ihm nicht noch zusätzlichen Kummer zu bereiten.

»Joris hatte eine gute Abreise«, log sie und versuchte, nicht an das Entsetzen in seinem Gesicht zu denken, als Hansen ihm etwas zugezischt hatte, bevor das Schiff ablegte. Was um alles in der Welt mochte er gesagt haben? Sören bemerkte nicht, dass Fenjas Wangen sich röteten, und nickte beruhigt.

»Er ist ein guter Junge. Er wird seinen Weg machen.«

Sina gab ein paar Löffel Brei in Fenjas Schale, und für einen Moment saßen alle einträchtig beisammen. Wenn es nur häufiger so wäre, dachte Fenja. Mutter fehlte, das würde sich auch nie ändern. Aber wenn Vater sich öfter so gebärden würde wie heute, könnte sie sich ihm anvertrauen, und er würde alles tun, um Sina zu schützen. Er liebte seine Töchter, das wusste sie. Es war nur der teuflische Schnaps, mit dem er immer wieder seine Sinne betäubte.

Einen Augenblick lang überlegte sie, ob sie Vater doch etwas erzählen sollten. Vielleicht wusste er einen Rat? Zumindest würde er sich nicht sorgen, wenn sie bei Morgengrauen im Ostland verschwanden. Obwohl – nein. Neele würde es schon richten, dass er sich nicht ängstigen musste. Wenn er wüsste, was mit Hansen vorgefallen war, würde er entweder direkt wieder zum Gebrannten greifen oder – und das war womöglich noch schlimmer – den Commandeur aufsuchen und zur Rede stellen. Es war besser, Sören aus der Angelegenheit herauszuhalten, beschloss Fenja und ließ ihren Löffel sinken.

Während Sören noch eine Weile am Tisch sitzen blieb und gedankenverloren in die Kerze starrte, räumten die Mädchen das Geschirr weg und scheuerten den Kessel. Sina gähnte schon bald, und auch Sören beschloss kurz darauf, sich hinzulegen. Fenja war erleichtert.

Müde war sie auch, aber sie hatte noch das Nötigste für ihre Flucht vorzubereiten. Flucht … wie das klang. Doch war es nicht genau das? Wenn man sich vor jemandem versteckte, der einem Böses wollte? Was, wenn Hansen sie doch fand? Wenn irgendjemand sie morgen beobachtete und verriet? Nein, das durfte sie sich nicht ausmalen. Fenja griff nach einem Beutel und füllte ihn mit einem Kanten Brot, etwas Käse und zwei Äpfeln. Sie legte einen Schlauch Wasser und zwei Paar Wollsocken dazu, ebenso je ein frisches Hemd für Sina und sich selbst. Mehr konnte sie nicht mitnehmen, sonst würde es auffallen. Sie stopfte den Beutel unter ihr Laken, bevor sie ihr Kleid ablegte und unter die Decke kroch.

Obwohl sie zutiefst erschöpft war, wollte der Schlaf sich nicht einstellen. Ihre Gedanken kreisten. Hansen. Joris. Sina. Das zerrissene Kleid. Blut. Die folgende Nacht … sie beide allein im Ostland, weit weg von der nächsten Behausung. Falls ihnen dort etwas geschah, würde niemand ihre Schreie hören. Fröstelnd zog sie die Schultern hoch.

Irgendwann fiel sie in einen unruhigen Schlaf, bis ein Geräusch sie aufschrecken ließ. Da war jemand! Schritte vor der Hütte, eindeutig. Um diese Zeit? Ihr Herz klopfte bis zum Hals, als sie sich aufsetzte. Fenjas Blick glitt zum Fenster. Der Morgen graute hinter den Wolken, aber noch war es Nacht.

Konnte sie es wagen, nachzusehen? Sollte sie Vater wecken? Erleichtert hörte sie das Rascheln im Alkoven, als Sören wach wurde. Im gleichen Augenblick klopfte es donnernd an der Tür. Fenja unterdrückte einen Aufschrei. Mit angstgeweiteten Augen sah sie zu Sören, der gähnte und sich die Haare aus dem Gesicht strich, während seine Füße nach den Holzschuhen angelten. Er stand auf, eine Hand ins Kreuz gedrückt.

»Verdammt. Es ist mitten in der Nacht«, grummelte er und schlurfte zur Tür.

»Akkermann! Bist du da?«, rief eine Stimme von draußen, und Fenja holte erleichtert Luft. Das war jedenfalls nicht die Stimme von Hansen. Die hätte sie überall erkannt!

Sören griff nach der Öllampe, die nachts immer ins Fenster gestellt wurde, und öffnete.

»Frerik«, grüßte er den Mann, der vor der Tür stand und eine Fackel in der Hand hielt. »Was treibt dich denn zu so später Stunde nach hier draußen?«

Frerik Pieters, dachte Fenja erleichtert. Er war Neeles Vetter. Ein junger Bursche, der beim Rat beschäftigt war und oft für Botengänge eingesetzt wurde. Sie stand auf, legte sich eilig ein Tuch um die Schultern und stellte sich barfuß hinter Sören, um dem Gespräch der Männer zu lauschen.

»Zu so früher Stunde, würde ich eher meinen«, lachte Frerik und klang hellwach. »Die Sonne geht bald auf.«

»Wir haben jedenfalls noch fest geschlafen«, brummte Sören. »Was willst du denn zu so unchristlicher Zeit?«

»Vogt Matthis hat mich geschickt, um die Leute hier draußen zu wecken. Hansen läuft in den nächsten Stunden mit einer Fleute aus. Der Wind steht günstig, und es geht die Befürchtung, dass er in Bälde drehen könnte.«

»Soso.« Sören gähnte. »Und was geht das mich an?«

Frerik runzelte die Stirn und richtete sich merklich auf.

»Unser Herr Matthis wünscht, dass sich alle am Hafen versammeln. Wir haben JungCommandeur Meyer ehrenvoll verabschiedet. Da sind wir es dem verdienten Herrn Hansen erst recht schuldig. Er nimmt mehrere unserer fleißigen Männer mit auf die Reise.«

»Ich war auch nicht bei der Huldigung für den Meyer-Jungen.« Sören winkte ab, als Frerik empört nach Luft schnappte. »Schon gut, schon gut. Wir ziehen uns an und kommen.«

»Beeilt euch. Die Leute versammeln sich auf dem Weg, und wir ziehen zusammen zur Ablegestelle. Los, los. Die Mädchen auch!«

»Ist ja gut.«

Sören schloss die Tür, ohne Frerik noch einmal zu Wort kommen zu lassen, und drehte sich fluchend um. »So ein verdammtes Getue. Als ob es Hansen interessiert, dass ein paar arme Insulaner ihm winken, wenn er loszieht, um noch reicher zu werden. Aber Matthis, der kann ja nicht ohne so ein Aufsehen. Führt sich auf, als wäre er König der Insel.«

Er griff wahllos nach ein paar Anziehsachen, die er in einem Regal neben seinem Nachtlager aufbewahrte, und schlüpfte hinein.

»Komm«, sagte er dabei zu Fenja, »zieh dich an und weck Sina. Es hilft ja nichts. Ich warte draußen auf euch.«

Fenja schwankte zwischen Erleichterung und Furcht. Hansen verließ Borkum also früher als erwartet. Sie würden sich nicht verstecken müssen! Aber was, wenn bis dahin etwas geschah? Wenn sie noch einmal auf ihn trafen, würde er dann erneut versuchen, Hand an Sina zu legen? *Nein*, dachte sie, *das wird er nicht wagen*. Nicht, wenn so viele Menschen da sind. Die ganze Insel war auf den Beinen. Es sollte doch möglich sein, dass sie ihn gar nicht aus der Nähe sahen. Sie würde einfach dafür sorgen, dass Sina und sie dicht bei Sören blieben und immer Leute um sie herum waren. *Dann kann ja nichts passieren*, machte sie sich Mut. Beim letzten Mal hatte sie sich auch umsonst gesorgt. Zwischen ihren Freundinnen war Sina sicher gewesen. Nur noch ein paar Stunden, und die Ängste würden ein Ende finden! Dennoch zitterten ihre Finger, als sie ihrer Schwester vorsichtig das Laken vom Körper zog. Sina begann, sich zu räkeln.

»Sina, wir müssen zum Hafen. Eine Fleute läuft aus«, flüsterte Fenja ihr zu und strich über die Wange der Jüngeren. Wie dünn und kalt ihre Haut war! »Hier, zieh das an.«

Sie reichte Sina ein Hemd und einen Rock sowie ein warmes Wolltuch und suchte eine Haube heraus.

»Wir müssen uns beeilen! Frerik hat alle geweckt und wartet draußen.«

»Was denn für eine Fleute?«

Sina setzte sich auf und rieb sich den Schlaf aus den Augen.

»Beeil dich«, bat Fenja, ohne die Frage zu beantworten. Sina, die gerade mit den Füßen nach ihren Holzschuhen suchte, erstarrte.

»Es ist Hansen, oder?«

Fenja nickte. Sie hockte sich vor Sinas Lager und legte ihr die Hände auf die Knie.

»Keine Angst. Die ganze Insel wird dort sein. Dir kann nichts geschehen. Und dann ist er fort!«

Ihre Stimme klang belegt, doch sie bemerkte, dass Sinas Anspannung nachließ. Es rührte Fenja, wie sehr die Schwester ihr vertraute, und sie betete innerlich, dass sie recht behalten möge. Ihr Magen drückte, als sie eine Haube auf die braunen Haare zog und hinter Sina die Hütte verließ.

Die Sonne bahnte sich allmählich ihren Weg, und das Schwarz der Nacht war einem hellen Grau gewichen. Einige wenige hielten dennoch eine Fackel in der Hand. Grüßend nickte sie den bekannten Gesichtern zu, die sich um Frerik versammelt hatten. Die meisten tuschelten aufgeregt miteinander und schienen sich trotz der frühen Stunde auf das zu erwartende Spektakel zu freuen. Auch Greta und Nils waren bereits da und winkten den Akkermanns.

»Wir kommen aus dem Feiern nicht mehr heraus, scheint mir«, spöttelte Greta und hielt sich die Hand vor den Mund, damit niemand ihr Gähnen sah.

Nils wirkte fahrig. Entweder hatte er schlecht geschlafen,

oder er hatte es satt, ständig anderen dabei zuzusehen, wie sie seinen Traum vom Walfang lebten, dachte Fenja. Sie sorgte dafür, dass sie mit ihrer Familie inmitten der Menschen blieb, als alle sich auf Freriks Kommando hin auf den Weg zum Hafen machten. Solange sie zwischen den anderen lief, fühlte sie sich sicher.

Fenja hatte nicht damit gerechnet, dass am Hafen noch mehr Gedränge als bei Joris' Aufbruch herrschen würde, doch die Fleute, mit der Hansen ablegen sollte, war um einiges größer, und es waren mehr Männer an Bord. Fremde Seeleute liefen auf und ab, schleppten Kisten und Säcke. Auch die Insulaner waren noch zahlreicher erschienen als bei Joris' Abreise, stellte Fenja fest. Jemand rempelte sie an.

»Mach Platz. Siehst du nicht, wie schwer ich schleppe?«, schimpfte ein grobschlächtiger Seemann und schubste sie mit der Kante einer Kiste, die er auf seine Schulter gewuchtet hatte, aus dem Weg.

»Au«, rief sie und rieb sich den schmerzenden Oberarm. Der Mann sah sich nicht einmal mehr um. Vielleicht war es keine so gute Idee gewesen, sich mitten im Trubel aufzuhalten? Die Leute waren unwirsch, drängelten, versperrten ihr die Sicht. Sie hatte das Gefühl, kaum Luft zu bekommen. Es war unmöglich, den Überblick zu bewahren.

»Komm, Sina, wir gehen ein Stück weiter an den Rand. Da ist nicht ganz so viel Getümmel«, sagte sie und streckte die Hand nach der Schwester aus, doch ihr Griff ging ins Leere. Fenja fuhr herum. »Sina?«

Keine Spur von ihr! Aber sie war doch gerade noch neben ihr gewesen. Bitte nicht schon wieder!

»Sina!«

»Schrei hier nicht so rum, Mädel«, fuhr Cornelius Pieters, Freriks Großvater, sie an. Der alte Mann musterte sie kopfschüttelnd.

»Wenn der Vogt eine Rede hält, will ich das hören.«

Erst jetzt schien ihm aufzufallen, wie aufgelöst Fenja war. Sie erwiderte seinen Blick nicht, sondern sah sich weiter suchend um. Schweißperlen standen auf ihrer Stirn, als sie mit fahrigen Händen eine Haarsträhne zurückstrich, die sich unter der Haube gelöst hatte.

»Fenja? Ist alles in Ordnung mit dir, Kind?« Cornelius packte sie an den Oberarmen und hielt sie fest, bis sie ihm ins Gesicht sah.

»Was? Bitte … ich muss sie finden. Lass mich los.«

»Ist ja gut, ist ja gut. Die Sina suchst du? Herrgott, die ist doch kein *lüttje Deern* mehr. Die wird schon nicht weg sein.«

Aus dem Augenwinkel sah Fenja ihn noch den Kopf schütteln, doch sie gab keine Antwort, sondern rannte los. Mühsam bahnte sie sich einen Weg durch die Menge, aber sie rief nicht mehr nach ihrer Schwester. Es war besser, wenn niemand etwas mitbekam. Wenn Hansen hörte, dass sie Sina verloren hatte … ihr schauderte. Wo war sie nur? Was, wenn er sie schon hatte? Tränen schossen ihr in die Augen.

»Fenja! Warte!«

Das Mädchen fuhr herum.

»Nils?«

Er schob ein junges Paar aus dem Weg, als er sich zu ihr durchkämpfte. Mit gerunzelter Stirn legte er ihr die Hände auf die Schultern, als wollte er sie zwingen, stehen zu bleiben.

»Was hast du? Was ist los?«

Er strich über ihre Oberarme, und sie spürte erst jetzt, dass sie eine Gänsehaut hatte.

»Sina«, flüsterte sie tonlos. »Sie ist fort.«

Sein Blick verdunkelte sich.

»Glaubst du, dass ihr etwas passiert ist?«

»Hansen«, erwiderte sie, und ihre Augen flehten ihn um Hilfe an. »Er hat sie neulich am Strand angegriffen. Wenn er …«

Für einen Augenblick starrte Nils sie beinahe ungläubig

an, doch er schien zu spüren, dass jetzt keine Zeit für Fragen und Erklärungen war. Er holte tief Luft und ließ ihre Arme los.

»Ich helfe dir, sie zu finden«, sagte er, während sein Blick schon über die Menge schweifte. »Komm mit.«

Fenja nickte und ließ zu, dass er mit seiner gesunden Hand nach ihrer rechten griff. Seine Finger fühlten sich trocken und warm an. Tröstlich und stark. Fenja folgte ihm durch die Menge, froh darüber, dass er ein ganzes Stück größer als sie war. Er würde Sina viel schneller entdecken können. Sie spürte, wie ihr Schweißperlen über die Stirn liefen, sich mit den Tränen auf ihren Wangen vermischten. Wenn Joris nur hier wäre. Aber nein, so durfte sie nicht denken. Nils half ihr. Sie war nicht allein! Es würde alles gut werden. *Herr, schütze meine Schwester*, flehte sie innerlich.

Sie erreichten die Dünen, bei denen sie Sina gestern gefunden hatte. Hoffnung keimte in ihr auf. Vielleicht war sie wieder dort? Amüsierte sich mit den anderen jungen Dingern, dachte an nichts Böses. Fenja reckte den Hals, doch die Dünen lagen verlassen da. Keine Fußspuren zeichneten sich im Sand ab, der Wind trug kein Gekicher zu ihr.

»Sie ist nicht hier. Nils! Sie ist weg!«

»Bleib ruhig, Fenja. Wir finden sie.«

Nils sah sich um, wobei er die Augen zusammenkniff, da die Sonne ihn blendete. Fenja folgte seinem Blick. Dort lag das Schiff. Blütenweiße Segel, die im Wind tanzten. Der Bug, der sanft im Wasser schaukelte und von den Tropfen des Salzwassers glitzerte, als sei er mit Perlen besetzt. Noch immer schleppten die Seeleute eifrig Waren hin und her. Wenn sie nur endlich ablegen würden! Dann wüsste sie Hansen an Bord, auf dem Weg in die Ferne.

»Nils!«, entfuhr es Fenja, als ihr ein schrecklicher Gedanke kam. »Er wird es doch nicht wagen, sie an Bord zu verschleppen?«

»Vor all den Leuten hier?« Er schüttelte den Kopf. »Das kann ich mir nicht vorstellen.«

Nils suchte mit den Augen die Umgebung ab.

»Lass uns dort einmal nachschauen. Das ist die einzige Ecke, in der die Leute sich nicht tummeln.«

Er deutete mit dem Zeigefinger auf eine Grasfläche am Rand des Anlegeplatzes, wo noch einige Kisten und Seesäcke darauf warteten, auf das Schiff gebracht zu werden. Die junge Frau zögerte.

»Was ist?«, drängte Nils. »Dort waren wir noch nicht. Komm schon, Fenja.«

»In Ordnung.«

Sie nickte entschlossen. Er hatte recht. Wenn Sina irgendwo an Land in Hansens Gewalt war, dann dort. Sie schritt aus und vertraute darauf, dass Nils ihr folgen würde. Einige der Kisten waren so hoch wie ein Mann und standen in engen Reihen. War das nicht in der Tat ein gutes Versteck? Sie biss sich auf die Unterlippe und lief schneller.

»Sina?«, rief sie halblaut. Mit einem Blick über die Schulter vergewisserte sie sich nun doch, dass Nils ihr nacheilte. Keinesfalls wollte sie Hansen allein gegenüberstehen.

»Sina!«

Ein Rascheln erklang, gefolgt von einem heiseren Raunen. Fenja fuhr herum. Nils schloss zu ihr auf und legte einen Finger an die Lippen. *Sei leise,* bedeuteten ihr seine Augen.

Fenjas Herz schlug schneller und wollte ihr fast die Brust sprengen. Alles in ihr schrie danach, umzukehren. Hier stimmte etwas nicht. Sie schluckte und schloss für einen Moment die Augen. Bilder jener Nacht tanzten vor ihrem geistigen Auge. Sina … Blut … das Messer. Sie schüttelte den Kopf, wie um die bösen Gedanken zu verjagen, und folgte Nils, der in Richtung der Kisten schlich. Etwas huschte dicht an ihren Füßen vorbei – eine Ratte? Hatte das Tier die Geräusche verursacht? Fenja wollte sich dumm schelten, doch dann hörte sie es erneut. Ein Zischen. Oder nein, es war ein unterdrücktes Stöhnen. O Gott. Nicht wieder. Bitte nicht wieder! Diese dunkle Stimme würde sie überall erkennen. Egal, ob sie schrie oder zischte. Er war es! Sie spürte, wie ihre Knie nachgeben wollten.

Nils fuhr zu ihr herum, als würde er ahnen, dass sie gerade dabei war, die Fassung zu verlieren. Mit zwei schnellen Schritten war er bei ihr und packte sie am Ellbogen. Er sagte kein Wort, um sie nicht zu verraten, aber sein Blick beschwor Fenja, durchzuhalten. Sie nickte atemlos, und er drückte ihren Unterarm.

Dann setzten sie sich erneut in Bewegung. Nils war angespannt, Fenja roch seinen Schweiß. Auch er wusste, dass Gefahr drohte. Was immer hinter den Kisten vor sich ging, war böse.

Dann geschah es. Sie trat auf etwas. Ein Geräusch. So laut! Entsetzt sah Fenja nach unten. Sie war auf ein Stück Holz getreten, das vermutlich die Arbeiter hier vergessen hatten. Es war unter ihren Füßen zerborsten! Krachend. Fenja schloss die Augen. Ihre Ungeschicklichkeit hatte sie verraten.

Hinter den Kisten war es still geworden. Totenstill. Sie zitterte am ganzen Leib. Nils biss sich auf die Unterlippe. Er warf Fenja einen warnenden Blick zu, dann ging er weiter.

»Ich sehe nach.«

Er flüsterte, dabei waren sie längst verloren.

*

Er dachte an alles, was sie besprochen hatten. Leise setzte er einen Fuß vor den anderen, als wollte er sich anschleichen. Fuhr sich mit zitternden Fingern durch die Haare. Warf ihr immer wieder einen besorgten Blick zu. Wusste, was er zu sagen hatte. Die Angst in ihren Augen verriet ihm, dass er seine Sache gut machte. Er war ein Gaukler, wie ihn sich jede Bühne wünschen würde, und dieses Schauspiel war sein Meisterstück. Vielleicht wäre das seine wahre Berufung gewesen? Beinahe hätte er gelacht, aber sein Magen drückte, wenn er sie ansah. Welche Gedanken ihr durch den Kopf gingen, wollte er sich nicht ausmalen. Er hätte ihr die Furcht gern erspart, doch es gab keinen anderen Weg. Und war es nicht nur ein kleines Opfer, wenn es um das ganze Leben ging? *Ich tue das Richtige*, beschwichtigte er seine Zweifel. *Für uns alle.*

Er bog um die hohe Seemannskiste. Ja, das war sie. Mit auffälliger grüner Farbe beschriftet, genau wie abgemacht. Der Plan funktionierte. Er unterdrückte ein Grinsen, als er die Stimme hob.

»Lass das Mädchen los!«

*

Fenja trat neben Nils und ballte die Hände zu Fäusten. Sie hatte es gewusst. Er gab nicht auf, niemals. Hansen war kein Mann, der es duldete, zu verlieren. Sie hatte inbrünstig gehofft, nie wieder so etwas sehen zu müssen. Seine Finger, die sich in den dünnen Oberarm ihrer Schwester krallten. Sina, tränenüberströmt und kreidebleich. Wie konnte er dem Mädchen das nur antun? Gleich zweimal! Hass mischte sich mit Angst. Sie fing den Blick ihrer Schwester auf. Ihre Augen flackerten, als würden sie das Zittern des jungen Körpers spiegeln. Wie eine Kerze im Sturm. Als wäre Hansen dabei, alles Leben in ihr auszupusten.

Nils schien sich neben ihr zu versteifen. Sie roch seinen Schweiß. Natürlich, er hatte genauso viel Angst wie sie. Unbewaffnet, mit nur einer Hand, stand er dem in jeder Hinsicht überlegenen Commandeur gegenüber.

»Lassen Sie das Mädchen los!«, forderte er noch einmal, diesmal lauter.

Hansen spuckte aus, ohne den Griff um Sinas Arm zu lockern.

»Warum sollte ich?«, entgegnete er gelassen.

»Weil es unrecht ist. Das Mädel will nicht wie Sie!«

»Oh, ich denke doch. Die jungen Dinger wissen oft gar nicht, was gut für sie ist. Sie wird mich in Kürze zu schätzen wissen. In wirklich jeder Hinsicht.«

Hansen grinste und fuhr mit dem Handrücken über Sinas Wange. Das Mädchen erblasste unter seiner Berührung und suchte erneut den Blick der älteren Schwester. Fenja streckte eine Hand nach Sina aus, ließ sie aber gleich wieder sinken, als Hansens Finger an Sinas Hals entlangwanderten, als wollte er sie würgen.

Nils machte einen zögerlichen Schritt auf ihn zu.

»Ich … ich hole den Vogt«, brachte er hervor. »Wenn Matthis davon erfährt …«

Hansen schüttelte den Kopf, als würde er ein Kind für eine dumme Bemerkung schelten. Er nahm Nils überhaupt nicht ernst! Fenja biss sich auf die Unterlippe. Er würde Sina nicht gehen lassen, niemals! Wenn ihr nur etwas einfallen würde. Hinter ihren Schläfen pochte es.

»Matthis«, lachte Hansen. »Der wird sich hüten, sich in Dinge einzumischen, die ihn einen Kehricht angehen.«

Er feixte und hatte dabei einen Zug um den Mund, der Fenja einen Schauer über den Rücken jagte. Wie ein Raubtier.

»Er ist für das Recht zuständig.«

Nils' Einwurf klang zaghaft und entlockte Gerrit Hansen nur ein Lächeln.

»Er schwingt gerade eine große Rede und interessiert sich nicht dafür, was ich mache. Einen stolzen und, mit Verlaub, durchaus gierigen Vogt habt ihr da vor die Nase gesetzt bekommen.«

Hansen lachte und schüttelte den Kopf, als könne er sich über die Einfältigkeit von Matthis nur wundern. »Aber für handfeste Argumente ist er sehr zugänglich, das muss ich schon sagen.«

Fenja begriff und schloss die Augen.

»Sie haben ihm Geld gegeben«, flüsterte sie. »Ihn bestochen.«

Hansen hob die Augenbrauen und neigte den Kopf zur Seite, während seine Hände weiter über Sinas Hals fuhren. Fenja hielt den Atem an.

»Was heißt schon bestochen? Ich habe ihm in Aussicht gestellt, dass es nicht zu seinem Schaden sein soll, wenn er nicht das Gesetz auf mich hetzt, nur weil eine kleine Insulanerin verschwindet. Und der Herr Vogt hat Wünsche. Delfter Kacheln für seine Stube, teurer Wein. Er war in der Tat sehr empfänglich für mein Angebot.«

Fenjas Gedanken rasten. Also stimmte es. Hansen hatte sich erkauft, dass der Vogt wegsehen würde, wenn er Sina verschleppte. Matthis würde verhindern, dass jemand eingriff!

Konnte sie denn gar nichts mehr tun? Musste sie ihre kleine Schwester Hansen preisgeben? Sie wusste nicht, woher der Mut für die nächsten Worte kam.

»Nehmen Sie mich. Anstelle meiner Schwester.«

Die Worte hallten in ihren Ohren wider, und sie wagte es nicht, Hansen anzusehen. Bilder zogen ihr durch den Kopf. Sie sah sich selbst in seiner Kajüte. Die Röcke hochgeschoben. Sein Messer, wie es an ihrer Brust entlangfuhr. Hansen, der sich über sie beugte, Gier in den Augen.

Ein dröhnendes Lachen holte sie zurück in die Gegenwart. Hansen lachte. Er lachte sie aus!

»Ach, Mädchen. Für dein Angebot danke ich dir, doch ich ziehe die Kleine hier vor. Je frischer das Fleisch, desto besser.« Er zog Sina an seine Seite. »Und wir müssen uns jetzt auch verabschieden. Wir haben ein Schiff zu erreichen.«

Fenja wollte schreien, aber ihr Hals war wie zugeschnürt.

Es geschah wirklich! Er nahm ihre Schwester mit. Sie schwankte, und vor ihren Augen wurde es dunkel.

Im nächsten Moment riss eine schnelle Bewegung sie aus ihrer Benommenheit. Nils! Er preschte vor, stürzte sich auf Hansen. Sina schrie, als er die Finger seiner gesunden Hand zwischen ihren Hals und Hansens Faust zwängte. Mit aller Kraft versuchte er, den Commandeur zum Loslassen zu zwingen, und für einen Moment gelang es ihm auch. Sina duckte sich weg. Sie fiel auf die Knie und fasste sich an die Kehle, gab ein halb erstickten Keuchen von sich. Fenja lief zu ihr. Sie ergriff die Schwester unter den Achseln und half ihr auf.

»Verschwindet!«, brüllte Nils den Mädchen zu.

»Komm! Weg hier!« Fenja zog Sina hinter sich her und sah sich im Rennen noch einmal um. Nils und Hansen waren ineinander verkeilt. Hansen rammte ihm ein Knie in den Unterleib, und Nils sank keuchend in sich zusammen. Hansen drückte ihn auf den Boden, hob die Faust. Nils nahm die gesunde Hand vor sein Gesicht, versuchte, seinen Kopf zu schützen. Etwas glitzerte in der Sonne. Ein Messer! Natürlich, Hansen war bewaffnet!

»Nein!«, schrie Fenja und blieb stehen. »Aufhören!«

»Haut ab!«, brüllte Nils. »Haut endlich ab.«

»Los. Fenja! Bitte!«, wimmerte Sina, die aus ihrer Starre erwacht war und nun ihrerseits an der Schwester zog. Fenja folgte ihr stolpernd. Hitze stieg ihr in die Wangen, während sie auf die Dünen zurannten. Sie hatten Nils im Stich gelassen. Er hatte ihnen geholfen, und sie ließen einfach zu, dass Hansen ihn zusammenschlug? Was, wenn er ihn umbrachte? Dieser Unmensch schreckte vor nichts zurück, vor gar nichts!

Erst als den Mädchen die Lungen brannten, blieben sie stehen. Sina liefen Tränen über die Wangen. Fenja drückte sie an sich, aber ihre Gedanken waren bei Nils. Sie würde nach ihm sehen. Gleich. Sobald sie sicher sein konnte, dass Hansen fort war. Was hatte er mit Nils gemacht? *Bitte lass ihn unver-*

letzt sein, flehte sie innerlich und wusste doch, dass ihr Gebet vergeblich sein würde.

*

Joris schloss die Augen, als er an der Reling lehnte und der Wind ihm in den Nacken blies. Die Böen trugen Sand mit sich, der die Haut schmirgelte. Hinter sich hörte er, wie die Segel sich blähten. Die Fleute hatte Fahrt aufgenommen. Wenn der Wind nicht drehte, würden sie Emden schneller als erwartet erreichen. Möwen kreisten über dem Schiff, und die Wellen brachen sich krachend am Bug. Ein paar Schritte neben ihm hing ein Kaufmann über der Reling und übergab sich zum wiederholten Mal. Unter normalen Umständen hätte Joris ein paar tröstende Worte für den armen Teufel gefunden, doch während das Meer ihn Welle für Welle näher nach Emden trug, verweilten seine Gedanken noch immer auf der Insel, die längst außer Sichtweite war. Hansens Worte. *Ich hole mir die Kleine noch und dich gleich dazu*, hatte er gesagt. Das Funkeln in seinen Augen. Als hätte er bereits gewonnen.

Joris hatte Fenja noch warnen wollen, aber da hatten sie ihn bereits an Bord gezogen und die Leinen gelöst. Jetzt blieb ihm nur die Angst. Und die Hoffnung, dass sein Bruder die Lage begriff. Hatte Nils seine Worte ernst genug genommen? Würde er es schaffen, die Mädchen gegen Hansen zu beschützen? Der Mann war unberechenbar. Joris' Fingerknöchel wurden weiß, als er sich an der Reling festklammerte. Verfluchter Hansen! Doch nein, er musste an seinen Bruder glauben. Nils hatte ihm sein Wort gegeben. Er würde auf Fenja und Sina achten. Und schließlich würde auch Hansen die Insel bald verlassen. Wenn sie sich bis dahin versteckten, wäre ja schon alles gut. Gewiss konnte Joris beruhigt aufbrechen. Trotz Hansens Drohung, es würde nichts geschehen. Ganz sicher nicht. Joris atmete tief durch. Er wünschte, er könnte seinen eigenen Gedanken Glauben schenken.

*

Fenja wusste nicht, wie lange sie in ihrem Versteck inmitten der Sanddornbüsche ausgeharrt hatten, aber die Sonne stand bereits hoch am Himmel, als sie sich endlich aus den Dünen wagten.

»Wir müssen nach Nils sehen. Noch länger können wir nicht warten.«

»Was, wenn er …« Sina schluckte schwer. Fenja strich ihr kurz über das Haar.

»Wir müssen das Beste hoffen.«

Ohne ein weiteres Wort gingen die beiden zurück zur Anlegestelle. Jeder Schritt kostete Fenja Kraft. Es war, als hingen Steine an ihren Füßen. Was, wenn er nicht mehr lebte? Welche Schuld hatten sie auf sich geladen? Einfach wegzulaufen. War das nicht unrecht gewesen? Zu dritt hätten sie bestimmt etwas gegen Hansen ausrichten können. Der Gedanke an sein Messer jedoch ließ sie erschaudern. Nein. Niemals hätten sie gegen ihn bestehen können. Und doch. Nils war für sie gegen ihn angetreten, obwohl er sicherlich gewusst hatte, wie aussichtslos es für ihn stand. Ihr Gewissen drückte schwer, als sie die Anlegestelle erreichten.

Nun standen hier viel weniger Kisten. Die meiste Ware hatte mit der Fleute die Insel verlassen. Fenja sah sich um und entdeckte schließlich die große Kiste. Sie war noch da. Hinter ihr war es zum Kampf mit Hansen gekommen. Fenja spürte, wie Sina ihre Hand nahm, und drückte die Finger der Jüngeren.

»Komm«, sagte sie leise. Ihr Herz schlug schneller, als sie sich der Kiste näherte. Was für ein Anblick erwartete sie dahinter? Sie hielt sich mit der freien Hand am Holz fest, wappnete sich für den Anblick. Dann lugte sie um die Ecke.

Nils saß zusammengekauert auf dem Sandboden, die Augen geschlossen. Aber er lebte!

»Nils!« Fenja stürmte zu ihm, und der junge Mann zuckte erschrocken zusammen. Er hob den rechten Arm vor das Gesicht, als wolle er es schützen. Fürchtete er, dass Hansen erneut aufgetaucht war?

»Fenja.« Seine Stimme klang heiser. Er sprach leise, als schmerzte jedes Wort.

Sie hockte sich neben ihn, während Sina unsicher im Hintergrund blieb.

»Wie geht es dir? Was hat er mit dir gemacht?«

Tränen traten in ihre Augen, während sie Nils eine Hand auf die Schulter legte und den Blick über seinen Körper gleiten ließ. Seine Lippen bluteten und waren geschwollen. Sein Ohrläppchen war eingerissen, an den Armen bildeten sich schon blaue Stellen. Er hatte mehrere blutige Striemen, wo Hansens Messer ihn erwischt haben musste. Zum Glück schien keine der Wunden tief zu sein. Nils verzog das Gesicht, als Fenja es vorsichtig abtastete. Ihre Finger zitterten.

»Tut es sehr weh?«

Er nickte. »Ich dachte, der Kerl bringt mich um.«

Nils schloss die Augen. Seine Knie zitterten, und Fenja legte ihre Hände darauf.

»Es ist vorbei, Nils. Er ist fort.«

»Du hast uns gerettet.« Sina trat näher. Ihre Augen flackerten unsicher, aber ein Lächeln umspielte ihren Mund. »Nils, du hast uns gerettet.«

»Sie hat recht.«

Fenja strich über Nils' Wange. Ganz vorsichtig, um ihm nicht noch mehr Schmerzen zuzufügen. Er schnaubte.

»Ich musste. Ich konnte nicht zulassen, dass er euch etwas antut. Wenn ich nur daran denke … lieber hätte ich mich von ihm mit seinem verdammten Messer in Stücke schneiden lassen.«

Nils biss sich auf die Unterlippe und setzte sich mühsam auf. Mit einem Stöhnen fasste er sich an den Mund. Noch immer strömte Blut zwischen seinen Lippen hervor. Rot tropfte es auf sein zerrissenes Hemd.

Fenja trat neben ihn und legte die Hände unter seine Achseln.

»Kannst du aufstehen? Ich helfe dir hoch, und dann bringen wir dich zu Greta.«

»Es wird schon gehen.«

Nils zwang sich auf die Füße. Sina eilte an seine andere Seite. Schwer hing er zwischen den Schwestern. Er keuchte. »Hat mich ziemlich übel erwischt, der feine Commandeur. Aber besser mich als euch.«

Schweigend setzten sie sich in Bewegung. Fenja spürte, dass Nils jeder Schritt schwerfiel. Immer wieder verzog er das Gesicht. Schweißperlen standen auf seiner Stirn, und es ging nur langsam voran. Ihre Gedanken rasten. War das nicht ihr Werk? Wie hatte sie nur weglaufen können? Sie hätte Sina in die Dünen schicken sollen, aber sie selbst hätte bleiben müssen. Hansen hatte deutlich gemacht, dass er an Fenja kein Interesse hatte. Doch sie war weggerannt. Feige. Wie immer. Warum schaffte sie es nie, mutig zu sein? Endlich erreichten sie das Haus der Meyers. Sie halfen Nils, sich auf die Bank in der Stube zu setzen.

Greta schlug die Hände vor den Mund, als sie ihren Enkel sah.

»Junge, was hast du dir nur gedacht?«

Betreten sah Fenja zu Boden, als Nils behauptete, er sei in eine Keilerei mit ein paar Seeleuten geraten. Die Schelte, die er dafür von seiner Großmutter bekam, hatte er nicht verdient. Zu gern hätte sie verraten, wie mutig er gewesen war, aber sie verstand, dass Nils Greta die Wahrheit verheimlichen wollte.

Sie würde sich nur sorgen. Zu Recht, dachte Fenja. Sich Hansen zum Feind zu machen war kein weiser Weg. Sie ahnte, dass sie alle das noch am eigenen Leib erfahren würden.

Sina und Fenja halfen Greta, Nils' Wunden zu waschen und mit Salbe zu versorgen. Sie banden frische Leinenstreifen um die Stellen, die Hansens Messer zu spüren bekommen hatten. Fenja tränkte ein Tuch mit kaltem Wasser, das Nils an seine Lippen drückte, um die Schwellung zu lindern. Die Frauen arbeiteten schweigend. Die Luft in der Hütte schien zu stehen, als drohe ein Gewitter. Fenja war froh, als sie sich endlich verabschieden konnten. Nils hatte sich auf sein Lager zurückgezogen, um sich auszuruhen, doch Greta brachte die Schwestern zur Tür und trat mit ihnen ins Freie.

Sie zog die Tür ins Schloss und das Wolltuch fester um ihre Schultern, als fröstelte es sie trotz der Mittagssonne. Müde sah sie aus, dachte Fenja, und um Jahre gealtert. Sie ahnte, wie Greta sich fühlte. Der eine Enkel auf dem Weg ins Eismeer, das schon so viele Seelen verschlungen hatte. Der andere verprügelt und gebrochen. Wenn sie die Geschichte mit der Schlägerei glaubte, dann würde sie Nils für einen einfältigen Tölpel halten. Falls nicht, und Fenja hielt das in Anbetracht von Gretas scharfem Verstand für wahrscheinlicher, dann sorgte sie sich, mit wem er wirklich aneinandergeraten war und was das für Folgen haben würde. Fenja wünschte ihr, dass sie nicht auf Hansen kam. Sonst würde Greta wohl nie wieder ruhig schlafen können. Die alte Frau sprach kein Wort, und das Schweigen wurde unangenehm. Fenja räusperte sich.

»Ich komme morgen wieder und kümmere mich um Nils.«

Greta nickte. »Danke, Fenja. Ich weiß nicht, was heute geschehen ist, aber ich hoffe, er begibt sich nicht noch einmal in solche Gefahr.«

Sie warf Fenja einen Blick zu, der dieser einen Schauer

über den Rücken jagte. Ahnte Greta, dass Nils' Wunden etwas mit ihr zu tun hatten? Dass sie eine Mitschuld an seinem Zustand trug? Sie errötete.

»Gleich morgen früh«, beeilte sie sich zu sagen. »Ich bin gleich morgen früh zurück und bringe frische Tücher mit. Und mehr Salbe.«

Greta nickte. »Danke. Er wird sich freuen.«

»Und wenn heute noch etwas ist, dann lass es uns wissen. Oder soll ich später noch einmal vorbeikommen?«

Greta hob die Brauen, als wunderte sie sich über Fenjas Eifer.

»Ich denke, wir kommen zurecht, Mädel. Geht ihr zwei nach Hause. Ihr seht genauso müde aus wie Nils.«

Die alte Frau schüttelte den Kopf, und ein Schatten legte sich um ihre Augen.

»Ihr müsst aufpassen. Alle miteinander müsst ihr besser aufpassen.«

Ohne eine Antwort abzuwarten, machte sie kehrt und verschwand in der Hütte.

Fenja sah ihr mit gerunzelter Stirn nach, während sie an Gretas Worte nach Joris' Abreise zurückdachte.

Es liegt etwas in den Wellen. Etwas Dunkles.

*

Von da an stattete Fenja Nils täglich einen Besuch ab. Sie wechselte mit Gretas Hilfe regelmäßig seine Verbände und betupfte die zahlreichen Wunden mit Salbe. Zum Glück waren keine Entzündungen entstanden. Die blauen Stellen auf seiner Haut wollten und wollten dennoch nicht verblassen. Wann immer Neele ihr etwas übrig gebliebenes Gebäck zusteckte, trug Fenja es zu den Meyers. Wie auch an diesem Tag, als sie gleich, nachdem sie zu Hause ihre Arbeiten erledigt hatte, zu den Meyers ging.

»Du musst das nicht machen, Kind. Wir verhungern schon nicht«, schalt Greta sie.

Fenja schüttelte den Kopf.

»Es ist mir wichtig. Bitte, Greta.«

»Nun gut. Wenn du unbedingt darauf bestehst. Geh nur zu ihm, er ist auf seinem Lager. Mich findest du hinter dem Haus. Ich muss mich noch um das Essen kümmern und will vorher die Ziege melken«, erklärte sie.

»Soll ich dir helfen?«

»Nein, Fenja. Das schafft selbst eine alte Frau wie ich noch allein. Geh du nur und leiste Nils ein wenig Gesellschaft, er wird sich freuen.«

Sie nahm eine Kanne für die Milch aus dem Regal und trat nach draußen. Fenja klopfte an den Türrahmen zu der Schlafkammer, in der sonst Joris nächtigte, und trat ein. Nils lag vollständig bekleidet auf dem Lager. Als er Fenja sah, verzog sich sein Gesicht zu einem schwachen Lächeln.

»Du besuchst mich schon wieder? Das ist sehr freundlich, Fenja, aber du musst wirklich nicht jeden Tag kommen. Du hast doch sicher viel Arbeit.«

Fenja winkte ab und holte ein Stück Brot aus ihrem Beutel.

»Das ist für dich.«

»Danke.« Nils nahm das Brot entgegen, roch kurz daran und legte es dann neben sich auf dem Bett ab. »Nimm dir einen Schemel. Du setzt dich doch einen kurzen Augenblick zu mir?«

»Natürlich.« Fenja zog einen kleinen Hocker heran und ließ sich auf ihm nieder, die Hände im Schoß gefaltet.

»Wie geht es dir heute?«, fragte sie leise.

Nils zuckte mit den Schultern.

»Ach, ich weiß auch nicht. Ich kann kaum Schlaf finden. Wenn mich die Albträume nicht wach halten, sind es die Schmerzen. Ich glaube, Hansen hat mich mit dem Messer ganz schön erwischt. Die Schnitte gehen vermutlich tiefer, als man meinen würde.«

Er drehte sich auf die Seite, um Fenja ansehen zu können, und gab dabei ein Stöhnen von sich. Das Mädchen beugte sich vor, um ihn zu stützen, aber er winkte ab.

»Lass gut sein. Mir tut alles weh, Fenja. Ich bin froh, wenn mich niemand berührt.«

»Es tut mir so leid, dass das passiert ist.«

Sie schluckte. Da lag Nils nun. Seit Tagen. Verletzt und mit so großen Schmerzen. Wegen ihr! Zudem konnte er sich um nichts mehr kümmern. Es war nicht richtig, dass die arme Greta nun so viel mehr Arbeit erledigen musste, weil Nils seiner Großmutter nicht helfen konnte. Was hatte Fenja sich nur zuschulden kommen lassen? Als könnte er ihre Gedanken lesen, brach Nils das Schweigen.

»Du kannst nichts dafür, Fenja. Es ist Hansen, der die Schuld trägt.«

Fenja lächelte, doch sie war nicht überzeugt. Zumindest hätte sie Nils beispringen müssen.

»Es ist in Ordnung, Fenja. Wirklich. Ich würde es wieder tun.«

Nils richtete sich ein Stück weit auf. Als er sich auf dem gesunden Arm abstützte, biss er die Zähne zusammen.

»Ich verstehe nur nicht, was ihn umtreibt. Er hat alles, was man sich nur wünschen kann. Und was er nicht hat, das kann er sich kaufen.«

»Warum muss er ausgerechnet Sina nachstellen?«, sagte Fenja, Wut und Verzweiflung in ihrer Stimme.

»Vielleicht ist gerade sein Reichtum das Problem«, stellte Nils fest und neigte den Kopf zur Seite. »Wer sich alles kaufen kann, der will vielleicht gerade das, was für Geld nicht zu haben ist.«

Fenja runzelte die Stirn. »Ich weiß nicht, ob ich so jemanden überhaupt verstehen will.«

»Denk nicht weiter an ihn.« Nils sah ihr fest in die Augen. »Wir werden sehen, was die Zeit bringt. Jetzt ist er erst einmal fort.«

Er lächelte, und diesmal sah es nicht gequält aus. Für einen Moment erkannte Fenja in seinen Augen den Jungen, der er vor seinem Unfall gewesen war. Ein Junge voller Lebensfreude, der den ganzen Tag am Strand herumtollen konnte, ohne müde zu werden. Der bewundernd seinem großen Bruder nacheiferte. Damals hatten seine Augen immer geleuchtet, wenn er Joris ansah. Doch dann hatte der grausame Unfall dieses Licht erlöschen lassen.

»Nun wird es erst einmal Sommer«, stellte Nils fest. »Und der sollte uns gehören. Wir dürfen nicht zulassen, dass die Sorgen ihn uns ganz und gar verderben. Meinst du nicht auch?«

»Schon. Ja, das stimmt.«

Fenja seufzte erleichtert. Sie hatte Neele – und sie hatte Nils. Gute Freunde, die ihr zur Seite standen. Zum ersten Mal freute sie sich ein wenig auf die Wochen, die vor ihr lagen.

5.

Emden überwältigte Joris jedes Mal aufs Neue. Das bunte Treiben auf den Straßen! Die vielen fremden Gerüche und die Geschäftigkeit am Hafen, wo sich ein Schiff ans nächste zu reihen schien. Seine Eltern erwarteten ihn, als das Schiff anlegte, und nahmen ihn mit zu ihrer Hütte, wo er die Tage bis zur Abreise verbringen wollte.

Mutter hatte zur Feier des Tages eine Kohlsuppe gekocht, dazu gab es frisches Brot und einen Krug gutes Bier. Sie wischte sich immer wieder mit dem Schürzenzipfel über ihre Augen, wenn die Freudentränen über das Wiedersehen mit ihrem Ältesten sie übermannten. Bis spät in die Abendstunden stellten die Eltern ihm Fragen. Wie ging es Nils und Greta, was machten die Akkermanns? War Joris gut vorbereitet für die Reise? Seine Mutter sah anschließend noch die Seekiste durch und legte wie versprochen warmes Oberzeug dazu. Joris war gerührt; er wusste, dass die Eltern sich auch diese Gaben vom Munde abgespart hatten. Auf seinem Nachtlager vor dem Ofen fiel es dem jungen Mann jedoch schwer, in den Schlaf zu finden. Unruhig wälzte er sich hin und her, in Gedanken immer wieder bei Fenja und bei Hansens drohenden Worten.

Seine Müdigkeit war dann allerdings wie weggeblasen, als er am nächsten Morgen aufgeregt neben Jakob Smeulders am Hafen entlanglief und nach der *Gulden Leeuw* Ausschau hielt. Smeulders war der Buchhalter der niederländischen Reederei, ein älterer und etwas grobschlächtiger Mann, der Joris immer wieder von der Seite musterte, als könne er nicht glauben, dass so ein junger Bursche einen Walfänger befehligen sollte.

Smeulders' Haut war sonnengebräunt und ledrig. Joris vermutete, dass er früher selbst zur See gefahren war. Der feine Zwirn, in den er gewandet war, schien ihm unbequem zu sein. Immer wieder zupfte er an dem Stoff.

»Da vorn«, sagte er schließlich mit kaum hörbarem Akzent und zeigte mit dem Finger auf einen Dreimaster, der am Ende des Stegs lag. Joris nahm die Aufregung in der Stimme des Mannes wahr. Er legte eine Hand an die Stirn, denn die Aprilsonne blendete ihn. Ja, da lag das Schiff! *De gulden Leeuw.* Stolz und erhaben zwischen einigen kleineren Schiffen. Die Segel waren neu und glitzerten schneeweiß im Frühlingslicht, das Holz des ehemaligen Handelsschiffes war überarbeitet worden und strahlte in einem dunklen Braunton, da ihm das Meer noch nicht zugesetzt hatte. Der Walfänger, auf dem er selbst damals als Kajütwächter mitgereist war, war ebenfalls von beträchtlicher Größe gewesen, aber neuer. Dennoch war Joris sprachlos. Dieses Schiff wurde ihm also anvertraut.

Commandeur Meyer. Ja, er war am Ziel seiner Träume angelangt. Dennoch mischten sich Zweifel unter seinen Stolz. Würde er es schaffen, das Schiff sicher durch das Eismeer zu leiten? Würden die Männer ihn respektieren, und würde es ihm gelingen, sie zu einer Mannschaft zu formen, die gemeinsam alle Widrigkeiten bestand und erfolgreich zurückkehrte? Zum ersten Mal wurde Joris wirklich bewusst, dass er die Verantwortung für viele Menschenleben trug, wenn er nach Norden aufbrach.

»Es haben sich schon viele gemeldet, die zum Schiffsvolk gehören wollen«, sagte Smeulders und riss Joris damit aus seinen Überlegungen. »Morgen stellen sich die Ersten vor. Harpuniere, Speckschneider, Zimmermänner und Matrosen. Gute Männer.«

Joris nickte. »Auch ein Barbier oder Doktor?«

Smeulders zuckte die Schultern. »Die sind sehr gefragt im

Moment, und einige haben wohl schon woanders eine Heuer angenommen. Aber es wird sich finden.«

»Das ist wichtig für die Versorgung der Männer. Ich will sie gesund wieder nach Hause bringen.«

Joris bemühte sich, seiner Stimme einen selbstbewussten Klang zu geben, während er sich insgeheim sorgte. War er dem Ganzen wirklich gewachsen, oder hatte er sich zu viel vorgenommen? Hätte es denn keine Möglichkeit gegeben, auch mit einer Arbeit auf der Insel gut durchs Leben zu kommen?

Smeulders schritt voraus, um ihm das Schiff zu zeigen, und Joris erlaubte seinen Gedanken, abzuschweifen. Ob es Fenja gut ging? Waren Sina und sie in Sicherheit – und gab Nils auch wirklich auf sie acht? Er konnte es nur hoffen. Er ahnte, dass es nicht ratsam war, sich die ganze Reise über mit solchen Zweifeln zu plagen. Er musste sich auf die Mannschaft konzentrieren. Also würde er Nils vertrauen müssen. Und warum auch nicht? Sie waren doch Brüder.

Dennoch nagte ein ungutes Gefühl an ihm.

*

Fenja klopfte das Mehl von ihrer Schürze und nahm ein frisches Leinentuch, in das sie zwei der noch warmen Brotlaibe einschlug. Neele saß am Tisch und sah der Freundin zu. Sina legte vor dem Haus einige Fische in Salz ein, die sie von einem Nachbarn geschenkt bekommen hatten. An seiner Ehre gepackt, war Sören daraufhin tatsächlich aufgestanden, obwohl er am Vorabend wieder einmal zu viel getrunken hatte, und hatte sich, mürrisch vor sich hin murmelnd, auf den Weg zum Strand gemacht, um nach seinem eigenen Boot zu sehen.

Wenn sie Glück hatten, würde er einen kleinen Fang unternehmen, dachte Fenja. Sie warf der Freundin, die seit geraumer Zeit schwieg, einen Blick zu. Fenja kannte Neele von

Kindesbeinen an und wusste genau, dass die Bäckerstochter nach Worten suchte. Fenja seufzte.

»Was ist los, Neele?«

Die Angesprochene stemmte die Hände in die Hüften.

»Sind die Brote für Nils?«

»Ja, und für Greta.« Fenja lächelte. »Ich dachte, das wird eine Erleichterung für die beiden sein. Nils kann ja noch nicht arbeiten.«

Neele schnaubte. »Soso. Kann er nicht? Oder will er nur nicht?«

Fenja legte die eingewickelten Brote auf den Tisch und hängte die Schürze an den Haken neben der Tür.

»Sei nicht gehässig, Neele. Es geht ihm nicht gut.«

»Fenja!« Neele sprang auf und stellte sich vor die Freundin. Beschwörend sah sie ihr in die Augen.

»Seine Verletzungen sind nur oberflächlich. Das habe ich selbst gesehen, als wir gestern da waren. Und hast du gemerkt, dass es ihm ganz und gar nicht gepasst hat, dass ich mit dabei war?«

Fenja runzelte die Stirn. Was redete Neele da nur?

»Bitte, Neele. Er ist brutal geschlagen worden. Natürlich hat er noch Schmerzen. Das Ganze ist erst eine Woche her!«

»Hm.« Neele verzog den Mund. »Findest du es nicht seltsam, dass Hansen ein Messer hatte und es gar nicht benutzt hat?«

Fenja seufzte. »Was soll das heißen, nicht benutzt? Nils hat mehrere Wunden an den Armen.«

»Kaum mehr als Kratzer!« Die Stimme der Bäckerstochter überschlug sich beinahe vor Aufregung. »Da stimmt etwas nicht. Fenja! Der Gedanke muss dir doch auch schon gekommen sein.«

»Neele, du versündigst dich«, erwiderte Fenja.

Sie wandte sich ab, nahm einen Lappen und begann, mit fahrigen Händen über das Regal zu wischen. Neele konnte ihre Worte nicht ernst meinen. Der arme Nils. Der Herrgott hatte wohl das Schlimmste verhindert, dennoch war Nils schwer verletzt und litt noch immer Schmerzen. Und es war ihre Schuld. Fenja legte den Lappen zur Seite, griff nach dem geflochtenen Korb, der neben dem Regal stand, und legte die Brote hinein.

»Ich muss jetzt zu den Meyers.« Sie zögerte, als Neele sich nicht rührte. »Kommst du mit?«

Neele schüttelte den Kopf, und Fenja schluckte.

»Bist du mir böse?«

»Nein, Fenja.« Neele lächelte versöhnlich und band ihr Schultertuch zusammen. »Aber ich möchte, dass du die Augen aufmachst! Lass dich nicht für dumm verkaufen.«

Sie ging, ohne auf eine Antwort zu warten. Fenja blieb verunsichert zurück. Nils und Neele hatten einander noch nie leiden können, sagte sie sich schließlich. Wie schön wäre es, wenn die beiden besser miteinander auskämen, statt immer nur Schlechtes voneinander zu denken. In diesem Fall, da war sie sicher, irrte Neele sich. Vielleicht würde sie später noch einmal mit ihr sprechen.

Nun aber ergriff sie ihren Korb und machte sich auf den Weg zum Haus der Akkermanns, wo Greta mit ihrem Stickzeug am Tisch saß. Seit er verletzt war, hatte Nils sich in Joris' Kammer zurückgezogen. Er hatte nicht gewollt, dass jeder, der vorbeikam, in der Stube gleich auf ihn stieß, und das konnte Fenja ihm nicht verdenken.

Greta öffnete ihr die Tür.

»Fenja! Das ist ja schön.«

Das Mädchen hob den Korb. »Ich habe Brot für euch gebacken.«

»Das ist aber freundlich, Kind. Und es riecht so gut.«

Greta nahm die Brotlaibe heraus und schloss für einen Moment genussvoll die Augen, als der wohlige Duft des Backwerks ihr in die Nase stieg.

»Komm herein. Nils wird sich freuen, dich zu sehen.«

»Wie geht es ihm?«

»Ach.« Greta seufzte, während sie die Brotlaibe neben dem Herd ablegte. »Ich finde, die Wunden sehen schon ganz gut aus. Aber er sagt, die Schmerzen sind noch schlimm. Das alles wegen einer Keilerei unter jungen Kerlen. So sinnlos.«

Wenn sie wüsste, dachte Fenja. Wahrscheinlich würde Greta sie nie wieder in ihr Haus lassen, wenn sie auch nur ahnte, wie sehr Fenja ihren Enkelsohn im Stich gelassen hatte.

»Ich gehe mal zu ihm.«

»Gern, mein Mädchen. Ich bin gleich draußen am Waschzuber, falls ihr mich sucht.«

Die Tür zur Stube stand offen, aber Fenja klopfte an die Wand, um sich bemerkbar zu machen, ehe sie eintrat. Nils lag auf dem Lager und starrte an die Decke.

»Ich bin es nur.« Fenja trat ein und hörte, wie Greta aus dem Haus ging und leise die Tür hinter sich schloss.

»Fenja, wie schön.«

»Wie geht es dir heute?« Sie zog einen Schemel heran und setzte sich.

Nils seufzte. »Großmutter sagt, die Wunden verheilen gut. Aber ich fühle mich nicht besser.«

Er setzte sich auf und verzog das Gesicht. Fenja wollte ihm helfen, doch er winkte ab.

»Lass mal. Ich muss lernen, wieder allein zurechtzukommen. Genau wie damals, als ich die Hand verloren habe.«

Fenjas Hals war auf einmal wie zugeschnürt.

Ging es ihm wirklich so schlecht? Wie hatte sie das nur zulassen können? Warum war sie nicht zurückgerannt? Sie hätte zumindest um Hilfe rufen können! Wie von Sinnen war sie mit Sina in die Dünen geflohen. War das nicht die dümmste, die feigste Idee gewesen, auf die man hatte kommen können?

»Nils, ich …«

»Lass gut sein, Fenja. Du hast dich oft genug bedankt. Ich konnte nicht zulassen, dass euch etwas Schlimmes widerfährt.«

»Ich weiß, dass ich mich bedankt habe«, flüsterte sie. »Aber ich habe mich nicht entschuldigt.«

Beinahe hatte sie erwartet, dass er sie unterbrechen würde. Dass er sagen würde, eine Entschuldigung sei nicht nötig, dass sie nichts falsch gemacht hatte. Aber er schwieg und sah sie aufmerksam an. Fenja schluckte. Nils' Schweigen bestätigte sie in ihrem Gefühl der Schuld.

»Es war so dumm von mir, mit Sina in die Dünen zu laufen. Wir hätten Hilfe holen sollen. Oder ich hätte dir beistehen können, dir helfen. Es tut mir leid, dass ich dich mit Hansen allein gelassen habe.«

Nils' Blick verdunkelte sich.

»Es ist nicht vorbei, weißt du?«

Fenja richtete sich alarmiert auf. »Wie meinst du das?«

»Du hast doch mitbekommen, was er über Matthis gesagt hat.«

»Du meinst …«

Nils nickte grimmig.

»Sein Einfluss reicht weit, Fenja. Ich glaube beinahe, es ist Hansen, der hier auf der Insel die Fäden zieht. Er hat so viel Geld, er kann sich alles erkaufen.«

»Aber er ist weg«, warf Fenja ein.

»Er wird zurückkommen«, entgegnete Nils düster. »Er wird zurückkommen und einfordern, was ihm verwehrt geblieben ist. Je länger ich darüber nachdenke, desto überzeugter bin ich davon.«

Fenjas Augen flackerten.

»Vielleicht ist Joris vor ihm zurück.«

Nils schnaubte. »Ja, vielleicht. Aber wahrscheinlich ist es nicht, und das weißt du auch. Hansen hat das bessere Schiff und die erfahrenere Mannschaft. Er wird schneller Jagderfolg haben als jemand wie Joris, dem kaum einer überhaupt zutraut, die Reise zu überstehen.«

Fenjas Augen flackerten. Stimmte das? Dachten die Leute tatsächlich so?

»Wenn du recht hast ...«, begann sie, doch Nils fiel ihr ins Wort.

»Das habe ich, Fenja. So leid es mir selbst tut.«

»Was soll ich denn dann nur machen?« Sie sackte auf dem Schemel zusammen und vergrub ihr Gesicht in den Händen. Joris war kaum fort, und schon zerbrach ihre Welt in Stücke. Dabei hatte sie sich geschworen, stark zu sein. Nils lehnte sich vor.

»Sieh mich an, Fenja.« Sein Blick hielt ihren ganz fest. Beinahe beschwörend starrte er ihr in die Augen.

»Ich werde euch nicht im Stich lassen. Ich passe auf dich auf. Und auf Sina auch.«

»Was, wenn beim nächsten Mal noch mehr passiert?« Fenja wischte sich eine Träne von der Wange. »Wenn er dich jetzt schon so zugerichtet hat ...«

»Dann werden wir vorbereitet sein. Ich lasse mir etwas einfallen. Du kannst dich auf mich verlassen.«

Fenja schluckte schwer, doch dann nickte sie. Natürlich konnte sie sich auf Nils verlassen. Er war Joris' Bruder. Er hatte sein Leben für sie aufs Spiel gesetzt. Hansen hatte ihn schwer verletzt, und Nils blieb trotzdem an ihrer Seite. Er setzte sich auf und beugte sich vor, bis er seine Hand auf Fenjas legen konnte.

»Kommst du morgen wieder zu mir?«

Sie nickte. Das war das Mindeste, was sie tun konnte.

»Ja. Natürlich.«

»Zusammen schaffen wir es, Fenja. Ich werde mir etwas überlegen.«

Noch immer lagen seine Finger auf den ihren, und für einen kurzen Augenblick fühlte Fenja sich unbehaglich. Dann aber lächelte sie. Sie sollte dankbar sein. Nils war ihr Verbündeter, ihr einziger Schutz in dieser Zeit. Und Neele? Fenja wurde das Gefühl nicht los, dass die Freundin sich zu sehr von ihrem Misstrauen Nils gegenüber leiten ließ. Diesen Fehler würde sie selbst nicht begehen, schwor sie sich. Mit ihm an seiner Seite war sie sicher – bis Joris wieder zurück war.

6.

Joris saß in der Kajüte, die in den nächsten Monaten sein Zuhause sein sollte. Es war ein kleiner Raum, doch es gab darin ein bequemes Bett, einen Schrank und einen Arbeitsbereich. Alle Möbel waren zwar einfach gestaltet, aber von geschickten Handwerkern so befestigt, dass sie auch Stürmen standhalten würden.

Am besten gefiel Joris der schwere Schreibtisch aus Eichenholz, der genügend Platz für alle wichtigen Unterlagen bieten würde. Dort saß er an diesem Morgen und sah noch einmal die Papiere durch, die vor ihm lagen. Am Rand des Tisches hatte Fenjas Zeichnung, die sie ihm vor Jahren am Strand geschenkt hatte, einen Ehrenplatz bekommen. Wann immer er Sehnsucht nach Borkum bekam, würde er dank ihr den hellen Sand, den langen Strandhafer und die Sanddornbüsche seiner Heimat zu sich holen können. Joris lächelte, als er das Bild betrachtete, aber dann ermahnte er sich, seine Aufgaben nicht zu vernachlässigen.

Mit Smeulders' Hilfe hatte er in den letzten Tagen das Anheuern der Mannschaft schon recht gut bewältigt. Der Buchhalter hatte ein Gespür für Menschen bewiesen und so manchen, der sich als erfahrener Seemann ausgegeben hatte, entlarvt. Ein paar der Männer, die sich hatten mustern lassen, waren ihm zudem aus früheren Jahren bekannt, sodass Joris sich gern auf seine Empfehlungen verlassen hatte. Harpuniere und Speckschneider, Steuermänner, Matrosen, Kombüsenjungen, Zimmerleute und Kajütwächter hatten sich die Klinke in die Hand gegeben, um sich auf der *Gulden Leeuw* zu verdingen. Nicht alle waren tauglich, und ein paar Tage würde es noch dauern, bis sie auslaufbereit waren. Aber selbst ein Vorleser, der für das geistliche Wohlbefinden der Mannschaft sorgen sollte, hatte sich bereits gefunden.

Sorge bereitete Joris, dass er noch keinen Arzt oder Bader angeheuert hatte. Er sagte es nicht laut, aber dass sich jemand im Krankheitsfall um die Männer kümmerte, schien ihm wichtiger, als dass regelmäßig aus der Bibel vorgelesen wurde. Umso mehr Hoffnung setzte er in den Mann, der in wenigen Minuten zu ihm kommen sollte. Ein junger Bader, laut Smeulders zwar ein unter Seeleuten unbeschriebenes Blatt, aber mit gutem Leumund.

Es klopfte, und auf Joris' Ruf hin betrat Georg, ein Kajütwächter von vielleicht zwölf Jahren, der das erste Mal auf Walfahrt ging, den Raum. Er hatte seine Kappe abgenommen und drehte sie in den Händen hin und her.

»Ja?« Joris lächelte dem Jungen zu, der sichtlich eingeschüchtert war, und stand auf. Es war, als würde er sich selbst in ihm wiedererkennen. Blonde, vom Wind zerzauste Haare, eine hagere Gestalt. Aufgeregt und voller Respekt vor dem Commandeur.

Joris hätte ihm gern Mut für die Reise zugesprochen. Er wusste aus eigener Erfahrung, dass kleine Jungen nicht immer wie solche behandelt werden wollten. Er würde Georg daher auch nicht erzählen, dass sein Vater, ein Hafenarbeiter, ihn zur Seite genommen hatte, nachdem er für seinen Sohn unterschrieben hatte. Er hatte sich sichtlich Mühe gegeben, gut gekleidet zu diesem Anlass zu erscheinen, dennoch hatten die vielfach geflickten Hosen seine Herkunft verraten.

»Darf ich Sie auf ein Wort sprechen, Herr Commandeur?«, hatte er gefragt und dabei unsicher auf seine Füße geschaut, als hätte er Hemmungen, Joris in die Augen zu sehen.

»Natürlich«, hatte der junge Commandeur geantwortet, und der Mann hatte seinen Sohn daraufhin vor die Tür geschickt.

»Meine Frau und ich sorgen uns. Georg ist unser einziges Kind. Wissen Sie, er ist erst zwölf.«

»Wenn Sie ihn lieber noch zu Hause behalten möchten, verstehe ich das«, hatte Joris freundlich eingeworfen, doch Georgs Vater hatte den Kopf geschüttelt.

»Das würden wir gern, aber dann steht uns ein Winter voll Hunger bevor. Wir sind auf die Heuer angewiesen. Leider. Verstehen Sie mich nicht falsch, wir sind stolz darauf, dass unser Junge mit Ihnen reisen darf. Es ist nur ... wir haben Sorge. Ein Kind unter so vielen Seeleuten ...« Er brach ab. Die Röte in seinem Gesicht verriet, wie sehr er sich grämte.

»Haben Sie keine Angst.«

Joris trat neben den Mann, legte ihm eine Hand auf die Schulter und hielt seinen Blick fest.

»Ich werde persönlich darauf achten, dass dem Jungen nichts passiert. Sie bekommen ihn wohlbehalten zurück. Das verspreche ich.«

Joris erinnerte sich an dieses Gespräch, als der Kleine ihm nun mit großen Augen gegenüberstand. Er lächelte ihm aufmunternd zu. Georg schien ein anständiger Junge zu sein, und Joris würde dafür sorgen, dass es ihm auf dem Schiff gut erging.

»Herr Smeulders schickt mich«, sagte Georg schüchtern. »Ich soll melden, dass der Bader eingetroffen ist, der sich anheuern lassen möchte. Ove Jonge.«

»Sehr gut, ich habe schon auf ihn gewartet. Lässt du ihn bitte eintreten?«

Der Junge nickte eifrig und eilte hinaus. Joris sah ihm lächelnd nach. Er wusste, wie grob manche der Seeleute mit Kindern umgingen. Als er selbst an Georgs Stelle gewesen war, hatten sich einige Männer einen Spaß daraus gemacht, ihn herumzuschubsen, und es hatte so manche ungerechtfertigte Ohrfeige gehagelt. Umso mehr würde er ein Auge auf ihn haben, ganz wie er es Georgs Vater versprochen hatte.

Er verschränkte die Arme hinter dem Rücken und ging auf und ab, während er versuchte, seine Nervosität zu bekämpfen. Er wollte unbedingt jemanden in der Mannschaft, der sich mit der Heilkunst auskannte. Auf seiner bislang einzigen Reise ins Nordmeer hatte Joris zu viele Männer gesehen, deren Gedärme sich umgekrempelt hatten, bis die Haut ihnen schuppig und vertrocknet vom Körper hing und ihre sterblichen Überreste schließlich über Bord geworfen wurden, damit ihre Krankheiten sich nicht ausbreiteten. Schweigend war das vonstattengegangen, lediglich der Vorleser hatte gegen den oft eisigen Wind angebrüllt. Bibelverse, welche die Verstorbenen in ihr nasses Grab begleiten sollten. Zudem hatte es grauenvolle Verletzungen gegeben, ein Harpunier hatte gar drei Finger verloren, als er beim Kampf gegen einen Wal verletzt worden war.

Albträume hatte er von all dem Elend an Bord bekommen, die ihn selbst heute noch in manchen Nächten verfolgten. Hätten sie damals keinen Doktor dabeigehabt, wäre alles noch viel schlimmer gewesen. Nein, das durfte er nicht riskieren. Er musste den Mann, der in diesem Moment von dem Jungen hereingeführt wurde, davon überzeugen, dass die *Gulden Leeuw* für ihn das richtige Schiff war. Joris trat vor und schüttelte dem Mann die Hand.

»Commandeur Meyer«, stellte er sich vor.

»Ove Jonge. Es freut mich, dass ich hier sein darf.«

Ove hatte ein gewinnendes Lächeln. Seine braunen Haare waren kurz geschnitten. Er war glatt rasiert und hatte hellblaue Augen, die direkt durch einen hindurchzusehen schienen. Er war ein wenig kleiner als Joris, aber ebenso kräftig. Man sah ihm an, dass er kein Seemann war, seine Haut war glatt und blass und verlieh ihm ein beinahe jungenhaftes Aussehen, obwohl Joris aus seinen Unterlagen wusste, dass Ove Jonge bereits sechsundzwanzig Lenze zählte.

»Bitte nehmen Sie Platz.«

Joris deutete auf den Stuhl vor seinem Schreibtisch, und der Bader folgte der Aufforderung mit einem Lächeln.

»Sind Sie schon einmal auf einem Walfänger mitgefahren?«

»Nein. Ich habe bislang mit meinem Vater zusammen praktiziert. Leider ist er verstorben, und um ehrlich zu sein, ist in mir in den letzten Jahren der Wunsch gewachsen, etwas von der Welt zu sehen. Doch er brauchte meine Unterstützung, es ging ihm schon lange nicht mehr gut genug, um alle Arbeit allein zu bewältigen.«

»Und jetzt möchten Sie die Gelegenheit ergreifen?«

»Nun ja.« Ove wiegte den Kopf hin und her. »Das soll nicht klingen, als sei der Tod meines Vaters eine Befreiung für mich gewesen. Wir sind immer gut miteinander ausgekommen. Aber natürlich ist es so, dass ich jetzt, da niemand mehr auf mich angewiesen ist, solche Wünsche eher umsetzen kann.«

»Verstehe.« Joris nickte und blätterte in seinen Unterlagen, während er darüber nachdachte, wie er seine nächste Frage formulieren sollte.

Ove schmunzelte. »Und jetzt fragen Sie sich, warum ich mich ausgerechnet für das Nordmeer entscheide und ob ich auch nur im Geringsten eine Vorstellung davon habe, was mich dort erwartet?«

Joris lachte. »Ja. Ganz genau.«

Ove wurde ernst. »Wir hatten einmal einen Matrosen bei uns, der von einer solchen Reise zurückgekommen ist. Wir haben nicht herausgefunden, was ihm fehlte, aber er war in einem erbarmenswerten Zustand, Commandeur Meyer. Zutiefst erschöpft. Die Zähne sind ihm ausgefallen, und er hatte Fieber und Durchfall.«

Der Bader senkte den Blick. Seine Stimme wurde leiser.

»Er ist gestorben. Und man hört immer wieder, dass Seeleute auf diese Art erkranken. Wir verlieren zu viele Leute auf den Schiffen. Auf See ist die Versorgung durch einen Heilkundigen ohnehin wichtig, aber gerade diesem seltsamen Krankheitsbild muss man nachgehen, finde ich. Ich möchte sehen, wie es sich entwickelt, wie das Leiden der Seeleute beginnt. Vielleicht lässt sich etwas herausfinden. Darum möchte ich mitreisen.«

Joris nickte. Oves Worte hatten ihn berührt. Der Bader dachte wie er. Er war der richtige Mann für die *Gulden Leeuw.* Aber eine Sache war ihm noch aufgefallen, die es zu klären galt.

»Bevor Sie kamen, habe ich noch einmal Ihre Unterlagen durchgesehen. Der Buchhalter hat notiert, dass Sie eigentlich schon eine Heuer unterschrieben hatten? – Bei Gerrit Hansen?«

Den Namen auszusprechen fiel Joris schwer. Wie von selbst schweiften seine Gedanken ab, hin zu Fenja. Der Bader strich sich eine Haarsträhne aus der Stirn und sah für einen Moment ins Leere. Kam es Joris nur so vor, oder hatte der Blick des Mannes sich verdunkelt?

»Ja, ich hatte bei ihm unterschrieben. Aber ich habe beschlossen, die Reise unter dem Kommando von Gerrit Hansen nicht anzutreten.«

Er biss sich auf die Unterlippe. Joris merkte, dass der Bader nicht mehr dazu sagen wollte, aber es ging um Hansen. Da konnte er nichts auf sich beruhen lassen.

»Wie kam es dazu, dass Sie sich dagegen entschieden haben? Hansen zahlt gut, sagt man. Sie hätten mehr verdienen können als bei uns.«

Er sah Ove an, und der Bader hielt seinem Blick nun stand, doch das Lächeln war aus seinem Gesicht gewichen.

»Wissen Sie, Commandeur Meyer, ich bin kein Mensch, der gern über andere richtet. Und ich weiß, dass die Leute viel reden und man nicht alles glauben sollte, was einem zu Ohren kommt. Aber wenn man erst einmal auf See ist, gibt es kein

Zurück. Wenn ich mich also für ein Schiff entscheide, muss ich Gewissheit haben, dass die Reise sicher ist.«

Er seufzte. »Ich will ehrlich sein. Es gibt Gerüchte. Hansen soll die diesjährige Fahrt weniger für den Walfang als für einen Rachefeldzug nutzen wollen. Haben Sie ihn gesehen? Sein Gesicht … er sieht beinahe entstellt aus. Blaue Flecken, entzündete Kratzer. Vermutlich geht es darum. Irgendein Konflikt mit jemandem von seiner Heimatinsel. So munkelt man zumindest in den Schenken.«

Joris zog scharf die Luft ein und versteckte die Arme hinter dem Rücken, um das Zittern seiner Finger vor dem Bader zu verbergen. Ein Rachefeldzug! Natürlich galt der ihm! Er hatte gewusst, dass Hansen nicht aufgeben würde, dass er sich einen Feind gemacht hatte, als er Sina vor ihm beschützt hatte. Aber dass Hansen ihn auf dem Meer jagen wollte? Nein, das hatte er nicht geahnt. Wunden im Gesicht … offenbar war er mit Nils aneinandergeraten, ehe er abgereist war! Hatte sein Bruder es geschafft, die Mädchen zu beschützen? Sicherlich, sonst wäre Hansen kaum auf Rache aus, beruhigte er sich. Und doch … auf dieser ohnehin schon gefährlichen Reise sollte er nun von Hansen gejagt werden? Der Herr stehe ihm und seiner Mannschaft bei!

Ove missverstand Joris' entsetztes Schweigen als Misstrauen und beeilte sich, seine Beweggründe weiter zu erklären.

»Es mag sein, dass es sich wirklich nur um Gerüchte handelt, Commandeur. Aber das Risiko, das gebe ich offen zu, mochte ich nicht eingehen. Ich will reisen, um den Seeleuten beizustehen. Es lauern sicher genug Gefahren auf See, ohne dass noch derlei Gefechte hinzukommen. Ich bin kein Mann für unnötige Kriege. Ich möchte niemandem folgen, der von Rachegelüsten getrieben ist. Deshalb habe ich darum gebeten, den Vertrag mit mir zu lösen. Hansen schien es gleichgültig zu sein – er weiß, dass viele Ärzte und Bader sich mit Freuden der *Vrouw Jacoba* anschließen werden. Ich war ja ohnehin nur der zweite Mann und hätte dem Doktor, der schon im letzten Jahr mit ihm gefahren ist, zur Seite stehen sollen. Es wird ein Leichtes für ihn sein, Ersatz für mich zu finden.« Ove verstummte.

Joris spielte mit einer Feder, die auf dem Tisch lag, und seufzte. Was nun? Durfte er dem Mann verschweigen, was er über Hansen wusste? Nein, dachte er, das wäre nicht recht.

Joris stand auf und lief hinter dem Schreibtisch auf und ab.

»Es gibt etwas, das Sie wissen sollten.«

»Ja?« Der Bader runzelte abwartend die Stirn.

Joris blieb stehen und sah ihm fest in die Augen.

»Ich glaube, dass er hinter mir her ist. Wir stammen beide von Borkum und sind dort aneinandergeraten.«

»Ich verstehe.« Ove lehnte sich in seinem Stuhl zurück und fuhr sich durch die Haare, während Joris weitersprach.

»Sie können mir glauben, dass ich es nicht auf eine Konfrontation anlegen werde. Ich werde versuchen, die *Gulden Leeuw* von Hansens Schiff fernzuhalten, so gut es mir eben gelingt. Aber versprechen, dass es keine Zwischenfälle geben wird? Das kann ich leider nicht.«

Ove stand auf. Ein entschlossener Zug lag um seine Mundwinkel. »Ich danke Ihnen für die Ehrlichkeit. Dass Sie so offen zu mir sind, beweist nur noch mehr, dass ich hier richtig bin. Wenn Sie mich denn anheuern möchten.«

Joris lächelte und ging mit ausgestreckter Hand auf Ove zu, der einschlug.

»Willkommen in der Mannschaft.«

*

Gute zwei Wochen waren seit Joris' Abreise nach Emden bereits vergangen. Fenja saß im Sand und starrte auf die Nordsee hinaus. Es war ein kühler, aber trockener und windstiller Aprilabend. Die Sonne verschwand langsam hinter dem Horizont. Gedankenverloren drehte sie ihren Holzring. Bislang hatte sie es noch nie versäumt, zu dieser Stunde an Joris zu denken. Fenja nahm an, dass er das Anheuern seiner Leute inzwischen abgeschlossen hatte und die *Gulden Leeuw* bereits auf dem Weg nach Norden war. Hoffentlich war es ihm gelungen, eine gute Mannschaft zusammenzustellen. Mit Gefährten, die ihm auf der Reise treu zur Seite standen, damit er wohlbehalten zu ihr zurückkam. Wenn es nur endlich Herbst wäre. Ihr war es gleich, ob er ein reicher Mann wurde. Sie wollte nur, dass er wieder bei ihr war.

Immer noch träumte sie jede Nacht von Hansen. Von dem Messer in seiner Hand. Oft wachte sie dann auf, das Nachthemd nass von Schweiß und mit rasendem Herzen. Sina hatte ihr verraten, dass sie mehr als einmal im Schlaf nach Joris geschrien hatte. Fenja ärgerte sich über sich selbst. Eigentlich war alles in Ordnung. Warum hatte sie so viel Angst? Hansen hatte die Insel verlassen, sie waren vorerst in Sicherheit. Und Joris war nicht zuletzt für sie unterwegs. Neele besuchte sie regelmäßig, und Nils gab auf sie acht. Was wollte sie mehr? Sie schluckte schwer und zog ihr wollenes Tuch dichter um die Schultern, weil sie zu frösteln begann. Vor Kälte oder vor Angst? Sie vermochte es selbst nicht zu sagen.

Schritte hinter ihr rissen sie aus ihren Gedanken, doch sie drehte sich nicht um. Das Geräusch war ihr vertraut, begleitete sie seit Tagen. Beinahe hätte sie geseufzt. Dieses Innehalten sollte nur Joris und ihr gehören, so hatten sie es einander versprochen. Sie wäre lieber allein hier gewesen, aber seit Nils wieder auf den Beinen war, tauchte er Abend für Abend am Strand auf und setzte sich zu ihr. Sie hätte gern gesagt, dass sie für sich bleiben wollte, traute sich aber nicht. Zu tief stand sie in seiner Schuld, als dass sie es noch wagen würde, ihn vor den Kopf zu stoßen. Dennoch versteifte sie sich, als sie hörte, wie er sich neben ihr in den Sand setzte. Sie sah sich nicht zu ihm um, sondern hielt den Blick weiterhin auf die untergehende Sonne gerichtet.

»Guten Abend, Fenja.«

Obwohl der Nordseewind noch immer über ihr Gesicht strich, schien das Atmen auf einmal schwer zu werden.

»Denkst du an Joris?«, fragte er mit einem Blick auf ihren Ring.

»Ja. Wie jeden Abend«, erwiderte sie und fragte sich, warum Nils nicht verstand, dass sie gern allein wäre.

»Ich bin sicher, es geht ihm gut«, sagte er stattdessen gelassen. »Die Walfänger werden alle schon auf dem Weg nach Spitzbergen sein. Der Herbst wird schneller kommen, als wir denken.«

»Wie geht es dir heute?«, fragte sie, um nicht gar zu unhöflich zu wirken.

»Es geht mir leidlich.«

Genau diese Antwort gab er ihr seit Tagen. Warum nur wurde sein Zustand einfach nicht besser? Neele hatte ihr zu verstehen gegeben, dass sie Nils keinen Glauben schenkte. Die Bäckerstochter war überzeugt, dass er nur vorgab, noch immer geschwächt zu sein.

»Ich denke aber, in ein paar Tagen bin ich endlich wieder auf dem Damm«, relativierte er nun, als hätte er ihre Gedanken gelesen. »Dann frage ich wieder rum, ob jemand Arbeit hat.«

»Du wirst gewiss etwas finden«, gab Fenja zurück.

»Das hoffe ich sehr.« Nils runzelte die Stirn. »Ich habe ja auch für Greta zu sorgen.«

Für einen Moment schwieg er, als wartete er auf eine Antwort.

»Und für dich«, setzte er dann leise hinzu. »Wenn Hansen zurückkommt, sollten wir vorbereitet sein. Wir müssen zusammenhalten, Fenja.«

»Ich weiß.« Sie nickte und wandte ihm endlich das Gesicht

zu. Mit einer Mischung aus Entschlossenheit und Furcht erwiderte sie seinen Blick. »Ich weiß.«

*

Joris stand an Deck und beobachtete, wie der letzte Zipfel Land zusammen mit der Sonne allmählich hinter dem Horizont verschwand, während der Steuermann die *Gulden Leeuw* gekonnt über die Wellen manövrierte. Joris hatte seine Einträge für die Reederei beendet und noch einmal die Route geprüft. Danach hatte es ihn aus der stickigen Kajüte an Deck gezogen. Es war windig, aber nicht zu sehr. Der Walfänger lag ruhig und aufrecht im Wasser; sie hatten gut Fahrt aufgenommen, und wenn es so weiterging, würden sie ihr Fanggebiet bei Spitzbergen in wenigen Wochen erreichen. Es kam ihm noch immer wie ein Traum vor, Commandeur dieses Schiffes zu sein. Die Mannschaft machte ihre Sache gut. Alle waren gesund, und die Aufregung wuchs von Tag zu Tag. So viele Hoffnungen hingen an dieser Reise. Die Männer träumten von einer besseren Zukunft. Genau wie er selbst. Er nestelte an dem Lederband, das er wie einen Talisman um seinen Hals trug.

»Ove«, grüßte er den Bader, der in diesem Moment neben ihn trat und sich über die Reling lehnte. Die beiden Männer hatten in den letzten Tagen häufig zusammengesessen und festgestellt, dass sie sich gut verstanden. Seither verzichteten sie auf die förmliche Anrede.

»Ich wollte etwas an die frische Luft«, erklärte Ove und schloss die Augen, als eine Böe ihm hart ins Gesicht blies. »Ich habe meine Bestände durchgesehen. Bislang war kaum etwas zu tun. Ein paar Schürfwunden, zwei Männer, denen die See nicht bekommen ist.«

»Dem Himmel sei Dank«, erwiderte Joris. »Je weniger Krankheiten zu behandeln sind, umso besser ist es.«

Ein Lächeln umspielte seine Lippen, als er den zweifelnden Blick des Baders bemerkte.

»Selbst auf die Gefahr hin, dass dir langweilig wird.«

»Das wird es schon nicht. Ich wünsche keinem etwas Schlechtes an den Hals, aber wenn die ersten Wale auftauchen und es kälter wird …« Er wiegte den Kopf hin und her. »Wir wären die Ersten, die das ohne irgendwelche Ausbrüche überstehen. Ganz zu schweigen von der anderen Krankheit, die Seeleute so oft befällt.«

Joris sah auf.

»Ich weiß, was du meinst. Im Unterricht in Emden haben wir darüber gesprochen. Schmerzende Muskeln, Zahnausfall und Fieber. Seltsame Flecken auf der Haut …«

»Scharbock«, nickte Ove. »Eine üble Seuche.«

»Meinst du, wir könnten davon ereilt werden?« Joris sah den Bader besorgt an. »Ich dachte, auf einem gut ausgestatteten Schiff blieben einem solche Ausbrüche vielleicht erspart.«

»Je länger eine Reise dauert, desto mehr Leute erkranken.« Ove zuckte mit den Schultern. »Keiner weiß, warum, aber die Zeit scheint entscheidend zu sein. Auch wenn ich hoffe, dass wir verschont bleiben, würde ich mir doch wünschen, etwas über die Krankheit herauszufinden. Damit man den Seeleuten helfen kann und der Scharbock seinen Schrecken verliert.«

»Ich bin froh, wenn ich die Männer wieder sicher nach Hause bringe«, murmelte Joris. Ove lächelte aufmunternd.

»Sie sind sehr aufgeregt. Alle glauben, dass sie reich zurückkommen, mit fetter Beute.«

Joris seufzte. »Ich kann nur hoffen, dass sie nicht enttäuscht werden. Mir ist klar, dass viele darauf angewiesen sind, dass die Walfahrt ein Erfolg wird.«

»Und du bist derjenige, der dafür verantwortlich ist.« Ove sah ihn mit gerunzelter Stirn an. »Ehrlich gesagt, mein Freund, möchte ich nicht in deiner Haut stecken.«

»Die Reederei hat mir ein paar Fanggebiete genannt, die sich lohnen sollen.«

»Hoffen wir, dass sie recht behalten.«

Joris nickte. Er spürte, wie Angst ihm die Kehle zudrückte. Die Erwartungen der Mannschaft. Hansen. Fenja. Mit beiden Händen klammerte er sich an der Reling fest. Holte tief Luft. Er durfte den Halt nicht verlieren. Und doch spürte er, wie alles ins Wanken geriet.

*

Fenja saß am folgenden Morgen in der Stube der alten Gerda Teersten und faltete ein Laken.

»Vielen Dank, dass ich hier sein darf«, sagte sie.

Es war in der letzten Zeit nicht leicht gewesen, Arbeit zu finden. Bis zum Tod ihrer Mutter war Fenja dieser nur im Haushalt zur Hand gegangen und hatte gelegentlich geholfen, wenn Hannah Näharbeiten übernommen hatte. Nun aber, da Sören so selten zum Fischen fuhr, versuchte sie immer wieder, ein paar Münzen zu verdienen, damit die Familie genügend zu essen auf dem Tisch hatte. Es war kein leichtes Unterfangen, denn die Borkumer konnten es sich selten leisten, jemanden zu beschäftigen. Manchmal durfte sie in der Bäckerei oder im Krämerladen aushelfen, und ein paar Mal hatte der Pastor sie mit Hausarbeiten beauftragt. Heute hatte Gerda, die von der Gicht geplagt war, sie gebeten, ein paar Wäschestücke für sie auszubessern, da ihre Finger dafür nicht mehr flink genug waren.

»Ich bin froh, dass du mir zur Hand gehst, Kind«, versicherte Gerda und lehnte sich in ihrem Stuhl zurück. »Ich würde dir häufiger Arbeit geben. Hilfe bräuchte ich allemal. Aber du weißt ja, das Geld ist knapp.«

Sie seufzte, und Fenja lächelte ihr zu. Gerda hatte gleich gesagt, dass sie ihr nicht viel für die Flickereien zahlen konnte, aber Fenja war froh um jede Münze, die in ihrer Tasche klimperte. Sie hatten kaum noch Getreide im Haus, und Fenja mochte nicht ständig bei Neele um etwas bitten.

»So, Gerda.« Fenja stand auf und legte die Nadeln und das Garn zurück in den Korb, der auf dem Tisch stand. »Jetzt ist die Wäsche wieder in Ordnung. Hast du sonst noch etwas zu erledigen?«

Gerda stand ebenfalls auf. Fenja wusste nicht genau, wie alt sie war, aber bestimmt schon über siebzig. Ihr Rücken war krumm, und die schlurfenden Schritte, mit denen sie zum Tisch lief, verrieten, dass jede Bewegung ihr Schmerzen bereitete. Eigentlich war es nicht recht, von ihr Geld zu nehmen, dachte Fenja, als die Frau nun in die Tasche ihrer Schürze griff. Ihr Gesicht verzog sich, während sie mit gichtgeplagten Fingern nach den versprochenen Geldstücken angelte und sie dann Fenja in die Hand drückte.

»Danke schön.«

»Wärst du vielleicht so freundlich, noch diesen Korb Hemden für mich zu waschen?« Gerda deutete auf einen kleinen Bottich, der neben der Tür stand und mit weißen Leinenhemden gefüllt war. Sie zuckte mit den Schultern.

»Eingeweicht habe ich alles schon gestern, aber die Sachen gehören ausgekocht. Ich würde es selbst tun, aber meine Finger erlauben es nicht.« Sie rieb sich die Hände. »Du bekommst natürlich etwas dafür.«

Fenja nahm den Bottich hoch.

»Das mache ich gern.«

Sie war versucht, Gerda zu sagen, dass sie keine Bezahlung wollte, mahnte sich jedoch zur Vernunft.

»Hinterm Haus findest du den Waschzuber. Das Wasser ist schon heiß.« Gerda neigte den Kopf zur Seite, als Fenja sie fragend ansah. »Ich hatte mir eigentlich vorgenommen, heute die Wäsche zu machen, aber wie gesagt … es ist wohl besser, ich schone meine Hände.«

»Das ist es sicherlich. Ich hänge danach alles auf und sage dann Bescheid, ja?«

Mit einem Lächeln verließ Fenja das Haus. Aus dem Kessel stieg Wasserdampf auf, der nach dem Salz des Meeres roch. Fenja nahm eines der eingeweichten Hemden, griff nach dem Waschbrett, das an der Wand der Hütte lehnte, und begann, das Kleidungsstück zu schrubben. Die Arbeit war anstrengend, und doch gefiel sie ihr. Sie konnte ihre Gedanken dabei schweifen lassen und überlegte, was sie mit den verdienten Münzen anfangen würde. Vielleicht konnte sie sogar eine besondere Kleinigkeit erstehen? Ein paar Kluntjes? Darüber würde Sina sich bestimmt freuen.

»Fenja! Was machst du denn hier?«, riss eine Stimme sie aus ihren Überlegungen. Sie erschrak und ließ beinahe den Holzstab fallen, während sie sich umdrehte.

»Nils. Guten Tag.«

Er stellte sich neben sie und lugte in den Kessel.

»Hilfst du der alten Gerda bei der Wäsche?«

»Ja, genau. Und du?« Sie deutete auf den Korb, den Nils in der Hand hielt.

»Ich liefere Brot in die Schenke aus«, erklärte er. »Könntest du nicht auch für den Bäcker arbeiten? Du bist so eng mit Neele befreundet, dass ihr Vater bestimmt nichts dagegen hätte.«

Fenja stocherte mit dem Stab im Kessel. Natürlich würde Jan Klaas sie beschäftigen, wenn sie ihn fragte. Aber aus Gefälligkeit – und das wollte sie nicht.

»Vielleicht frage ich einmal«, entgegnete sie ausweichend. »Heute helfe ich jedenfalls Gerda.« Sie wandte sich wieder der Wäsche zu.

»Dann gutes Gelingen.«

»Danke, das wünsche ich dir auch.«

Fenja starrte in den Kessel, doch sie spürte Nils' bohrenden Blick im Rücken. Er ließ sie nicht aus den Augen. Und aus einem Grund, den sie noch nicht wirklich fassen konnte, beunruhigte dieses Wissen sie zutiefst.

*

Neele strich sich die Locken aus der Stirn. Ihre bemehlten Hände hinterließen eine weiße Spur in ihrem Haar, aber das scherte sie nicht. Auf der hölzernen Arbeitsfläche lagen mehrere Laibe Brot, die sie geformt hatte und die nun gehen mussten. Nachdenklich sah sie zum Ofen hinüber. Das alte Ding brauchte schier ewig, bis es heiß genug war, um den Broten eine gute Kruste zu verleihen. Man müsste einen neuen anschaffen, dachte sie. Vater verdiente eigentlich recht gut, auch wenn er stets darüber klagte, wie teuer das Getreide seit den schlechten Ernten der letzten Jahre geworden war. Zudem wäre das Geld sinnvoll investiert. Jan Klaas hielt immer dagegen, dass sie schließlich die einzigen Bäcker auf der Insel waren und die Kundschaft von daher gesichert war, neue Gerätschaften hin oder her – aber konnte sich das nicht eines Tages ändern? Wenn sie etwas zu bestimmen hätte, würde sie nach Emden reisen und die Ausstattung der Backstube erneuern.

Der Gedanke war ihr kaum gekommen, da schalt Neele sich dumm. Sie wusste, dass ihr Vater weder Interesse an Veränderungen hatte noch sie als Nachfolgerin in Erwägung ziehen würde. Ganz gleich, wie gut sie sich im Bäckerhandwerk auskannte. Er würde versuchen, einen Ehemann für sie zu finden, und diesen ausbilden. Neele verzog den Mund. Sie wollte gar keinen Bäcker heiraten. Jedes Gespräch ihrer Eltern drehte sich nur um Mehlsorten, schien es ihr. Dabei gab es dort draußen eine ganze Welt voller Dinge, über die man sich unterhalten konnte. Aber wenn sich das ganze Leben eines Ehepaars in der Backstube abspielte, hatte man natürlich keine anderen Gesprächsthemen.

Ein Klopfen am Türrahmen ließ sie innehalten. Sie sah auf und entdeckte ihre beste Freundin.

»Fenja! Wie schön, dass du mich besuchst!«

»Neele«, rief ihr Vater im gleichen Moment aus der Vorratskammer. »Wo bleibst du denn?«

»Fenja ist hier, Vater. Darf ich eine kurze Pause machen?«

Ein unwilliges Brummen reichte ihr als Antwort. Sie legte einen Arm um die Taille der Freundin.

»Komm, wir gehen ein paar Schritte. Sehr lange kann ich nicht wegbleiben. Mutter liegt mit Kopfweh darnieder, das hat sie oft bei dem Wetter. Umso mehr muss ich heute helfen.«

»Ich möchte keinen Ärger mit deinem Vater.«

Fenja blickte über die Schulter zurück, doch Neele winkte ab.

»Mach dir keine Sorgen. Ein paar Minuten wird er auf mich verzichten können.«

»Ist Nils denn heute gar nicht zum Helfen gekommen?«

»Nein. Zum Glück nicht.« Neele verzog den Mund.

»Neele!«

»Ich weiß, du verteidigst ihn immer.«

»Das stimmt nicht«, protestierte Fenja halbherzig, doch dann brach sie ab.

Neele sah, wie ihre Schultern zusammensackten. Sie blieb stehen und deutete auf eine grob gezimmerte Bank, die ihr Vater vor langer Zeit, als Neele noch ein kleines Mädchen war, im Gras aufgestellt hatte. Fenja setzte sich, ohne Neele anzusehen.

Die Bäckerstochter ließ sich mit einem Seufzer neben ihr nieder und musterte die Freundin von der Seite. Ihr entging nicht, wie blass Fenja geworden war. Und wie dünn. Das braune Leinenkleid rutschte ihr beinahe von den Schultern. Sie wirkte, als wäre sie der Welt halb entschwunden, fuhr es Neele durch den Kopf. War das alles nur, weil sie Joris so sehr vermisste? Nein, das glaubte sie nicht. Natürlich hatte Fenja

Sehnsucht nach ihm und sorgte sich um sein Wohlergehen, doch sie wirkte regelrecht ausgezehrt.

»Ist es wegen Hansen?«, fragte sie vorsichtig.

Fenja hob den Kopf. »Was meinst du?«

»Dass es dir so schlecht geht.«

Die Freundin runzelte die Stirn. »Es geht mir gut, Neele.«

Neele hob die Brauen. »Glaubst du wirklich, dass du mich anlügen kannst?«

Sie verlieh ihrer Stimme einen heiteren Unterton, als würde sie mit Fenja scherzen, aber es war ihr ernst. Irgendetwas belastete die Freundin über alle Maßen, und der Blick in ihren Augen ließ eine Ahnung in Fenja aufsteigen.

»Ist Nils noch immer so viel bei euch?«, fragte sie.

Fenja zuckte zusammen. Neele knibbelte an einem Fingernagel. Sie kannte Fenja gut genug, um zu wissen, dass sie nur reden würde, wenn Neele sie nun in Ruhe ließ. Am liebsten hätte sie laut geseufzt. Fenja war so ein herzensguter Mensch. Um alles und jeden kümmerte und sorgte sie sich. Neeles Mutter hatte schon früher oft unter gewitterartigen Kopfschmerzen gelitten. Wie oft hatte Fenja dann in der Backstube ausgeholfen? Wenn sie als Kinder beim Spielen ein verletztes Tier gefunden hatten, ein Kaninchen oder eine Möwe am Strand, war es immer Fenja gewesen, die versucht hatte, das Geschöpf wieder gesund zu pflegen. Wenn sie nur nicht so ängstlich wäre!

Neele mochte Joris. Er war ein guter Kerl, aber heimlich hatte sie schon häufig gedacht, dass er Fenja zu sehr behütete. Vielleicht hätte es ihr gutgetan, irgendwann einmal einen Schubs zu bekommen, ihr Leben selbst in die Hand zu nehmen. Nach dem Tod ihrer Mutter, so traurig und leidvoll der Verlust war, wäre eine gute Gelegenheit dafür gewesen. Aber wie selbstverständlich hatte Joris die Zügel in die Hand genommen und Fenja behutsam durch diese schlimme Zeit geleitet. Doch was hatte es ihr letztlich genutzt? Joris hatte seinen ersehnten Posten als Commandeur angetreten, und Fenja war zurückgeblieben. Ein Häufchen Angst und Unsicherheit, das auf die Rückkehr des Liebsten wartete. Nein, Neele wäre anders mit alldem umgegangen. Dennoch wollte sie Fenja keine Vorwürfe machen oder sie unter Druck setzen. Endlich gab die Freundin ihr Antwort.

»Es ist seltsam mit Nils.« Fenjas Stimme war nur ein Flüstern, und Neele sah aus dem Augenwinkel, dass ihre Wangen rot anliefen. Beinahe verschämt.

»Er kommt ständig und kümmert sich gut um uns, wie er es Joris ja wohl versprochen hat. Ich sollte dankbar sein, vor allem, weil er es war, der Sina beim zweiten Mal vor Hansen gerettet hat. Aber ich weiß nicht … wie er mich ansieht …« Sie unterbrach sich.

Neele sah, wie sie die Hände in ihrem Schoß verschränkte, um das Zittern ihrer Finger zu verbergen. In ihr brodelte es. Dieser verdammte Nils Meyer! Hatte er also seine Fänge nach Fenja ausgestreckt. Sie hatte es immer schon geahnt. Die Blicke, die er der Freundin zugeworfen hatte. Und schlimmer noch die, mit denen er Joris bedacht hatte, wenn er sich unbeobachtet glaubte. So voller Neid, dass es Neele manches Mal einen Schauer über den Rücken gejagt hatte. Sie hatte jedoch gedacht, der Grund für seine Missgunst sei, dass aus ihm kein Commandeur geworden war.

War es vielleicht noch etwas anderes gewesen? Neidete er Joris seine Verlobte – oder ging es darum, dass es schwer war, die beiden so glücklich zu sehen? Das konnte Neele, der Eifersucht eigentlich fern war, sogar nachvollziehen. Ihr war noch niemand begegnet, der ein solches Funkeln in ihren Augen ausgelöst hätte, wie Joris es bei Fenja tat, und manchmal stimmte sie das wehmütig. Wenn Joris zurück war, würden er und Fenja vermählt werden und eine Familie gründen.

Doch was war mit ihr? Sollte sie ihr Lebtag in der Backstube verbringen? Wenn sich gar niemand fand, der als Nachfolger ihres Vaters in Betracht kam, würde er irgendwann auf den Gedanken kommen, sie mit Nils zu verheiraten? Neele hatte diese Überlegung noch nie ausgesprochen, doch die nachdenklichen Blicke, mit denen ihr Vater Nils dann und wann bedachte, waren ihr nicht entgangen. Aber nein, das würde sie nicht zulassen. Bevor aus ihr die Ehefrau von Nils Meyer würde, gäbe sie sich den Wellen hin. Nicht um unterzugehen, dachte sie grimmig, sondern um zu schwimmen. Und genau das, entschied sie nun, sollte auch Fenja tun. Schwimmen.

»Ich denke, er hat ein Interesse an dir, das Joris ganz und gar nicht gefallen würde«, sagte sie daher.

»Unfug!«

Neele zuckte zusammen. So einen harschen Tonfall kannte sie von der Freundin nicht. Im nächsten Moment jedoch seufzte Fenja.

»Entschuldige, Neele. Ich wollte dich nicht anschreien.«

Sie rang die Hände. »Aber so etwas solltest du nicht sagen. Er ist Joris' Bruder. Er kümmert sich um Sina und mich, weil Joris ihn darum gebeten hat. Nur für uns hat er sich in Gefahr begeben.«

»Fenja! Siehst du es denn wirklich nicht?«

»Nein. Aber ich weiß eines sicher: Dein Misstrauen hat er nicht verdient. Denk daran, wie übel das Schicksal ihm mitgespielt hat. Und trotzdem ist er so herzensgut, dass er sich für Sina und mich in einen aussichtslosen Kampf gestürzt hat.«

Neele lagen tausend Worte auf der Zunge, doch sie schluckte sie herunter. Sie wollte keinen Streit mit Fenja. Irgendetwas ließ sie ahnen, dass es wichtig war, nicht zu viel zu sagen, damit Fenja ihr weiter vertraute. Egal, was in den nächsten Wochen geschehen mochte.

7.

Joris hauchte in seine Hände, um die Finger zu wärmen, während er in Gedanken wie jeden Abend einen Gruß an Fenja schickte.

»Für uns«, flüsterte er. »Ich mache das alles hier für uns. Es ist so kalt, Fenja. Bitterkalt. Du fehlst mir, jeden Tag ein wenig mehr.«

Vom Sonnenuntergang war nicht viel zu erkennen. Der Himmel war mit dunklen Wolken verhangen. Das Wetter hatte längst umgeschlagen. Mit jeder Seemeile, die sie sich Spitzbergen näherten, schien die Kälte unbarmherziger zu werden. Wäre Fenja hier gewesen, er hätte sie an sich gezogen und nicht wieder losgelassen, bis die Reise vorüber war. Ihre Wärme hätte ihn durch das Eis getragen.

Der junge Commandeur verlor allmählich das Gefühl für Raum und Zeit. Land hatten sie lange keins mehr gesehen, um sie herum waren nur dunkle Wellen. Tagaus, tagein gab es nur das Meer und den Himmel über ihnen. Wenn er nicht Abend für Abend das Reisetagebuch für die Reederei pflegen würde, könnte er nicht mehr sagen, welcher Tag war. Er wusste nur, dass es immer kälter wurde. Längst war er dazu übergegangen, mehrere Paar Strümpfe übereinanderzuziehen, damit ihm die Zehen nicht erfroren.

Die See war in den letzten Tagen rauer geworden. Die Wellen schaukelten das Schiff nicht länger, sondern schubsten es wütend zwischen sich hin und her. Die Balken knarzten, und die Segel schienen unter dem Druck des Windes zerreißen zu wollen.

Ludwig, der Steuermann, fluchte lauthals vor sich hin,

während er versuchte, das Schiff auf Kurs zu halten. Seine grauen Haare hatte er mit einem Band zu einem Zopf gebunden, aber an den Seiten hingen Strähnen heraus, die der Wind ihm immer wieder ins Gesicht blies.

Die Gischt spritzte so hoch, dass Joris die Nässe im Gesicht spürte. Außer ihm, Ludwig und dessen sechzehnjährigem Sohn Jakob, der heute die erste Schicht der Nachtwache übernommen hatte, war niemand mehr an Deck.

»Ludwig, ist alles in Ordnung?«, brüllte Joris gegen den Wind an, denn er sah, wie der Steuermann eine Faust gen Himmel reckte, als machte er den Herrgott selbst für das Wetter verantwortlich.

»Ja, Herr Commandeur.«

Selbst in der Dämmerung entging Joris nicht, dass Ludwig sich auf die Unterlippe biss, als sei er bei einem Vergehen ertappt worden.

»Weiter Kurs halten! Der Wind steht genau richtig!«

Joris lächelte ihm ermutigend zu, obwohl der Steuermann es vermutlich nicht sehen konnte. Dann drehte er sich um und zog die Schultern hoch, als ein Schauer über seinen Rücken lief. Ein Frösteln, von dem Joris nicht mit Sicherheit sagen konnte, ob es der Kälte geschuldet war oder dem Gefühl, dass Ludwig ihm nicht vertraute.

Er wusste, dass sich in der Mannschaft herumgesprochen hatte, dass Joris zum ersten Mal als Commandeur unterwegs war, und schon mehrmals hatte er mitbekommen, wie die Männer, wenn sie sich unbeobachtet wähnten, darüber tuschelten, ob Joris dem Ganzen überhaupt gewachsen war. Er sei noch ein halbes Kind, grün hinter den Ohren. Unter Hansen hätte man sicher schon einen Wal gesichtet.

Joris konnte ihre Bedenken sogar ein Stück weit nachvollziehen, aber es betrübte ihn, dass es ihm nicht gelang, die Mannschaft zu überzeugen. Seit Beginn der Reise hielt er jeden Tag eine Ansprache. Joris versuchte dabei stets, die richtigen Worte zu finden, um alle auf Zusammenhalt einzuschwören, und appellierte an das Durchhaltevermögen der Männer. Doch seit immer mehr von ihnen sich gar nicht mehr blicken ließen, zweifelte er an der Sinnhaftigkeit seiner Reden. Das Einzige, was ihm wirklich helfen würde, den Respekt der Leute zu gewinnen, war ein Jagderfolg, dachte Joris grimmig.

»Jeden Abend trifft man dich um die gleiche Zeit hier an«, riss eine Stimme ihn aus seinen Gedanken. Ove trat, schwankend vom Wind, neben ihn und beugte sich über die Reling, um ins Wasser zu schauen. Er trug einen fellbesetzten Mantel und hatte seine Mütze tief ins Gesicht gezogen.

»Man kann ja kaum gerade stehen bei den Wellen. Die Männer sind immer froh, wenn sie unter Deck sind. Obwohl es da eng ist wie in einem Mauseloch und einigen sich der Magen umdreht.«

Joris horchte auf. »Ist jemand krank?«

»Es ist nur der zunehmende Seegang«, beschwichtigte Ove ihn. »Der setzt manchen noch etwas zu. Lediglich der kleine Georg macht mir in der Tat Sorgen. Er behält seit drei Tagen kaum etwas bei sich.«

»Wirklich?« Joris runzelte überrascht die Stirn. »Aber er arbeitet. Erst vor ein paar Stunden hat er noch nach der Kajüte gesehen.«

»Ja, weil er dich nicht enttäuschen will.« Ove zuckte mit den Schultern. »Er träumt davon, irgendwann mehr als ein Kajütwächter zu sein. Harpunier möchte er werden, hat er mir erzählt. Er glaubt, da darf man sich nicht anmerken lassen, dass das Meer einen zum Spucken bringt.«

»Kannst du ihm nichts geben?«

»Doch, das habe ich schon. Er hat einen Sud aus Kräutern bekommen. Aber er braucht vor allem Zeit. Dann gewöhnt sein Magen sich schon an die Schaukelei. Ich muss nur darauf achten, dass er bis dahin nicht zu sehr an Kraft verliert. Aber das soll nicht deine Last sein.« Ove musterte ihn von der Seite.

»Verrätst du mir, was dich jeden Abend nach hier oben lockt?«

Joris stemmte die Füße fest in den Boden, um nicht den Halt zu verlieren.

»Ein Versprechen.«

»Verstehe. Ein Mädchen?«

»Meine Verlobte. Fenja.«

Joris hatte nicht über sie sprechen wollen. Das waren persönliche Angelegenheiten. Die Lehrer in Emden hatten immer gesagt, dass solcherlei Dinge nicht an Bord eines Walfängers gehörten. Aber war Ove nicht längst ein Freund geworden?

Der Bader schien zu spüren, dass er den Commandeur verunsichert hatte. Er rieb sich die Nase, die in der Kälte angefangen hatte zu laufen.

»Sag, willst du nicht mit unter Deck kommen? Ein paar Männer spielen Karten, und manche vertreiben sich die Zeit mit Schnitzarbeiten. Du schnitzt auch gern, oder? Ich habe die Schale auf deinem Schreibtisch gesehen. Das ist gute Arbeit.«

Joris seufzte. »Ich weiß nicht, ob die Männer mich dabeihaben möchten. Ihre Gespräche verstummen, wann immer ich zu ihnen trete. Sie wollen ihre freien Stunden wohl lieber ohne mich verbringen.«

Ove schloss die Augen, als eine Sturmböe über sie hinwegfegte und ihn erneut ins Wanken brachte. Das Holz der Schiffsbohlen knarzte, während die Wellen, die der Wind vor sich herpeitschte, sich am Bug brachen. Ove umklammerte die Reling noch fester, ehe er Joris antwortete.

»Du bist der Commandeur. Sie glauben nicht, dass du zu ihnen gehörst. Aber vielleicht hilft es, wenn du mehr Zeit mit ihnen unter Deck verbringst. Dann sehen sie, dass du nicht nur ein Commandeur, sondern auch ein Mann bist. Sogar ein halbwegs freundlicher.«

Ove lachte, doch Joris bemerkte das Mitleid in seinen Augen.

»Ich bin auch nur ein einfacher Bursche, der bis vor Kurzem noch mit Holzschuhen über die Dünen Borkums gelaufen ist«, gab er zu bedenken.

»Das warst du einmal.«

Joris senkte den Blick. Vermutlich hatte Ove recht. Die Mannschaft zumindest schien so zu denken. Er war Commandeur, trug die Verantwortung für sie alle, lenkte und leitete die Reise. Er lebte seinen Traum, aber er hatte nicht vermutet, dass ihm die Einsamkeit von Tag zu Tag mehr zusetzen würde. Er wäre gern bei den Männern unter Deck, um mit ihnen zusammen über die Kälte zu fluchen und eifrig darüber zu streiten, was man mit der Heuer am besten anstellte, wenn man erst erfolgreich von der Jagd zurück war.

»Was sagen die Männer über mich?«, wollte er von Ove wissen. Ihm war bewusst, dass der Bader ebenfalls ein Außenseiter war. Aufgrund seiner Heilkunst bewunderten ihn die anderen zwar, doch gleichzeitig schien sich ihm kaum jemand nähern zu wollen. Als würde man krank, nur weil man sich mit einem Bader unterhielt. Dennoch war Ove der Mannschaft verbunden. Er nahm die meisten Mahlzeiten mit den Leuten ein und teilte das Quartier mit ihnen.

Ove zuckte mit den Schultern und zog seine Mütze tiefer ins Gesicht.

»Nicht sehr viel. Aber die Aufregung steigt täglich. Sie können es kaum erwarten, bis endlich der erste Wal gesichtet wird. Ein paar der Älteren sagen, wir hätten eigentlich schon welche sehen müssen und es würde zu lange dauern. Was glaubst du, wann wir das erste Mal Beute machen?«

»Ich weiß es nicht. Ein paar Tage Geduld müssen wir womöglich noch aufbringen, bis wir einen Wal sichten. Erst bei Spitzbergen kann man wirklich sicher sein, dass man Beute macht. Oder zumindest machen kann, wenn alles gut geht. Eine Walsichtung allein bedeutet noch keinen Jagderfolg, Ove. Versprechen kann ich nichts. Leider.«

Der Bader schwieg für einen Moment und kratzte sich am Kinn. Er seufzte.

»Ich gehe unter Deck. Und du?«

»Ich bleibe noch einen Moment. Für mich gibt es da unten wohl nichts zu tun.«

Ove nickte ihm zu und ging, eine Hand fest an die Reling gekrallt.

Joris stand weiter am Bug. Auf ihn warteten nur die Aufzeichnungen für die Reederei. Das hatte Zeit. Seine Gedanken wanderten zu der Mannschaft. Was, wenn die Ungeduld zu groß wurde, bevor sie einen Wal sichteten? Was, wenn es an Bord zu Unruhen kam oder Krankheiten ausbrachen? Würde er dann in der Lage sein, die Leute unter Kontrolle zu bringen? Er schluckte schwer, und nicht zum ersten Mal wünschte er sich, er wäre zu Hause. Auf Borkum, inmitten der weißen Dünen. Bei Fenja.

*

Fenja hatte sich daran gewöhnt, dass er Abend für Abend auftauchte. Meistens setzte er sich still neben sie und starrte vor sich hin, bis die junge Frau seine Anwesenheit nicht länger ignorieren konnte und sich ihm zuwandte. Manchmal brachte er Leckereien mit, um sie am Strand mit ihr zu teilen. Ein wenig Brot oder Gebäck, einen frischen Apfel oder einen Schlauch Milch. Auch heute trug er einen Korb in der Hand, den er zwischen sich und Fenja abstellte. Obwohl es ein windiger und wolkenverhangener Abend war, schien er ihr erneut Gesellschaft leisten zu wollen.

»Großmutter hat heute gebacken«, erklärte er und bot ihr einen süßen Kringel an. Fenja zögerte. Ihr Magen knurrte vernehmbar. Sie hatte seit der Morgenspeise kaum etwas zu sich genommen. Sören war seit Tagen nicht mehr aufgestanden, und die wenigen Fische, die er bei seiner letzten Ausfahrt gefangen hatte, waren längst verzehrt.

»Greif zu«, ermutigte Nils sie. »Sie schmecken frisch am besten. Sind noch warm.«

»Danke.« Fenja nahm einen Kringel und biss hinein. Das süße Gebäck schmeckte geradezu tröstlich und ließ sie für einen Moment vergessen, wie unbehaglich ihr oft zumute war, wenn sie mit Nils allein war. Sie spürte seinen Blick auf sich, während sie kaute.

»Ich muss dir etwas sagen, Fenja.«

Er klang, als wollte er ein Kind trösten, doch der ungewohnte Tonfall ließ das Mädchen aufschrecken.

»Was denn?«

»Ich habe in der Schenke mit jemandem gesprochen. Da war ein Herr aus Emden, ein Kaufmann. Er war in der Stadt, bevor Hansen ausgelaufen ist, und hat ihn anscheinend mehrmals getroffen.«

Fenja schluckte den letzten Bissen herunter und wischte die vom Zucker klebrigen Finger an ihrem Rock ab.

»Hansen?« Ihre Augen weiteten sich. Der Kringel lag auf einmal schwer wie ein Stein in ihrem Magen.

Nils nickte. »Ich fürchte, ich habe keine guten Nachrichten. Aber ich muss es dir sagen, denke ich.«

Er senkte den Blick.

»Ist etwas mit Joris?« Fenja fuhr sich durch die Haare und stand mit zitternden Knien auf. Gütiger Gott im Himmel, lass ihm nichts passiert sein. War Joris in Emden auf Hansen getroffen? Hatte der ihm etwas angetan?

»Bitte, Nils! Sag es endlich.«

Er erhob sich und hielt Fenja, die auf und ab lief, am Handgelenk fest.

»Bleib ruhig«, bat er. »Nein, er hat Joris nicht getroffen. Zumindest weiß ich nichts davon. Es geht um uns. Und um Sina.«

Fenja schossen Tränen in die Augen.

»Was will dieser Mensch denn nur? Warum lässt er uns nicht in Frieden?«

»Fenja.« Sie ließ zu, dass Nils sie an sich zog. Sein Kinn ruhte auf ihrem Kopf. »Bitte. Hör auf zu zittern. Ich erzähle dir alles.«

Er ließ sie los und deutete auf den Strand.

»Komm, wir setzen uns wieder.«

Sie folgte und schlang die Arme um ihre Knie. Ihr war kalt, und Übelkeit stieg in ihr auf. Hansen. Würde sie denn nie Ruhe vor ihm haben? Welche finsteren Pläne mochte er nun wieder verfolgen?

Nils rückte näher an sie heran und legte den Arm um ihre Schultern. Sie fröstelte so sehr, dass sie es geschehen ließ.

»Der Mann ist, wie gesagt, ein Kaufmann. Peters heißt er, Geert Peters. Er war mit dem letzten Schiff für einen Tag hier, um Ware zu liefern. Heute ist er wieder abgereist. Es war nur ein glücklicher Zufall, dass ich ihm über den Weg gelaufen bin.«

»Glücklich?«, warf Fenja ein. »Ich dachte, er hätte schlechte Nachrichten überbracht.«

»Ja. Aber es ist gut, dass ich Bescheid weiß. Wir können vorbereitet sein, wenn Hansen das nächste Mal auf Borkum ist.« Er seufzte. »Peters hat jedenfalls irgendwelche Geschäfte mit Hansen gemacht. Und dabei ist der Commandeur wohl ins Plaudern gekommen. Vermutlich hatte Hansen zu viel getrunken und wollte angeben. Aber Peters war eher schockiert ob seiner Gottlosigkeit. Sonst hätte er es mir vermutlich auch nicht erzählt. Einem Fremden in einer Schenke …«

Er schüttelte den Kopf.

»Was hat er gesagt?«, hakte Fenja nach. Ihr war es gleich, was dieser Kaufmann von Hansen halten mochte. Für sie war nur wichtig, was dieses Ungeheuer umtrieb.

»Er hat Peters erzählt, dass er hier auf der Insel zwei Weibsleute hat, die er nach der Walfahrt zu sich holen wird.«

»Zwei?« Fenja schrak zusammen. Sie hatte schon befürchtet, dass es ihm immer noch um Sina ging – aber zwei Mädchen von der Insel? Hansen plante doch wohl nicht … noch ehe sie den Gedanken zu Ende führen konnte, verspürte sie Gewissheit.

»Er meint mich, oder?« Ihre Stimme brach. »Er will Sina und mich entführen?«

»Ich fürchte, ja.«

»Das geht nicht. Das ist Wahnsinn! Ich meine … wie stellt er sich das vor? Das werden die Insulaner nie zulassen.«

»Mit Sina hätte er es schon beinahe geschafft«, warf Nils mit sanfter Stimme ein. Sein Zeigefinger strich über Fenjas Wange. »Denk nur, was passiert wäre, wenn ich mich ihm nicht in den Weg gestellt hätte. Er hätte sie längst fortgeschafft.«

»Aber wieso will er auf einmal mich?« Fenja runzelte die Stirn. »Als ich mich eintauschen wollte, hat Hansen nur gelacht.«

»Ich denke, es geht ihm vor allem um Joris«, meinte Nils. »Er will Rache. Und wie könnte er ihn besser demütigen?«

»Aber was ist mit dem Vogt? Sollten wir ihn nicht einweihen? So etwas kann er nicht zulassen, das fällt auf ihn zurück!«

Nils schüttelte den Kopf. »Du weißt selbst, wie Hansen zu unserem ehrenwerten Vogt steht. Der wird beide Augen fest zudrücken, wenn es darauf ankommt, und sich noch einmal fürstlich entlohnen lassen.«

Fenja schlug die Hand vor den Mund, doch Nils sprach weiter.

»Und dein Vater …«

Fenja unterbrach ihn. »Ich weiß, was du sagen willst. Und

leider hast du recht. Manchmal schläft er im Rausch so fest, dass nicht einmal eine Sturmflut ihn wecken könnte.«

Sie schlug die Augen nieder. Die Bilder, die sie vor sich sah, drohten sie zu verschlingen. Sie schluchzte, und Nils zog sie dichter an sich.

»Fenja! Wir lassen das nicht zu.«

»Wenn Joris nur hier wäre!«

»Aber das ist er nicht«, entgegnete Nils. »Und wir können uns nicht darauf verlassen, dass er vor Hansen eintrifft.«

Fenja vergrub ihr Gesicht in den Händen. War es das alles überhaupt wert? Die Aussicht auf ein unbekümmertes Leben war es gewesen, die Joris aufs Meer gelockt hatte. Was würde von diesem Traum bleiben? Was nutzten Lederstiefel und schöne Kacheln, wenn man sich einem Mann wie Hansen ausliefern musste? Sie würde auf das alles liebend gern verzichten, wenn Joris nur bei ihr wäre. Auf einmal schien Nils' Arm unendlich schwer auf ihren Schultern zu lasten. Sie richtete sich auf, um Abstand zu gewinnen.

»Fenja«, begann er zögerlich, »es tut mir leid, dass ich dir solche Angst gemacht habe. Ich hätte besser schweigen sollen.«

»Nein, lass es gut sein. Ich musste das wissen.«

Welche Möglichkeiten blieben ihr nun? Gab es einen Weg, Sina und sich selbst in Sicherheit zu bringen? Kurz dachte sie daran, doch in die Hütte im Ostland zu gehen, sobald Hansen wieder auf Borkum eintraf, wie Neele es ihr angeboten hatte. Aber würde Hansen sie nicht auch dort finden? Es war nur eine Frage der Zeit, bis er erfuhr, dass Neele ihre Freundin war und deren Vater eine abgelegene Unterkunft besaß. Nein, die Hütte war nicht sicher. Die ganze Insel war nicht sicher! Aber sie konnte nicht weg. Eine Passage zum Festland war teuer, das würde sie sich niemals leisten können. Sie wusste, dass Joris die Überfahrten nur hatte bezahlen können, weil seine Eltern gespart hatten und er neben der Schule Hilfstätigkeiten im Hafen übernommen hatte. Hart arbeiten konnte sie auch, aber auf Borkum gab es für sie nichts zu verdienen. Zumindest nicht schnell genug. Verzweiflung durchströmte sie.

»Es gibt keinen Ausweg, nicht wahr?«, flüsterte sie und starrte auf das Meer, das auf einmal nach ihr zu rufen schien. Einladend sahen die hohen Wellen aus. Fenja stellte sich vor, wie das Wasser über ihr zusammenschlug, sie mit sich nahm. In eine andere Welt wiegte. Ganz sanft, wie die Arme einer Mutter. War das ein Ausweg? Nein, schalt sie sich, das war eine Sünde. Das durfte sie nicht einmal denken.

Nils räusperte sich.

»Ich hätte vielleicht einen Einfall …«

Er brach ab. Fenja sah auf, einen Hauch von Hoffnung im Herzen. Nils' Wangen waren gerötet, und er blickte verlegen auf seine Füße, mit denen er im Sand hin und her scharrte.

»Was denn?«, fragte sie, und irgendetwas in ihr mahnte sie, wachsam zu sein.

»Es gibt eine Sache, die ihn aufhalten könnte. Und die euch in Sicherheit bringen würde. Ihr müsstet nicht mehr bei Sören leben, und ich könnte zu jeder Stunde, Tag und Nacht, ein Auge auf euch haben.«

»Was meinst du?«

»Fenja.« Er stand auf, um im nächsten Moment vor ihr auf die Knie zu gehen. Fenja starrte ihn an. Sie ahnte, was in seinem Kopf vorging. Würde er es wirklich wagen? Sie schluckte. Wollte den Mund öffnen, ihn anflehen, es nicht auszusprechen. Wenn er es sagte, würde sich alles verändern. Doch es war zu spät, Nils sprach bereits weiter. Leise, beinahe schüchtern.

»Wenn du meine Frau werden würdest …«

»Nils! Bitte tu das nicht.«

Er hob die Hand. Als er weitersprach, drohte seine Stimme zu kippen.

»Ich weiß, dass du Joris versprochen bist. Aber was glaubst

du, wäre ihm wichtiger? Dich zu heiraten oder dich in Sicherheit zu wissen? Was nützt es, wenn er zurückkommt – falls er die Reise überhaupt überlebt – und Hansen hat dich und Sina längst fortgeschafft? Da ist es besser für alle, du bist in Sicherheit. Als meine Frau. Dann wird er es nicht wagen, dir etwas zu tun. Der Aufschrei wäre zu groß! Selbst der Vogt könnte eine solche Sünde nicht decken. Und du könntest mit Sina zu mir ziehen! Dann haben wir sie immer im Blick, Fenja. Aus eurer Hütte kann Hansen die Kleine nachts herauszerren, und niemand würde eingreifen. So aber nicht. Ich kann euch beschützen! Sören schafft das nicht, und ihr zwei allein könnt auch nicht gegen Hansen bestehen. Das weißt du.«

Sie schwieg. Eine Mischung aus Wut und Misstrauen durchfuhr sie, während sie seine Worte gleichzeitig nachvollziehen konnte.

»Ich liebe dich so wenig wie du mich. Aber du bedeutest mir viel, Fenja«, ergänzte Nils und hielt ihren Blick fest. »Sonst hätte ich kaum mein Leben für dich aufs Spiel gesetzt. Und ich bin bereit, auch den Rest meines Lebens in deinen Dienst zu stellen. Du kannst mir vertrauen. Ich werde tun, was ich kann, um dich glücklich zu machen. Trotz allem.«

Ein Rauschen dröhnte in Fenjas Ohren. Alles schien sich zu drehen. Sie holte tief Luft.

»Was würde Joris dir entgegnen, Nils? Wenn er wüsste, was du gerade gesagt hast?«

Sie schüttelte den Kopf, fassungslos. Sie war seinem Bruder versprochen, und er wagte es, ihr einen Antrag zu machen?

Nils jedoch ließ sich nicht beirren.

»Er würde sagen, dass deine Sicherheit für ihn das höchste Gut ist. Und das weißt du.«

»Joris wird zurückkommen. Und dann soll ich deine Frau sein? So soll er uns vorfinden?« Ihre Stimme überschlug sich beinahe. »Das kannst du nicht ernst meinen!«

Nils hob die Brauen. »Ich weiß, dass es seltsam anmutet.

Natürlich wird er traurig sein, aber er wird es akzeptieren. Weil die Ehe mit mir dich gerettet haben wird.«

Fenja schüttelte erneut den Kopf. Sie zog die Schultern hoch und wandte sich ab.

»Ich werde dich nicht heiraten. Ich kann das nicht. Ich danke dir, dass du uns in Sicherheit bringen willst. Aber nein. Nicht so!«

Als sie seine Hand auf ihrer Schulter spürte, fuhr sie herum und schlug seine Finger weg. Begriff er denn nicht?

»Ich gehöre zu Joris. Daran wird sich nie etwas ändern.«

»Das sagst du jetzt. Wie aber wird es sein, wenn Hansen eines Nachts an eure Tür klopft?«

Fenja schloss die Augen. Ein hämmernder Schmerz fuhr durch ihre Schläfen.

»Mein Angebot bleibt bestehen«, flüsterte Nils. »Du wirst erkennen, dass es der beste Weg ist. Der einzige.«

Als sie nicht antwortete, trat er einen Schritt zurück.

»Fenja! Ich meine es gut. Hätte ich mich sonst für euch in Lebensgefahr begeben? Wenn Hansen mich umgebracht hätte, wärt ihr längst verschleppt worden, du und Sina.«

»Ich weiß.« Sie zwang sich zu einem Lächeln. Er hatte ja recht. »Und ich bin dir unendlich dankbar, Nils. Ich weiß, wie tief ich in deiner Schuld stehe.«

»Hör zu, Fenja.« Er seufzte. »Ich verstehe, dass ich dich überrumpelt habe. Und ich verstehe, warum du mein Angebot ablehnst. Aber ich werde dich irgendwann wieder fragen.« Er grinste, als wollte er einen Scherz machen. »Können wir bis dahin Freunde sein?«

Er schien Fenjas Zögern zu bemerken und fuhr rasch fort: »Immerhin habe ich Joris versprochen, auf euch zu achten. Wir wollen ihn doch nicht enttäuschen, oder?«

»Nein.« Fenja schloss die Augen. »Das wollen wir nicht.«

»Siehst du. Komm, wir setzen uns noch eine Weile.«

Nils hielt ihr die Hand hin, und Fenja ließ zu, dass er sie

wieder in den Sand zog. Eine Ehe mit Nils. Niemals hätte sie so etwas in Erwägung gezogen. Konnte er wirklich recht haben? Würde Joris es gutheißen, dass sie seinen Bruder heiratete, nur damit sie in Sicherheit war? Sie wusste nicht mehr, was sie denken sollte. Sie starrte auf den Horizont, wo die Sonne im Meer versank und der Nacht ihren Platz überließ.

8.

»Kann ich Ihnen noch etwas bringen, Herr Commandeur?«

Georg stand abwartend in der Tür der Kajüte. Er hielt ein Tablett in der Hand, auf dem die Teetasse, die Joris eben geleert hatte, bedenklich wackelte. Georg kniff die Lippen zusammen, und Joris war klar, dass es dem kleinen Kajütwächter viel abverlangte, die Balance zu halten. Er schmunzelte.

»Nein, vielen Dank. Der Wind wird immer stärker, was?«

»Ja, das stimmt.« Georg errötete und senkte den Blick. »Ich habe gestern in der Küche geholfen, und mir sind drei Becher runtergefallen, als eine Welle uns erwischt hat«, gestand er. »Der Koch war furchtbar wütend.«

Joris entging nicht, dass die Unterlippe des Jungen zu zittern begann, als er von seinem Missgeschick berichtete. Er zwinkerte Georg zu. »Mir ist gestern sogar mein Tintenfass vom Pult gerutscht. Ich konnte es nicht mehr halten.«

Er setzte einen niedergeschlagenen Gesichtsausdruck auf und tat so, als musterte er einen Fleck auf dem Fußboden, um den Jungen aufzuheitern. Er konnte sich denken, dass der Kleine für seine Ungeschicklichkeit von Peer, dem resoluten Koch, eine Ohrfeige erhalten hatte.

»Ich hoffe nur, ich bekomme nicht zu viel Ärger von den Reedern«, sagte er mit ernster Miene.

»Bestimmt nicht, Herr Commandeur«, beeilte Georg sich zu antworten.

Joris nickte ihm zu und wollte noch sagen, dass Georg sich wegen des Kochs, der für seine aufbrausende Art bekannt war, nicht grämen sollte, als ein Ruf zu ihnen drang.

»Wal! Wal! *Viss vörut!*«

Die Stimme von Olfert, dem jungen Burschen, der heute im Ausguck stand, überschlug sich. Trotz des Windes, der seit Tagen die Segel blähte, hallte sein Ruf über das ganze Deck. Vor der Kajüte wurden Schritte laut, als die Männer, die unter Deck gearbeitet hatten, nach oben stürmten.

Während der letzten Woche war die Stimmung an Bord immer beklemmender geworden. Je weiter die *Gulden Leeuw* sich durch das Treibeis gekämpft hatte, desto größer war die Unruhe geworden. Wie lange sollte es noch dauern, bis endlich ein Wal gesichtet wurde? Hatte der Commandeur die falsche Richtung eingeschlagen? Abend für Abend hatte Joris die Leute auf dem Vorschiff zusammengerufen, um sie zu Geduld, Kampfgeist und Zusammenhalt aufzufordern. Je mehr er selbst daran zweifelte, dass sie bald Erfolg haben würden, umso weniger drang er jedoch zu seinen Leuten durch. Das hatte er genau gespürt. Hatte er sich wirklich zu viel vorgenommen?

Das Eis um sie herum war immer dichter geworden. Es war schwer gewesen, dem Walfänger noch einen Weg zu bahnen, und mehrfach hatten die Zimmerleute kleinere Schäden am Schiff ausbessern müssen, nachdem sie mit einer Scholle zusammengeprallt waren. Der eisenverstärkte Bug hatte den Bergen aus Eis bislang standgehalten, aber was würde geschehen, falls das Schiff schwer beschädigt wurde, noch ehe sie überhaupt in das Fanggebiet vorstießen? Auch wenn es niemand laut ausgesprochen hatte, war Joris klar gewesen, dass die Stimmung sich gegen ihn wandte. Die Männer waren dabei, den letzten Rest Vertrauen in ihn zu verlieren.

Umso erleichterter ließ er nun, da er Olferts Ruf vernahm, die Feder sinken und sprang auf, um an Deck zu eilen. Hastig griff er nach dem Mantel, den Georg, der sein Tablett kurzerhand auf dem Boden abgestellt hatte, ihm reichte, und zog im Rennen seine Mütze tief ins Gesicht, als ihm der eisige Wind entgegenblies. An Deck hatte einer der Männer bereits das

Kommando übernommen, doch er trat zurück, als er Joris sah, und nickte ihm zu. Grimmige Zufriedenheit spiegelte sich in seinem Gesicht.

»Die Schaluppen sind bereit«, rief er und deutete auf die kleinen Boote, die schon freigelegt waren und darauf warteten, bemannt und zu Wasser gelassen zu werden.

Joris trat an die Reling. Er musste sich mit beiden Händen festklammern, so sehr rüttelten die Wellen am Walfänger. Mit gerunzelter Stirn starrte Joris auf das Wasser, versuchte, in der Gischt etwas auszumachen. Wo war der Wal? Was, wenn der Ausguck sich geirrt hatte?

»Wo steckst du?«, murmelte er vor sich hin. »Zeig dich.«

Nichts.

Seine Anspannung wuchs. Er spürte, wie ein Kloß ihm den Hals zuschnürte. *Bitte*, flehte er innerlich, *tauch auf. Zeige dich!*

Da! Endlich! Joris kniff die Augen zusammen und beugte sich weit über die Reling, um es ganz genau zu sehen. Wasser, das im Strahl hochspritzte. Ein Wal schob seinen massigen, grauen Körper durch die Wasseroberfläche. Für einen Moment stockte Joris der Atem. Es war so weit!

»Zu Wasser! Schaluppen zu Wasser!«, brüllte er.

Die Harpuniere und Leinenschießer machten sich bereit. Sie drängelten sich vor den Schaluppen. Man sah ihnen an, dass sie es kaum erwarten konnten. Die Jagd begann! Joris schauderte. Mit diesen kleinen Booten gegen einen Wal. Eigentlich war das Wahnsinn. Und doch bedeutete er den Männern, die Schaluppen zu Wasser zu lassen.

Aus dem Augenwinkel nahm er eine Gestalt wahr, die an ihm vorbeilief. Joris fuhr herum und hielt ihn fest – es war Georg, der junge Kajütwächter, der eine Harpune in der Hand hielt. Sein Mantel war noch offen, er musste aus Joris' Kajüte geradewegs an Deck gerannt sein.

»Was wird das?«, fragte Joris scharf, und das Kind zuckte

angesichts der ungewohnten Strenge in der Stimme des Commandeurs zusammen.

»Warum bist du nicht mehr unter Deck?«

Hendrik Kramer, einer der Harpuniere, trat hinzu. Kramer zählte bereits mehr als fünfzig Lenze. Dennoch war er einer der Kräftigsten an Bord und galt als erfahrener Mann. Joris wusste, dass er in der Mannschaft hoch angesehen war, doch ihm selbst gefiel der Mann nicht. Kramer strotzte vor Selbstvertrauen, und Joris hatte mehr als einmal Herablassung in den grauen Augen des Mannes aufblitzen sehen, wenn er mit ihm sprach.

»Das ist meine.« Hendrik Kramer nahm dem Jungen die Waffe ab. »Alles in Ordnung, Herr Commandeur. Er hat mir nur die Harpune gebracht.«

Joris kniff die Augen zusammen. Der Blick, den Hendrik dem Kind zuwarf, gefiel ihm nicht. Hatten die Männer etwa geplant, Georg mit aufs Wasser zu nehmen? Joris schüttelte den Kopf. Jetzt war nicht die Zeit, um so etwas zu klären.

»Zurück in die Kajüte«, befahl er Georg mit ausgestrecktem Finger. »Sofort!«

Der Kleine hatte trotz der Kälte ein hochrotes Gesicht, als er der Anweisung Folge leistete. Er murmelte eine Entschuldigung, die der Wind jedoch verschluckte. Hendrik hatte sich bereits abgewandt, um in die Schaluppe zu steigen. Endlich wurden die Boote zu Wasser gelassen. Joris hielt den Atem an. Die Männer waren vorsichtig und hielten die Taue stabil, doch das Aufsetzen war ein gefährlicher Moment; die Wellen waren mannshoch. Die Steuerleute schafften es jedoch, die Schaluppen sicher und schnell vom Walfänger wegzuleiten.

Die Männer legten sich in die Ruder und hielten mit aller Kraft auf den Wal zu, der noch immer in Sichtweite war, aber der Kampf gegen den Wellengang war mühsam, und sie kamen nur langsam voran. Joris wurde unruhig. Es dauerte zu lange!

Und dann geschah es. Noch ehe das erste Boot den Wal erreicht hatte, verschwand das Tier. Es war weg! Abgetaucht, nicht mehr zu sehen. Für einige endlos lange Augenblicke hielt Joris inne, klammerte sich an die Reling. Hoffte, betete, dass der Wal sich wieder zeigen würde. Aber da war nichts. Nichts, außer Wellen und Eis.

Seine Schultern sackten zusammen. Sie waren zu langsam gewesen! Keine Beute! Er spürte ein Rauschen in den Ohren. Was würden die Männer sagen? Sein Blick glitt zum Ausguck. Olfert schüttelte den Kopf. War es seine Schuld? Hatte er zu spät Meldung gemacht? Oder hatte Joris den falschen Mann nach dort oben geschickt? Natürlich, es war seine Verantwortung. Das würde die Mannschaft sagen, und sie hatte recht. Joris war zu spät an Deck gekommen. Bei der Jagd zählte jede Sekunde. Warum hatte er am Schreibtisch gesessen? Das Eis war seit Tagen dichter geworden; es war doch klar gewesen, dass irgendwann eine Sichtung erfolgen würde. Warum war er nicht hier oben gewesen? Dann hätte er die Schaluppen viel schneller bemannen können. Joris' Fingerknöchel wurden weiß, so fest umklammerte er die Reling, als eine Mischung aus Wut und Verzweiflung ihn durchfuhr.

In diesem Moment trat Ove neben ihn. Der Bader schwieg, als er sich ebenfalls auf die Reling stützte und beobachtete, wie die Schaluppen kehrtmachten und die Männer mit langsamen Ruderschlägen wieder auf das Schiff zusteuerten.

»Ich habe versagt«, durchbrach Joris schließlich die Stille. Er bemühte sich, seiner Stimme einen festen Klang zu verleihen. Ove hob die Augenbrauen und wandte sich ihm zu.

»Das werden die Männer vermutlich sagen.« Er zuckte mit den Schultern. »Aber glaubst du nicht, dass so etwas ständig passiert? Warum sollte der Wal darauf warten, dass ihm jemand eine Harpune in den Rücken jagt?«

Ove fuhr sich mit den Händen durchs Gesicht. Er sah nachdenklich aus, als er fortfuhr.

»Hast du ihn auch gesehen? Die Fontäne, die er hochgeblasen hat? Wie er sich durch das Wasser gewälzt hat? Was für ein unfassbares Geschöpf. So riesig. Wie ein grauer Berg.«

»Ja. Da wären die ersten Tranfässer gefüllt gewesen.«

Die Wut in Joris nahm überhand, und er hieb mit der Faust so fest auf die Reling, dass seine Finger schmerzten.

»Wir hätten ihn kriegen müssen.«

»Das sieht der Wal sicherlich anders.« Ove schmunzelte, doch dann wurde er ernst. »Ich habe vorher noch nie einen gesehen. Dass der Mensch gegen ein solches Tier anzutreten wagt. So ein Wal ist ein Gigant. Wie würdevoll es aussah, als er durch das Wasser glitt. So ein Wesen zu töten … ich weiß nicht …« Er schüttelte den Kopf.

»Weißt du, wie es den Männern daheim ergeht?«, fragte Joris. Er sah Ove nicht an. Beide beobachteten noch immer, wie die Schaluppen näher und näher kamen. Joris war, als könnte er selbst auf die Entfernung hin die Enttäuschung und Wut in den Gesichtern seiner Leute erkennen. Ihm graute vor dem Moment, in dem er ihnen gegenübertreten musste. Was sollte er ihnen sagen?

»Sie haben Hunger und kaum eine Münze in der Tasche. Ein erlegter Wal ist für sie ein Schritt in ein besseres Leben. Und für mich auch, Ove. Für mich auch.«

Die Schaluppen machten längsseits fest, und die Männer kletterten einer nach dem anderen zurück an Deck. Joris richtete sich auf, als sie einen Halbkreis um ihn bildeten. Ove blieb neben ihm stehen. Der junge Commandeur sah von einem Mann zum anderen. In allen Gesichtern war die Enttäuschung, die sich mit Wut mischte, deutlich zu erkennen. Er räusperte sich, aber noch ehe er die Stimme erheben konnte, ergriff ein Harpunier das Wort.

»Das war wohl ein Reinfall.« Hendrik Kramer klang spöttisch. »Wir hätten eher in die Schaluppen gemusst. Wir hätten das Vieh haben können.«

Zustimmendes Gemurmel erklang. Joris biss sich auf die Unterlippe.

»Es war ein guter Versuch«, warf er ein. »Die Abläufe, die wir besprochen hatten, sind gut umgesetzt worden. Ihr alle habt euer Bestes gegeben. Beim nächsten Mal werden wir das nötige Glück haben, dessen bin ich gewiss.«

Wilhelm Mersch, ein junger Leinenschießer, der für seine aufbrausende Art bekannt war, schnaubte und schob seine Wollmütze, die das kalte Wasser durchnässt hatte, aus der Stirn. Seine grünen Augen blitzten.

»Das Glück ist mit denen, die beizeiten im Wasser sind!«

Joris spürte, wie sein Herzschlag sich beschleunigte. Bestimmt zwanzig Augenpaare sahen ihn anklagend an. Auch wenn er ihre Verbitterung verstand und ihren Vorwürfen sogar insgeheim recht gab – er durfte sich jetzt nicht in die Ecke drängen lassen. Er war der Commandeur! Wenn er sich nun nicht behauptete, das war ihm klar, wäre seine gesamte Autorität dahin, und die Reise würde zur Katastrophe werden.

»Ich kann eure Enttäuschung verstehen«, sagte er daher mit fester Stimme und bemühte sich, keinem der Blicke auszuweichen, die ihn trafen. »Doch es ist, wie ich sage. Für eine gute Jagd braucht man eine herausragende Mannschaft. Die haben wir. Aber man braucht eben auch Glück und, wenn das zunächst ausbleiben will, Geduld. Und an die appelliere ich nunmehr.«

Er hob die Hände. »Wir haben alle das gleiche Interesse, das gleiche Ziel.«

Hendrik Kramer trat vor. Seine Augen funkelten erbost.

»Wir sind durchgefroren bis auf die Knochen. Für nichts und wieder nichts. Was, wenn bei der nächsten Sichtung alle krank sind? Wer sich die Lunge aus dem Leib hustet, kann nicht rudern. Ist das dann auch wieder einfach Pech?«

Ein Raunen ging durch die Menge. Irgendwer murmelte »ungerecht«, und jemand rief gar laut, dass Hendrik die Füße stillhalten solle. Joris holte tief Luft. Er konnte keinen Unfrieden an Bord gebrauchen. Er warf Ove einen Blick zu, der mit zusammengekniffenen Lippen neben ihm stand und die Männer abwartend musterte.

»Wir beenden jetzt dieses Gespräch.« Joris bemühte sich, bestimmt zu klingen. »Vorwürfe helfen niemandem weiter. Wir sollten uns lieber darauf konzentrieren, den nächsten Wal zu erwischen. Dafür brauchen wir Kraft und gute Nerven. Ich werde den Koch bitten, heute Abend eine Extraportion getrocknetes Fleisch auszuteilen. Und jetzt zieht euch um, trocknet eure Sachen. Damit ihr bereit seid, wenn der nächste Wal auftaucht. Es kann doch jeden Moment so weit sein!«

Er wandte sich ab, um unter Deck zu gehen, und ließ seine Männer raunend zurück. Joris spürte ihre Blicke in seinem Rücken. Er konnte nur hoffen, dass er sie besänftigt hatte. Doch er ahnte, dass er nicht mehr viel Zeit hatte. Sie brauchten einen Jagderfolg!

»Joris?« Ove trat zu ihm. Ein besorgter Ausdruck lag in seinen blauen Augen.

»Ja?«

»Ludwig hat mich vorhin aufgesucht, als die Schaluppen noch draußen waren. Oder sagen wir lieber, sein Sohn hat ihn dazu gebracht, sich bei mir zu melden.«

»Der Steuermann?« Joris runzelte die Stirn. »Was ist mit ihm?«

»Er klagt über Zahnfleischbluten.« Ove seufzte. »Und mir sind Flecken auf seiner Haut aufgefallen. Ich fürchte, es könnte Scharbock sein. Oder der Anfang davon.«

Joris ließ den Kopf sinken. Auch das noch. Ausgerechnet heute. Wenn sich das herumsprach. Oder schlimmer noch, wenn es sich ausbreitete. Er brauchte nicht nur jeden Mann, er konnte es sich nach diesem Tag auch nicht leisten, noch mehr Schwäche zu zeigen.

»Kannst du ihm helfen, Ove?«

»Ich versuche es. Ich habe ein paar Ideen. Ich wollte es dir aber sagen. Mir ist klar, dass du heute keine schlechten Nachrichten mehr hören wolltest, aber …«

Er brach ab und zuckte mit den Schultern.

Joris zwang sich zu einem Lächeln.

»Ich bin dir dankbar. Kümmere dich um ihn, so gut es geht, ja?«

»Natürlich.« Ove nickte Joris aufmunternd zu, ehe er ihn allein zurückließ.

Der junge Commandeur vergrub den Kopf in seinen Händen. Hinter seinen Schläfen pochte es schmerzhaft. Der Wal war entkommen. Der Scharbock schlug zu. Wie um alles in der Welt sollte er diese Reise zu einem guten Ende bringen?

*

Im Mai jährte Hannahs Todestag sich zum ersten Mal. Schweigend saßen Fenja und Sina am Küchentisch. Der Haferbrei, den sie zum Frühstück gekocht hatten, war längst kalt, und sie hatten nur wenige Löffel gegessen. Sören hatte den gestrigen Abend in der Schenke verbracht und erst kurz vor Morgengrauen den Weg nach Hause gefunden. Er lag schnarchend im Alkoven und verströmte den strengen Geruch von schalem Bier.

»Ob Vater später mit uns zum Friedhof geht?« Sina flüsterte, um ihn nicht zu wecken. »Ich habe einen Kranz für Mutter geflochten.«

»Ich gehe mit dir hin«, wich Fenja aus.

Sie glaubte nicht, dass Sören es schaffen würde, heute aufzustehen. Ausnahmsweise hatte sie Verständnis dafür. Auch sie wäre zu gern liegen geblieben und hatte sich nur für Sina gezwungen, ihr Lager zu verlassen. Sie hatte in der Nacht kaum Schlaf gefunden und sich über Stunden hin- und hergewälzt. Ihr Magen schmerzte, und immer, wenn die Gedanken zu Mutter wanderten, schien ihr das Atmen schwerzufallen.

Sie würde die letzten Stunden Hannahs auf Erden nie vergessen. Wie sie da gelegen hatte, vom Fieber gezeichnet. Die Wangen eingefallen, die Haut glühend. Sie hatte ihre Mädchen nicht mehr erkannt. Das war vielleicht das Schlimmste gewesen. Fenja hatte sich so sehr gewünscht, dass Mutter sie noch einmal in den Arm nahm. Ihr Mut zusprach für all die Aufgaben, die von nun an auf den Schultern ihrer ältesten Tochter lasten würden. Hannah hatte diese Erde jedoch schon halb verlassen und gar nicht mehr gespürt, wie sie ihr kalte Lappen auf die Stirn legten, über ihre Wangen streichelten oder versuchten, ihr mit einem Löffel etwas Wasser einzuflößen. Fenja hatte der Mutter noch so viel sagen wollen, aber es war zu spät gewesen. Sie schluckte schwer. Ein Jahr war das nun schon her, und der Schmerz wollte und wollte nicht schwächer werden.

Sie zwang sich, ihre Gedanken nicht zu Joris wandern zu lassen. Noch einen Verlust würde sie nicht ertragen. Wie oft schon war sie nachts aufgeschreckt, wenn Traumbilder ihr vorgaukelten, dass er leblos durch das Eismeer trieb? Ein Frösteln lief über ihre Unterarme. Ihre Finger tasteten nach dem Holzring.

»Wir gehen nach dem Frühstück zum Friedhof«, entschied sie. »Versuch, etwas zu essen.«

Sina schob sich einen Löffel Brei in den Mund.

»Viel Hunger habe ich nicht«, gestand sie. »Ich muss immerzu an Mutter denken.«

Fenja nickte verstehend. Es ging ihr nicht anders. Ein Klopfen an der Tür ließ sie aufschrecken.

»Um diese Zeit?« Fenja runzelte die Stirn. »Wer mag das sein?«

»Ich mache auf.« Sina stand auf, strich ihren Rock glatt und ging zur Tür.

»Nils!«, hörte Fenja sie Augenblicke später überrascht rufen. Ein flaues Gefühl kroch durch ihren Magen. Was wollte er zu so früher Stunde?

»Guten Morgen«, sagte Fenja und trat neben ihre Schwester. »Ist etwas passiert?«

Nils hatte sich offensichtlich Mühe gegeben, sich zurechtzumachen. Sein Haar war sorgfältig gekämmt, und die braune Hose ohne Flicken hatte Fenja noch nie an ihm gesehen.

»Vor einem Jahr«, sagte Nils und lächelte die Mädchen mit einer Mischung aus Mitgefühl und Scheu an, als wisse er nicht genau, ob sein Besuch willkommen war. »Ich wollte vorbeikommen, um mit euch gemeinsam an Hannah zu denken.«

Er deutete auf den Korb, den er neben sich abgestellt hatte.

»Ein paar Blüten für das Grab«, erklärte er. »Und ich dachte, danach könnten wir ein wenig Zeit miteinander verbringen? Ihr solltet heute nicht allein sein.«

Fenja musterte ihn unsicher. Er würde hoffentlich nicht wieder versuchen, sie zur Ehe zu überreden? Aber wenn sie ihn richtig verstanden hatte, lud er Sina ebenfalls ein. Bestimmt würde er sich dann zurückhalten.

»Keine Sorge, Fenja«, sagte er, als könnte er ihre Gedanken lesen. »Es geht mir nur darum, euch beizustehen. Als Freund.«

»Also gut.« Sie deutete zum Küchentisch. »Ich räume rasch ab, und dann können wir gehen. Wartest du draußen? Vater schläft noch.«

Nils warf einen Blick in Richtung Alkoven und verließ mit einem Nicken die Hütte.

»Soll ich wirklich mitkommen?« Sina stellte die Schüsseln ineinander und musterte ihre ältere Schwester unsicher.

»Selbstverständlich. Warum nicht?«

Fenja machte sich daran, einen Krug zurück in das Regal zu stellen.

»Falls ihr allein sein wollt.«

Beinahe ließ Fenja den Krug fallen.

»Sina! Wie kommst du denn auf einen solchen Gedanken?«, zischte sie.

Die Jüngere öffnete den Mund, um zu antworten, doch Fenja legte rasch den Zeigefinger an die Lippen. Nils stand direkt vor der Tür. Was, wenn er mithörte? Fenja reichte Sina eine Haube und band auch ihre eigene um, bevor sie noch ein dünnes Wolltuch um die Schultern legte und ohne ein weiteres Wort ins Freie trat, wo Nils die Schwestern bereits erwartete.

Schweigend gingen sie zum Friedhof, der direkt vor der Kirche lag. Es war ein sonniger Tag, und wenn der Anlass ein anderer gewesen wäre, hätte der Gang Fenja durchaus Freude bereitet. Möwen flogen kreischend über sie hinweg, und sie hörte, wie die Wellen hinter den Dünen sanft auf den Strand trafen. Fenjas Blick glitt über die Grabsteine. Hier hatten auch einige Männer die letzte Ruhe gefunden, die ihr Leben auf vergangenen Walfahrten gelassen hatten. Sie schauderte und schickte ein Stoßgebet zum Himmel. Der Herr möge verhindern, dass dieses Jahr ein Grab dazukam.

Sie erreichten die Stelle, an der ihre Mutter lag. Das Geld hatte nur für ein schlichtes Holzkreuz gereicht, das vom Moos längst grün gefärbt war. Nils reichte Fenja die Blüten, die er mitgebracht hatte, und sie breitete sie sorgsam auf der Grabfläche aus. Ein Lächeln huschte über ihr Gesicht. Das hätte Mutter gefallen. Sie hatte Pflanzen geliebt.

»Danke«, sagte sie leise zu Nils. »Das war ein guter Einfall.«

»Gern«, sagte er und drückte ihre Hand. Es fühlte sich tröstend an, und Fenja ließ es geschehen. Sina legte ihren Kranz und ein paar bunte Muscheln, die sie gesammelt hatte, auf das Grab. Eine Träne lief ihre Wange hinunter, und sie griff nach Fenjas freier Hand.

Für einen Moment standen die drei da, hielten einander fest und hingen jeder den eigenen Gedanken und Erinnerungen nach. Der Tag, an dem Mutter die Augen schloss, hatte Fenjas Kindheit ein jähes Ende bereitet.

Ihre Mutter war für immer fort, verscharrt unter der kalten Erde. Sie hatte nur noch Joris, bei dem sie sich fallen lassen konnte. Die Sehnsucht nach ihm wurde jeden Tag größer, und Fenja fürchtete, dass sie irgendwann daran zerbrechen würde. *Mutter*, flehte sie innerlich, *wenn du mich hören kannst, dann bitte den Vater im Himmel, dass er Joris wohlbehalten nach Hause schickt. So bald es nur geht.*

»Komm.« Nils legte seine Hand auf ihre Schulter. »Wir gehen zum Strand. Einverstanden?«

Fenja nickte, drückte die Hand ihrer Schwester und wartete, bis Nils den Korb aufgehoben hatte. Auf ihrem Weg durch den Ort wandten die Leute allenthalben den Kopf nach ihnen um. Einige wenige nickten ihnen grüßend zu, doch die meisten senkten den Blick, wohl wissend, was für ein Tag heute war und wie schwer es den beiden Schwestern ums Herz sein musste.

Jan Klaas kam ihnen am Rathaus entgegen. Neeles Vater zog einen Leiterwagen hinter sich her. Vermutlich hatte er gerade ein paar Lieferungen ausgefahren. Fenja warf Nils einen Blick zu. Vermutlich fragte er sich, warum er nicht mit dieser Arbeit betraut worden war.

Jan blieb stehen und nahm die Mütze ab, als er grüßte.

»Schlimmer Tag heute.« Seine Augen glitzerten verdächtig. »Ich will nachher auch noch zum Grab. Mit Neele und meiner Frau. Wir denken noch oft an Hannah. Es gibt zu wenig Menschen wie sie.«

»Danke.« Fenja lächelte. »Das ist nett von dir. Mutter hat dich immer gemocht.«

Jan schmunzelte bei der Erinnerung. »Mich und vor allem meine Honigkringel.«

Für einen Moment legte sich ein Schatten auf sein Gesicht.

»Wenn ich geahnt hätte, wie früh sie gehen muss, hätte ich ihr jeden Tag einen Korb voll davon gebracht.«

Mit einem Seufzer tippte er sich an die Stirn und setzte die Mütze wieder auf sein graumeliertes Haar.

»Denkt an Hannah und bewahrt sie lieb. Aber grämt euch nicht zu sehr. Das Leben muss weitergehen.«

Er wandte sich Nils zu. »Anständig von dir, heute auf die Arbeit zu verzichten, um für die Akkermanns da zu sein. Komm morgen wieder rein, wenn du willst. Es gibt genug zu tun.«

»Das mache ich.«

Jan winkte noch einmal in die Runde und ging seiner Wege.

Fenja, Nils und Sina bogen in einen schmalen Sandweg ab, der vom Ortskern zum Strand führte. Fenja grübelte. Wenn sie Jan richtig verstanden hatte, verzichtete Nils heute auf Lohn, um bei ihnen zu sein. Sie musste sich eingestehen, dass das gut gemeint von ihm war, wo er sich doch so schwer damit tat, überhaupt Tagewerk zu finden. Greta und er konnten jede Münze, die er nach Hause brachte, gut gebrauchen. Andererseits hatte sie ihn nicht darum gebeten. Er hatte gesagt, dass er nicht in sie verliebt war, erinnerte Fenja sich, während sie Nils verstohlen musterte. Er war gerade in ein Gespräch mit Sina vertieft, die ihm erzählte, wie sie von Hannah das Brotbacken gelernt hatte. Neele glaubte nicht an Nils' Selbstlosigkeit. Was, wenn sie recht hatte? Mutter hatte sie zwar gelehrt, gut zu ihren Mitmenschen zu sein. Aber sie würde Nils nicht heiraten, zu ihrer beider Wohl nicht. So wie sie auf Joris warten würde, sollte auch Nils irgendwann ein Mädchen zur Frau nehmen, das ihn liebte, beschloss sie. Das hatte er verdient. Aber sie wollte dankbar sein, dass sie so einen guten Freund an ihrer Seite hatte. Gerade in Zeiten wie diesen!

*

Am Strand angekommen, dauerte es nicht lange, bis Sina sich zu langweilen begann. Sie sprang auf, als ihre Freundin Frauke, die Tochter eines Fischers, auftauchte. Frauke schlurfte missmutig durch den Sand und zog ein paar Netze hinter sich her.

»Was machst du?«, wollte Sina wissen

»Ich soll die hier flicken.« Frauke verdrehte die Augen. Sie war ein dralles Mädchen mit einer lauten Stimme, aber galt als verträumt. Das Tagewerk, das ihre Eltern ihr auferlegten, erledigte sie zwar, aber nicht ohne Murren. Viel lieber dachte Frauke sich Geschichten über Seeräuber und Ungeheuer aus, mit denen sie die Kinder der Insel immer wieder in ihren Bann zog.

»Ich habe zu Vater gesagt, wenn ich das schon machen muss, will ich wenigstens zum Strand. Hilfst du mir? Dann sind wir schneller und können noch plaudern.«

Sina sah Fenja an.

»Darf ich?«

Fenja nickte. »Ja, natürlich. Aber geht nicht zu weit. Und komm bitte nach Hause, bevor es dunkel wird. Wir sollten Vater nicht zu lange allein lassen.«

»Natürlich nicht. Ich bin rechtzeitig zurück.«

Sina steckte sich noch ein Stückchen Apfel in den Mund und eilte dann mit ihrer Freundin davon. Fenja sah den beiden nachdenklich nach. Nils runzelte die Stirn.

»Du siehst besorgt aus.«

»Es fällt mir schwer, sie etwas allein machen zu lassen. Nach dem, was passiert ist …«

Sie brach ab, doch Nils nickte verstehend.

»Es ist trotzdem richtig. Sie ist kein kleines Kind mehr.«

»Ich weiß.« Fenja klang nicht überzeugt.

»Und Hansen ist fort«, ergänzte Nils.

»Du hast selbst gesagt, er wird nicht aufgeben.«

»Das wird er auch nicht. Dessen bin ich mir sicher. Aber heute, hier und jetzt, ist er keine Gefahr.«

Nils drehte sich zu ihr um. Ein seltsamer Ausdruck lag in seinen Augen.

»Ich würde es wieder tun, Fenja. Mich für dich vor sein Messer werfen.«

Er neigte den Kopf zur Seite und beugte sich vor. Fenja roch seinen Atem, den Duft von frischen Äpfeln und Brot. Sie zuckte zusammen und wollte sich wegdrehen, doch Nils legte ihr die Hand an die Wange und hielt sie sanft fest. Er rückte noch dichter an sie heran. Sie sah ihr Spiegelbild in seinen Augen. Ein Mädchen mit blauen Augen, die tief in den Höhlen lagen. Mit hellbraunen Haaren, die jeden Glanz verloren hatten. Ein Mädchen, das zuließ, dass er sie zu sich heranzog, bis seine Lippen auf die ihren trafen. Er küsste sie.

Fenja riss die Augen auf. Ihr wurde klar, dass sie nicht geglaubt hatte, dass er es wirklich tun würde. Dass er es wagte! Doch dann hielt sie inne. *Ich habe mich für dich vor Hansens Messer geworfen*, schossen seine Worte ihr durch den Kopf. Ja, er hatte viel riskiert. Trotzdem! Nils ging zu weit! Was gab ihm das Recht, sie zu küssen? Wut kochte in ihr hoch. Mit einem Ruck riss sie sich los.

»Nils …«, begann sie und stemmte die Hände in die Hüften, aber er unterbrach sie.

»Es tut mir leid.« Er klang atemlos. »Das hätte ich nicht tun sollen. Bitte entschuldige.«

Fenja rang die Hände, während sie nach Worten suchte. Schließlich schüttelte sie den Kopf. Ihre Wut war verraucht. Sie war nur noch müde, unendlich müde.

»Ich … lass uns nicht mehr davon sprechen«, bat sie und

stand auf. »Heute nicht.« Sie fuhr sich durch die Haare, und ihre Stimme zitterte. »Nicht am Todestag meiner Mutter.«

»Es tut mir leid.« Nils sprang auf und stellte sich ihr in den Weg. »Wirklich! Fenja! Bitte sag, dass wir noch Freunde sind.«

Fenja sah ihn an und wusste nichts zu erwidern. Sie wusste ja nicht einmal, was sie von alldem halten sollte. Ihre Gedanken rasten, ohne dass sie auch nur einen davon wirklich greifen konnte. Gott, ihr Kopf. Sie schloss die Augen und rieb mit den Zeigefingern über die Schläfen, hinter denen es auf einmal hämmerte.

»Ich gehe jetzt heim.«

Es kostete sie Kraft, ihrer Stimme einen festen Klang zu verleihen.

»Fenja …«

»Nein. Bitte. Ich möchte allein sein.«

Sie hob die Holzschuhe auf, die sie längst abgestreift hatte. Anziehen wollte sie die Schuhe nicht. Barfuß lief es sich im feinen Sand viel schneller. Mit eiligen Schritten ging sie in Richtung Dünen. Nils sah ihr nach, das spürte sie genau. Seine Blicke bohrten sich in ihren Rücken und ließen sie frösteln, obwohl die Sonne hoch am Himmel stand. Sie beschleunigte ihre Schritte weiter und tastete nach ihrem Holzring. Wenn es nur endlich Herbst werden würde. Doch dann schnürte ein Gedanke ihr die Kehle zu. Was würde Joris sagen, wenn er erfuhr, was hier vor sich ging?

Ich werde jetzt nicht weiter darüber nachgrübeln, entschied sie. Nicht heute. Es ist der erste Todestag meiner Mutter! Wenn ich schon keine gute Verlobte bin, will ich wenigstens eine gute Tochter sein. Ich gehe heim, kümmere mich um Vater und denke an Mutter. Das, und nichts anderes, soll für heute meine Aufgabe sein.

*

»Da ist er!«

Hendrik Kramer sprang auf. Sein Herzschlag beschleunigte sich, während er sich über den Bug lehnte. Kramer hielt sich aufrecht, obwohl das Boot wankte. Die Schaluppe wurde von den Wellen hin- und hergetrieben, aber die Männer legten sich kräftig in die Ruder.

»Näher ran«, brüllte er, ohne den Blick von dem grauen Ungetüm abzuwenden, das sich ein Stück vor ihnen durch das Wasser wälzte. »Los, macht schon!«

Endlich kamen sie dicht genug an das Tier heran. Sein Rücken glänzte von Wasser und Eis, als es das nächste Mal an der Meeresoberfläche erschien. Hendrik richtete noch einmal mit beiden Händen die Harpune aus. Er kniff die Augen zusammen. Wurde eins mit seiner Waffe – und stieß sie in Richtung Wal. Er traf! Der Widerhaken verkeilte sich in der Haut des Tieres. Der Wal tauchte ab, versuchte zu fliehen, doch die Leine, die an der Harpune befestigt war, folgte ihm. In Sekundenschnelle wurde sie straff.

»Rudert!«, brüllte Hendrik seinen Leuten zu. Die Leine durfte nicht reißen! Endlich wurde sie wieder schlaffer.

»Der Wal taucht auf«, rief jemand.

»Rückwärts!«, brüllte Hendrik. Seine Stimme überschlug sich vor Aufregung. Beute, sie machten endlich Beute! Er hatte die Hoffnung schon fast aufgegeben, sich geärgert, dass er unter diesem Jungspund von Commandeur fahren musste, weil er Hansen zu alt geworden war. Aber nun galt es! Noch einmal durfte ihnen das Biest nicht entwischen! Sie mussten rückwärts rudern, den Wal müde machen. Endlich erreichten die anderen Schaluppen sie, eilten zu Hilfe. Weitere Harpunen wurden geworfen und trafen das verwundete Tier. Wieder und wieder versuchte der Wal, zu fliehen, tauchte in die Tiefe. Da vorn! Ein Eisblock!

»Verdammt, er taucht ab«, brüllte jemand. »Er versucht, unter das Eis zu kommen!«

»Zurückrudern!«, hielt Hendrik dagegen. Er biss sich auf die Unterlippe.

Dreh um, zischte er dem Wal innerlich zu. Wenn das Tier unter das Eis tauchte, mussten sie die Leine kappen. Sonst würde das Biest sie mit sich ziehen, und sie wären alle des Todes. Aus dem Augenwinkel nahm Hendrik wahr, wie einer der Männer schon nach einem Messer griff. Nein! Sie durften die Jagd nicht verloren geben! Hendrik hielt den Atem an – und dann drehte der Wal ab, entfernte sich von dem Eisblock vor ihnen. Hendrik lachte dröhnend. Das Spiel war nicht vorbei.

Der Wal versuchte noch immer, sich zu befreien, wechselte wieder und wieder die Richtung. Mehr als einmal drohte die schwankende Schaluppe zu kentern. Doch immer häufiger gelang es den Harpunieren, den Wal zu treffen. Das tödliche Spiel schien sich über Stunden hinzuziehen. Endlich ließen die Kräfte des Wals nach, und er blieb immer länger an der Wasseroberfläche. Dies war die Stunde der Wurflanzen. Die Männer stießen auf den Wal ein, bis das Wasser um sie herum sich in blutigen Schaum verwandelte.

Hendrik seufzte erleichtert und wischte sich über die Stirn. Das Blut des Wals war ihm bis ins Gesicht gespritzt, wo es sich mit seinem Schweiß vermischte. Er hielt seine rot gefärbten Hände vor die Nase und atmete tief ein. Das Blut, sein Schweiß. Diese Mischung roch gut. Nach Geld. Mit grimmiger Zufriedenheit bedeutete Hendrik den Männern, umzudrehen. Es war an der Zeit, die Beute zum Schiff zu bringen.

»Sie haben ihn!« Joris strahlte vor Erleichterung. »Sie haben den Wal erlegt. Dem Herrn sei Dank!«

»Hurra!« Georg, der kleine Kajütwächter, sprang neben ihm auf und ab. Er hatte sich nicht getraut, zu fragen, aber Joris hatte geahnt, dass der Junge gern bei der Waljagd zuschauen wollte, und ihn mit an Deck genommen. Georg hatte trotz der Kälte über Stunden neben ihm ausgeharrt.

Joris klopfte ihm auf die Schulter.

»Irgendwann jagst du mit den Männern, Georg! Du wirst ein guter Harpunier werden!«

»Danke, Herr Commandeur.«

Der Junge strahlte ob des Lobes. Joris selbst war es schwergefallen, nach der Sichtung des Tieres auf dem Walfänger zurückzubleiben. Als Commandeur war dies sein Platz, aber er wäre gern dabei gewesen, hätte seinen Leuten geholfen, den Wal zwischen den kleinen Booten in die Enge zu treiben. Er hatte nur zusehen können, und die vergangenen Stunden waren ihm wie eine Ewigkeit vorgekommen.

»Georg, gehst du jetzt bitte unter Deck? Der Koch soll schon einmal sein bestes Fass Branntwein bereitstellen. Wir haben etwas zu feiern!«

»Ich sage ihm sofort Bescheid.«

Mit eiligen Schritten lief der Junge davon und hätte beinahe den Bader umgerannt, der in diesem Moment auf sie zukam.

Ove lachte und wuschelte dem Kind durch das windzerzauste Haar, das unter seiner Mütze hervorlugte. Dann trat er neben Joris und sah aufs Meer hinaus.

»Bringen sie ihn her?«

Joris nickte. »Für ein paar Stunden binden wir ihn an der Längsseite fest. Wir schaffen den Wal zur Landstation der Reederei. Dort geht es dann ans Speckschneiden und Trankochen.«

Die Männer beobachteten, wie die Schaluppen allmählich näher kamen, zwischen sich den leblosen Wal. Das Blut auf seiner Haut verlieh ihm einen rötlichen Schimmer. Dass Menschen in kleinen Booten es schafften, so einen Giganten zu erlegen, grenzte an ein Wunder, fand Joris.

»Ein Riesenbiest«, staunte er. »Der misst an die siebzig Fuß, denke ich. Das ist ein guter Anfang.«

Ove zog seinen Mantel fester um sich, während er mit gerunzelter Stirn den Wal betrachtete.

»Also werden die Männer zufrieden sein.«

»Ja, das werden sie.«

»Du siehst sehr erleichtert aus.«

»Das bin ich auch.« Joris nickte zufrieden. »Mir ist nicht entgangen, wie sich die Stimmung in den letzten Tagen verändert hat. Nicht einen Wal haben wir gesichtet, und wenn es heute wieder nicht geklappt hätte … was hätte ich ihnen noch sagen sollen? Wenn man selbst kaum noch Mut hat, kann man ihn anderen auch nicht zusprechen.«

Ove neigte den Kopf zur Seite. »Glaubst du, es hätte zu einer Meuterei kommen können?«

Joris zuckte mit den Schultern. »Möglich. Aber jetzt hat sich das Blatt gewendet. Wir steuern die Landstation an und werden feiern. Wenn der Wal zerlegt ist, lasse ich ein gutes Fass für die Männer öffnen. Und dann geht es weiter. Bis wir voll beladen sind mit Tran und Speck. Wir werden erfolgreich nach Hause zurückkehren.«

*

»Strandgut! Eine ganze Ladung wurde angeschwemmt!«

Aufgeregte Rufe verbreiteten die Nachricht wie ein Lauffeuer, als die Leute aus der Kirche traten. Ein paar Jungs, die sich heimlich vor dem Kirchgang gedrückt hatten, um stattdessen am Strand zu spielen, hatten gesehen, wie Kisten und Säcke von der Flut angeschwemmt wurden. Und das mitten im Mai, obwohl das Wetter in den letzten Tagen so ruhig gewesen war! In Windeseile waren sie ins Dorf gerannt, um ihre Beobachtung lauthals kundzutun. Statt sich wegen des versäumten Gottesdienstes zu schämen, standen die Kinder stolz inmitten der Menge.

»Wir haben es genau gesehen«, riefen sie immer wieder, und ihre hohen Stimmen überschlugen sich beinahe. »Jede Menge Kisten sind es!«

»Was für ein gesegneter Sonntag«, lachte Vogt Matthis und legte die Hände trichterförmig an den Mund.

»Alle zum Strand! Mir nach!«

Der alte Pastor Cornelis faltete die Hände zum Gebet, während die Insulaner sich schon auf den Weg zu den Dünen machten. Der Vogt lief vorneweg, und einige murmelten erbost, dass er sich wohl wieder die besten Stücke selbst sichern wollte. Keiner kam auf die Idee, sich nach dem Kirchgang umzuziehen, um die guten Kleider zu schonen. Jeder wusste, wie schnell die wertvollsten Güter aufgesammelt waren. Es galt, keine Zeit zu verlieren.

»Gedenkt der armen Seelen!«, rief der Gottesmann, während er sein Messgewand raffte und sich ebenfalls so schnell, wie es sein Alter ihm erlaubte, in Richtung Strand aufmachte. »Wenn wir mit Strandgut bedacht werden, haben meist ein paar arme Seeleute ihr Grab in den Wellen gefunden!«

Niemand achtete auf ihn. Fenja und Sina folgten der Menge. Sören hatte den Gottesdienst verpasst, wie es seit Hannahs Dahinscheiden gang und gäbe war. Fast jeden Sonntag sprach Pastor Cornelis sie darauf an und mahnte, dass Sören im Begriff war, sein ewiges Leben an die Sünde zu verlieren, doch heute hatte auch er keine Zeit für Predigten.

»Schneller, Fenja«, bat Sina. »Vielleicht gibt es etwas Gutes!«

Fenja jedoch hatte inmitten der Alten, die den Schluss des Reigens bildeten, Greta ausgemacht.

»Lass uns auf Greta warten! – Greta, guten Morgen! Willst du auch zum Strand?«, grüßte sie.

»Bewahre«, winkte diese ab und stemmte die Hände in die

Seiten. »Ich bin jetzt schon geschafft. Meine Knie plagen mich schlimm.«

»Ist Nils nicht hier?« Fenja sah sich suchend um.

»Sicher ist er bereits unterwegs zum Strand.« Greta winkte ab. »Diese jungen Männer. Er hofft wohl, dass er etwas findet, das er zu Geld machen kann. Dabei wird der Vogt schon dafür sorgen, dass er selbst den Löwenanteil erhält.«

Die alte Frau musterte Fenja.

»Du solltest aber auch gehen. Wenn es wirklich etwas Gescheites aufzulesen gibt, könnt ihr es gebrauchen.«

»Das gilt wohl für uns alle.«

Fenja lachte unsicher. Sie wusste, dass Gretas Worte stimmten. Sören war schon wieder seit Tagen kaum ansprechbar. Der letzte Fisch war verzehrt, und wenn Neele ihr nicht gestern einen übrig gebliebenen Laib Brot geschenkt hätte, wäre der Tisch leer gewesen. Vielleicht war etwas Essbares am Strand gelandet. Andererseits … Nils war auch dort, und sie würde ihm liebend gern aus dem Weg gehen. Sie hatte die Blicke, die er ihr in der Messe zugeworfen hatte, durchaus bemerkt. Bohrend. Eine Mischung aus Hoffnung, Begierde und vielleicht sogar Scham. Fenja seufzte leise. Sie wusste, dass sie Nils auf der Insel nicht ewig aus dem Weg gehen konnte. Dennoch würde sie ein Zusammentreffen gern hinauszögern und zunächst ihr letztes Gespräch etwas in Vergessenheit geraten lassen. Wie sollte sie ihm begegnen?

»Ich kann dich nicht allein nach Hause gehen lassen, wenn du solche Schmerzen hast. Ich stütze dich«, bot sie Greta ihre Hilfe an.

»Ich mache das schon.« Sina kam näher und reichte Greta ihren Arm. Sie nickte Fenja zu. »Lauf du nur zum Strand. Schau, ob du etwas für uns findest. Vater würde sich gewiss freuen.«

Greta hakte sich bei dem Mädchen unter und nickte Fenja noch einmal zu, ehe sie humpelnd und auf Sina gestützt ihrer

Wege ging. Fenja blieb zurück. Sollte sie sich wirklich auf zum Strand machen? Ja, beschloss sie, sie würde ihr Glück versuchen. Immerhin war fast die ganze Insel auf den Beinen und der Strand weitläufig genug für alle. Sicher würde es ihr gelingen, Nils aus dem Weg zu gehen. Fenja beschleunigte ihre Schritte. Wenn sie es schon wagte, wollte sie zumindest nicht zu spät sein. Dann sollte es sich auch lohnen. Sie raffte ihren Rock und erklomm die erste Düne.

Die Mittagssonne stand hoch am Himmel und blendete sie. Fenja legte eine Hand an die Stirn, um besser sehen zu können. Sie meinte, in der Ferne etwas zu erkennen. Holz, das auf dem Wasser trieb. War das etwa das Wrack, dessen Ladung nun an den Strand getrieben worden war? Wie viele Menschen mochten ihr Leben verloren haben, als das Schiff der See nicht mehr hatte standhalten können? Ihr schauderte, als sie daran dachte, dass die Reise nach Spitzbergen viel gefährlicher war. Dort lauerten nicht nur Wellen, sondern auch Eisschollen darauf, die Schiffskörper zu beschädigen und die Menschen in ein kaltes Grab zu locken.

Der Gedanke, dass irgendwann das Hab und Gut der *Gulden Leeuw* hier angetrieben werden könnte, lähmte sie beinahe. Die Vorstellung, dass sie eines Tages Joris' Stiefel oder seinen Mantel hier finden könnte …

»Fenja!«, unterbrach eine Stimme ihre Sorgen. Neele stand unterhalb der Düne und winkte ihr zu. Barfuß, mit zerzaustem Haar und von der Aufregung geröteten Wangen, strahlte sie zu ihr hoch.

»Komm schon!«

Fenja lief zu ihr, und Neele reckte triumphierend den Beutel hoch, den sie in der Hand hielt. Sie ließ Fenja hineinsehen, als diese vor ihr zum Stehen kam.

»Hier, das habe ich alles schon gefunden. Kerzen! Und Tee!«

Neele schloss den Beutel wieder, hängte ihn sich über die

Schulter und griff nach Fenjas Arm, als ein junger Mann sich zu ihnen gesellte. Er trug einen Korb, der mit Fundstücken gefüllt und offenbar so schwer war, dass er immer wieder an seine Beine schlug, die in einer Hose aus fadenscheinigem Stoff steckten. Seine Wangen liefen rot an, als er Neele ansprach, und auf seiner von blonden Locken bedeckten Stirn zeigten sich Schweißperlen.

»Guten Morgen, Neele. Hast du schon etwas gefunden?«

Fenja sah, wie die Freundin sich ein Lächeln abrang.

»Michel. Guten Morgen.«

Er begann, etwas in seinem Korb zu suchen.

»Ich habe etwas gefunden und glaube, es könnte dir gefallen. Warte einmal … hier ist es.«

Er hielt ein kleines Lederband in die Höhe, auf das jemand bunte Glasperlen gefädelt hatte, und drückte es Neele in die Hand. Die kleinen Perlen glitzerten in der Sonne. Fenja sah zwischen Michel und Neele hin und her. Der Fischersohn tat ihr leid. Seit Jahr und Tag versuchte er, Neele zu erobern, und jeder außer ihm wusste, dass sie ihn niemals erhören wurde. Neeles Augen flackerten verunsichert. Hilfesuchend sah sie zu Fenja hinüber, doch die zuckte unauffällig mit den Schultern.

»Das ist sehr freundlich von dir, Michel«, sagte Neele schließlich. »Wirklich. Aber … ich kann das nicht annehmen.« Vorsichtig legte sie das Schmuckstück zurück in Michels Hand. Der junge Mann schluckte sichtbar.

»Aber … warum denn? Ich will es dir doch einfach nur schenken. Ohne Hintergedanken. Gefällt es dir denn nicht?«

»Doch.« Neele zögerte, bevor sie leise fortfuhr und dabei Michels Finger über dem Armband mit den ihren umschloss. »Aber es ist zu schön, um es ohne Hintergedanken zu verschenken, finde ich.«

Sie hob den Kopf und sah Michel direkt in die Augen. »Du solltest es für ein besonderes Mädchen aufbewahren. Irgendwann triffst du sie.«

Michel wandte den Blick ab. Fenja sah, wie getroffen er war, auch wenn er versuchte, es sich nicht anmerken zu lassen.

»Ich verstehe«, murmelte er und setzte ein Lächeln auf. »Vielleicht stimmt das. Ich … ich muss jetzt auch weiter. Viel Erfolg euch beiden.«

Damit verstaute er das Schmuckstück mit spitzen Fingern, als könnte er sich daran verbrennen, in seinem Korb und ging eiligen Schrittes davon. Die jungen Frauen sahen ihm nach. Neele seufzte.

»Der Arme. Meinst du, ich hätte das Armband annehmen sollen?«

Fenja schüttelte den Kopf. »Damit hättest du ihm nur Hoffnungen gemacht.«

»Er sah richtig traurig aus, oder? Das wollte ich wirklich nicht. Michel ist ein netter Kerl, aber …«

»Du musst mir das nicht erklären.« Fenja nahm Neele in den Arm und lächelte sie aufmunternd an. »Ich finde, du hast richtig gehandelt. Er hat so lange versucht, dich zu erobern. Und wenn er nicht der Richtige ist, dann ist es nur gerecht, dass er es weiß. Sonst stiefelt er dir hinterher, bis er alt und grau ist. Damit ist ihm nicht geholfen.«

»Ja, da hast du wohl recht«, sagte Neele. »Es ist ja nicht so, dass ich nicht auch gern heiraten würde. Aber Michel und ich … das würde nicht passen. Ich glaube, der richtige Mann für mich muss erst noch gebacken werden.«

Sie lachte, doch Fenja entging der traurige Unterton in der Stimme der Freundin keineswegs. Sie ergriff Neeles Hand und versuchte, sie aufzumuntern.

»Komm, dahinten sind kaum Leute. Lass uns da noch einmal nachsehen.«

Die Mädchen entfernten sich ein Stück weit von dem Pulk, in dessen Mitte man immer wieder den von der Anstrengung des Bückens hochroten Kopf von Vogt Matthis sah, der die

Borkumer zum Teilen ermahnte, gleichwohl aber selbst mit beiden Händen zugriff und sich allerlei sicherte. Einen Krug, einige Äpfel und ein Paar Stiefel hatte er bereits zusammengerafft.

Neele prustete abfällig. »Matthis ist ein wahres Vorbild. In der Kirche schaut er wie ein frommes Lamm, wenn Pastor Cornelis vom Teilen spricht, und jetzt rafft er an sich, was er nur kriegen kann. Als Vogt! Wenn hier jemand keinen Hunger hat, dann er.«

»Neele! Nicht so laut!«

»Ist doch wahr.« Die Bäckerstochter seufzte. »Aber wir werden es nicht ändern. Schau mal, da vorn hinter dem Sanddorn liegt etwas. Ich glaube, da war noch niemand.«

Neele rannte so schnell durch den Sand, dass Fenja Mühe hatte, mit ihr Schritt zu halten. Zwischen dem Geäst fanden sie einen Leinensack vor. Er war durchnässt und von Algen und Schlick verschmutzt, doch Neele öffnete ihn, ohne zu zögern.

»Sieh nur, das ist Stoff!«, rief sie begeistert und zog einen kleinen Ballen Leinen hervor. »Lindgrün, wie hübsch! Wenn er wieder getrocknet ist, kann man ihn bestimmt noch gut verarbeiten. Nehmen wir den mit und teilen ihn?«

Sie wiegte den Ballen prüfend in den Händen. »Das müsste für ein paar Röcke reichen.«

Neele lachte übermütig und verstaute den Ballen in einem zweiten Beutel, den sie mitgebracht hatte, ohne Fenjas Antwort abzuwarten. »Dann kannst du Joris ganz elegant begrüßen, wenn er im Herbst zurück ist.«

Ihr Lachen verebbte, als sie den düsteren Zug bemerkte, der sich bei ihren Worten in Fenjas Gesicht zeigte.

»Was hast du?«

»Nichts. Ich hoffe nur, dass er wirklich zurückkommt. Auf die Männer, denen diese Dinge hier gehörten, hat sicher auch jemand gewartet.«

Neele seufzte. Sie ließ sich in den Sand sinken und bedeutete Fenja, sich zu ihr zu gesellen. Für einige Augenblicke saßen die Freundinnen schweigend nebeneinander. Fenja ließ den von der Sonne gewärmten Sand durch ihre Finger rieseln, und Neele spielte mit einer Muschel herum, die neben ihr lag.

»Er wird wiederkommen«, sagte sie schließlich entschieden. »Ich glaube nicht, dass dir auch das noch auferlegt wird.«

»Wie meinst du das?« Fenja runzelte die Stirn.

Neele wich ihrem Blick aus. Sie starrte auf ihre nackten Zehen, die von Sand und Schlick bedeckt waren.

»Du hast erst kürzlich deine Mutter verloren. Du musst auf deine Schwester und deinen Vater achtgeben. Du hast Hansen zum Feind, und Nils stellt dir nach. Wie viel mehr kann das Leben einem zumuten?«

»Er hat mich geküsst.«

»Nils hat was getan?« Neele sprang so abrupt auf, dass Fenja zusammenzuckte. »Er hat dich geküsst?« Neele schnappte hörbar nach Luft.

Fenja blieb im Sand sitzen und sah zu der Freundin hoch.

»Ja, das hat er.«

Neele schüttelte den Kopf. »Es ist nicht zu glauben. Was erlaubt er sich?«

»Ich verstehe das alles nicht, Neele. Er sagt, dass er nicht in mich verliebt ist, aber dass wir uns etwas überlegen müssen, um uns vor Hansen in Sicherheit zu bringen. Er meint, er kann mich beschützen, wenn ich ihn heirate. Weil ich dann bei ihm leben würde, zusammen mit Sina.«

Neele schnaubte.

»So denkt er sich das? Was für ein Unfug.«

Fenja sah die Freundin fragend an, die nun mit geballten Fäusten vor ihr auf und ab lief.

»Fenja, bitte! Wie soll das denn aussehen? Ich gebe ja zu, dass Hansen leichtes Spiel hätte, wenn er euch einfach aus eurer Hütte holen müsste, während Sören mal wieder seinen

Rausch ausschläft. Aber wieso sollte gerade Nils euch beschützen können? Greta ist eine alte Frau, und er hat nun einmal nur einen Arm. Da würde ich an deiner Stelle eher selbst zur Waffe greifen!«

Fenja zuckte zusammen. Eine Waffe in der Hand halten, jemandem damit Gewalt antun, ihn bluten und vielleicht sterben lassen. Sich zur Mörderin machen. Könnte sie das? Selbst wenn es gegen Hansen ging und sie in höchster Not war? Sie schüttelte den Kopf.

»Wenn ich das tue … was wird dann aus Joris und Sina?«

Nun schüttelte Neele den Kopf. »Was glaubst du denn, würde geschehen, wenn Nils Hansen, den reichsten und angesehensten Sohn der Insel, tötet oder außer Gefecht setzt? Ich glaube kaum, dass Vogt Matthis ihm dafür zujubeln würde.«

Fenja schlug die Augen nieder.

»Umso ehrenvoller ist sein Anliegen. Wenn wir bei ihm lebten … er würde eingreifen. Versuchen, uns zu beschützen. Egal, welche Strafe ihn dafür erwarten würde. Er hat schon einmal bewiesen, dass er wirklich bereit ist, sein Leben für Sina und mich zu riskieren. Ich stehe tief in seiner Schuld.«

Neele seufzte tief. »Das glaubst du nicht wirklich, oder? Fenja! Mach die Augen auf. Er will dich! Das ist alles, worum es ihm geht. Und ja, vielleicht würde Hansen die Finger von einer verheirateten Frau lassen, und ihr könntet Sina wirklich bei euch in Sicherheit bringen. Verlassen würde ich mich darauf aber nicht. Weder auf Hansens Ehre noch auf den ach so gutherzigen Nils.«

»Du kannst ihn nur nicht leiden.«

»Das stimmt.« Neele lachte freudlos. »Ich mag keine hinterhältigen, verlogenen Diebe.«

Fenja traten Tränen in die Augen. Sie wusste nichts zu erwidern. Neele setzte sich wieder zu ihr, auf einmal besänftigt, und legte einen Arm um die Schultern der Freundin.

»Hab doch den Mut, ihn abzuweisen«, flüsterte sie. »Wenn

Hansen wirklich noch einmal eine Bedrohung wird, geht ihr ins Ostland. In unsere Hütte!«

»Ach, Neele. Das würde so schnell herauskommen. Er würde uns finden.«

»Du kannst nicht ernsthaft in Erwägung ziehen, Nils zu heiraten! Was ist mit Joris?«

»Was nützt es ihm, wenn er zurückkommt und Hansen hat sein Werk schon getan?«, fragte Fenja. Sie zog die Schultern hoch. »Nils glaubt, er würde mich in Sicherheit wissen wollen, auch wenn es bedeutet, dass ich einen anderen heiraten muss. Vielleicht hat er recht.«

»Niemals«, gab Neele im Brustton der Überzeugung zurück. »Joris würde einen anderen Weg suchen. Und das weißt du!«

Sie streckte eine Hand aus, um der Freundin über die Wange zu streichen.

»Gib nicht auf, Fenja. Bitte.«

»Das habe ich auch nicht vor. Aber Neele … es fühlt sich an, als würde ich den Verstand verlieren. Meine Gedanken kreisen, ich habe ständig Angst.«

Neele wusste nichts mehr zu erwidern. Die Mädchen saßen da, die Köpfe aneinandergelehnt, und hatten das Strandgut längst vergessen. Was nützte ihnen lindgrünes Leinen, wenn so viel mehr auf dem Spiel stand?

9.

Es dämmerte bereits, als Fenja am gleichen Abend erneut zum Strand ging. Sie war müde, doch keinesfalls wollte sie ihr Versprechen brechen. Diese Stunde gehörte Joris, und den Sonnenuntergang konnte sie nirgends besser sehen als am Strand. Sie ging heute ein Stück weiter ins Hinterland, ehe sie über die Dünen hinunter zum Meer lief. Vielleicht konnte sie Nils aus dem Weg gehen, wenn sie nicht an der üblichen Stelle zu finden war, dachte sie und unterdrückte ein Gähnen.

Sie hatte bereits ihren Anteil am Leinenstoff ausgewaschen und vor der Hütte zum Trocknen über ein paar Bretter gelegt. Sina war in Begeisterung ausgebrochen, als sie erfuhr, dass sie einen neuen Rock bekommen sollte. Auch sie selbst hatte etwas gefunden und stolz eine Dose Tee nach Hause gebracht, die so gut verschlossen war, dass die Blätter tatsächlich keine Feuchtigkeit abbekommen hatten. Fenja hatte den Tee ins Regal gestellt und versprochen, dass es von nun an jeden Sonntag einen Becher geben sollte.

Sören hatte geschimpft, als die Mädchen erzählten, dass der Vogt wieder einmal versucht hatte, die besten Fundstücke für sich selbst zu behalten. Mit Stoff und Tee wusste er nicht viel anzufangen, sodass er sich achselzuckend wieder in den Alkoven zurückgezogen hatte.

Trotz des aufregenden Tages und der neuen Errungenschaften kreisten Fenjas Gedanken um das Gespräch mit Neele. Ließ die Freundin sich nicht zu sehr von ihrer Abneigung gegen Nils beeinflussen? Selbst wenn seine Absichten Fenja gegenüber nicht ganz lauter waren, hatte er sie doch gerettet. Damit stand sie in seiner Schuld, daran gab es keinen Zweifel.

Und dennoch … vielleicht hatte Neele recht mit dem, was sie sagte.

Fenja stellte mit Erleichterung fest, dass am Strand keine Menschenseele zu sehen war, streifte ihr Schuhwerk ab und tapste barfuß in Richtung Wasser. Der Sand unter ihren Zehen war warm. Es war Juni geworden, der Sommer streckte seine Fühler bereits nach der Insel aus. Nur noch etwas durchhalten, dann kam der Herbst. Das Ende der Walfahrten, die Rückkehr der Männer. Eine leichte Brise kitzelte ihr Gesicht, und sie schloss die Augen. Eine Möwe flog über sie hinweg. Fenja öffnete die Augen wieder und beobachtete, wie der Vogel in Richtung offene See davonsegelte.

»Du hast es gut«, flüsterte sie, »du bist frei.«

Sie setzte sich in den Sand und beobachtete wie jeden Abend die Sonne, die sich wie von Zauberhand rot verfärbte. Da hörte sie Schritte hinter sich. Nils, dachte sie und seufzte innerlich, ehe sie sich langsam umdrehte.

»Greta!«, entfuhr es ihr überrascht. »Was machst du denn hier? Ich dachte, deine Knie sind heute so schlimm!«

Die alte Frau lächelte. »Es geht schon wieder. Nils hat mir kühle Umschläge gemacht, der gute Junge. Und da wollte ich diesen herrlichen Tag nicht ohne einen kleinen Spaziergang zu Ende gehen lassen. Darf ich mich zu dir setzen?«

»Ja. Natürlich!« Fenja nahm ihr Schultertuch ab und breitete es für Greta aus, die sich schwerfällig niederließ.

»Ich habe ewig nicht mehr auf dem Boden gesessen«, kicherte sie. »Ob das meinen alten Knochen gefällt? Sie können sich ja schon einmal an die Nähe zur Erde gewöhnen. Lange werde ich wohl nicht mehr hier umherwandern.«

»Aber Greta! So etwas darfst du nicht sagen.«

»Ach, Fenja. Das ist der Lauf der Welt.« Sie zuckte mit den Schultern. »Ich bin alt. Manche Dinge kann man nicht ändern. Aber es ist schon in Ordnung. Ich habe mein Leben gehabt.«

Fenja warf ihr einen Seitenblick zu. Gretas Augen funkelten, und ein Lächeln umspielte ihren Mund. Sie sah aus, als sei sie in Gedanken weit weg, irgendwo in ihrer Vergangenheit. »Greta?«, sprach Fenja sie flüsternd an. Sie erinnerte sich noch zu gut an ihr seltsames Gebaren am Tag von Joris' Abreise. Geschah so etwas nun wieder? Aber nein! Greta hob den Blick und lachte.

»Entschuldige. Ich musste kurz an meinen Heinrich denken. Er war kein Walfänger, das gab es seinerzeit noch nicht. Aber er war einer der tapfersten Fischer und Seeleute, den diese Insel je gesehen hat. Das kann ich dir sagen.«

»Ist er auf dem Meer umgekommen?«

Fenja wurde bewusst, dass sie gar nichts über Joris' Großvater wusste, außer, dass er schon seit vielen Jahren tot war und Greta nach seinem Ableben bei den Meyers eingezogen war. Joris und Nils waren damals noch so klein gewesen, dass sie keinerlei Erinnerung an ihren Großvater hatten.

Obwohl seitdem viel Zeit ins Land gezogen war, wurden Gretas Augen feucht, als sie an ihren Verlust dachte. Sie schüttelte den Kopf.

»Nicht auf dem Meer. In einem Herbststurm. Er zog auf wie aus dem Nichts. Alle haben sich in ihren Hütten verbarrikadiert und gebetet und geweint, während der Wind über uns hinwegraste wie der Feuersturm der Hölle. Heinrich hat noch versucht, unsere Tiere in Sicherheit zu bringen. Dabei hat ihn ein Balken vom Dach erwischt. Er war sofort tot.«

Greta schlang die Arme um ihren Oberkörper, als müsste sie ihr Herz daran hindern, bei der Erinnerung in tausend Stücke zu zerspringen. »Die halbe Insel war nach dem Sturm verwüstet, und ich war nicht die einzige Frau, die auf einmal Trauer trug.«

Energisch wischte sie sich über die Augen.

»Aber genug davon. Ich hatte viele Jahre mit ihm, dafür

bin ich dankbar. Mein Heinrich war mit Gold nicht zu bezahlen, sage ich dir.«

»Das glaube ich gern.« Fenja drückte tröstend den Oberarm der alten Frau. »Mir kommt es auch nicht auf Gold oder Reichtum an. Ich möchte nur, dass Joris wohlbehalten zurückkommt.«

»Ich weiß, Kind. Ihr erinnert mich oft an Heinrich und mich selbst, als wir noch jung waren. Ihr solltet nicht so lange getrennt sein, aber ihr zieht euch an. Und das ist es, was ihn sicher zu dir heimbringen wird, Fenja. Das wollen wir fest glauben. Aber wenn er viel Gefallen an der Fahrt findet, wird es wohl noch häufiger passieren, dass du ihn ziehen lassen musst. Die See ruft manche Männer sehr laut, weißt du.«

Fenja nickte.

»Sie hat auch nach Nils gerufen«, fuhr Greta fort und warf Fenja einen Blick zu, den diese nicht zu deuten wusste. Daher schwieg sie, bis die alte Frau weitersprach.

»Er hat sich verändert. Das nahm schon nach diesem furchtbaren Unfall seinen Anfang, aber je weiter Joris auf seinem Weg zum Commandeur kam, desto bitterer wurde es für Nils. Er hat versucht, es sich nicht anmerken zu lassen. Aber mir ist sehr wohl aufgefallen, wie fest er seinen Löffel immer umklammert hat, wenn Joris beim Essen von Emden erzählte. Was für einen Zug er dann um den Mund bekommen hat. Er ist eifersüchtig auf ihn, Fenja. Ich bin mir sicher, er verabscheut sich selbst dafür, aber dennoch ist es so.«

Verlegenheit stand in ihrem Blick, als sie Fenja musterte.

»Ich muss los.«

Sie stand mühevoll auf. Das Mädchen bot ihr den Arm, doch Greta winkte ab.

»Lass mal gut sein. Hab noch einen schönen Abend, Mädchen. Und pass auf dich auf. Ich weiß selbst, wie schwer die Zeiten sind. Es zerreißt einen, und manchmal ist es schwer, klar zu sehen.«

Sie gab Fenja keine Gelegenheit für Nachfragen, sondern drehte ihr den Rücken zu und ging davon.

Fenja blieb zurück. Ihr Unterkiefer mahlte vor Anspannung, während sie über das eben geführte Gespräch nachgrübelte. Greta liebte Nils, das wusste sie. Womöglich hatte sie ihn, den jüngsten Enkel, dem das Schicksal übel mitgespielt hatte, sogar ein wenig mehr ins Herz geschlossen als Joris. Und doch. Kam es ihr nur so vor, oder hatten Gretas Worte wie eine Warnung geklungen?

Nachdenklich spielte sie mit den Fingern an ihrem Holzring, drehte ihn hin und her. Sie hob die Hand und musterte den Reif zum ersten Mal seit Tagen ganz genau. Den warmen Honigton des Holzes, die zarte Maserung. Wie liebevoll das Stück gearbeitet war. Ein Strahl der Abendsonne fiel direkt auf ihre Hand. Wärme durchströmte die Haut. *Nur Mut*, schien der Ring zu flüstern. Er lag so an ihrem Finger, wie Joris' Hand auf ihrer Schulter sich immer angefühlt hatte. Behütend. Die Sehnsucht durchfuhr sie wie ein stechender Schmerz, doch diesmal ließ der Gedanke an die Entfernung zwischen ihnen sie nicht verzweifeln. Vielmehr wuchs Entschlossenheit in ihr. Dieser einfache Holzring stand für alles, was ihr etwas bedeutete. Wie hatte sie jemals daran zweifeln können! Sie richtete sich auf. Nein. Sie würde nicht zulassen, dass irgendetwas zwischen sie beide trat. Weder Nils noch Hansen würden sie davon abhalten, auf Joris zu warten. Und er würde zurückkommen. Bis dahin würde sie durchhalten. Nichts und niemand würde sich ihr in den Weg stellen.

*

Es war noch dunkel, als Neele am folgenden Morgen die ersten Teiglinge in den Ofen schob. Sie unterdrückte ein Gähnen und legte kurz die Hand auf ihren Magen, der vernehmlich knurrte. Obwohl sie es von Kindesbeinen an gewohnt war, fiel es ihr noch immer schwer, schon vor der Frühspeise mit der Arbeit zu beginnen. Ihre Mutter war im Haus mit dem Morgenbrei beschäftigt, den es geben sollte, wenn die ersten Brote aus dem Ofen kamen, während ihr Vater einen weiteren Laib auf die Arbeitsfläche legte und sich die Hände an einem Tuch abwischte.

»Ein Glück, dass gestern endlich das Schiff aus Amsterdam gekommen ist«, knurrte er. »Eine ganze Woche Verspätung hatte es! Wir hätten höchstens noch für ein oder zwei Tage Zutaten gehabt, dann wäre es vorbei gewesen mit dem Backen.« Er schüttelte den Kopf. »Solche Ausfälle kann ich mir nicht leisten.«

Neele sah ihn an. »Wir sollten einfach mehr Rohwaren lagern, denke ich. Du hast doch die Hütte im Ostland! Man muss immer damit rechnen, dass mal eine Lieferung nicht ankommt, oder etwa nicht?«

Jan Klaas schnaubte. »Du hast gut reden. Die Lieferanten wollen bezahlt werden. Ich kann es mir nicht erlauben, eine großzügige Lagerhaltung zu betreiben.«

»Aber wenn wir nicht backen können, versorgen die Leute sich selbst. Und womöglich sind sie dann als Kunden verloren«, warf Neele ein. Ihr Vater winkte ab.

»Das überlass mal mir. Noch ist es ja immer gut gegangen.« Er ging zur Tür. »Ich muss jetzt in den Schuppen. Prüfen, ob die Ware auch wirklich in Ordnung ist. Noch liegen die Amsterdamer im Hafen, falls ich etwas zu beanstanden habe.«

Ohne ein weiteres Wort ließ er Neele in der Backstube zurück. Sie seufzte. Sie konnte sagen, was immer sie wollte. Vater schien grundsätzlich dagegen zu sein. Ob er auch so wäre, wenn sie ein Sohn wäre? Aufgebracht nahm sie den Besen von einem Haken an der Wand, als es klopfte.

»Guten Morgen, Neele.«

Sie sah auf. »Nils!«

Er trat ein, stellte die Laterne, die er mitgebracht hatte, um sich den Weg von seinem Haus zur Backstube auszuleuchten, beiseite und sah sich um.

»Ich habe deinen Vater draußen getroffen. Er hatte mich für heute Morgen bestellt und sagt, ich soll dir helfen.«

»Ich brauche keine Hilfe.«

Neele runzelte die Stirn und begann, den Boden zu fegen.

»Ich kann das machen.« Nils streckte seine Hand aus, doch Neeles Finger klammerten sich nur fester um den Besenstiel.

»Hast du nichts anderes zu tun?«, fragte sie spitz.

Nils zuckte mit den Schultern.

»Mir ist gleich, was ich mache. Was meinst du denn? Soll ich die Getreidemühle reinigen?«

Neele blieb stehen. Als wüsste er nicht, was sie meinte! In ihr brodelte es, und sie kniff die Augen zusammen. Wie er sie ansah! Das reinste Unschuldslamm. Neele hieb mit dem Besen auf den Boden. Nur einen Fingerbreit von Nils' Fuß entfernt traf der Besen auf die Holzdielen.

»He!« Nils machte einen Schritt zurück. »Was soll das?«

Neele beugte sich vor, bis sie ihm direkt in die Augen sah. »Ich will, dass du Fenja in Ruhe lässt.«

»Wie bitte?« Nils lachte, doch Neele entging der verunsicherte Unterton in seiner Stimme keineswegs.

»Du hast mich verstanden«, zischte sie. »Was willst du von ihr? Sie ist die Verlobte deines eigenen Bruders! Was fällt dir ein, sie zu küssen?«

Nils streckte den Rücken durch und verschränkte die Arme vor der Brust. Sein Unterkiefer mahlte, während er Neeles Blick standhielt.

»Was fällt dir ein, dich einzumischen?« Er beugte sich vor. Die Bäckerstochter zwang sich, nicht zurückzuweichen.

»Ich warne dich, Neele. Du solltest aufhören, deine Nase ständig in Dinge zu stecken, die dich nichts angehen.«

»Du warnst mich? Was soll das heißen? Willst du mir etwa drohen?«

»Ich habe dir nicht gedroht.« Nils hob die Augenbrauen. »Aber ich bin es leid, dass du dich ständig einmischst. Du bist nicht Fenjas Vormund, kapiert?«

»Genauso wenig wie du! Du machst ihr ein schlechtes Gewissen, damit sie dich nicht abweist. Ich habe dich längst durchschaut, Nils Meyer. Du bist derartig ...«

Er unterbrach sie. Seine Stimme zischte, und Neele spürte kleine Tropfen seiner Spucke auf ihren Wangen.

»Was? Was bin ich, Neele? Auf jeden Fall nicht so eine vorlaute Rotzgöre wie du! Der Michel muss den Verstand verloren haben, dass er eine wie dich will.«

Neele ließ den Besen fallen und stemmte die Hände in die Hüften.

»Was fällt dir ein?«

»Mir? Ich frage mich, was *dir* einfällt! Warum greifst du mich an? Wegen einer Sache zwischen Fenja und mir? Bist du eifersüchtig?«

Neele schnaubte. »Das hättest du wohl gern.«

Sie hob das Kinn. »Fenja ist meine beste Freundin. Und Freundinnen passen aufeinander auf. Ob du es glaubst oder nicht. Das können Kerle wie du wohl nicht verstehen. Achtsamkeit und Fürsorge, Nils. Das ist nichts für ...«

Sie biss sich auf die Unterlippe. Beinahe hätte sie ihm an den Kopf geworfen, dass sie ihn für einen Dieb hielt. Doch das gehörte nicht hierher. Auge in Auge standen die beiden sich gegenüber, ohne dass einer von ihnen auch nur einen einzigen Schritt zurückwich.

»Neele! Der Brei ist fertig!«

Jan Klaas kam schlurfend herein, die Hände hatte er in den Taschen seiner Hose vergraben. Als er die beiden Streithähne sah, schmunzelte er. Neele begriff, dass er die Lage vollkommen falsch einschätzte.

»Oh«, sagte er. »Ich wollte euch nicht stören.«

»Das tust du nicht, Vater.« Neele warf Nils noch einen Blick zu. »Das tust du ganz und gar nicht. Ich werde jetzt ins Haus gehen. Und nach der Morgenspeise kümmere ich mich um den Abwasch. Vielleicht hast du ja eine Aufgabe für Nils. Irgendwo anders.«

Sie drehte sich um, wohl wissend, dass die Fassade, die sie beide ohnehin nur noch nachlässig aufrechterhalten hatten, endgültig zerbröckelt war.

*

»Gute Arbeit, Hans! Der Speck sieht großartig aus.«

»Wir schaffen noch ein paar Fässer, Herr Commandeur.«

Der Speckschneider, ein junger Mann aus Emden, hatte trotz der Kälte Schweißperlen auf der Stirn, als er Joris das Ergebnis der harten Arbeit präsentierte, mit der die Leute in der Landstation in Spitzbergen beschäftigt waren. Hier hatten sie den Wal vom Speck befreit, und einige Männer waren nunmehr dabei, Tran zu kochen. Der Wind zeigte sich gnädig und wehte landwärts, sodass der stechende Geruch, der sonst manch gestandenem Seemann Übelkeit bescherte, auszuhalten war. Das Schiff war fest am Ufer vertäut, und die Zimmerleute nutzten die Gelegenheit, ein paar kleinere Schäden am Holz auszubessern. Joris hatte gleich nach der Ankunft in Spitzbergen ein Fass Branntwein öffnen lassen, um den Jagderfolg zu feiern. Zwar genügte ein Wal nicht, und in Kürze würden sie wieder in See stechen, um sich dem nächsten Tier zu stellen, aber Joris war zuversichtlich, dass sich das Blatt nun zu ihren Gunsten gewendet hatte.

Er wechselte hier und da lobende Worte mit den Männern, dann ging er ein paar Schritte, um einen Moment für sich allein zu haben. Den Mantel zog er fest um sich, und obwohl er mehrere Paar Strümpfe in seinen Stiefeln trug, merkte er schon jetzt, wie ihm die Zehen taub wurden. Die Kälte war gnadenlos, und dennoch wollte er nirgendwo anders sein als hier, wo er endlich die Weichen für seine Zukunft mit Fenja stellen konnte. Er tastete nach der Muschel, die er Tag und Nacht auf seiner Haut trug, als er hinter sich das Geräusch von schweren Stiefeln im Schnee vernahm.

Joris drehte sich um und sah, wie Ove in Begleitung der beiden Kombüsenjungen mehrere voll beladene Eimer über die Klippen schleppte. Die Jungen trugen Fackeln in den Händen, denn es dämmerte trotz der noch frühen Stunde bereits.

»Löffelkraut«, rief Ove ihm zu.

Joris hörte die Erleichterung in seiner Stimme. Ove hatte sich zunehmend Gedanken wegen der Versorgung für die weitere Reise gemacht. Der Bader war der Ansicht, dass die Leute etwas Frisches essen mussten. Die Männer schüttelten den Kopf über ihn, doch Ove glaubte, dass so zumindest einige Fälle des teuflischen Scharbocks vermeidbar sein könnten. Getrocknete Erbsen, Pökelfleisch und Trockengebäck reichten nicht, meinte er, und so hatte er mit Besorgnis jeden Tag den Bestand an Äpfeln und Mus überprüft.

Ove rief den Jungen zu, das wertvolle Kraut an Bord des Schiffes zu bringen, und trat neben Joris.

»Dem Himmel sei Dank«, lachte er, während er ein Tuch aus dem Ärmel seines Mantels zog und sich schnäuzte. »Ich bin mir sicher, unsere Leiber werden sich über etwas zu essen freuen, das nicht schon seit Wochen übers Meer reist.«

Er verstaute sein Tuch wieder und hüstelte. »Diese Kälte ist nichts für mich, Joris. Ich bin erstaunt, wie robust deine Leute sind. Manchmal denke ich, ich bin der Einzige, dem hier oben fast die Nase abfriert.«

»Bist du nicht«, entgegnete Joris schmunzelnd. »Aber warte ab, es wird schon dunkel, und wir stellen die Arbeit für heute bald ein. Dann gibt es heißen Gewürzwein, den lasse ich als Belohnung für alle ausschenken. Er wird dich wärmen.«

»Ich glaube, mich wärmt nicht mal mehr das Feuer der Hölle, mein Freund, so durchgefroren bin ich. Zu einem Gewürzwein sage ich trotzdem nicht nein. Weißt du schon, wann wir wieder aufbrechen?«

»Ich denke, morgen oder übermorgen ist alles erledigt. Dann geht es wieder auf die Jagd. So schnell wie möglich. Jeder Wal bringt uns der Heimreise näher.«

Ove lächelte und wollte etwas sagen, doch ein Geräusch ließ ihn die Stirn runzeln.

»Hast du das auch gehört?«

»Was?«

Joris zog die Augenbrauen zusammen. Er schob sich die Fellmütze aus dem Gesicht, damit seine Ohren nicht bedeckt waren. Nun hörte er es auch. Das Klatschen von Stiefelabdrücken im Schnee. Viele, hintereinander, wie bei einem Marsch. Joris starrte in die Richtung, aus der das Geräusch zu kommen schien, doch es war bereits zu dunkel, um noch etwas zu erkennen. Näherten sich fremde Leute?

»Das sind nicht unsere Männer«, flüsterte er. »Das kommt aus der anderen Richtung! Da ist jemand hinter den Klippen.«

»Wer kann das sein? Gibt es hier noch mehr Landstationen?«

Joris zuckte mit den Schultern.

»Vermutlich schon. Vielleicht ist ein Schiff in Not geraten, und die Mannschaft braucht Hilfe.«

Er lauschte erneut. Die Schritte kamen näher, er hörte sie jetzt deutlicher. In Kürze würden sie über die Klippen kommen. Joris schluckte. Ein seltsames Gefühl fuhr ihm durch den Magen. Sicher waren es Seeleute, die Hilfe suchten, versuchte er sich zu beruhigen. Irgendetwas sagte ihm jedoch, dass die Schritte dafür zu laut, zu energisch waren. Was zur Hölle ging hier vor sich?

*

Auf Borkum hielt Fenja derweil ein paar Münzen fest in der Hand. Sie hatte ihr letztes Geld aus dem Krug über der Herdstelle gefischt, um Garn und Nadeln zu besorgen. Sie würde sich etwas einfallen lassen müssen, damit der Tisch auch in den nächsten Tagen und Wochen gedeckt werden konnte. Vielleicht sollte sie Neele fragen, ob sie gelegentlich in der Backstube aushelfen konnte? Wie Nils? Sie wusste, dass Jan das nur zähneknirschend in Erwägung ziehen würde; er war ohnehin der Ansicht, dass die Mädchen zu viel plauderten. Aber vielleicht, dachte Fenja, ließ er sich überzeugen.

Nun aber wartete der am Strand gefundene Stoff darauf, in zwei Röcke verwandelt zu werden, und Sören hatte Risse in den Hosen, die sie flicken wollte, so gut es eben ging. Wenn noch etwas übrig blieb, würde sie vielleicht ein wenig Mehl besorgen, überlegte sie. Neele steckte ihr zwar immer wieder ein Säcklein zu, doch sie wollte nicht ständig Almosen annehmen müssen. Ob das alles wirklich vorbei war, wenn Joris zurückkehrte? Der Gedanke, dass sie sich dann vielleicht nie mehr Sorgen darüber machen müsste, wie sie etwas zu essen auf den Tisch bringen sollte, ließ sie den Laden mit einem Lächeln betreten.

Die Frau des Krämers stand hinter dem Tresen. Wilhelmine Bakker war eine tatkräftige Frau mit ausladenden Hüften, einer tiefen Stimme und feuerrotem Haar, das sie stets unter einer Haube versteckte.

»Fenja«, grüßte sie und klatschte in die Hände. »Dich habe ich lange nicht mehr gesehen. Wie geht es dir, Kind?«

»Recht gut, vielen Dank.«

»Ein Jahr ist es schon her mit Hannah.« Wilhelmine schnalzte mit der Zunge und schüttelte den Kopf. »Kaum zu glauben, nicht wahr? Uns allen kommt es vor, als hätten wir sie erst gestern verloren. Dass ausgerechnet so eine gute Seele derart früh zum Herrn gerufen wurde.«

»Danke, Wilhelmine.«

Fenja schlug die Augen nieder, als sie den vertrauten Kloß im Hals spürte. Sie wünschte, die Leute würden aufhören, andauernd über Mutter zu sprechen. Ihr war bewusst, dass sie Anteil nahmen und Trost spenden wollten, doch die ständige Erinnerung riss ihre kaum verheilten Wunden immer wieder auf. Fenja räusperte sich.

»Ich brauche Nähnadeln und ein wenig grünes Garn, bitte.«

»Natürlich.«

Die Krämerin drehte sich um und griff zielsicher in das Regal, das hinter ihr stand und bis zum Bersten mit allem beladen war, was man hin und wieder benötigte. Garn, Nadeln und Wolle stapelten sich neben Kochgeschirr und Krügen mit Getreide.

Wilhelmine legte die gewünschten Sachen vor Fenja hin, die ihr die Münzen reichte.

»Ist das alles, was du brauchst?«

Die Krämerin klang beinahe enttäuscht.

»Ja, vielen Dank.« Fenja lächelte entschuldigend. »Ich will nur ein bisschen nähen.«

Unter Wilhelmines Blick liefen ihre Wangen rot an.

»Fährt dein Vater noch immer nicht raus?«, wollte die Krämerin wissen. Fenja zuckte mit den Achseln.

»Doch, manchmal«, sagte sie und war erleichtert, als sie hinter sich Schritte vernahm. Ein neuer Kunde, dem die Krämerin ihre Aufmerksamkeit widmen konnte. Sie verstaute ihre Einkäufe in dem Korb, den sie mitgebracht hatte, als die nächsten Worte Wilhelmines sie erstarren ließen.

»Wie schön, dass du da bist, Nils.«

Fenja fuhr herum und hätte beinahe den Korb fallen lassen. Sie war Nils seit ihrem letzten Gespräch aus dem Weg gegangen, und nun stand sie ihm direkt gegenüber. Was sollte sie sagen?

Er musterte sie ohne eine Spur von Verlegenheit.

»Fenja! Was für eine Überraschung. Du bist so selten hier.«

»Du doch auch.« Sie biss sich auf die Unterlippe.

»Wilhelmine hat mich einbestellt.«

Er nickte der Krämerin zu.

»Das stimmt«, warf diese ein. »Die Bestellung für die Schenke ist eingetroffen. Steht alles hinten im Hof. Du kannst den Handwagen nehmen, der danebensteht, Nils. Aber ein paar Mal wirst du wohl laufen müssen. Schaffst du das Beladen allein? Es wird schon bald dunkel.«

Wilhelmine war sichtlich bemüht, nicht auf Nils' Armstumpf zu starren, als er den Kopf wiegte.

»Vielleicht ist Fenja so freundlich, mir kurz zu helfen?«

Die junge Frau wollte etwas einwenden, doch Wilhelmine nickte eifrig.

»Bestimmt! Nicht wahr, Fenja? Ich würde es ja selbst tun, aber ich kann nicht aus dem Laden weg, solange mein Mann noch nicht zurück ist. Er ist für Verhandlungen zum Vogt gegangen.«

Fenja schluckte. Wenn sie nicht wollte, dass die Krämerin sie für einen Unmenschen hielt, musste sie einwilligen.

»Natürlich«, sagte sie daher, den Blick auf ihre Schuhspitzen gerichtet. »Ich helfe dir.«

»Danke.« Nils lächelte ihr zu und ging voran. Fenja folgte ihm, den Korb fest an sich gedrückt. Schweigend liefen sie um das Haus herum.

Als sie in den Hof abbogen und Nils das Holztor hinter ihnen schloss, schlug Fenjas Herz schneller. Der Hof war von hohen Mauern umgeben, damit die Waren, die hier lagerten, vor Gelegenheitsdieben sicher waren.

Nils griff nach dem Handkarren, der neben dem Tor stand, und zog das Gefährt zu den kleinen Fässern, die an der Wand aufgetürmt waren.

»Sie sind nicht allzu schwer«, forderte er Fenja auf, mit anzupacken.

Das Mädchen stellte den Korb ab und half Nils, das erste Fass auf den Karren zu hieven. Sie achtete darauf, Abstand zu halten, doch schon beim Verladen des dritten Behälters berührten Nils' Finger wie zufällig die ihren. Fenja spürte, wie sich die Haare auf ihren Unterarmen aufstellten, aber sie sagte nichts. Womöglich war es ein Versehen gewesen. Doch es geschah wieder. Beim fünften Fass legte Nils die Finger so fest auf die ihren, dass es kein Zufall sein konnte. Sein Daumen streichelte über ihre Haut.

»Hör auf«, entfuhr es ihr.

Sie zog ihre Hände so hastig zurück, dass das Fass beinahe von der Karre gefallen wäre. Als hätte sie sich verbrannt.

»Fenja.« Nils trat näher, und Fenja wich zurück, bis sie mit dem Rücken an der Wand stand. Gefangen zwischen den Steinen, die sich schmerzhaft in ihre Schultern bohrten – und Nils. Er beugte sich vor, strich mit der Hand über ihre Wange. Sie roch seinen Atem. Eine Mischung aus Hefe und frischer Ziegenmilch stieg ihr in die Nase. Ein angenehmer, warmer Duft, der gar nicht zu der Angst passte, die ihr die Luft abschnürte.

Als hätte er ihre Gedanken gelesen, zog Nils den Kopf ein wenig zurück und sah sie ungläubig an.

»Du fürchtest dich doch nicht etwa vor mir? Fenja!«

»Was du neulich gesagt hast …«

Nils ließ sie nicht ausreden.

»Ich bin dein Freund, Fenja. Und wir haben keine Wahl. Wir müssen mehr werden als Freunde. Wir müssen! Nur dann kannst du unbeschadet aus der Sache mit Hansen herauskommen. Genau wie Sina.«

Als sie nicht antwortete, wurde seine Stimme eindringlicher.

»Bei Gott, Fenja! Ich beschütze dich mit Leib und Leben, und du hast Angst vor mir? Ist das dein Ernst?«

Das Mädchen drückte sich noch dichter an die Wand. Wenn die Fugen sie doch nur verschlingen wollten!

»Ich habe dich nicht darum gebeten. Und ich habe keine Angst vor dir.«

Sie hielt seinem Blick stand, obwohl in Nils' blauen Augen etwas aufblitzte, das ihr nicht gefiel. Da durchfuhr es sie. Er sah aus wie damals, als er mit dem Flensmesser auf die Büsche eingedroschen hatte. Wie rasend.

»Ich habe es Joris geschworen«, presste Nils zwischen den Zähnen hervor. Fenja tastete instinktiv nach ihrem Holzring.

»Das würde er nicht wollen. Nicht so«, gab sie zurück.

Ihre Stimme zitterte, und Nils' Mund verzog sich für den Bruchteil einer Sekunde zu einer Grimasse. Dann jedoch schloss er die Augen, atmete tief durch und bemühte sich sichtlich um Fassung.

»Fenja«, bat er. Er öffnete die Augen wieder und sah sie fest an. »Nimm Vernunft an.«

Als sie nichts erwiderte, seufzte er und trat einen Schritt zurück. Fenja nutzte die Gelegenheit, rutschte an der Mauer entlang nach links und brachte Abstand zwischen sich und Nils. Dann musterte sie ihn abwartend.

»Wie willst du Hansen denn entkommen?« Nils klang auf einmal resigniert, als habe er alle Hoffnung aufgegeben, ihr beistehen zu können. Er ließ sich mit hängenden Schultern auf dem Rand des Handkarrens nieder.

»Erwartest du, dass ich danebenstehe und zusehe, wie er sich an dir vergeht? Und an deiner kleinen Schwester, die kaum mehr als ein Kind ist?« Er schüttelte den Kopf. »Sag mir, was du vorhast. Wie willst du euch retten?«

»Ich weiß es nicht.«

Fenja lief auf und ab wie ein Tier im Käfig.

»Das habe ich befürchtet. Glaub mir, ich wünschte, es wäre anders. Aber ich bin deine einzige Möglichkeit.«

Nils streckte seine Hand nach ihr aus. Fenja zögerte, doch sie blieb stehen. Nils erhob sich schwerfällig und ging auf sie zu. Schritt für Schritt, ganz langsam.

»Fenja.« Seine Stimme war sanft, als er vor ihr zum Stehen kam. Er sprach, als wolle er ein Kind besänftigen. »Wir kennen uns seit Ewigkeiten. Vertrau mir. Du weißt selbst, dass du ohne mich verloren bist! So bitter es auch sein mag.«

Halb rechnete Fenja damit, dass er sich entschuldigen oder zumindest sich weiter erklären würde. Doch dann ging es ganz schnell. Er beugte sich vor, seine Hand umfasste ihren Nacken. Ein eiserner Griff. Seine Lippen auf ihren. Wieder! Fenja gab einen erstickten Laut von sich, wollte protestieren, ihren Kopf zurückziehen, aber er hielt sie fest. Seine Lippen zwangen die ihren auseinander, sie spürte seine Zunge an den Zähnen. Sie bekam keine Luft mehr. Und biss zu.

10.

»Überfall! Wir werden überfallen!«

Joris fuhr herum, als er den markerschütternden Schrei hörte.

»Mein Gott!«

»Der Herr steh uns bei«, flüsterte Ove und folgte Joris, der bereits in Richtung des Lagers rannte. Unbewaffnet. Joris machte mindestens drei Dutzend Schatten aus, die über die Klippen kamen und auf die Landstation zustürmten. Sie hielten Dolche und Messer in den Händen. Das Metall glänzte im Schein ihrer Fackeln. Einige waren mit Harpunen oder Knüppeln bewaffnet.

»Verdammt!« Joris keuchte. Er kam nicht schnell genug voran. Der Schnee stand knöchelhoch. Die Rufe aus dem Lager wurden lauter, mischten sich mit Schreien des Entsetzens.

»Waffen! Holt Waffen!«

»Lauft!«

»Sie überrennen uns!«

»Verdammt! Wo ist der Commandeur? Meyer!«

Joris schauderte, als er seinen Namen hörte. Er musste zu seinen Leuten! Der junge Commandeur stolperte, rappelte sich wieder auf, rannte weiter. Er kniff die Augen zusammen, suchte den Boden ab. Er brauchte eine Waffe. Irgendetwas, womit er sich verteidigen konnte. Seine Männer! Er war der Commandeur, er war verantwortlich. Warum stand er nicht längst inmitten seiner Mannschaft? Sie würden ihn hassen, ihn für einen Verräter halten. Joris beschleunigte seine Schritte noch mehr. Sein Herz schlug, als wollte es ihm die Brust sprengen.

Er konnte nicht sagen, ob der Bader noch hinter ihm war. Nach Atem ringend kämpfte er sich vorwärts. Da! Eine Holzlatte, offenbar von einem Zimmermann vergessen. Joris hob sie auf, ohne innezuhalten.

Endlich erreichte er die Landstation. Seine Augen, die sich an die Dämmerung gewöhnt hatten, flackerten hin und her, während er versuchte, einen Überblick zu gewinnen. Unmöglich. Der Gestank des ausgekochten Waltrans mischte sich mit etwas anderem, Rostigem. Blut, das musste Blut sein!

Er sah Männer, die durcheinanderliefen. Einander etwas zuriefen. Hörte einen Aufschrei, schmerzgeplagt.

Das Geräusch von Metall auf Metall. Immer wieder und wieder. Seine Ohren rauschten. Jemand stolperte an ihm vorbei. Ein Blick aus angstgeweiteten Augen. Verschwunden. Joris hielt die Luft an. War das Georg gewesen?

»Georg!«, brüllte er. »Komm zurück. Wo bist du?«

Keine Antwort. Angst schien seinen Atem zu lähmen. Verdammt, das Kind!

Joris stolperte weiter und erreichte die Feuerstelle, auf der noch ein Kessel mit Waltran stand. Er entzündete den Holzpflock an den glühenden Scheiten, als ein lautes Rufen ertönte.

»Der Commandeur. Wo ist er? Meyer! Sieh dir an, was aus deiner Beute wird! Sieh dir an, was wir mit deinen Männern machen!«

Joris blieb stehen, wie erstarrt. Gott im Himmel. Diese Stimme hätte er überall erkannt. Das durfte nicht wahr sein. Es war Hansen! Was zur Hölle …?

Dann endlich sah er ihn. Hansen hatte seine Fellmütze fallen gelassen. Sein blondes Haar leuchtete golden im Schein der Fackel, die er mit der Linken hochhielt. Er stand mitten in der Menge. Trieb seine Männer an. Und wieder hielt er einen Dolch in der rechten Hand, als sei er mit der Waffe verwachsen.

Joris trat vor. Er würde sich nicht vor Hansen verstecken. Beide Beine fest in den Boden gestemmt, blieb er ein paar Meter vor ihm stehen und sah ihn an. Hinter Hansen hatten sich einige seiner Männer aufgereiht. Joris' Mut sank, als er mehrere von ihnen erkannte. Borkumer, die mit erhobenen Waffen hinter Hansen standen. Männer, neben denen er in der Kirche gesessen oder mit denen er in der Schenke den Becher gehoben hatte. Einigen war anzusehen, dass sie seine Gedanken teilten. Eine Handvoll Männer ließen unmerklich ihre Waffen sinken. Einer nickte ihm zu, und Joris meinte, selbst in der Dunkelheit Scham in seinen Augen zu erkennen. War das nicht Johann, der auf der Suche nach Strandgut schon mehrfach die Beute mit ihm geteilt hatte? Standen sie sich heute wahrhaftig als Feinde gegenüber?

Hansen bemerkte nichts von diesem stummen Austausch, sondern streckte ihm seinen Dolch entgegen. Joris spürte seinen Herzschlag in der Kehle. Würde Hansen ihn hier und jetzt töten?

»Ah, da ist er ja. Der Commandeur! Konnte seinen Leuten nicht helfen!«

Er beugte sich ein Stück vor, und Joris sah das Glitzern in seinen blauen Augen. Den Triumph. Dann hob Hansen die Stimme. Es wurde auf einmal merkwürdig still. Die Kämpfe ruhten. Wieso hatte Hansen so viel Macht über die Männer? Noch ehe er die Frage zu Ende gedacht hatte, wandte der sich an Joris' Leute.

»Schließt euch uns an! Auf meinem Schiff gibt es solche Niederlagen nicht! Wer mit uns kommt, wird auf der Seite der Sieger sein. Hier, bei Meyer, wartet nur noch der Tod auf euch!«

»Niemals!«, rief eine helle Stimme. Joris fuhr herum. Georg trat vor. Sein kleiner Körper zitterte sichtlich vor Angst, doch er hielt den Blick fest auf Hansen gerichtet. »Wir gehen nicht mit euch!«

Hansen lachte und schüttelte den Kopf.

»Tritt zurück, Junge. Das hier ist kein Spiel für Kinder.« Aus dem Augenwinkel sah Joris, wie Ludwig, der Steuermann, den Jungen am Arm nahm und wegzog. Dem Himmel sei Dank!

Hansen machte ein paar Schritte auf ihn zu.

»Du hättest nicht gedacht, dass wir uns wiedersehen, nicht wahr? Aber ich mag es nicht, wenn man meine Pläne durchkreuzt, Meyer. Nur wegen dir muss ich nun länger auf die Kleine warten. Und die Narbe in meinem Gesicht? Siehst du die? So etwas fügt man mir nicht umsonst zu.«

Joris erwiderte nichts. Er durfte Hansen nicht weiter provozieren. Er fuchtelte mit seiner Waffe herum, und sie waren von seinen Männern regelrecht eingekeilt. Wenn die Lage jetzt außer Kontrolle geriet, waren sie verloren.

Hansen schien jedoch darauf erpicht zu sein, Joris zu einer Reaktion zu bewegen. Er trat ein Stück näher an ihn heran und spuckte vor ihm in den Schnee. Konnte Joris es schaffen, ihm den Dolch zu entwinden? Nein, er schien seine Absicht gespürt zu haben. Hansen wich ein Stück zurück.

»Jetzt fällt dir nichts mehr ein, nicht wahr? Nun zeigst du deinen Männern, wer du wirklich bist. Von wegen Commandeur. Ein dummer Junge in viel zu großen Stiefeln.«

Er lachte und breitete die Arme aus, die Waffe schwang er über seinem Kopf.

»Dies ist meine letzte Aufforderung, Männer der *Gulden Leeuw*. Kommt mit uns, kehrt erfolgreich nach Hause zurück – oder sterbt hier und jetzt.«

»Ich gehe mit euch!«

Joris fuhr herum und sah ungläubig, wie Hendrik Kramer mit einem entschlossenen Nicken vortrat.

»Unter dem Kommando von Meyer war die Reise von Anfang an ein verlorenes Unterfangen«, rief er und sah zu seinen Kameraden hinüber. Gemurmel erhob sich.

Joris hatte ein pfeifendes Geräusch in den Ohren. Er konnte nicht unterscheiden, ob das Geraune Hendrik beipflichtete oder ob die Männer sich auf seine Seite schlugen. Doch dann traten andere vor. Der Sohn des Steuermanns, unter den strafenden Blicken seines Vaters. Der Koch. Mehrere Harpuniere und Leinenschießer. Joris schloss die Augen. War er wirklich ein derart schlechter Commandeur? Was hatte er der Mannschaft getan, dass sie ihn so abstrafte?

»Es ist die Angst vor Hansen«, hörte er Oves Stimme dicht an seinem Ohr. »Es ist nur ihre Angst.«

Joris reagierte nicht. Er richtete seinen Blick fest auf Hansen, der triumphierend grinste.

»Gert und Wilhelm«, rief er zwei grobschlächtigen Männern zu, »ihr bringt die Leute zu unserem Schiff und weist sie ein. Und nehmt den Tran mit!«

Joris fuhr herum. Tatsächlich waren ein paar Gestalten dabei, Fässer zu schultern und in Richtung der Klippen zu bringen. Ein paar davon waren seine eigenen Leute! Sie klauten der Mannschaft, zu der sie selbst gehört hatten, den Tran! Und dann ging alles ganz schnell.

Die Kämpfe brachen wieder aus. Das Klirren von Waffen, die gegeneinanderschlugen. Schreie. Die Fackel drohte Joris aus den Händen zu fallen, so sehr zitterten seine Finger. Trotz der Kälte brannte seine Brust. Er war unfähig, irgendetwas zu unternehmen. Wie ein Zuschauer stolperte er durch das Lager, konnte nur beobachten, was rund um ihn geschah. Männer, die fielen. Blut, das den Schnee tränkte. Beute, die weggeschafft wurde. Er strauchelte über etwas. Sein Blick wanderte nach unten. Eine dunkle Ahnung durchfuhr ihn, noch ehe er erkannte, über was er beinahe gestürzt war. Über wen.

»Nein!« Joris ließ sich auf die Knie fallen. Er griff das kleine Bündel, drückte es an sich.

»Georg! Georg, kannst du mich hören?«

Er strich dem Jungen eine Strähne aus der Stirn, schlug

ihm auf die Wangen. Nichts. Die grünen Augen des Kindes waren starr. Seine Schläfe war blau angelaufen, getrocknetes Blut verklebte eine tiefe Wunde, die sich dort befand. Sie hatten ihn erschlagen. Ein Kind! Joris schluchzte auf. Es war seine Verantwortung. Er hatte geschworen, den Jungen wohlbehalten zurück zu seinen Eltern zu bringen. Und doch hatte er nicht verhindert, dass der Kleine Hansen und seiner Höllenbrut in die Finger fiel. Joris legte Georgs leblosen Körper sanft ab. Vorsichtig, als könnte er ihm noch mehr Leid zufügen, bettete er den eingeschlagenen Kopf des Kleinen in den Schnee und schloss mit den Fingerspitzen die Augenlider des Kindes. Der Junge hatte es nicht verdient, hier zu sterben. Joris würde ihn seinen Angehörigen in einer Kiste übergeben müssen. Wie all die anderen Männer. Das war keine Landstation mehr, es war ein Friedhof. Ove hatte ihn noch gewarnt!

Warum hatte er nicht verhindert, dass Hansen sie erwischte? Er hatte geglaubt, es sei ein Leichtes, ihm hier oben aus dem Weg zu gehen. In der Weite des Nordmeeres. Doch nein. Hansen hatte bewiesen, wer von ihnen die See besser beherrschte. Joris begriff, dass er verloren hatte. Hansen hatte gewonnen. Der junge Mann vergrub den Kopf in seinen Händen und schloss die Augen. Ein Schrei formte sich in seiner Kehle, aber er brachte ihn nicht heraus. Wie betäubt verharrte er.

»Joris! Pass auf!«

Ein Ruf, wie von weit weg. War das Oves Stimme gewesen? Joris hatte keine Gelegenheit mehr, es zu überprüfen, Hansen stand schon vor ihm. Mit einem Lächeln streckte er seinen Dolch aus und trat auf Joris zu. Der fuhr herum, wollte fliehen, irgendwie Abstand zwischen sich und Hansen bringen. Doch das Nächste, was er spürte, war ein stechender Schmerz in seinem Rücken. Joris sackte zusammen.

Vorbei. Es war alles vorbei.

*

»Du Miststück!«

Nils' gesunde Hand klatschte an Fenjas Wange. Ihr Kopf wurde zur Seite geschleudert, und sie unterdrückte einen Aufschrei. Fenja spürte, wie die Steinmauer ihre Haut aufschürfte. Endlich ließ Nils von ihr ab und spuckte aus. Er blutete.

»Wolltest du mir die Zunge abbeißen?«

Er wischte sich mit dem Hemdsärmel über den Mund. Noch immer tropfte Blut zwischen seinen Lippen hervor. Mit einer Mischung aus Wut und Fassungslosigkeit starrte er auf den Stoff, der sich dunkelrot verfärbte.

Fenja machte ein paar schnelle Schritte zur Seite. Noch einmal würde er sie nicht zu fassen bekommen! Am ganzen Leib zitternd nahm sie ihren Korb hoch und drückte ihn wie einen Schild an ihre Brust. Rückwärts lief sie zum Tor.

»Ich gehe jetzt. Und ich will dich nie wieder sehen.«

Als ihre Stimme brach, wandte sie sich ab, drückte das Tor auf und trat hinaus auf die Straße. Sofort beschleunigte sie ihre Schritte. Weg hier. Sie musste nur weg.

»Fenja!«, hörte sie ihn rufen, doch sie drehte sich nicht um.

Sie rannte und rannte und wusste selbst nicht, wohin. Bis sie vor der Bäckerei zum Stehen kam. Die hintere Tür stand offen, und Fenja stolperte atemlos in die Backstube.

»He!«, rief Neeles Vater empört und drehte sich mit gerunzelter Stirn um. »Das ist ja wohl …«

Dann erkannte er Fenja und ließ erschrocken den Teig, den er gerade geknetet hatte, auf die Arbeitsfläche fallen.

»Kind!«, rief er und war mit zwei Schritten bei ihr, um sie am Ellbogen zu nehmen. »Kipp mir nicht um! Was ist denn los? Mein Mehl hat mehr Farbe als dein Gesicht. Hier!« Er angelte mit den Füßen nach einem Schemel und schob ihn für Fenja zurecht. »Setz dich.«

Das Mädchen gehorchte. Jan Klaas nahm ihr vorsichtig den Korb ab, den sie noch immer an sich gedrückt hielt. Die Reisigzweige, aus denen er geflochten war, hatten längst Abdrücke in ihren Händen hinterlassen. Unsicher musterte der Bäcker sie, dann trat er vor die Tür.

»Neele!«, brüllte er lauthals. »Neele, komm her! Beeil dich!«

Es dauerte nicht lange, bis seine Tochter aus dem Haus in die Backstube gelaufen kam. Ein Blick genügte ihr, um die Lage zu erfassen.

»Um Gottes willen«, flüsterte sie und schlug die Hand vor den Mund. »Fenja! Du armes Ding!«

Sie trat zu der Freundin, kniete sich vor sie und schlang ihr die Arme um den Hals, während Jan, dem die Situation sichtlich unangenehm war, sich wieder seiner Arbeit zuwandte und irgendetwas vor sich hin murmelte.

»Komm, wir gehen ins Haus. Du musst etwas trinken.«

Neele nahm Fenja an der Hand, als diese mit wackeligen Beinen aufstand, und brachte sie an den Tisch in der Stube, wo sie der Freundin ein Glas Wasser aus einem Krug einschenkte. Neele setzte sich auf den Stuhl gegenüber der Freundin, stützte das Kinn auf den Händen ab und sah zu, wie Fenja den Becher leerte. Die Finger des Mädchens zitterten dabei so sehr, dass sie ihn mehrmals beinahe fallen ließ.

»Also?« Neele musterte Fenja abwartend. »Was ist passiert?« Fenja stellte den Becher ab und hob den Blick. Irgendetwas blitzte in ihren Augen. Neele runzelte die Stirn.

»Es hat mit Nils zu tun, oder?«

Fenja nickte. »Er … er hat mich geküsst.«

Neele schlug mit den Fäusten auf den Tisch.

»Dieser Mistkerl«, brach es aus ihr heraus, doch Fenja hob die Hand, um sie zu unterbrechen. Ein Lächeln huschte über ihr Gesicht, und Röte stieg in ihre bis eben noch so blassen Wangen.

»Und ich … ich habe ihn gebissen! In die Zunge!«

Beinahe trotzig sah sie Neele an, die schallend zu lachen anfing.

»Wirklich? Du hast diesem Widerling in die Zunge gebissen?« Neele konnte es kaum fassen. Bewunderung für die Freundin mischte sich mit Stolz. Sie hatte gewusst, dass Fenja es konnte. Endlich hatte sie gelernt zu schwimmen.

»Großartig!« Neele wurde wieder ernst. Mit glänzenden Augen sah sie Fenja an. »Das war genau richtig. Er hat dir schon viel zu lange nachgestellt, mit all seinen Lügengeschichten.«

»Ach, Neele.« Fenja seufzte. »Ich weiß nicht. Nils hat ja nicht gelogen. Hansen ist wirklich eine Bedrohung.«

»Nils nicht weniger.« Neele schüttelte energisch den Kopf.

»Vielleicht wären Sina und ich bei ihm wirklich sicherer gewesen«, gab Fenja zu bedenken.

»Vor allem wärst du unglücklicher gewesen!«

Fenja antwortete nicht. Sie starrte mit gesenktem Kopf auf die Tischplatte. Ihre Finger fuhren die Maserung nach. Neele raufte sich die Locken. Das durfte doch nicht wahr sein. Hatte Fenja wirklich noch Zweifel? Sie hatte endlich Mut bewiesen. Sie durfte jetzt nicht aufgeben!

Die Freundin jedoch seufzte. »Jetzt habe ich wohl noch einen Feind mehr, oder?«

»Ach was.« Neele winkte ab. »Ich wette, er wird kein Wort mehr darüber verlieren. Aber in Ruhe lassen wird er dich von nun an. Er will bestimmt nicht noch mal in die Zunge gebissen werden.«

Sie konnte sich das Lachen nicht verkneifen, und zu ihrer Überraschung stimmte Fenja, wenn auch verlegen und mit hochroten Wangen, schließlich mit ein.

*

Joris wusste nicht, wie lange er dort gelegen hatte. Er wusste gar nichts mehr. Hinter seinen Schläfen hämmerte es. Seine Glieder waren schwer wie Steine, und er war müde. So unendlich müde. Er wollte die Augen öffnen, aber selbst dazu fehlte ihm die Kraft. Kurz bevor er wieder in einen gnädigen Dämmerzustand fiel, schüttelte ihn jemand unsanft an der Schulter.

»Joris! He! Kannst du mich hören?«

Die Stimme klang, als sei der Redner weit, weit entfernt. Aber wer packte ihn dann so unsanft an den Schultern, zog an ihm herum? Unwillig wandte er den Kopf ab, doch die Stimme, die ihm bekannt vorkam, ließ nicht locker.

»Nein, nicht wieder einschlafen. Denk nicht einmal daran. Aufstehen! Joris, verdammt noch mal. Hoch mit dir.«

»Kann nicht.« Sein Mund war so trocken, dass er die Worte kaum herausbrachte.

»Doch! Du kannst. Los jetzt.« Warum ließ die Stimme ihn nicht in Ruhe? Was wollte der Mann von ihm? Er wollte schlafen …

Ein Gesicht schob sich vor seine Augen, als jemand ihm unsanft zwei Ohrpfeifen verpasste und ihn direkt danach unter den Achseln packte.

»Ove.« Jetzt erkannte er, wer da vor ihm stand. Der Bader nickte ihm zu.

»Endlich. Kannst du dich aufrichten?« Ove sah über Joris' Schulter und zog hörbar die Luft ein.

»All das Blut.« Seine Stimme zitterte, als er die Worte fassungslos wiederholte. »All das Blut.«

Er legte einen Arm um Joris' Schultern und hockte sich neben dem jungen Commandeur in den Schnee.

»Du hast einen Stich in den Rücken abbekommen. Unter

dem Schulterblatt. Zum Glück haben sie dein Rückgrat nicht erwischt. Du musst aufstehen! Ich bringe dich zur Hütte am Ufer, die ist nicht ganz abgebrannt. Dort kann ich deine Wunden versorgen.«

»Das Schiff …?«

Ove schüttelte den Kopf. »Sie haben es angezündet. Es ist nicht gänzlich zerstört, und ich habe einige Vorräte und meine Heilmittel retten können. Aber zur See fahren wird *Gulden Leeuw* wohl nicht mehr.«

Joris hustete. Er deutete mit dem Zeigefinger auf den Schnee, und der Bader verstand.

»Du hast Durst?« Er hielt Joris eine Handvoll Schnee an die Lippen, den dieser gierig aufsaugte. Tatsächlich konnte er danach wieder schmerzfreier sprechen.

»In der Hütte mache ich dir einen Kräutersud. Ich fürchte, du hast Fieber.« Ove musterte Joris mit sorgenvoller Miene, doch der winkte ab.

»Wie kommt es, dass du nicht verletzt bist?«

»Ich war hinter dir. Als ich sah, was passiert …« Ove senkte den Blick. »Ich war feige, ehrlich gesagt. Habe mich zwischen den Klippen versteckt, bis alles vorbei war. Ich bin nicht stolz darauf.«

Er wischte sich mit den behandschuhten Fingern über das Gesicht. »Es tut mir leid. Ich habe die Mannschaft im Stich gelassen.«

»Das gilt wohl eher für mich.« Joris lachte bitter. Seine Augen verdunkelten sich. »Ich bin der Commandeur. Oder ich war es. Es ist alles meine Schuld. Sie … sie haben Georg getötet. Selbst vor dem Kind sind sie nicht zurückgeschreckt, Ove! Er war erst zwölf!«

»Ich weiß. Es ist grauenvoll.« Er schluckte sichtbar. »Wir werden dafür sorgen, dass Georg und die anderen in Würde bestattet werden. Aber es muss hier geschehen. Ich habe noch keine Vorstellung, wie wir überhaupt nach Hause kommen sollen.«

»Sind denn alle tot? Nur wir beide sind übrig?« Joris Augen flehten den jungen Bader an, etwas Tröstliches zu sagen. Ove schüttelte den Kopf. »Viele waren verletzt. Die haben sie mitgenommen. Und einige …«

Ove seufzte und suchte nach Worten.

»Sag es einfach.«

»Erinnerst du dich nicht mehr? Einige sind freiwillig mit Hansen gezogen. Sie haben verstanden, dass hier nichts mehr auf sie wartet außer dem Tod. Ich fürchte, man kann es ihnen nicht verdenken.«

Joris nickte mit zusammengekniffenen Lippen. Doch, er erinnerte sich. Vor allem daran, wie verraten er sich gefühlt hatte.

»Hilfst du mir hoch?«

Ove stützte den jungen Commandeur, der sich vor Schmerz stöhnend aufrichtete. Der Bader legte ihm einen Arm um die Schultern und half ihm, Schritt für Schritt auf die Überreste der Hütte am Ufer zuzugehen, in der bis vor wenigen Stunden noch die Fässer mit Tran lagerten.

»Es ist nicht zu ändern«, flüsterte Ove, als er Joris' Gesichtsausdruck sah, während dieser das Bild der Zerstörung in sich aufnahm. Joris war beinahe dankbar, dass es dunkel war und er nicht all das Elend, das sich vor ihm ausbreitete, erkennen konnte. Die Hütten waren niedergebrannt. Das Schiff, der stolze Walfänger, lag halb zertrümmert am Ufer und war am Heck schon gesunken. Noch immer loderten einzelne Flammen am Holz entlang und taten ihr zerstörerisches Werk. Das Schlimmste jedoch waren die Männer, die am Boden lagen. Leblos, voller Blut. Joris schluckte schwer. Ove zog ihn weiter.

»Denk nicht darüber nach. Es ist passiert, wir können es nicht ändern, so furchtbar es auch ist. Denk lieber darüber nach, wie wir hier wegkommen sollen.«

Er half Joris, sich auf ein paar leere Säcke zu legen, die er auf durchnässten Kisten ausgebreitet hatte. Dann ging er zu der Truhe mit seinen Utensilien, die er in Sicherheit gebracht hatte.

»Kannst du dich auf den Bauch drehen?«, fragte er. »Die Wunde in deinem Rücken muss versorgt werden. Mir gefallen die Ränder nicht, sie sehen dunkel aus.«

Mit gerunzelter Stirn machte Ove sich daran, die Wunde mit geschmolzenem Schnee zu reinigen. Joris' Flüche, als erst das kalte Wasser und dann eine beißende Salbe in seine offene Haut eindrangen, ignorierte er, während er hochkonzentriert über dessen Rücken gebeugt stand. Ove seufzte.

»Hoffentlich entzündet sich das nicht weiter. Das Messer ist ganz schön tief eingedrungen. Aber du hattest trotzdem Glück. Es scheint wirklich nur eine Fleischwunde zu sein, wenn auch eine üble.«

Joris biss die Zähne zusammen, während Ove erneut eine Flüssigkeit aus einer kleinen Flasche in die Wunde träufeln ließ.

»Entschuldige, aber das muss sein.« Ove machte sich daran, die Wunde mit Leinentüchern zu verbinden.

»Die Tücher sind klamm von der Kälte, aber sauber«, erklärte er. Als der Bader mit seiner Arbeit fertig war, deckte er Joris mit einigen Decken zu, entfachte ein Feuer unter einem Kessel und setzte sich auf ein leeres Fass gegenüber dem Patienten. Stumm starrte er auf seine Fußspitzen. Es war der junge Commandeur, der schließlich das Schweigen brach.

»Ich weiß nicht, was wir jetzt machen sollen.« Sein Körper zitterte unter den Decken. Joris meinte, förmlich zu spüren, wie das Fieber stieg. Seine Zähne klapperten.

»Die Vorräte reichen für ein paar Tage, denke ich.« Ove zuckte mit den Schultern. »Aber wie gesagt, das Schiff ist nicht mehr seetauglich. Die Zimmerer hatten das Werkzeug an Land gelagert. Es ist weg.« Unsicher hob er den Blick. »Was machen wir mit ...?«

Joris wandte den Blick ab.

»Kannst du sie mit Schnee bedecken?«, fragte er. Jedes Wort war eine Anstrengung. »Wir werden versuchen, ein anderes Schiff zu finden. In einer der Nachbarbuchten. Wenn das klappt, können wir die Besatzung bitten, hier zu halten, damit wir die Toten nach Hause bringen können.«

Ove bejahte, doch Joris hörte seine Stimme nur noch durch einen Nebel. Er war so müde. Die Augen fielen ihm zu. *Wir werden hier sterben.* Das war der letzte Gedanke, den er fassen konnte, bevor eine gnädige Dämmerung ihn umfing.

*

Nils wälzte sich unruhig hin und her. Seit Stunden fand er nicht in den Schlaf. Fenja hatte ihn tatsächlich abgewiesen. Ihm in die Zunge gebissen! Beinahe hätte er gelacht, obwohl es verdammt wehgetan hatte, als ihre Zähne sich in sein Fleisch gebohrt hatten. So eine Widerspenstigkeit hätte er ihr gar nicht zugetraut. Irgendwie hatte ihm das gefallen. In dem Weibsbild steckte womöglich viel mehr Feuer, als man meinen würde. Nils setzte sich auf, genoss für einen Augenblick das wohlige Gefühl in seiner Lendengegend bei der Erinnerung an den Moment, in dem er Fenja geküsst hatte, und griff nach dem Becher Wasser, der neben seinem Lager stand. Gedankenverloren nahm er ein paar Schlucke.

Fenjas schlechtes Gewissen hätte sie fast in seine Arme getrieben. Und wäre das nicht gerecht gewesen? Warum sollte Joris auch noch sie bekommen? Er hatte doch schon alles. Nils sah beinahe vor sich, wie sich an Bord des Schiffes, das sein Bruder befehligte, Fass um Fass mit Waltran füllte. Jedes Tier, das er mit seiner Mannschaft erlegte, versprach Reichtum und Anerkennung. Warum blieb Joris nicht einfach in

Emden, wenn er zurückkam? Aber nein, er wollte unbedingt nach Borkum. Die Wege entlanglaufen, mit erhobenem Haupt, sich von allen bewundern lassen. Mit Fenja an seiner Seite.

Und was war mit ihm? Weil sein Bruder ihn damals nicht aufgehalten hatte, als er mit dem Flensmesser hantierte, war er der Verlierer in dem ganzen Spiel. Nils schluckte schwer. Alles hätte anders verlaufen sollen. Seite an Seite hätten sie in das Nordmeer segeln sollen, als Verbündete. Es war nicht richtig, dass er verkrüppelt und missachtet auf der Insel saß, während sein Bruder in die Welt hinauszog. Nils fuhr sich durch die Haare. Und nun hatte auch noch Fenja mehr als deutlich gemacht, zu wem sie hielt. Dabei hätte er gut für sie gesorgt, wenn sie sich nur auf ihn eingelassen hätte. Aber sie hatte ihn wieder und wieder abgewiesen und nun wohl endgültig mit ihm gebrochen.

Nils seufzte und nahm noch einen Schluck Wasser. Er würde ihr aus dem Weg gehen. Erst einmal sollte Gras über die Sache wachsen, dann würde sie ihren Streit vielleicht vergessen. Möglicherweise war noch nicht alles verloren? Nachdenklich stellte er den Becher wieder ab. Da ließ ein Schrei aus der Kammer nebenan ihn aufspringen.

»Großmutter?« Er stürzte zur Tür und eilte zu Gretas Bett. Draußen wurde es allmählich hell, sodass er ihre Umrisse erkennen konnte. Sie saß kerzengerade auf ihrem Lager, die Hände in den grauen Haaren vergraben. Sie riss und zerrte an den Büscheln, als wollte sie sie ausreißen.

»Großmutter! Was hast du?«

Nils trat zu ihr und legte vorsichtig seine Hand auf ihre Schulter. Sie reagierte nicht. Ihr Blick ging ins Leere. Nils hockte sich neben sie und streichelte ihren Oberarm.

»Großmutter«, sagte er leise, »hörst du mich?«

Sie fuhr herum. Aus geweiteten Augen starrte sie ihren Enkel an.

»Es ist passiert.«

Ihre Stimme war nur ein Flüstern, und sie zog die Schultern hoch, als würde ein kalter Schauer ihr über den Rücken laufen. Nils runzelte die Stirn. War das wieder einer dieser seltsamen Momente? Was um alles in der Welt sah sie?

»All das Blut.«

Sie wimmerte und zog die Knie an. Dann riss sie die Augen noch weiter auf und beugte sich, nach wie vor in Trance, vor, bis sie Nils direkt in die Augen sah. Ihre Fingernägel krallten sich in seine Schultern. Irgendetwas schnürte sich in ihm zusammen. Sie schien ihm bis auf den Grund seiner Seele zu sehen. Er wäre gern zurückgewichen, doch sie hielt ihn so fest, wie er es der alten Frau gar nicht zugetraut hatte.

»Joris!«, schrie sie. »Nein! Nicht Joris!«

Ihre Stimme war wie ein Messer, scharf und schmerzhaft hallte ihr Kreischen in Nils' Ohren. Er keuchte und rang um Luft. Was ging hier vor sich? Er riss sich los und schüttelte Greta mit seiner gesunden Hand. Endlich fiel die Starre von ihr ab, und sie musterte ihn erstaunt.

»Was hast du?«, wollte sie wissen.

Nils schüttelte den Kopf.

»Du warst … ich weiß nicht. Was hast du gesehen?«

»Gesehen?« Greta runzelte die Stirn. »Herrgott, ich habe geschlafen. Warum weckst du mich?« Ihr Blick glitt zum Fenster. »Es ist noch Nacht.«

»Schon gut.« Nils stand mit zitternden Knien auf und räusperte sich. »Es ist nichts. Ich glaube, du hast schlecht geträumt.«

Er zwang sich zu einem Lächeln.

»Entschuldige, Großmutter. Ich lasse dich schlafen.«

»Ist schon gut, Junge. Ein paar Minuten noch, dann stehe ich auf.«

Sie gähnte und legte sich zurück in ihre Laken. Nils beobachtete sie einen Moment, dann ging er wieder in seine

Kammer und zog die Tür hinter sich zu. Seine Gedanken kreisten. Was, wenn die Leute recht mit dem hatten, was sie einander über Greta zuraunten? Gab es so etwas wie das zweite Gesicht wirklich?

Er trat zum Fenster, schob das Stück Leder, mit dem die Luke verhängt war, beiseite und sah auf die Dünen hinaus. Die Sonne war bereits zu sehen. Ihre Strahlen glitzerten auf dem Meer, das er von der Kammer aus gerade noch erahnen konnte. Die hohen Halme des Strandhafers bogen sich unter einer leichten Brise. Das Morgengrauen versprach einen schönen Sommertag.

Es würde nicht mehr lange dauern, bis die Walfahrer heimkehrten. Würde Joris dabei sein? Greta hatte von Blut gesprochen und den Namen seines Bruders mit einer Verzweiflung in der Stimme gerufen, die ihn jetzt noch erschaudern ließ. Was, wenn Joris etwas zugestoßen war? Und er schämte sich selbst für den Hauch von Hoffnung, der ihn auf einmal überkam.

*

Greta musste früh aufgestanden sein. Als Nils die Küche betrat, duftete es bereits nach Brei, und der Tisch war gedeckt. Greta goss ihrem Enkelsohn einen Becher Wasser ein und setzte sich zu ihm, nachdem sie ihre Schürze abgenommen hatte. Missmutig rührte sie in ihrer Schüssel, ohne den Löffel auch nur einmal an den Mund zu führen. Nils bemerkte aus dem Augenwinkel, dass sie ihm immer wieder verstohlene Blicke zuwarf. Seine Hand begann zu zittern. Was war mit ihr? Erinnerte sie sich etwa an das, was sie vor ein paar Stunden gesehen hatte? Oder, und das war sicher näherliegend, hatte er seine Großmutter durch irgendetwas verärgert?

»Ist alles in Ordnung?«, fragte er schließlich und legte seinen Löffel beiseite.

»Das sollte ich wohl eher dich fragen«, entgegnete Greta mit einem spitzen Unterton in der Stimme.

»Natürlich.« Nils zuckte mit den Schultern. »Was soll nicht stimmen?«

Es ging also nicht um das, was immer ihr in der Nacht durch den Kopf gegangen war, dachte Nils. Erleichtert war er jedoch nicht. In Gretas Blick lag etwas, das er so nicht kannte. War sie wütend auf ihn?

»Jetzt hör mir mal zu, Nils«, sagte sie und stand mit einem Stöhnen auf. Kurz fasste sie sich an ihr Knie, dann aber griff sie nach dem Geschirr und begann, den Tisch abzuräumen. Nils kam es so vor, als wiche sie seinen Blicken aus.

»Du bist ein Junge der Insel. Mit der Fischerei kennst du dich aus, nicht wahr?«

»Ja. Ich denke schon.« Nils seufzte und stützte den Kopf in den Händen ab. Seine Füße wippten auf und ab, und er musste sich zwingen, sitzen zu bleiben. »Ich weiß aber nicht, worauf du hinauswillst.«

»Man fischt nicht in fremden Gewässern.«

Sie stellte die Schüsseln mit so viel Schwung auf dem Regal ab, dass Nils unter dem Geräusch zusammenschreckte. Er spürte, wie Hitze in ihm aufstieg. Er verstand.

»Du meinst, dass ich …? Aber Großmutter! Wie kannst du so etwas denken? Fenja und ich sind Freunde. Seit Ewigkeiten. Jetzt ist Joris fort, da gebe ich auf sie acht. Das ist doch nicht verboten? Ich dachte, ich tue etwas Gutes.«

Er zog einen Schmollmund, aber Gretas Blick verriet, dass sie an seinen Worten zweifelte.

»Mehr werde ich nicht sagen«, entschied sie. »Nur so viel: Begierde und Neid sind keine guten Ratgeber.«

Damit griff sie nach ihrem Wolltuch und legte es sich um die Schultern.

»Ich sehe nach der Ziege.«

Sie verließ das Haus, so schnell ihre schmerzenden Gelenke es ihr erlaubten. Nils blieb am Tisch zurück und biss sich auf die Unterlippe. Alle waren gegen ihn. Selbst Großmutter, die insgeheim immer eine Schwäche für ihren jüngsten Enkel gehabt hatte, stellte sich nun auf Joris' Seite! Niemand verstand ihn, niemand gönnte ihm, dass auch er sein Glück fand. Wütend schob er seinen Schemel zurück und stand auf. Er würde es ihnen allen zeigen. Die würden sich noch wundern!

*

»Geschafft.«

Neele nahm die Nadel, die sie zwischen ihre Zähne geklemmt hatte, aus dem Mund und legte sie in den Korb zurück. »Wie findest du dich?«

Fenja strich den lindgrünen Rock glatt und drehte sich um die eigene Achse. Skeptisch sah sie an sich herunter.

»Er ist fast zu vornehm, oder?«

»Nein, gar nicht.« Neele lachte. »Die Farbe steht dir sehr gut.«

Der Rock, den Fenja aus dem am Strand gefundenen Leinen genäht hatte, war endlich fertig. Bei den letzten Arbeiten hatte Neele, die eine ruhigere Hand hatte, ihr geholfen. Sogar einige weiße Bänder hatten die jungen Frauen am Saum angebracht. Fenja schlüpfte aus dem Rock und zog den alten, den sie über einen Schemel gelegt hatte, wieder über ihren Unterrock.

»Ich schone ihn auf jeden Fall«, beschloss sie und faltete das neue Kleidungsstück sorgsam, ehe sie es in ihre Truhe legte.

Neele nickte schmunzelnd.

»Das würde ich auch machen. Nicht, dass du in Lumpen zur Anlegestelle gehen musst, wenn Commandeur Meyer erfolgreich nach Hause kommt.«

Fenja seufzte. »Es ist schon Juli. Trotzdem kommt es mir so vor, als wäre die Zeit noch unendlich lang.«

»Ihr habt es bald geschafft.«

Neele griff nach ihrem Becher. Fenja hatte etwas von dem Tee, den sie neulich inmitten des Strandguts gefunden hatte, zubereitet. Dazu gab es ein paar Stücke Honiggebäck, die Neele mitgebracht hatte.

»Ein richtiges Festessen haben wir«, lächelte Fenja nun, setzte sich ebenfalls an den Tisch, bediente sich und biss genüsslich in das Zuckerwerk.

»Das haben wir uns verdient«, fand Neele. »Wo ist eigentlich dein Vater?«

Sie deutete auf den Alkoven, der verlassen dalag. Die fadenscheinige Decke, die Sören zum Schlafen nutzte, hatte Fenja sorgfältig gefaltet und auf die mit Stroh gefüllte Matratze gelegt.

»Er wollte zum Krämer«, erklärte Fenja, und ihr Tonfall verriet, dass sie es selbst kaum glauben konnte. »Er sagte, er wolle Salz kaufen, um Fische einzulegen. Die Sonne scheint ihn ein wenig zu beflügeln.«

Sie lächelte. Vielleicht ging es endlich aufwärts mit Vater? Sie hoffte nur, dass er die Schenke links liegen ließ.

»Wir könnten auch zum Krämer gehen«, schlug Neele vor. »Ich muss noch etwas Tinte für Mutter besorgen.«

Fenja zögerte. Sie hatte es in den letzten Tagen vermieden, sich weit von der Hütte zu entfernen. Bei dem Gedanken, dass sie Nils begegnen könnte, wurde ihr unwohl. Selbst abends, wenn sie an den Strand ging, suchte sie nun eine andere Stelle auf. Neele schien zu erraten, was in der Freundin vorging.

»Du kannst Nils nicht bis in alle Ewigkeit aus dem Weg gehen«, gab sie zu bedenken. »Dazu ist unsere Insel wahrlich zu klein.«

Fenja blies in ihren Becher. Heißer Dampf stieg ihr ins Gesicht. Natürlich konnte sie Neele nichts vormachen.

»Ich weiß.« Sie seufzte. »Aber was soll ich ihm sagen, wenn ich ihn treffe?«

Neele zuckte mit den Schultern. »Gar nichts. Nach dem, was zwischen euch vorgefallen ist, wird er kaum annehmen, dass du noch mit ihm befreundet sein willst. Sag ihm guten Tag und geh deiner Wege.«

»Und wenn er das nicht akzeptiert?«

Mit einem Schaudern dachte Fenja daran, wie Nils ausgesehen hatte, als er ihren Kopf an die Wand geschleudert hatte. Wie von Sinnen. Als Neele nicht antwortete, sprach sie weiter.

»Er kann rasend sein, Neele! Sonst hätte ich Greta längst besucht. Ich habe ein richtig schlechtes Gewissen, weil ich seit Tagen nicht nach ihr gesehen habe.«

»Ihr geht es gut«, beruhigte Neele sie. »Nils kommt doch regelmäßig zu uns, um auszuhelfen. Er hätte es meinem Vater gesagt, wenn etwas mit ihr wäre.«

»Richtig ist es trotzdem nicht«, seufzte Fenja. »Weißt du, wann Nils sich das nächste Mal bei euch verdingt? Dann könnte ich Greta in der Zeit besuchen, ohne dass ich Angst haben muss, auf ihn zu treffen.«

»Das ist ein guter Einfall.« Neele nickte. »Ich frage Vater und sage dir Bescheid.«

Sie stand auf und umarmte die Freundin.

»Es ist bald vorbei, Fenja. Denk dran, die Männer sind noch vor dem Herbst zurück. Dann ist Joris wieder da, und du musst dich nicht mehr sorgen.«

Fenja nickte. Wie von selbst tastete sie nach ihrem Ring. Kam es ihr nur so vor, oder schien er sich auf einmal enger um ihren Finger zu winden? Sie hob den Kopf. Nein, es würde alles gut gehen. Neele hatte sicher recht. Nur noch etwas ausharren, dann war es geschafft. Und doch gelang es Fenja nicht, diese leise Stimme aus ihrem Hinterkopf zu verbannen. Was, wenn er nicht zurückkam?

11.

Ove hielt den Becher geduldig an Joris' Lippen. Schluck für Schluck flößte er ihm von einem warmen Kräutersud ein. Der Geruch erinnerte Joris an vergorenes Heu.

»Das schmeckt widerlich.«

Der junge Commandeur verzog den Mund.

»Wenn du dich wieder beschweren kannst, ist das ein gutes Zeichen«, lachte der Bader. »Los, trink weiter. Ohne das Zeug hättest du immer noch Fieber.«

Prüfend legte er eine Hand auf die Stirn des Freundes.

»Ganz weg ist es noch nicht. Aber die Wunden sehen besser aus, es hat sich nichts entzündet.«

Zufrieden stellte der Bader den Becher beiseite, als Joris ihn geleert hatte. Der sah sich inzwischen um. Zum ersten Mal seit dem Überfall fühlte er sich heute klar im Kopf. Der Nebel, der seine Gedanken so lange verhangen hatte, war verflogen. Ove hatte die Hütte notdürftig mit Brettern abgedichtet und den Boden mit Decken ausgelegt, die er vermutlich noch vom Schiff hatte retten können. Ein paar Kerzen standen auf einer umgedrehten Kiste und sorgten für etwas Licht. Zwei Bettstätten waren notdürftig hergerichtet, und in einer Ecke brannte ein kleines Feuer. Trotzdem war es kalt, fand Joris und zog seine klamme Decke enger um sich.

»Wie lange war ich nicht richtig bei Bewusstsein?«, fragte er.

Ove hob die Augenbrauen. »Drei Nächte.«

Joris setzte sich erschrocken auf und bereute es in der nächsten Sekunde, als er einen stechenden Schmerz neben der Wirbelsäule spürte.

»Vorsichtig«, mahnte Ove. »Ich will nicht, dass die Wunde wieder aufreißt.«

»Drei ganze Nächte?« Joris schüttelte den Kopf. »Drei Nächte, in denen du allein Wache gehalten hast?«

Das mussten furchtbare Stunden für Ove gewesen sein, dachte Joris. Ausgerechnet Ove, der das erste Mal auf Walfahrt gegangen war, hatte sich allein darum kümmern müssen, dass Joris versorgt war, dass sie nicht erfroren – und dass die Leichen im Schnee anständig bedeckt waren.

»Ich habe die Toten notdürftig begraben«, erklärte Ove mit gesenktem Blick, als hätte er die Gedanken des Freundes erraten. Er schluckte sichtbar, und Joris entging nicht, dass er sich verstohlen über die blauen Augen wischte. »Ich weiß, du wolltest sie nach Hause bringen, aber ich hatte Angst, dass Tiere kommen. Der Geruch der Verwesung …«

Er brach ab.

»Ich verstehe.«

Joris nickte und dachte an Georg. Den kleinen Kajütwächter, der so gern Harpunier geworden wäre. Der seine Eltern nie wiedersehen würde. Joris würde ihnen die bittere Nachricht überbringen und gestehen müssen, dass er es nicht geschafft hatte, sein Versprechen zu halten und ihnen ihr einziges Kind wieder gesund und munter zu übergeben. Er erinnerte sich noch gut an Georgs Vater, der so besorgt um seinen Kleinen gewesen war. Was würde der Mann zu ihm sagen, wenn er ihm diese Botschaft verkündete? Er biss sich auf die Unterlippe, die auf einmal zitterte.

»Wie soll es jetzt weitergehen?«, fragte Ove und riss Joris damit aus seinen Überlegungen.

Joris strich sich die blonden Haare aus der Stirn und fuhr sich über sein Kinn, das viel zu lange nicht mehr rasiert worden war. Die Bartstoppeln kratzten ihn. Er seufzte.

»Unsere einzige Möglichkeit, das hier zu überstehen, liegt auf der Hand. Wir müssen ein anderes Schiff finden. Wenn wir Glück haben, ist in der nächsten oder übernächsten Bucht auch eine Landstation. Ich weiß nur nicht, wie wir dort hingelangen sollen.«

»Wenn wir genügend Proviant und warme Decken mitnehmen …«, warf der Bader ein, doch Joris unterbrach ihn.

»Es gibt hier wilde Tiere, Ove. Das hast du selbst eben gesagt. Auf die muss ich nicht unbedingt treffen, wenn wir nachts irgendwo im Schnee unser Lager aufschlagen. Von der Kälte ganz zu schweigen.«

Er lehnte sich zurück und schloss für einen Moment die Augen. Die Unterhaltung war anstrengend. Er spürte, dass ihn die Kräfte schon wieder verlassen wollten, und atmete tief durch. Die Luft tat in den Lungen weh, und er hustete.

»Alles in Ordnung?«, fragte Ove und beugte sich vor.

»Ja, es geht schon.« Joris winkte ab. Nur einen Augenblick später setzte er sich auf.

»Ove, wir müssen übers Wasser. Das ist sicherer – zumindest, wenn wir im Hellen unterwegs sind. Außerdem können wir so die Wege abkürzen. Wir rudern bis zur nächsten Bucht. Und wenn dort niemand ist, bis zur übernächsten. Was ist mit den Schaluppen?«

»Fast alle wurden von Hansens Brut angezündet. Aber eine müsste noch seetauglich sein, die war an einer anderen Stelle abgestellt.« Ove schlug sich mit der flachen Hand an die Stirn. »Dass ich daran nicht gedacht habe!«

»Eine bequeme Reise wird das nicht. Mit zwei Mann wird allein das Rudern sehr anstrengend. Aber es ist der beste Weg«, entschied Joris.

»Ruh du dich noch etwas aus. Ich überprüfe, dass die Schaluppe wirklich unbeschädigt ist, und packe ein paar Sachen für uns zusammen.«

Joris nickte. Er überließ Ove die ganze Arbeit nicht gern, sah aber ein, dass er selbst die Fahrt nur schaffen würde, wenn er sich vorher noch etwas erholte. Er legte sich hin, zog die

Decken dicht um sich und schloss die Augen. Ein wenig Schlaf würde er sich gönnen. Dann hatte er sicher genug Kraft für die Reise. Er würde nicht aufgeben. Er hatte Fenja versprochen, zurückzukehren. Was würde sie sagen, wenn sie erfuhr, was hier geschehen war? Auch ihr gegenüber hatte er sein Versprechen nicht halten können. Er kam nicht als gemachter Mann nach Hause. Etwas in ihm zog sich zusammen. Er hatte versagt. Nichts von dem, was er sich vorgenommen hatte, war ihm gelungen. Fenja hatte immer betont, dass sie ihn liebte, egal, ob reich oder arm, und er glaubte ihr. Trotzdem, schwor er sich, wird es uns irgendwann gut gehen. Dies ist nicht die letzte Walsaison. Es geht weiter – wenn mich noch einmal jemand anheuert. Und ich werde auf keinen Fall hier oben mein Grab finden. Ove und ich werden heimkehren! Koste es, was es wolle.

*

Beim nächsten Morgengrauen war die Zeit des Aufbruchs gekommen. Wortlos hüllten die jungen Männer sich in ihre Kleidung. Während Ove die wenigen Habseligkeiten, die ihnen geblieben waren und die sie mitnehmen wollten, in der Schaluppe verstaute, ging Joris noch einmal durch die Landstation. Die niedergebrannten Hütten, in denen vor einigen Tagen noch seine Männer gewirkt hatten, jagten ihm einen Schauer über den Rücken. Zu der *Gulden Leeuw* wagte er kaum hinüberzusehen. Der stolze Walfänger lag in Trümmern am Ufer und war am Heck bereits im Wasser versunken. Vor den Schneehügeln, die Ove über den Toten aufgeschüttet hatte, die er offensichtlich ganz allein in die Mitte der Landstation geschleppt hatte, blieb Joris stehen. Er zählte die Grabstätten nicht, aber es waren zu viele.

»Verzeiht mir«, flüsterte er. Er wünschte, er könnte irgendetwas tun, um den Toten mehr Würde zu verleihen, wenn ihnen schon ein christliches Begräbnis und eine anständige Ruhestätte in der Heimat verwehrt blieben. Was würden die Frauen zu ihm sagen, wenn er nach Hause kam und noch nicht einmal den Leichnam des Gatten, Bruders, Sohnes heimbrachte? Nicht einmal das! Joris ging weiter, umrundete das Feld aus Gräbern. Vor einem kleineren Schneehaufen blieb er stehen. Er wusste, wer hier lag. Er kniete nieder und zeichnete mit dem Zeigefinger ein Kreuz in den Schnee.

»Tapferer kleiner Kerl«, murmelte er. »Es tut mir leid, dass ich dich nicht zurück zu deinen Eltern bringen konnte. Dass aus dir nun doch kein Harpunier wird.«

Die Stimme versagte ihm, und er vergrub das Gesicht in den Händen. Selbst Georg hatte sein Leben gelassen. Ein Kind. Hansen und seine Bastarde hatten ein Kind umgebracht. Joris schüttelte den Kopf. Er hatte Hansen unterschätzt. Dass Hansen seine Besessenheit und Rachsucht so weit treiben würden … hätte er es ahnen müssen? Joris biss sich auf die Unterlippe, während er aufstand, eine Hand in die schmerzende Seite gepresst.

»Das hier ist nicht vorbei, Hansen«, schwor er, ohne den Blick von Georgs Grab abzuwenden. »Wir werden uns noch einmal begegnen. So wahr ich hier stehe.«

»Joris! Bist du bereit?«, rief Ove ihm vom Ufer aus zu. Der junge Commandeur nickte und ging, ohne sich noch einmal umzudrehen, zu dem Bader, der neben der beladenen Schaluppe wartete. Die Männer bestiegen das kleine Boot und stießen sich mit ihren Rudern vom Ufer ab. Der Wind war kalt, aber er wehte nur schwach, sodass das Meer nicht zu aufgewühlt war. Dennoch musste Ove sich beim Rudern besonders ins Zeug legen, da Joris immer wieder Pausen brauchte. Die Wunde in seinem Rücken brannte, und trotz der Kälte liefen ihm vor Anstrengung Schweißperlen über die Stirn.

Nach fremden Schiffen hielten die Männer vergeblich Ausschau. Bis auf ein paar Robben waren nichts und niemand zu sehen. Als gegen Mittag die Sonne ihren höchsten Stand erreicht hatte, war ihr Schein zu schwach, um sie zu wärmen. Trotzdem ließen ihre Strahlen den Schnee am Ufer silbern glitzern und verliehen der unwirtlichen Landschaft etwas Tröstliches. Joris beobachtete, wie der Frost seine Atemluft in Nebel verwandelte.

In den ersten beiden Buchten, die sie erreichten, waren keine Seeleute zu entdecken. Lediglich ein abgebranntes Lagerfeuer und ein paar leere Fässer und Kisten verrieten, dass hier Walfänger haltgemacht hatten. Womöglich gar Hansen und seine Leute, dachte Joris.

»Wenn in der nächsten Bucht auch niemand ist, müssen wir dort unser Lager für die Nacht aufschlagen«, meinte Ove einige Zeit später. »Meine Arme fühlen sich an, als wollten sie abfallen. Viel länger kann ich nicht mehr rudern, fürchte ich.«

Joris nickte. Ihm ging es nicht anders. Seine Oberarme krampften immer wieder, so viel Kraft kostete ihn das Rudern.

»Wenn es so ist, müssen wir uns eine Art Verschlag bauen«, pflichtete er dem Freund bei. »Uns wird schon etwas einfallen.«

Schweigend ruderten sie weiter. Sie unterhielten sich schon eine geraume Weile nicht mehr als unbedingt nötig, um ihre Kräfte zu schonen. Ein jeder hing seinen Gedanken nach. Die Frage, ob sie es schaffen würden, lag in der Luft, doch keiner der Freunde wagte es, sie laut zu stellen. Der Gedanke, dass sie am Ende einen einsamen Tod in der Kälte Spitzbergens finden könnten, war gar zu grausam.

Eine Weile später, als der Himmel sich bereits verdunkelte und erste Schneeflocken aus den grauen Wolken fielen, umschifften sie eine größere Klippe. Die Wellen brachen sich an dem Gestein und brachten die Schaluppe kurz ins Wanken, aber Joris und Ove verlagerten ihr Gewicht und schafften es, die Strömung zu überwinden. Die Enttäuschung fuhr Joris durch Mark und Bein.

»Da ist nichts. Kein Schiff.«

Er sah sich zu Ove um. »Wir müssen auf morgen hoffen, fürchte ich.«

Joris bemühte sich, seine Niedergeschlagenheit zu verbergen, während sie mit nunmehr langsamen Ruderschlägen auf das Ufer zuhielten und die Schaluppe schließlich an Land zogen. Er sah sich um. Geröll und Schnee, so weit das Auge reichte. Unwirtlich. Wie sollten sie hier ein Lager aufschlagen?

Ove sah sich um und blies sich auf die Hände, die trotz der Handschuhe kalt geworden waren.

»Es sieht nicht so aus, als hätte hier schon einmal ein Walfänger angelegt, oder? Ich kann jedenfalls keine Spuren einer Landstation oder auch nur eines Lagers erkennen.«

»Ich auch nicht.« Joris seufzte. »Das wird ungemütlich für uns.«

Ove nickte mit besorgter Miene. »Ich frage mich, wie wir uns auf die Nacht vorbereiten sollen. Es wäre ja doch erfreulich, am nächsten Morgen wieder aufzuwachen, ohne dass uns alle Zehen abgefroren sind.«

Joris überlegte. »Bäume gibt es hier nicht. Aus dem Geröll können wir uns einen notdürftigen Verschlag bauen, aber wie halten wir uns warm? Wir brauchen ein Feuer.«

Er sah zu der Schaluppe hinüber.

»Ich weiß, was du denkst.« Ove klang wenig begeistert. »Du willst unsere Vorräte anzünden, nicht wahr?«

»Besser als die Schaluppe.«

Ove seufzte. »Joris … das ist doch Wahnsinn.«

»Wir erfrieren, wenn wir es nicht tun. Dann sind wir jetzt schon verloren. So aber können wir es durch die Nacht schaffen.«

»Und wenn wir doch weiterrudern?«

»Bei völliger Finsternis?« Joris schüttelte den Kopf. »Das

geht nicht. Wie willst du die Richtung halten? Wir haben nicht einmal einen Kompass. Und was ist mit den Wellen, die du nicht kommen sehen würdest?«

Ove biss sich auf die Unterlippe.

»Also haben wir nur die Hoffnung, dass wir morgen ein Schiff finden. Richtig?«

Joris nickte. Grimmige Entschlossenheit stand in seinen grünen Augen.

»Wir *werden* morgen ein Schiff finden. Ich habe nicht die Absicht, hier zu sterben.«

*

Fenja saß an diesem Nachmittag trotz des herrlichen Sommerwetters in der Stube und flickte. Die Frau des Vogtes hatte sie mit der Näherei beauftragt, und sie war froh, dass sie wieder einige Münzen verdienen konnte. Sie saß dicht über das feine weiße Leinen gebeugt, um ja keinen Fehler zu machen. Frau Matthis galt als äußerst kritisch und würde sie nicht bezahlen, wenn auch nur eine Naht nicht exakt gesetzt war. Vater und Sina waren in den Ort gegangen, um ein wenig Hafer zu besorgen. Fenja hoffte, dass Sören auf direktem Weg zurück nach Hause kam, und fragte sich, ob er es schaffen würde, sich von der Schenke fernzuhalten. Da klopfte es. Wer mochte das sein? Kam Neele sie besuchen? Ihre Verwunderung über den unerwarteten Besuch mischte sich mit Freude darüber, eine kleine Pause machen zu können.

Sorgfältig legte sie die Nähsachen in den Korb, der auf dem Tisch stand, bevor sie sich erhob, um die Tür zu öffnen. Zu ihrer Überraschung war es Agnes Matthis, die dort stand. Gewandet in ein spitzenbesetztes Kleid aus hellblauem Stoff und mit einer eleganten Haube auf dem Kopf sah sie sich um und gab sich sichtlich Mühe, nicht die Nase zu rümpfen. Sie war in Begleitung ihrer Tochter Hanne, die sich verlegen umschaute.

»Guten Tag«, grüßte Fenja.

Frau Matthis nickte ihr zu, sagte jedoch nichts. Fenja wurde unruhig.

»Falls Sie Ihre Sachen abholen wollen, tut es mir leid«, sagte sie unsicher. »Wir hatten doch ausgemacht, dass ich sie übermorgen bringe. Ich fürchte, ich bin noch nicht fertig mit der Arbeit.«

Frau Matthis winkte ab.

»Das weiß ich doch, Kind. Ich bin wegen Hanne hier.«

Sie schob ihre Tochter, deren Wangen glühten, nach vorn.

Fenja trat beiseite und bedeutete den Frauen, einzutreten. Frau Matthis sah sich um, und Fenja entging die Mischung aus Mitleid und Abfälligkeit nicht, die sich in ihren braunen Augen spiegelte. Sie biss sich auf die Unterlippe. War die Vogtsfrau etwa nur gekommen, um zu überprüfen, dass ihre wertvollen Stoffe in dieser ärmlichen Hütte nicht beschädigt wurden?

»Was führt Sie denn zu mir?«, hakte sie nach.

Frau Matthis seufzte. »Eigentlich haben wir einen festen Schneider in Emden, der sich um unsere Kleider kümmert. Leider hat er aber nun beschlossen, dass seine Augen zu schwach geworden sind. Er arbeitet nicht mehr.«

Frau Matthis' tiefe Stimme klang beleidigt, als habe der Schneider nur schlechte Augen bekommen, um sie zu verärgern. Fenja unterdrückte ein Schmunzeln.

»Wie dem auch sei, nächsten Monat ist mein Mann zu einem wichtigen Termin geladen, und Hanne wird uns aufs Festland begleiten. Es werden junge Herren anwesend sein. Sie braucht ein Kleid. Eines, das ihre etwas ausladenden Rundungen geschickt verhüllt.«

Hanne schnappte hörbar nach Luft, entgegnete ihrer Mutter aber nichts. Sie tat Fenja leid. Musste ihre Mutter das arme Mädchen so bloßstellen? Sie hob die Augenbrauen.

»Das kann ich nicht«, platzte es aus ihr heraus.

»Wieso nicht? Du besserst auch unsere Wäsche aus.« Frau Matthis deutete auf den Korb, der auf dem Tisch stand. Fenja zögerte. Sie wollte der Frau keineswegs zu nahe treten und riskieren, dass sie ihr keine Arbeit mehr gab oder gar die unfertigen Stücke ohne Bezahlung mitnehmen würde.

»Das ist etwas anderes«, entgegnete sie daher vorsichtig. »Ein Kleid, das für so einen Anlass taugt, ist viel schwieriger anzufertigen. Es tut mir sehr leid, ich würde Ihnen gern helfen, aber das kann ich wirklich nicht.«

Frau Matthis runzelte die Stirn. Für einen Moment schien sie nicht zu wissen, was sie sagen sollte. Vermutlich hatte sie nicht damit gerechnet, dass Fenja ein so verheißungsvolles Angebot ablehnen würde. Das hätte sie auch nicht, aber ihre Fingerfertigkeit war bei Weitem nicht so gut wie die von anderen.

»Neele Klaas«, rief sie und klatschte in die Hände. »Die kann Ihnen sicher helfen, wenn Sie nicht doch warten und jemanden in Emden beauftragen wollen.«

»Dafür reicht die Zeit nicht«, winkte Frau Matthis ab. »Neele Klaas, sagst du? Das Mädchen vom Bäcker? Diese Große? Sie sieht ein wenig grob aus, nicht wahr?«

Man sah ihr an, dass sie Neele so feine Arbeiten nicht zutraute, doch Fenja nickte eifrig.

»Sie ist wirklich geschickt mit der Nadel. Ich weiß nur nicht, ob sie Zeit findet, denn sie muss viel in der Backstube helfen.«

Unter normalen Umständen würde Fenja anbieten, sie zu vertreten. Dann könnten beide Mädchen etwas Geld verdienen. Aber Jan beauftragte Nils so oft mit Hilfsarbeiten, dass sie ihn ständig treffen würde. Auch wenn sie das Einkommen gut gebrauchen könnte, das wollte sie nicht.

Die Frau des Vogtes wiegte den Kopf hin und her.

»Neele ist wirklich eine gute Schneiderin«, warf Hanne schüchtern ein. »Sie hat damals auch das Taufkleid für die Kleine von den Bakkers genäht. Weißt du noch?«

»Tatsächlich? Nun ja. Vielleicht ist es einen Versuch wert. In der Backstube wird sie ja wohl abkömmlich sein. Bestimmt könnte dieser Nils Meyer dort mehr helfen. Fenja, du könntest sicher Sorge dafür tragen, dass Herr Klaas Neele entlastet und Nils ihre Arbeit überträgt, nicht wahr?«

»Wie meinen Sie das?« Überrascht sah Fenja Frau Matthis in die Augen.

»Nun ja.« Sie lachte. »Es weiß doch ein jeder, dass Nils dich … sehr zu schätzen weiß. So viele Männer lassen auf den Walfahrten ihr Leben, und wenn Joris, was der Herr verhüten möge, nicht zurückkommt …«

Sie brach ab. Fenja richtete sich kerzengerade auf.

»Ich weiß nicht, wer so etwas erzählt, Frau Matthis. Ich kann Ihnen aber versichern, dass ich keineswegs die Absicht habe, Nils Meyer zu ehelichen. Selbst wenn Joris nicht zurückkehren sollte. Und das wird er im Übrigen. Das wird er!«

Sie konnte nicht verhindern, dass ihre Augen wütend blitzten. Konsterniert sah Frau Matthis an ihr vorbei auf den Boden und seufzte, während Hanne sichtbar schluckte.

»Mutter hat es nicht so gemeint«, warf sie eilig ein.

»Das habe ich sehr wohl«, entgegnete diese jedoch. »Ich erzähle keine Lügen! Der ganze Ort spricht darüber.«

Fenja hob die Augenbrauen.

»Und jetzt haben Sie mit mir gesprochen, Frau Matthis. Seien Sie gewiss, dass niemand die Frage nach meinen Hochzeitsplänen besser beantworten kann als ich selbst.« Sie reckte das Kinn.

»Das ist sicher richtig, Fenja«, lenkte Frau Matthis ein. »Obwohl ich finde, dass es gescheit von dem Jungen ist, an alle Eventualitäten zu denken. Ein anständiger Bursche, fürwahr. Wir brechen jetzt besser auf. Bring mir die Näharbeiten, wenn du fertig bist. Für Hanne sehen wir uns dann doch auf dem Festland um, denke ich. Ich kann mir nicht vorstellen, dass Neele Klaas ein anständiges Kleid zuwege bringt. Hast du einmal ihre Finger gesehen? Rau und geschwollen.«

Sie rümpfte die Nase.

»Das kommt von der Arbeit in der Bäckerei.« Hanne warf Fenja einen entschuldigenden Blick zu. Ihre Mutter hatte sich bereits umgedreht und war ohne ein weiteres Wort gegangen. Hanne folgte ihr mit hängenden Schultern.

Fenja sah den beiden nach. Sie würde nie wieder einen Auftrag von der Vogtsfamilie bekommen, dachte sie, doch das war nicht ihre Hauptsorge. Was um alles in der Welt erzählte Nils herum? Oder hatte Frau Matthis etwas missverstanden? Sie ging zurück zum Tisch und setzte sich auf ihren Schemel. Diese Gerüchte gefielen ihr ganz und gar nicht. Wenn es sein musste, würde sie sich vor die Kirche stellen und herausschreien, was sie über Nils dachte. Was war nur in ihn gefahren, dass er glaubte, er dürfte ihr nachstellen? Wenn er glaubte, dass er sie unter Druck setzen konnte, indem er den Ort auf seine Seite zog, hatte er sich geirrt. Sie griff nach der Nähnadel und stach sie mit Wucht in das feine Leinen.

*

Kurz bevor Spitzbergen in völliger Dunkelheit versunken war, hatten Joris und Ove ihr Nachtlager bezogen. Sie hatten Gesteinsblöcke aufgeschichtet und Decken darübergelegt. Der Unterschlupf, den sie so notdürftig errichtet hatten, war niedrig, und sie mussten die Köpfe einziehen, um darin sitzen zu können. Mit angezogenen Beinen würden sie sich hinlegen und vielleicht ein paar Stunden Schlaf finden können. Doch obwohl die Nacht hereingebrochen war und ein anstrengender Tag hinter ihnen lag, waren beide noch viel zu wach, um zu schlafen. Ihre Nerven waren angespannt.

Joris versuchte, den Gedanken zu verdrängen, dass diese Unterkunft etwas von einem Grab hatte. Ein paar Stück Sackleinen bedeckten den Boden, doch die Kälte fraß sich durch den Stoff. In einer Ecke hatten sie Steine ausgelegt und mit ein wenig Pergament, getrockneten Kräutern und etwas Holz ein Feuer entzündet. Das Pergament hatte Joris für seine Aufzeichnungen genutzt, und noch gestern war es ihm wichtig erschienen, diese für die Reeder zu bewahren. Nun jedoch ging es nur noch darum, die Nacht zu überstehen. Zudem hatten sie die Bretter, die in der Schaluppe als Sitzgelegenheit gedient hatten, herausgetrennt, um mehr Brennmaterial zu haben. Mithilfe von zwei Steinen, die er immer wieder aneinandergerieben hatte, war es Joris dann nach mehrfachen Versuchen tatsächlich gelungen, das Feuer in Gang zu setzen. Der Qualm war schwarz und brannte in ihren Nasen.

»Eigentlich ist das Holz zu feucht«, stellte Joris hustend fest. »Wir können den Verschlag nicht ganz verschließen, sonst ersticken wir.«

»Wir lassen einen Spalt offen.« Ove zog den leeren Jutesack, mit dem die Luke verhängt war, noch ein Stück weiter zur Seite. Dann kroch er so dicht wie möglich an das Feuer heran und zog seinen Mantel enger um seinen Körper. Für einen Moment hingen die Männer ihren Gedanken nach.

»Was meinst du?«, fragte Ove schließlich. »Schaffen wir es? Oder muss ich mich darauf einstellen, meine letzte Nacht auf Erden mit dir zu verbringen?«

Joris schmunzelte. »Ich kann es dir nicht sagen. Aber wenn es dich beruhigt: Ich werde alles dafür tun, irgendwann alt, grau und gebrechlich in einem Bett zu sterben und nicht in einer verqualmten Eishölle.«

»Dann hoffen wir mal das Beste. Willst du ein Stück Trockenfleisch? Hier ist noch irgendwo ein wenig.«

Er begann, in einem Beutel zu kramen, und förderte ein paar Brocken gräuliches Fleisch zutage, das er durchbrach, um es mit Joris zu teilen.

»Danke.«

»Ich glaube übrigens«, sagte Ove und schluckte einen Bissen herunter, »dass das Essen eine Rolle spielt.«

»Was meinst du?«

»Beim Scharbock. Denk mal darüber nach. Auf langen Seefahrten hält sich Essen schlecht. Die Männer bekommen irgendwann nur noch so Zeug wie dieses Trockenfleisch. Und dann werden sie krank.«

Joris überlegte. »Da könnte etwas dran sein.«

»Ich bin mir fast sicher! Weißt du nicht mehr, wie es mit Ludwig, unserem Steuermann, war? Er hatte schon Zahnfleischbluten. Und als ich ihm von dem Sanddornsaft gegeben habe, den ich dabeihatte, ist es ihm schnell wieder besser gegangen.«

Ove, auf einmal wieder in seinem Element, richtete sich auf und stieß sich beinahe den Kopf an der niedrigen Gerölldecke. »Deshalb habe ich auch das Löffelkraut gesammelt. Ich habe sogar etwas mitgenommen.«

Er seufzte.

»Hoffentlich bekomme ich die Gelegenheit, das alles noch einmal näher zu untersuchen.«

»Du willst wieder auf Walfahrt gehen?« Beinahe ungläubig musterte Joris seinen Freund. »Nach allem, was du erlebt hast?«

Ove zuckte mit den Schultern.

»Entweder das, oder ich setze die Untersuchung fort, indem ich die Aufzeichnungen der Commandeure durchsehe. Ich denke schon, dass man sie mir zeigen würde, wenn es darum geht, den Scharbock auszurotten, oder?«

»Ganz sicher.« Er spähte zum Eingang des Verschlags. »Ich glaube, es wird schon heller.

Joris lehnte sich gerade zurück, als ein Geräusch ihn aufhorchen ließ.

»Was war das?«

»Ich habe nichts gehört.«

Ove runzelte die Stirn und setzte sich auf.

»Doch. Da ist etwas.« Joris kroch ein Stück nach vorn. Vorsichtig hob er mit einer Hand den Leinensack an, um nach draußen zu spähen – und ließ ihn wieder fallen, als habe er sich verbrannt. Er spürte förmlich, wie die Farbe aus seinem Gesicht wich.

»Was ist los?«

Seine eigene Anspannung schien sich in Oves Augen zu spiegeln. Joris schluckte und bemühte sich, die Angst, die in ihm hochkroch, nicht die Oberhand gewinnen zu lassen.

»Ein Eisbär. Ove! Da draußen ist ein Eisbär.«

»Verdammt. Das darf nicht wahr sein.«

Ove sah sich hektisch um, als suchte er nach einem Ausweg. Oder nach einer Waffe? Eine Waffe!

»Wir brauchen eine Waffe«, zischte Joris.

Ove schüttelte den Kopf.

»Vergiss es! Wir greifen auf keinen Fall einen Eisbären an.«

Joris schüttelte den Kopf. »Nein. Aber er uns!«

»Wir müssen hier weg, Joris. Wir müssen zur Schaluppe.«

»Ich weiß.«

Die Freunde sahen einander ratlos an. Wie sollten sie es bis zu dem Boot schaffen? Es lag bestimmt hundert Schritte entfernt am Ufer. Hundert Schritte! Joris' Herz raste, und Ove rieb sich die Stirn, auf der trotz der Kälte nun Schweißperlen glänzten.

»Wir könnten abwarten. Vielleicht haut er wieder ab?«

Joris schüttelte den Kopf.

»Das Feuer wird ihn angezogen haben. Oder unser Geruch. Er weiß, dass wir hier sind.«

Ove rieb sich das Kinn.

»Und wenn wir das Feuer löschen?«

»Nein. Wir brauchen das Feuer.«

Joris erinnerte sich an den Unterricht in Emden. Natürlich hatten einige der erfahrenen Seeleute auch über Eisbären gesprochen, die immer mal wieder in der Nähe der Landstationen auftauchten. Meist, ohne großen Schaden anzurichten. Aber in den Landstationen standen auch stabile Hütten, oder die Leute konnten sich auf die Walfänger zurückziehen. Hier gab es nur einen kleinen Verschlag, der ihnen keinen echten Schutz bot. Er wollte Ove nicht mehr als nötig ängstigen, aber ein hungriger Eisbar war sicherlich imstande, den dürftigen Geröllhaufen zu zerlegen. Sie mussten zur Schaluppe. Und dabei sollten sie sich zumindest mit Fackeln bewaffnen. Joris langte hinter sich und griff nach dem letzten Stück Holz, um es an den Flammen zu entzünden.

»Wir nehmen nichts mit«, beschloss er. »Wir müssen einfach nur schnell sein. Kein unnötiger Ballast.«

Ove seufzte. »Wenn einer von uns krank wird … lass mich wenigstens die Tasche mit den Heilsachen mitnehmen. Sie ist nicht schwer und wird mich nicht behindern.«

Joris sah den Bader unsicher an.

»Wenn der Bär angreift, lässt du sie fallen. Bitte.«

Ove nickte. »Einverstanden.«

Sie hörten, wie etwas um die Steine, die sie von der Eiswüste abschirmten, herumschlich. Hörten schweres Atmen. Ein Schnauben. Das Geräusch schwerer Tatzen, die durch den Schnee walzten.

»Der Bär«, flüsterte Ove.

Joris nickte. »Er ist unruhig.«

Auch der junge Commandeur flüsterte, obwohl er wusste, dass es zu spät war. Der Eisbär hatte sie längst gewittert. Für einen Moment dachte er an seine Verletzungen. An seine schmerzenden Muskeln. Hatte er noch die Kraft für den Lauf zum Boot? Aber eine Wahl gab es ohnehin nicht. Die Schaluppe war ihre einzige Möglichkeit, dem Tier lebend zu entkommen. Ihm fiel ein, wie sie den Wal gejagt hatten. Wie sie ihre Harpunen in sein Fleisch gestoßen hatten. Würde sich der Spieß nun umdrehen? Waren diesmal die Menschen die Gejagten?

»Ich sehe nach, wo er ist«, zischte er und kroch zum Eingang des Verschlags. Langsam, um keine unnötigen Geräusche zu machen, hob er den Vorhang. Der Morgen dämmerte, und wenn Joris die Augen zusammenkniff, konnte er schon mehr als nur Umrisse erkennen. Dahinten lag die Schaluppe. Verheißungsvoll. Aber auch unendlich weit weg. Würden sie es schaffen? Er tastete nach seinem Lederband. Die Muschel lag fest auf seiner Haut. Er musste es versuchen.

»Ich sehe den Eisbären nicht. Er muss hinter uns sein.«

»Dann los«, forderte Ove.

Joris drehte sich zu ihm um.

»Nimm das letzte Scheit Holz und zünde es an«, bat er. »Das nehmen wir als Waffe mit. Wenn der Bär uns zu nahe kommt, müssen wir versuchen, ihn damit zu treffen.«

Ove runzelte die Stirn.

»Schöne Aussichten. Möge der Herr uns behüten, kann ich nur sagen.« Er wartete, bis das Holzstück endlich Feuer gefangen hatte, und reichte es dann Joris, während er selbst seine Tasche an seinem Gürtel befestigte, damit er bei der Flucht beide Hände frei hatte. Dann hockten die Männer nebeneinander vor dem Eingang. Bereit, jederzeit loszurennen.

»Ich höre ihn immer noch«, flüsterte Joris. »Seine Schritte im Schnee.«

»Klingt aber weiter weg, oder?«

Joris wiegte den Kopf. »Schwer zu sagen.«

Er linste noch einmal durch den Vorhang.

»Auf jeden Fall ist der Weg zur Schaluppe gerade frei. Wir laufen auf drei. Kein Innehalten, wir schieben sie direkt ins

Meer und springen rein. Ich vorn, du hinten. Und dann wird gerudert. Kein Blick zurück. Einfach nur weg.«

Ove nickte entschlossen, und Joris begann zu zählen.

»Eins, zwei … drei! Los!«

Er riss den Leinensack zur Seite und stürmte aus dem Unterschlupf, die Fackel fest in der Hand. Er drehte sich nicht um, hörte aber die Schritte seines Freundes hinter sich. Sie kämpften sich durch den Schnee. Hundert Schritte! Joris drohte zu stolpern, doch fing sich im letzten Moment. Weiter! Er konnte die Schaluppe sehen. Nicht umdrehen, ermahnte er sich, das kostet nur Zeit. Das Geräusch kam näher. Ein Brüllen. Hungrig. »Er kommt! Verdammt, er kommt.«

Joris spürte Oves Hand in seinem Rücken. Der Freund drängte ihn weiter vorwärts.

»Schneller!«

Joris versuchte, seine Schritte noch weiter zu beschleunigen, aber immer wieder rutschte er im tiefen Schnee ab und drohte gar, seine Stiefel zu verlieren. Hinter sich hörte er Ove keuchen. Sie waren nicht schnell genug. Wie weit mochte der Bär noch entfernt sein? Es klang, als wäre er schon fast hinter ihnen. Nun konnte er nicht anders, er sah sich um – und erstarrte.

Nur wenige Meter trennten ihn von dem Bären, der sich auf die Hinterbeine stellte und ihn musterte. Als würde er abschätzen, wie lange er das Spiel noch treiben sollte, bevor er sich auf Joris stürzte. Sein Fell wirkte schmutzig. Man sah dem Tier seinen Hunger an, und dennoch war es erhaben. Dies hier war sein Terrain, nicht das von Joris. Dessen Herz schlug ihm bis zum Hals. Er rang keuchend nach Luft und konnte doch den Blick nicht von dem Bären wenden, bis er spürte, wie Ove ihn grob am Arm packte und mit sich riss.

»Weiter, verdammt. Beweg dich!«

Joris riss seine Augen von dem Bären los. Das Tier öffnete sein Maul und stieß ein brüllendes Geräusch aus. Einen Jagdlaut, der Joris durch Mark und Bein fuhr. Die Männer rannten, aber die schweren Schritte hinter ihnen kamen näher und näher.

Da vorn war die Schaluppe. Wenige Meter noch. Durchhalten. Joris fuhr herum. Beinahe Auge in Auge stand er dem Bären gegenüber.

»Die Fackel«, brüllte Ove ihm zu, der die Schaluppe erreicht hatte und sich in Position brachte. »Joris! Die Fackel!«

Joris mobilisierte seine letzten Kräfte, als er das brennende Holzscheit über den Kopf schwang. Er zielte für den Bruchteil einer Sekunde. Mehr Zeit blieb ihm nicht! So fest er konnte, schleuderte er die Fackel in Richtung des Bären. Der gab ein Heulen von sich – und wich zurück. Joris fuhr herum. Er hatte getroffen!

Aber im Schnee würde die Fackel sofort erlöschen, und dann waren sie hilflos. Er stürzte auf die andere Seite der Schaluppe und schob. Endlich spürte er Wasser unter seinen Füßen und sprang in das Boot. Ove tat es ihm gleich. Sie ergriffen die Ruder und gingen bis an ihre Grenzen, um Abstand zwischen sich und das Ufer zu bringen. Folgte der Bär ihnen? Joris sah sich um, ohne mit dem Rudern aufzuhören. Der Bär stand am Ufer, die Schnauze im Schnee vergraben. Als wäre nichts geschehen.

Joris vermochte nicht zu sagen, wie lange sie gerudert hatten. Er hatte lange gebraucht, um wieder durchatmen zu können. Die Sonne stand schon hoch am Himmel, und noch immer dachte er an den Eisbären. Daran, wie knapp es gewesen war. Wenn sie doch nur endlich zu Hause wären. Er hatte genug vom Eis!

»Ein Schiff!« Ove jubelte, als hinter der zweiten Klippe, die sie an diesem Tag passierten, weiße Segel auftauchten. »Da liegt ein Schiff! Es hat an der Küste festgemacht.«

»Ja. Tatsächlich!« Joris lachte.

Nun fiel die Anstrengung des Ruderns den beiden wieder viel leichter. Sie legten sogar noch an Tempo zu. Als sie sich dem Schiff auf Sichtweite näherten, hoben sie die Ruder und begannen, mit ihnen zu winken.

»Hilfe!«, brüllte Joris. »Helft uns, bitte!«

Am Ufer brach Hektik aus. Die Mannschaft des fremden Schiffes ließ ein Boot zu Wasser, und wenig später wurden Joris und Ove in ihrer Schaluppe von den Fremden an Land gezogen.

Ein stämmiger Mann, der in einen teuer aussehenden Mantel gehüllt war, wartete am Ufer auf sie.

»Wer seid ihr?«

Misstrauisch wanderten seine kleinen grünen Augen über die Neuankömmlinge. Er strich sich über den weißen Bart, der lange nicht mehr gestutzt worden war.

»Commandeur Joris Meyer und Bader Ove Jonge von der *De gulden Leeuv*«, entgegnete Joris, der von der Anstrengung außer Atem war.

»Commandeur?«

Der Fremde musterte ihn von oben bis unten, während seine Männer ihr Boot an Land brachten und dann weiter landeinwärts liefen. Der Geruch verriet, dass auch hier Tran gekocht wurde.

»Ja«, bestätigte Joris und sah dem Mann fest in die Augen. »Auch wenn man es mir nicht mehr ansieht. Wir sind überfallen worden. Ein paar Buchten weiter westlich. Viele unserer Leute sind tot, andere haben sich unseren Widersachern angeschlossen. Wir sind die Einzigen, die übrig geblieben sind.«

»Wer hat euch überfallen?«

Der Mann runzelte die Stirn, als wisse er nicht, ob er der Geschichte Glauben schenken sollte.

Joris zögerte. Was, wenn der Mann Hansen kannte? Vielleicht machte er mit ihm gemeinsame Sache?

Der Fremde winkte jedoch ab und hakte nicht weiter nach.

»Einerlei. Als guter Christenmensch bin ich ja verpflichtet, euch zu versorgen. Ihr könnt etwas Suppe bekommen. Unbewaffnet seid ihr offenbar auch, aber meine Leute werden euer Boot durchsuchen, um sicherzugehen. Ihr seht nicht so aus, als würde von euch eine Gefahr ausgehen. Eher wie zwei Burschen, die dringend eine Mütze Schlaf benötigen.«

Er lächelte schief. »Mein Name ist Willem Claus. Ich bin Commandeur der *Vrouw Magdalena.*«

Er deutete auf den Walfänger, der erhaben auf den Wellen schaukelte. Das Schiff war deutlich größer als *die Gulden Leeuw* und vermutlich auch neuer.

»Wohin fahren Sie, Herr Claus?«, wollte Joris wissen.

»Wir sind mit der Jagd fertig. Es waren gute Wochen, unsere Fässer sind randvoll«, erwiderte Willem Claus.

Der Stolz in seiner Stimme war nicht zu überhören, und er rieb sich zufrieden die Hände. »Sechs Wale haben wir erlegt und reichlich Robben. Nun geht es für uns heim nach Emden.«

»Nehmen Sie uns mit auf die Reise?«

Joris spürte, wie sein Herzschlag sich beschleunigte. Claus war ihre einzige Möglichkeit, doch noch gesund nach Hause zurückzukehren. Was, wenn er nein sagte?

»Was habt ihr zwei denn zu bieten?«, stellte Willem Claus die Frage, vor der Joris sich gefürchtet hatte.

»Ich glaube, wir können nicht für die Passage bezahlen«, gestand er. »Bei dem Überfall haben wir alles verloren. Vielleicht gibt es in Ihrer Mannschaft Arbeit für uns?«

Der fremde Commandeur prustete abfällig.

»Ihr seht nicht so aus, als könntet ihr viel leisten. Haut und Knochen, alle beide. Wir müssen ja froh sein, wenn ihr uns unterwegs nicht umkommt.«

Ove trat vor. »Haben Sie einen Bader oder Arzt an Bord?«

Claus hob die Augenbrauen und musterte Ove mit plötzlichem Interesse.

»Nein«, gab er zögerlich zu. »Den haben wir tatsächlich nicht. Nur einen Geistlichen, der behauptet, sich halbwegs mit Krankheiten auszukennen. Viel ist ihm aber nicht eingefallen, als die halbe Mannschaft sich mitten auf der Fahrt beinahe die Eingeweide aus dem Leib gespuckt hat.«

»Ich würde mich für die Dauer der Reise in Ihren Dienst stellen.«

Willem Claus schien einen Moment lang nachzudenken. Dann hielt er Ove die Hand hin, und der schlug ein.

»Abgemacht.«

Als wäre damit alles erledigt, drehte Claus sich um und schlenderte in Richtung Landstation. Joris und Ove zögerten einen Moment lang, dann folgten sie ihm.

»Ich danke dir«, flüsterte Joris seinem Freund zu. »Es wäre meine Aufgabe gewesen, für unsere Passage zu sorgen. Aber du hattest im Gegensatz zu mir etwas anzubieten.«

Ove winkte ab. »Das ist einerlei. Hauptsache, wir kommen hier weg.«

Dann heiterte seine Miene sich auf, und er schlug Joris auf die Schulter.

»Wir haben es geschafft! Wir fahren nach Hause!«

»Endlich! Ich kann es kaum erwarten, hier wegzukommen.«

Und für einen Moment war Joris sicher, dass nun alle Gefahren hinter ihm lagen.

12.

»Nimm dir noch ein wenig Milch, Fenja«, bot Greta an. »Sie ist ganz frisch. Ich habe die Ziege eben erst gemolken.«

Die beiden Frauen saßen hinter dem Haus der Meyers in der Sonne, ließen ihre nackten Füße von der Bank baumeln und genossen den sonnigen Nachmittag. Fenja versuchte noch immer, Nils aus dem Weg zu gehen, und kam am liebsten her, wenn sie ihn in der Backstube oder bei einer anderen Arbeit wusste. Ein paar Mal waren sie sich dennoch begegnet, und Fenja war stolz darauf, dass sie dann nicht weggelaufen, sondern ihm erhobenen Hauptes gegenübergetreten war. Beim sonntäglichen Gottesdienst hatten sie einander zugenickt und beim Krämer sogar ein paar Worte gewechselt. Beide waren betont höflich gewesen, doch man hätte die Luft mit einem Messer schneiden können, so viel Ungesagtes lag zwischen ihnen.

»Endlich ist es August geworden.« Fenja lächelte Greta an. »Ich habe mich noch nie so auf das Ende des Sommers gefreut. Glaubst du, die Walfänger sind schon auf dem Rückweg?«

»Das nehme ich an.« Greta nippte an ihrer Milch. Sie hielt ihren Becher mit beiden Händen fest umklammert, dennoch bemerkte Fenja, dass die Finger der Frau zitterten.

»Was hast du, Greta?«

Fenja stellte ihren eigenen Becher im Sand zu ihren Füßen ab und legte Greta sanft eine Hand auf die Schulter. Bekam sie etwa wieder eine ihrer Visionen oder was immer es war, was ihr in diesen sonderbaren Augenblicken den Kopf vernebelte?

Beruhigt stellte sie jedoch fest, dass Gretas graue Augen klar waren. Sie war ganz und gar im Hier und Jetzt; dennoch schien irgendetwas sie zu ängstigen.

»Machst du dir solche Sorgen um Joris?«

Auf einmal spürte auch Fenja wieder einen Kloß im Hals. Seit es August geworden war, hatte sie von Tag zu Tag mehr Mut gefasst und war sich nun fast sicher, dass sie Joris in Kürze wiedersehen würde. Bestimmt war er mit seiner Mannschaft bereits auf dem Weg nach Hause. Abend für Abend, wenn sie am Strand an ihn dachte, stellte sie sich vor, wie jede Welle, die ihre Füße umspielte, ihn näher zu ihr brachte.

Greta seufzte tief.

»Ja«, sagte sie schließlich. »Ich sorge mich. Es sind viele ausgezogen, und nicht alle werden lebend zurückkommen. Der Sturm hat mir meinen Heinrich genommen. Da will ich nicht noch Joris ans Meer verlieren.«

Sie stand auf und schenkte Fenja ein müdes Lächeln. »Aber lass meine Sorgen nicht die deinen sein, Kind. Wir wollen fest davon ausgehen, dass es Joris gut geht.«

Fenja nickte, doch Gretas Worte lasteten auf ihr. Kam es ihr nur so vor, oder hatte die Sonne auf einmal an Kraft verloren? Fröstelnd stand sie auf und schlug den Sandweg entlang der Dünen ein, der zur Hütte ihres Vaters führte. Auf halber Strecke kam ihr Neele entgegen. Sie hatte ihren Rock so hoch gerafft, dass ihre schlanken Waden zu sehen waren, und rannte auf Fenja zu.

»Ein Schiff«, rief sie und stolperte beinahe über einen Stein, der auf dem Weg lag. »Fenja, es kommt ein Schiff! Ein Walfänger!«

»Was?« Fenja blieb stehen und fasste sich an die Brust. Ihr Herz schlug auf einmal wie rasend. Ein Schiff? Konnte das möglich sein? Sollte etwa …

Neele erreichte sie und schlang die Arme um Fenjas Hals. »Vielleicht ist es Joris!« Sie strahlte.

»Woher weißt du das?« Fenja befreite sich aus der Umarmung. Freude, die sie kaum zu empfinden wagte, und Skepsis rangen in ihrem Inneren um die Oberhand. Hatte die lange Wartezeit etwa wirklich ein Ende?

»Ich war mit Vater unterwegs. Wir haben die Segel gesehen. Los, komm, wir müssen zur Anlegestelle.«

Neele ergriff die Hand der Freundin, und mit schnellen Schritten machten sie sich auf den Weg.

Fenja brannte die Brust, als sie endlich das Dorf hinter sich ließen und die Anlegestelle in Sicht kam. Erstaunt sah Fenja sich um.

»So viele Leute! Wie kann das sein? Ich dachte, ihr habt das Schiff gerade erst gesehen?«

»Vater ist mit der Neuigkeit sofort zum Kirchplatz geeilt«, erklärte Neele.

Die ganze Insel schien sich wieder versammelt zu haben. Niemand wollte verpassen, wie der erste Walfänger der Saison einlief. Auch Vogt Matthis war mit seiner Familie gekommen und stand erwartungsvoll am Ufer.

»Der kassiert gleich ab, schätze ich«, flüsterte Neele Fenja zu. »Dem fällt bestimmt irgendein Grund ein, warum das erste Tranfass, das Borkumer Boden berührt, an ihn gehen muss.«

Fenja hatte kein Ohr für Neeles Worte. Sie drängte sich bis zur Wasserkante vor. Nun konnte auch sie das Schiff sehen. Sie machte hohe weiße Segel aus, die sich vor dem Sommerhimmel abzeichneten. Die Strahlen der Sonne wurden vom nassen Holz des Schiffskörpers gespiegelt. War das die *Gulden Leeuw?* Konnte es wirklich sein, dass Joris heute nach Hause kam?

Sie entdeckte Nils und Greta am Rand der Menge. Fenjas Blick auffangend, wiegte die alte Frau zweifelnd den Kopf. Nils sah missmutig drein und fuhr mit den Schuhen im Sand herum, als ginge ihn das alles nichts an. Ob er Angst hatte, dass Fenja Joris alles verraten würde? Sie wusste selbst noch nicht, ob es dazu kommen würde. Ihr widerstrebte es trotz allem, einen Keil zwischen die Brüder zu treiben. Sie waren so eng verbunden gewesen, bis es zu dem Unglück mit dem Messer gekommen war. Es war schon schlimm genug, dass dieses Ereignis zwischen ihnen stand. Wenn Joris nun noch erfuhr, dass Nils sie zur Ehe drängte, würden sie vielleicht ganz miteinander brechen. Gleichzeitig war Fenja jedoch entschlossen, sich nie wieder von Nils in die Enge treiben zu lassen.

»Es ist die *Vrouw Jacoba*«, tönte ein Ruf durch die Menge. »Es ist Hansen!«

Fenja erstarrte. Hansen, der auf dem Weg nach Emden die Borkumer Seeleute nach Hause brachte. Er hatte es zuerst geschafft. Wie hatte sie je etwas anderes glauben können? Sina! Nein, sie war gar nicht hier. Sie war doch schon am Morgen mit Frauke losgezogen. Deren Vater hatte die Mädchen mit zum Fischen genommen. Fenja atmete auf. Für den Moment war Sina in Sicherheit. Vor heute Abend würden die drei nicht zurückkommen. Aber was war dann? Sie wechselte einen Blick mit Neele.

»Ins Ostland«, flüsterte die Freundin, und Fenja nickte. Sie spürte, wie Neele nach ihren Fingern griff und ermutigend ihre Hand drückte. Fenja sah sich nach Nils um. Würde er weglaufen? Schließlich hatte Hansen noch eine Rechnung mit ihm offen. Doch er stand da, als sei er vollkommen unbeeindruckt von den Geschehnissen. Sein Blick war fest auf den Walfänger gerichtet, der auf die Insel zuhielt. Ein seltsamer Zug lag um seine Mundwinkel. Täuschte Fenja sich, oder wirkte er gar – zufrieden?

»Lass uns verschwinden«, wisperte Neele und zog an der Hand der Freundin, aber Fenja blieb stehen und schüttelte den Kopf.

»Ich will hören, was Hansen zu sagen hat«, erwiderte sie und staunte selbst über ihre Worte.

»Bist du wahnsinnig? Was, wenn er …?« Neele brach ab. Mit geweiteten Augen starrte sie Fenja an.

»Nein, ich bin nicht wahnsinnig. Hansen ist es«, gab sie zurück. »Vielleicht weiß er etwas über Joris. Er schwingt bestimmt eine große Rede, wenn sie gleich anlegen. Wir verschwinden, bevor Ruhe einkehrt. Wir müssen nur darauf achten, dass er uns nicht bemerkt. Wir stellen uns so, dass er uns nicht sieht, wir ihn aber hören. Mitten in den Pulk!«

»Wie du meinst.« Neele seufzte. »Wenn es diese große Rede aber nicht gibt, suchen wir das Weite.«

»In Ordnung.«

Hand in Hand suchten die Freundinnen sich einen Platz inmitten der Leute. Vor ihnen standen Frerik und sein Vater. Neele nickte ihrem Onkel und ihrem Vetter kurz zu, dann lächelte sie Fenja ermutigend an. Die beiden waren hochgewachsene Männer, die ihnen Schutz vor Hansens Blicken bieten würden.

Trotz ihrer tapferen Worte klopfte Fenjas Herz so schnell, dass sie jeden einzelnen Schlag spürte. Sie musste sich ermahnen, ruhig durchzuatmen. Niemand sollte bemerken, wie angespannt sie war. Wo war überhaupt Nils? Er hatte doch eben noch ein Stück weiter rechts gestanden. Noch einmal ließ Fenja den Blick über die Leute streifen. Da war er – nun ganz vorn! Ohne Greta! Sie runzelte die Stirn. Was hatte er vor? Neele schien den gleichen Gedanken zu haben.

»Wieso stellt Nils sich nach vorn, damit Hansen ihn gleich sieht?« Sie musterte ihn misstrauisch. »Sollte er nicht Angst haben, dass der ihn gleich niederstreckt?«

»Das wird Hansen hier und jetzt nicht wagen«, gab Fenja zu bedenken. »Aber ich finde es auch seltsam. Ist Nils so kühn?«

»Niemals. Das wäre Wahnsinn! Da stimmt etwas nicht.«

In diesem Moment wurden die Rufe lauter, denn die Mannschaft der *Vrouw Jacoba* warf die ersten Leinen aus.

Fenja schluckte schwer, während sie beobachtete, wie die Borkumer eifrig halfen, das Schiff festzumachen. Wenn Joris es nur vor Hansen geschafft hätte! Aber vielleicht wurde es gar nicht so schlimm? Vielleicht hatte Hansen Sina längst vergessen? Fenjas Ohren rauschten, und sie merkte gar nicht, dass sie die Hände zu Fäusten ballte, als Hansen an Deck erschien. Gerrit Hansen! Sie ließ die Fäuste locker, um eine Hand auf den Magen zu pressen, der ihr auf einmal Schmerzen bereitete. Kurz geriet sie ins Wanken, doch Neele legte ihr eine Hand um die Taille.

Wie er dort stand! Mit erhobenem Haupt sah er auf die Menge hinab, und Fenja glaubte, ein stolzes Glitzern in seinen braunen Augen zu sehen. Als wäre er ein König! Sein blondes Haar war nach der Reise länger geworden, er trug einen Zopf, aus dem sich ein paar Strähnen gelöst hatten. Sie verliehen Hansen ein verwegenes Aussehen.

Fenja hörte ein paar Mädchen hinter sich kichern. Wenn die wüssten, was für ein Monster sich hinter diesem hübschen Antlitz verbarg! Am liebsten hätte sie es herausgeschrien, aber sie durfte keinesfalls seine Aufmerksamkeit erregen. Mit klopfendem Herzen wartete Fenja darauf, dass er das Wort ergriff.

Hansen jedoch ließ sich Zeit. Er verschränkte die Arme hinter dem Rücken und trat vor. Hinter ihm versammelte sich seine Mannschaft. Alle hielten gebührenden Abstand zu ihrem Commandeur, stellte Fenja fest. Er ließ den Blick über die Insulaner schweifen, stellte sich zur Schau wie auf einer Bühne. Als er an die Reling trat, verstummte die Menge. Beinahe, als habe er einen Befehl erteilt. Wie machte er das nur, fragte sich Fenja, den Blick auf den Boden gerichtet. Er durfte sie auf keinen Fall erkennen. Hansens dunkle Stimme erklang und schmerzte beinahe in ihren Ohren. Sofort sah sie alles wieder vor sich. Sina, voller Angst. Joris, verwundet durch das Messer dieses Ungeheuers.

»Die *Vrouw Jacoba* ist erfolgreich zurück! Der Herr war

auf unserer Seite. Sieben Wale haben wir erlegt, das Schiff ist mehr als voll beladen!«

Jubel erklang, und die Leute applaudierten.

»Die Borkumer waren tapfer und fleißig wie eh und je, und ich freue mich, die Männer, die mit mir gereist sind, allesamt gesund und wohlbehalten zurückbringen zu können!«

Erleichterte Seufzer aus mehreren Frauenkehlen erklangen. Fenja sah sich um. Nur wenige Schritte von ihr entfernt stand Margareta, die eine Freundin ihrer Mutter gewesen war, und fasste sich an die Brust. Sie war dünn geworden in den letzten Monaten. Jedes Jahr sorgte sie sich so sehr um ihren Johann, dass sie regelrecht ausgezehrt wirkte, wenn die Zeit des Walfangs endlich vorbei war und die Männer heimkehrten. Fenja nickte ihr lächelnd zu. Wie gern wäre sie an Margaretas Stelle. Fenja ermahnte sich, nicht neidisch auf die Frauen und Mädchen zu sein, die heute endlich ihre Männer, Väter und Brüder wieder in die Arme schließen durften. Sie alle hatten genauso gebangt, wie Fenja es um Joris tat. Sie sollte sich mit ihnen freuen.

»Der Herr sei gelobt«, rief Pastor Cornelis von irgendwo in der Menge.

Hansen hob die Hand und wartete, bis die Leute wieder schwiegen. Dann neigte er den Kopf zur Seite.

»Leider bringe ich nicht nur gute Nachrichten.«

Ein Raunen ging durch die Menge. Fenja spürte, wie sich etwas in ihr zusammenzog. Ein Schauer lief über ihren Rücken, und obwohl Hansen noch kein weiteres Wort gesagt hatte, wurden ihre Knie weich. Schlechte Kunde! Das konnte nur eines bedeuten. Sie zwang sich, Luft zu holen.

»Das Eismeer ist ein gefährliches Wasser für uns Seeleute«, fuhr Hansen fort. Er faltete die Hände und neigte den Kopf, als litte er unter seinen eigenen Worten.

»Dieser Heuchler! Mir wird gleich übel«, flüsterte Neele,

doch Fenja warf ihr einen warnenden Blick zu und legte den Zeigefinger an die Lippen.

»Mit den weniger Erfahrenen geht die See hart ins Gericht. Ihr wisst alle, wie oft das Eis und die Wellen einen Tribut von uns fordern. So war es leider auch in diesem Jahr.«

Unruhe brach aus. Nicht nur am Ufer, sondern auch auf dem Schiff. Fenja bemerkte, dass ein paar der Männer, die sich hinter Hansen aufgestellt hatten, einander nervöse Blicke zuwarfen. Manche sahen auf ihre Schuhspitzen und wirkten beinahe verlegen. Schuldbewusst, schoss es ihr für einen Moment durch den Kopf. Doch dann schloss sie die Augen, ehe sie den Gedanken richtig greifen konnte. Sie ahnte ja bereits, was Hansen sagen würde. Sie wusste es! Gott, nein. Nicht Joris, bitte nicht Joris! Ihre Beine wollten nachgeben. Sie spürte, wie jemand nach ihrem Ellbogen griff.

»Komm. Du musst dich hinsetzen.« Neele hakte sie so fest unter, dass sie den Halt nicht verlieren konnte, und half ihr, auf einem Stein Platz zu nehmen, der nur wenige Schritte entfernt stand. Fenja versuchte, ihren Atem zu beruhigen. Ihr war, als bekäme sie kaum noch Luft. Das Rauschen in ihren Ohren übertönte beinahe Hansens dröhnende Stimme.

»Wir haben noch versucht, zu helfen, doch leider muss ich die traurige Botschaft übermitteln, dass *die Gulden Leeuw* vor Spitzbergen gesunken ist. Commandeur Meyer, unser geschätzter Gefährte, und seine Leute haben ihr Ende im Meer gefunden. Gott sei ihren Seelen gnädig.«

Fenja verbarg den Kopf in den Händen. Sie zitterte am ganzen Leib und spürte die mitleidigen Blicke der Insulaner auf sich. Sie wollte schreien, aber sie brachte keinen Laut heraus. Nein, nicht Joris. Er hatte ihr sein Wort gegeben, zurückzukommen. Er hatte es versprochen! Und Joris hielt seine Versprechen. Immer!

Ein Schluchzen formte sich in ihrer Kehle und drohte sie zu ersticken. Wie durch einen Nebel nahm sie die aufgeregten

Stimmen um sich herum wahr. *Der Meyer-Junge … wie tragisch … noch so jung.* Wortfetzen, die sie überfluteten. Joris. Sie tastete nach dem Ring an ihrer Hand. Ihre Finger waren eiskalt.

»Hansen irrt sich«, flüsterte sie, ohne den Blick zu heben. »Er muss sich irren. Das kann nicht sein. Das würde der Herrgott nicht zulassen.«

Sie riss die Augen auf. Neele hockte vor ihr, Tränen in den blauen Augen. Sie hatte die Hände auf Fenjas Knie gelegt.

»Neele! Das lässt Gott nicht zu, nicht wahr? Das lässt er nicht zu!«

*

»Komm! Komm weg hier.«

Neeles Stimme brach beinahe, als sie Fenja auf die Beine half und sie aus der Menge führte. Sie spürte die Blicke der anderen, die auf ihre Freundin gerichtet waren. Mitleid las sie in den Augen der Borkumer, gepaart mit der Erleichterung, dass das Schicksal nicht sie selbst getroffen hatte. Neele biss sich auf die Unterlippe. Am liebsten hätte sie gerufen, dass sie alle miteinander wegsehen, Fenja in Ruhe lassen und nicht so glotzen sollten. Doch sie schwieg. Fenja musste hier weg, nur das zählte jetzt. Wenn sie vor den Augen aller zusammenbrach, würde Hansen womöglich noch auf sie aufmerksam.

Die Freundin hing an ihrem Arm wie eine Ertrinkende und stolperte beinahe über ihren Rocksaum. Neele strich ihr die Haare aus der Stirn und erschrak. Sämtliche Farbe war aus dem Gesicht der Freundin gewichen. Sie sah selbst aus wie tot. Neeles Wangen wurden nass. Waren es ihre eigenen Tränen oder Fenjas? Sie vermochte es nicht zu sagen. Endlich erreichten sie die Dünen, wo sie vor den Blicken der Leute in Sicherheit waren. Und vor Hansen.

Seine gespielte Trauer. Dieser elende Wurm! Wut kochte

in Neele hoch. Das hatte Fenja nicht verdient. Und der arme Joris! Hatte Hansen gar etwas damit zu tun, dass er vor Spitzbergen umgekommen war? Neele schauderte, während sie Fenja zum Schatten eines Sanddornbusches führte.

Sie hatte vor Jahren einmal gesehen, wie ein Toter angespült wurde. Damals war sie noch ein Kind gewesen. Auf der Suche nach Muscheln war sie über die Beine eines Seemanns gestolpert. Der Körper des leblosen Mannes war aufgedunsen gewesen und seltsam grünlich. Als hätte das Meer den Toten zu seinem Eigentum erklärt und sich den Mann mit Haut und Haaren einverleibt. Viele Nächte hatte der Anblick sie in ihren Träumen verfolgt. Trieb Joris nun so im Eis?

Sie ignorierte den dumpfen Schmerz in ihrer Magengegend und half Fenja, sich in den Sand zu setzen. Die Freundin zitterte am ganzen Körper. Was um alles in der Welt sollte sie ihr sagen? Welche Worte würden nicht schal und bitter klingen?

»Es tut mir so leid«, flüsterte Neele schließlich und nahm die Hand der Freundin. Sie streichelte über Fenjas Finger, die sich trotz des sonnigen Wetters wie Eis anfühlten. Kalt, steif und leblos. Fenja sah auf und starrte Neele an, als wüsste sie gar nicht, wie sie hergekommen war. Vielleicht stimmte das sogar.

»Er ist tot, Neele. Joris ist nicht mehr da. Er ist einfach nicht mehr da.«

Ihre Stimme brach. Sie schien ihren Worten nachzuhorchen, als ob ihr erst jetzt wirklich bewusst würde, was sie ausgesprochen hatte. Fenja schlug eine Hand vor den Mund und schluchzte auf. Sie umfasste ihre Knie, vergrub den Kopf in ihren Händen. Ihr Schluchzen wurde stärker.

»Fenja …«

Neele wusste nichts zu sagen.

»Ich kann nicht mehr!«, rief die Freundin und legte den

Kopf in den Nacken, als wollte sie den Himmel selbst anklagen. »Was ist mit ihm passiert? Wo ist er jetzt?«

Ihr Gesicht war nass von Tränen. Neele schluckte schwer. Sie konnte nur ahnen, wie es in der Freundin aussah. Sie kannte die Liebe nicht, aber sie hatte oft genug den Glanz in Fenjas Augen gesehen, um zu wissen, wie dunkel es gerade in ihr geworden sein musste. Sie hockte sich vor Fenja, legte ihr die Hände auf die Knie und weinte mit ihrer Freundin. Weil sie ihre Liebe und Neele einen Freund verloren hatte.

*

»Ich wusste es. Es lag in den Wellen.«

Gretas graue Augen waren trüb geworden. Sie griff nach dem Ellbogen ihres Enkels. Nils stützte sie und führte sie aus der Menge. Hände legten sich tröstend auf seine Schultern, aber noch fehlten den Borkumern die Worte. Auf der einen Seite wühlte die Freude über die Rückkehr so vieler Seeleute die Menschen auf, auf der anderen Seite stand der noch kaum greifbare Verlust von Joris, den fast alle gekannt hatten, seit er als Junge über den Strand getollt war.

»Es lag in den Wellen«, wiederholte Greta.

Ihre Lippen zitterten. Nils legte seinen Kopf auf dem grauen Haar der Großmutter ab. Sie weinte nicht, aber er sah, wie tief die Nachricht von Joris' Tod sie getroffen hatte. War ihr Rücken vor einer Stunde auch schon so krumm gewesen, oder drohte die Last des Verlustes sie zu erdrücken?

Er hatte Hansens Blick aufgefangen. Das kaum merkliche Kopfnicken, gefolgt von den hinter dem Rücken verschränkten Armen. Genau, wie sie es damals abgemacht hatten. Er hatte nur nicht damit gerechnet, dass es ihm selbst so nahe gehen würde. Nils hatte genau gesehen, wie Fenja beinahe zusammengebrochen wäre, wenn Neele sie nicht am Arm gepackt und weggezogen hätte. Am liebsten wäre er zu ihr gerannt und hätte ihr verraten, dass Hansen versprochen hatte, Joris am Leben zu lassen. Er hatte nur dafür gesorgt, dass er in diesem Herbst nicht mehr nach Borkum zurückkehren würde.

Wo sein Bruder jetzt wohl war? Ob er auf einem anderen Walfänger untergekommen war? Vermutlich ja. Er würde in einem fremden Hafen stranden, als armer Mann. Bis er das Geld für die Überfahrt nach Borkum verdient hätte, war sicher längst Frühjahr. Bis dahin war hier alles geregelt.

Beinahe hätte Nils geschmunzelt, doch dann dachte er wieder an den Schmerz in Fenjas Augen. Verdammte Neele. Die Bäckerstochter war einfach immer zugegen, wenn man sie nicht gebrauchen konnte. Er hätte es sein sollen, der Fenja tröstete. Immer wieder kam sie ihm in die Quere. Dass Fenja und Greta so unter Hansens Nachricht litten, tat ihm zwar leid, aber wie hätte er es vermeiden sollen? Ihre Trauer war der hohe Preis, den er zahlte. Er würde sich um beide kümmern, damit sie nicht an der bitteren Botschaft zerbrachen. Das hatte er sich längst geschworen. Es musste nur etwas Zeit vergehen, dann würde alles gut werden. So, wie es schon längst hätte sein sollen.

»Großmutter, soll ich dich heimbringen?«, fragte er sanft.

»Ja. Ja, mein Junge. Ich muss nach Hause. Allein sein.«

Sie sah an ihm vorbei zu Hansen, der noch immer redete. Aber was er nun zu sagen hatte, war für Greta und Nils nicht mehr von Belang.

»Was für ein schwarzer Tag. Der Teufel selbst hätte uns nicht härter treffen können.«

Greta ließ Nils los und fuhr sich mit den Händen über die Augen. Nils lächelte. Greta war eine Frau, die das Leben zu nehmen wusste, egal, welche Steine man ihr in den Weg legte. Sie hatte ihren Mann beerdigt, sie hatte ihren Sohn nach Emden ziehen lassen. Ohne Zweifel würde sie auch mit dem Verlust von Joris umgehen können, bis er irgendwann, eines fernen Tages, wieder auftauchte. Dennoch versetzte ihm ihr

Anblick einen Stich ins Herz. Die Schatten unter den Augen, die auf einmal eingefallenen Wangen. Nils schluckte.

War er zu weit gegangen? Nein, schalt er sich. Es gab keinen Zweifel. Der Weg, den er eingeschlagen hatte, war steinig und schmerzhaft. Aber es war der Weg zu seinem Glück. Der einzige! Und Glück hatte er nach all den Jahren in Joris' Schatten doch wahrlich verdient. Oder etwa nicht?

*

Es dämmerte bereits, als Fenja die Kraft fand, aufzustehen. Wie viel Zeit war vergangen, seit Neele sie in die Dünen gebracht hatte? Sie wusste es nicht zu sagen. Noch immer fühlte sie sich wie betäubt. Ein eiserner Ring schien sich um ihre Brust gelegt zu haben. Das Atmen fiel ihr schwer.

»Fenja? Geht es?«

Neele legte ihr einen Arm um die Schultern. Fenja nickte stumm. Es würde nie wieder irgendetwas gehen, dachte sie. Von heute an war sie dazu verdammt, ihr Dasein zu ertragen. Mehr nicht. Nicht einmal ein Grab würde er haben. Ein Bild drängte sich ihr auf. Joris, wie er durch das Meer trieb. Leblos. Fielen einem die Glieder ab, wenn sie in der Kälte gefroren? Würde sein Körper irgendwann einfach auf den Meeresgrund sinken und von Muscheln und Algen überwuchert werden, bis von Joris gar nichts mehr übrig war? Oder würden Tiere über seinen Leichnam herfallen, ihn zerlegen und sich einverleiben? Nichts blieb von dem jungen Mann mit den leuchtend grünen Augen, gar nichts. Mit einem Schluchzen tastete sie nach ihrem Holzring. Der schlichte Reif war alles, was sie noch von ihm hatte.

»Was ist mit Sina?«, fragte Neele vorsichtig. Fenja zuckte zusammen. Ihre Schwester! Was aus ihr selbst wurde, war ihr nun egal, aber Sina musste in Sicherheit gebracht werden.

»Ich bringe sie ins Ostland. Heute noch«, beschloss Fenja.

»Kann ich euch begleiten?«

Fenja schüttelte den Kopf. »Nein. Es reicht, wenn du uns den Weg zeigst. Komm zu uns, wenn es richtig dunkel ist.«

»Bist du sicher?«

»Ja. Ich habe keine Angst mehr. Vor nichts.«

Fenjas Stimme klang bitter. Sie bemerkte Neeles Zögern und versuchte, die Freundin zu beruhigen. Neele sollte nicht auf den Gedanken kommen, dass Fenja sich etwas antun wollte. Obwohl der Gedanke verlockend war. Wie das Meer nach Joris gerufen hatte, so schienen nun die Wellen lauter denn je nach Fenja zu rufen. Ihr Blick glitt zum Wasser. Für einen Moment beobachtete sie, wie die Wellen sich am Strand brachen. Weiße Gischt spritzte auf. Sie roch das Salz, das die Luft tränkte. Harmlos sah das Meer heute aus, friedlich. Kaum vorstellbar, dass die See sich gänzlich anders gebärden konnte. Aufbrausend, wütend. Alles verschlingend. Alles vernichtend!

»Fenja«, unterbrach Neele ihre Gedanken. »Komm weiter. Bitte.«

Fenja folgte ihr. Schritt für Schritt erklommen die Mädchen die Dünen, bis sie den Sandweg einschlugen, der zu dem Haus der Akkermanns führte.

»Fenja!«

Die Angesprochene fuhr herum. Nils lief eilig auf sie zu. Schweißperlen standen auf seiner Stirn. Er wirkte blass und fuhr sich fahrig durch das blonde Haar, als er vor ihr zum Stehen kam.

Er hob einen Arm, als wollte er sie berühren, doch dann ließ er ihn sinken, noch ehe Fenja vor ihm zurückweichen konnte. Sie spürte, wie Neele sich neben ihr versteifte, aber bei Nils' Anblick empfand Fenja in diesem Moment kein Misstrauen. Sie sah ihm die Trauer, die sie verband, deutlich an. Ringe lagen unter seinen blauen Augen, er wirkte gehetzt. Die Schultern hingen an ihm herab, als lastete alles Gewicht der Welt auf ihnen.

»Fenja …«, flüsterte er und schüttelte den Kopf. »Mein Bruder. Ich kann einfach nicht begreifen, dass mein Bruder nicht mehr da ist.«

Er schluckte sichtbar, und auf einmal wirkte er wieder wie der Junge, der dem großen Bruder lange Jahre auf Schritt und Tritt gefolgt war. Fenja war, als würde ihr Herz in tausend Stücke brechen.

»Greta ist fassungslos, und ich …« Er raufte sich die Haare. »Warum musste das nur passieren?«

»Es tut mir leid für Greta und dich«, sagte Neele und klang aufrichtig. »Das ist ein tragischer Verlust für ganz Borkum. Joris war ein feiner Kerl.«

Nils nickte. »Danke, Neele.«

Die Bäckerstochter räusperte sich.

»Ich wollte Fenja gerade nach Hause bringen.«

»Das kann ich machen«, bot Nils an und suchte Blickkontakt mit Fenja. *Vertrau mir*, schienen seine Augen ihr zu bedeuten. *Wir teilen unsere Trauer.*

Fenja schien es richtig, ihn jetzt nicht abzuweisen. Er war Joris' Bruder. Und bei aller Rivalität, ein Teil von Nils hatte ihn immer geliebt. In Neeles Gegenwart jedoch würde Nils den Tränen, die er offenbar unter Mühe zurückhielt, nicht freien Lauf lassen. Obwohl sie selbst Neele gern an ihrer Seite gewusst hätte, beschloss Fenja, Nils' Angebot anzunehmen.

»Ich denke, das ist eine gute Idee«, sagte sie daher leise. »Besuchst du mich wie vereinbart, Neele?«

Die Augen der Freundin flackerten. Fenja wurde unruhig. Hatte Neele verstanden? Sie durfte auf keinen Fall die Flucht ins Ostland vergessen! Davon brauchte Nils nichts zu erfahren. Schließlich nickte Neele langsam.

»Ja. Wie vereinbart. Aber … bist du sicher, dass ich nicht mit euch gehen soll?«

»Ja, vielen Dank.«

Nils trat neben Fenja und bot ihr seinen Arm. Sie hakte

sich bei ihm unter, und nach einem kurzen Abschiedsgruß ließ sie sich von ihm den Weg entlangführen, während Neele in Richtung Dünen abbog, um ihre gewohnte Abkürzung am Strand entlang zu nehmen.

»Es ist einfach unfassbar, nicht wahr?«, fragte Nils. »Ich kann mir gar nicht vorstellen, dass Joris nie wieder nach Hause kommt. Dass er irgendwo dort oben ein nasses Grab gefunden hat.«

Fenja zuckte zusammen.

»Pst«, machte Nils beruhigend, blieb stehen und zog Fenja an sich. Sie ließ es geschehen und vergrub ihr Gesicht an seiner Brust. Er trug ein Hemd, das Joris gehört hatte. Sie atmete ein. Aber nein, sie konnte ihn in dem Stoff nicht mehr entdecken. Er war weg. Einfach so. Eine Welt ohne Joris. Sie schluchzte auf.

»Fenja?« Nils zog sich ein Stück zurück, um ihr in die Augen sehen zu können. Die Trauer in seinem Blick schien etwas anderem gewichen zu sein. War das Angst?

»Hansen ist noch immer hier«, sagte er und sah sich um, als fürchtete er, dass der Commandeur ihm bereits auflauerte. »Was sollen wir tun?«

Fenja zögerte. Es widerstrebte ihr, Nils zu verraten, dass sie ins Ostland fliehen wollte. Dazu wog all das, was zwischen ihnen vorgefallen war, zu schwer. Er sah sie fest an.

»Du hast mit Neele gesprochen, oder? Ihr habt einen Plan geschmiedet?«

Fenja antwortete nicht, und er lachte freudlos.

»Verdammt noch mal, Fenja! Jeder weiß, dass ihr Vater eine Hütte im Ostland hat. Jeder!«

Die junge Frau spürte, wie das letzte bisschen Farbe aus ihrem Gesicht wich. Das durfte nicht wahr sein. Wenn selbst Nils schon darauf gekommen war … sie schlug die Hand vor den Mund.

War es naiv gewesen, zu glauben, dass Sina und sie im Ostland in Sicherheit waren?

»Fenja!«

Er beugte sich vor, bis er ihr direkt in die Augen sah. Eindringlich sprach er auf sie ein.

»Er findet euch. Hörst du? Das ist keine Lösung! Er wird euch finden und mitnehmen!«

Fenja stand wie erstarrt. Angst durchflutete sie. Auf einmal schien der Boden unter ihr zu wanken. Würde es nun passieren? Würde Hansen Sina und sie selbst verschleppen? Sie ins Meer werfen, wenn er irgendwann genug von ihnen hatte? Ins Meer … zu Joris …

»Hör mir zu!«

Nils packte sie hart am Oberarm und schüttelte sie, bis sie die Augen aufriss. »Das geht nicht! Das dürfen wir nicht zulassen. Dafür ist Joris nicht auf Walfahrt gegangen! Dafür ist er nicht gestorben!«

Seine Worte durchbohrten Fenjas Herz wie ein Pfeil.

»Fenja! Lass das nicht zu. Das kannst du ihm nicht antun. Und Sina auch nicht. Denk an deine kleine Schwester!«

Nils schüttelte sie noch fester. Fenja hob die Hand, und endlich ließ er sie los. Sie nickte, wohl ahnend, was er von ihr fordern würde.

»Sprich«, flüsterte sie. »Sag, was du vorschlägst.«

Fenja verschränkte die Arme vor der Brust und sah zu Boden. Nils seufzte.

»Du weißt es selbst, Fenja. Der einzige Weg bleibt der, über den wir schon gesprochen haben. Werde meine Frau! Wir können noch heute unsere Verlobung verkünden. Hansen wird davon hören! Ich bin sicher, das wird alles ändern. Die Borkumer werden nicht zulassen, dass er eine vergebene Frau verschleppt. Auch an Sina wird er sich dann nicht vergreifen. Ihr könnt sofort zu uns ziehen. Großmutter ist da, ihr könnt beide bis zu unserer Hochzeit zu ihr in die Kammer ziehen, damit niemand etwas Anstößiges denkt.«

»Am Tag, an dem wir vom Tod deines Bruders erfahren, trägst du mir die Ehe an?«

Fenja schüttelte den Kopf, doch sie spürte, wie ihr Widerstand brach. Joris war tot. Die Hütte im Ostland bot keinen Schutz. Was blieb ihr noch? Für sie war ohnehin alles verloren. Aber vielleicht konnte sie zumindest Sina retten. Ob Hansen seine Pläne wirklich aufgeben würde, wenn sie Nils zum Mann nahm? Konnte sie sich solche Zweifel überhaupt leisten? War die Heirat mit ihm nicht tatsächlich der letzte Ausweg, der ihr blieb?

»Ja«, beantwortete Nils ihre Frage mit fester Stimme. »Ja, das tue ich. Weil es in seinem Sinne ist. Deine Sicherheit würde Joris über alles gehen. Ich bin der letzte Ausweg. Für dich und auch für Sina.«

Fenja sah vor sich, wie die Schwester blutend im Sand gekauert hatte. Hansens Messer an ihrem dünnen Hals. Sina war noch ein Kind. Fenja schluckte schwer. Wenn Joris nur nie auf dieses Schiff gegangen wäre. Aber für solche Gedanken war es zu spät.

Schließlich nickte sie langsam.

»Vermutlich hast du recht.« Fenja erkannte ihre eigene Stimme nicht mehr.

»Ich weiß, dass es dir schwerfällt. Gerade heute. Aber die Zeit drängt, Fenja. Ihr seid in höchster Gefahr.«

Nils griff nach ihrer Hand. Sie spürte seine Finger auf ihrem Holzring und hätte am liebsten die Hand zurückgezogen.

»Also?«, drängte er. »Wie lautet deine Antwort?«

»Ich habe keine Wahl«, flüsterte sie, bevor sie ihm ihre Hand entzog. Sie würde den Ring abnehmen. Ihn irgendwo verstecken, wo ihn niemand fand. Nils' Finger sollten den Ring, den sie von Joris bekommen hatte, nie wieder berühren.

*

»Ich erkläre dich für gesund«, lachte Ove und warf Joris das Hemd zu, das er auf einem Schemel abgelegt hatte, bevor der Bader zum letzten Mal die Stichwunde in seinem Rücken begutachtet hatte. Seit ein paar Wochen reisten sie nun schon auf dem Walfänger von Commandeur Claus. Der Walfänger hatte das Nordmeer hinter sich gelassen. Die dicken Mützen und Strümpfe waren bereits wieder in den Truhen verstaut, und von Tag zu Tag wuchs in der Mannschaft die Vorfreude auf die baldige Heimkehr. Die Männer, die unter Claus reisten, waren raubeinige Gesellen. Anfangs hatten sie klargemacht, dass es ihnen ganz und gar nicht passte, das Essen mit zwei weiteren hungrigen Mündern teilen zu müssen. Doch dann war der Tag gekommen, an dem Willem Claus selbst in die Kajüte des Baders gewankt kam, hustend und nach Atem ringend. Er hatte so hoch gefiebert, dass sein ganzer Körper zitterte, als Ove und Joris ihm halfen, sich auf das Strohlager zu legen, das dem jungen Bader als Krankenlager diente. Der Geistliche hatte an Deck gestanden und Bibelverse in den Wind gerufen, als sei Claus bereits dem Tode geweiht. Der Commandeur hatte Joris zu sich ans Krankenlager gerufen und ihn gebeten, bis zu seiner Genesung das Kommando über das Schiff zu übernehmen.

»Eigentlich müsste Hannes das erledigen, aber ich vertraue dem alten Mann einfach nicht mehr«, hatte er mit schwacher Stimme erklärt. Sein Atem war rasselnd gewesen, und er hatte mühevoll den Kopf angehoben, als ein Hustenanfall ihn überkam. »Er sieht schlecht, kommt mit den Karten nicht zurecht. Bitte, Joris. Solange ich es nicht kann, sorge du dafür, dass wir unsere Fahrt sicher fortsetzen.«

Joris hatte zunächst gezögert. Was, wenn auch Willem Claus' Mannschaft ihm feindselig gesonnen war? Wenn er es wieder nicht schaffte, die Leute zum Zusammenhalten zu bringen? Doch dann hatte er eingewilligt. War er es Commandeur Claus nicht schuldig? Immerhin hatte er Ove und ihn mit auf die Reise genommen.

Joris hatte sich jedoch schneller zurechtgefunden, als er es selbst zu hoffen gewagt hatte. Während Ove sich tagaus, tagein um Willem Claus kümmerte und Fieber und Husten mit allerlei Salben, Kräutern und Tinkturen zu heilen versuchte, las Joris sich in Claus' Aufzeichnungen ein. Er berechnete den Kurs, den das Schiff halten musste, um zügig nach Emden zu reisen. Er beobachtete das Wetter und behielt den Gang der Gezeiten im Auge. Immer wieder besprach er sich nicht nur mit dem Steuermann, sondern auch mit dem Koch, den er auf Oves Wunsch hin anhielt, möglichst nicht nur auf gepökeltes Fleisch und trockenes Gebäck zurückzugreifen. Schon nach ein paar Tagen hatte Joris gedacht, dass diese Reise so verlief, wie er es sich für seinen eigenen Walfänger erhofft hatte. Er hatte das Schiff nicht nur unter Kontrolle, die Männer schätzten auch sein Wissen, das dank der guten Ausbildung in Emden den althergebrachten Vorgehensweisen von Claus sogar manchmal überlegen war.

Nun jedoch leitete der unter Oves fähigen Händen genesene Commandeur Claus schon seit fast einer Woche wieder selbst die Geschicke des Walfängers. Aus den ungeliebten Mitreisenden, als die Joris und Ove an Bord gekommen waren, waren dank Claus' Erkrankung jedoch Kameraden geworden. Claus hatte sich überschwänglich für die Hilfe bedankt. Joris war bewusst, wie schlecht es auch ihm selbst ohne den Bader ergangen wäre. Dieser hatte soeben, wie er es noch immer regelmäßig tat, Joris' Verletzungen begutachtet und wandte sich nun mit ernstem Blick an ihn.

»Es ist fast alles vollständig verheilt. Du hast verdammtes Glück gehabt! Das weißt du, oder?«

Joris streifte das Hemd über den Kopf und zog seinen Mantel darüber.

»Ja. Ich wünschte, dass die anderen Männer auch Glück gehabt hätten. Und Georg, natürlich.«

Sein Blick verdunkelte sich, wie immer, wenn er an den Jungen dachte.

»Wie geht es für dich weiter, wenn wir zurück sind?«, fragte Ove. Er ging zu dem Regal, das fest an der Wand vernagelt war, um den Tiegel mit der Salbe zurückzustellen, die er Joris noch einmal auf die Wunde gestrichen hatte. Der junge Commandeur zuckte mit den Schultern und streckte die Beine aus.

»Schwer zu sagen. Ich bin einfach froh, wenn ich zu Hause bin.«

Bei dem Gedanken an Borkum huschte ein Lächeln über sein Gesicht. Wenn alles gut verlief, wären sie noch vor dem Herbst zurück. Er würde den Sommer auf der Insel miterleben. Er sah vor sich, wie er mit Fenja an den Strand ging. Barfuß, den warmen Sand unter den Füßen, die endlich nicht mehr steif vor Kälte sein würden. Die Brise, die sich in ihren Haaren verfangen würde. Einen neuen Ring konnte er ihr nicht bringen. Auch dieses Versprechen hatte er nicht gehalten. Aber er würde das nachholen. Wenn ihn niemand mehr als Commandeur anheuern wollte, weil er sein Schiff verloren hatte, würde er einen anderen Weg aus der Armut finden. Er war zur Schule gegangen, hatte viel gelernt. Möglicherweise konnte er Lehrer werden?

»Was ist mit dir?«, fragt er den Bader. Die Vorstellung, dass ihre Wege sich bald trennen könnten, behagte Joris nicht. Der junge Mann hatte ihn gerettet, aber schon vorher war er ihm ein Freund geworden.

Ove zog sich einen zweiten Schemel heran und setzte sich zu Joris. Er stützte den Kopf in den Händen ab.

»Ich weiß nicht. Eigentlich wollte ich ja erkunden, wie sich die Gesundheit der Seeleute auf der Reise entwickelt. Ich hatte gehofft, einiges in Erfahrung zu bringen, um ihnen helfen zu können. Damit bin ich nicht wirklich weit gekommen.«

Er lächelte wehmütig. »Vielleicht sollten wir beide uns noch einmal auf ein Schiff trauen?«

Joris streckte die Beine aus und sah nachdenklich zu Boden. Er beobachtete, wie die Planken durch den Wellengang auf und ab schaukelten, und genoss das Gefühl des leichten Schwindels, an das sein Körper sich längst gewöhnt hatte.

»Vielleicht. Wenn etwas Zeit ins Land gezogen ist, mein Freund. Erst einmal wartet eine Hochzeit auf mich. Und du musst versprechen, mein Gast zu sein.«

»Das lasse ich mir nicht entgehen«, versprach Ove. »Wohin der Weg mich danach auch führen mag, auf deiner Hochzeit will ich den Krug heben.«

Ein Klopfen an der Tür unterbrach das Gespräch der Männer. In der Erwartung, dass ein Kranker seine Hilfe benötigte, sprang Ove auf.

»Herein«, rief er.

Die Tür wurde geöffnet, und Willem Claus betrat die Kajüte. Er rieb sich den weißen Bart und sah aus, als habe er unangenehme Nachrichten zu vermelden.

Joris erhob sich.

»Commandeur Claus, guten Tag«, grüßte er ihn, während Ove einen besorgten Schritt auf den Neuankömmling zumachte.

»Ist Ihnen nicht wohl?«, fragte der Bader alarmiert.

»Ach was.« Willem Claus winkte ab. »Mir geht es bestens! Dank eurer Hilfe! Mich führt kein Leiden her. Ich habe eben mit dem Steuermann gesprochen. Wir fürchten, der Wind dreht anders als erhofft.«

»Wir brauchen also länger, bis wir Emden erreichen?«

Joris versuchte, sich die Enttäuschung nicht anmerken zu lassen. Nach den Strapazen der letzten Wochen hatte er so sehr gehofft, dass diese Reise schnell und ohne Zwischenfälle zu Ende gehen würde.

Claus nickte.

»Ja. Wir werden schlecht vorankommen. So langsam, dass der Steuermann dem Koch schon den Floh ins Ohr gesetzt hat, gut mit den Vorräten zu haushalten.«

Er runzelte die Stirn.

»Als ob es diese Unruhe in der Mannschaft gebraucht hätte.«

Joris und Ove wechselten einen Blick.

»In welche Richtung treibt uns der Wind?«, fragte Joris schließlich.

»Zu weit nach Westen, wie es aussieht«, erwiderte Commandeur Claus. Er griff nach einer Feder, die auf Oves Schreibtisch lag, und strich darüber. Sein Blick wurde abwesend, und ein Lächeln huschte über sein Gesicht. Ein seltener Anblick, wie Joris nach den langen Wochen auf See wusste.

»Wenn ich zurück bin, werde ich Großvater sein«, erzählte er mit einem beinahe verträumten Ausdruck in den Augen. »Meine Tochter Anna erwartet ein Kind. Ich hatte gehofft, dass ich wieder da bin, wenn die Niederkunft ins Haus steht. Das werde ich wohl nicht schaffen. Nicht bei dieser Witterung.«

Er warf Joris einen Blick zu. »Daran muss man immer denken, wenn man sich für die Seefahrt entscheidet. Zu Hause geht das Leben weiter, ohne einen. Für mich ist dies die letzte Reise. Ich bleibe hernach an Land. Dann kann jemand anders sich um die *Vrouw Magdalena* kümmern.«

Er räusperte sich und legte die Feder eilig zurück, als sei er bei einem Vergehen ertappt worden. Joris hätte ihm gern gesagt, dass er ihn verstand, doch er fürchtete, dass Claus ihm das übel nehmen würde. Der alte Commandeur ließ ihn aber ohnehin nicht zu Wort kommen.

»Ich wollte nur, dass ihr um unsere Lage wisst.«

Claus murmelte einen Abschiedsgruß und verließ die Kajüte. Die Nachricht, dass die Rückkehr nach Borkum noch länger dauern sollte als gedacht, hatte Joris getroffen. Seit Wochen freute er sich über jede Welle, die ihn näher nach Hause trug, und die Vorstellung, dass es jetzt noch länger dauern würde, bis er wieder den Sand seiner Insel unter den Füßen spüren und Fenja in die Arme nehmen konnte, war niederdrückend.

Noch schwerer jedoch wog etwas anderes: Es war Sommer geworden. Die Walfänger waren auf dem Weg zurück. Alle – auch Hansens Schiff. Der Mann, der ihn tot wähnte, würde Borkum vor ihm erreichen, um die Besatzung dort abzusetzen, ehe er weiter nach Emden fuhr. Im Gegensatz zu Claus hatte Hansen viele Insulaner an Bord. Darunter auch die Leute, die Joris verraten hatten. Er schluckte den bitteren Gedanken herunter. Viel schlimmer war, dass Hansen selbst die Insel wieder betreten würde! Wenn er Fenja oder Sina angriff … oder wenn er ihnen erzählte, dass Joris den Tod gefunden hatte … Ihm schauderte.

»Ich muss heim«, sagte er leise und begann, auf und ab zu laufen, als könnte er das Schiff zwingen, wieder Fahrt aufzunehmen und schneller, viel schneller zu werden. »Ich kann nicht so lange warten!«

Er fuhr sich durch die Haare, legte die Hände in den Nacken und sah Ove an. Der Freund nickte und ließ sich hinter dem Schreibtisch nieder.

»Wegen Hansen, meinst du.«

»Ja. Wenn Fenja denkt, dass ich tot bin …« Er schüttelte den Kopf. »Oder schlimmer noch. Wenn Hansen noch einmal versucht, an ihre Schwester zu kommen …«

Er brach ab. Nils hatte ihm sein Wort gegeben und würde auf die Mädchen achten. Aber was, wenn Hansen seine Pläne nicht allein ausführte? Oder wenn er sogar noch Greta bedrohte? Dann konnte Nils allein nicht viel ausrichten. Würden die anderen Insulaner ihm helfen? Sicherlich – aber was, wenn sie gar nicht erfuhren, dass Gefahr drohte? Joris hatte am eigenen Leib zu spüren bekommen, dass Hansen nicht zögerte, bei Nacht und Nebel und wie aus dem Nichts heraus zu handeln. Sowohl die Akkermanns als auch die Meyers wohnten weit außerhalb des Ortes. In den Dünen würde niemand ihre Schreie hören. Joris kaute auf seiner Unterlippe, während er fieberhaft darüber nachdachte, was er tun konnte.

»Wir sitzen hier fest, Joris«, wandte Ove ein und schüttelte den Kopf. »Was willst du denn machen? Schwimmen?«

»Wir driften nach Westen ab«, überlegte Joris. Er ging zum Schreibtisch, auf dem eine Seekarte lag, und beugte sich mit gerunzelter Stirn darüber. »Wir sind jetzt ungefähr hier …« Er deutete auf eine Stelle auf der Karte. Ove stellte sich neben ihn und nickte. Dann hellte sich das Gesicht des Baders auf.

»Wir passieren Borkum«, stellte Ove fest.

»Ja.« Joris hieb mit einer Faust auf den Tisch. »Wir könnten auf Borkum anlegen!«

Ove neigte den Kopf zur Seite.

»Claus hat es eilig«, gab er zu bedenken. »Ich kann mir nicht vorstellen, dass er sich auf so einen Vorschlag einlässt. Schon gar nicht jetzt, wo die Vorräte anscheinend knapp werden.«

Prüfend wanderte sein Blick über die Seekarte.

»Der Umweg würde bestimmt ein paar Tage in Anspruch nehmen, meinst du nicht?«

»Ganz sicher«, bestätigte Joris. »Selbst bei günstiger Wetterlage. Ich gebe dir recht. Der Wunsch würde uns abgeschlagen werden. Aber Ove …«

Er sah auf und hielt den Blick des Freundes fest. Ove hob die Brauen.

»Du planst doch nicht etwa …«

Joris lächelte.

»Lass es uns versuchen. Wenn Claus uns eine seiner Schaluppen überlässt, schaffen wir es.«

Ove seufzte. »Ich dachte, ich hätte für mein Lebtag genug gerudert«, murrte er.

»Bitte.« Joris war wieder ernst geworden. »Für Fenja.«

Ove schien einen Moment mit sich zu ringen, was Joris ihm nicht verübeln konnte. Wieder allein auf See zu sein, in einem kleinen Boot? Angewiesen auf die Kraft der eigenen Muskeln. Und was hatte Ove davon? Sein Ziel war Emden. Joris schluckte. Verlangte er zu viel von seinem Freund? Doch der war zu einer Entscheidung gelangt.

»Einverstanden«, nickte er. »Du bist ein Pechvogel, und es ist wohl besser, ich bleibe bei dir, bis du wieder den Sand deiner Heimat unter den Füßen hast.«

Er reichte Joris die Hand, und der schlug ein.

»Glaubst du, dass wir Claus überzeugen können?«, hakte der Bader aber noch nach.

»Ich denke schon. Du hast sein Leben gerettet, und ich habe ihn zumindest vertreten.«

Als Ove nickte, ließ Joris sich auf den Stuhl hinter dem Schreibtisch sinken und versuchte, nicht daran zu denken, was ihnen alles widerfahren konnte, wenn sie sich mit der Schaluppe auf die offene See trauten. Die Strecke war lang! Wenn sie vom Weg abkamen oder in einen Sturm gerieten … und doch musste er es riskieren. Er musste nach Hause – vor Hansen! Das war alles, was zählte.

*

Fenja zupfte an ihrem Rock. Er war schwarz. Genau wie das Hemd, das sie trug, als sie neben Nils auf der Bank im Pfarrhaus saß. Selbst ihr Haar war vollständig unter einer schwarzen Haube versteckt, obwohl es ein warmer Sonnentag war. Sie spürte, wie sich Schweiß unter dem Stoff sammelte. Der

Rock klebte an ihren Knien. Dennoch hatte sie sich auch heute geweigert, etwas anderes anzuziehen. Wie in der ganzen Woche, die vergangen war, seit Hansen mit seiner grauenvollen Mitteilung die Insel betreten hatte. Greta saß auf einem Stuhl an ihrer anderen Seite, und ihr gegenüber, hinter einem wuchtigen Schreibtisch aus Eichenholz, hatte Pastor Cornelis Platz genommen. Seine Schwester, die bei ihm wohnte und seinen Haushalt führte, hatte einen Krug mit Wasser auf den Tisch gestellt, doch außer Nils hatten alle die Erfrischung abgelehnt.

Die Augen des Pastors flackerten unsicher, als er Fenja musterte. Sie spürte seine Blicke auf sich, doch sie wich ihm aus und starrte auf ihre Hände, die sie im Schoß gefaltet hielt. Es war stickig in der Stube des Pfarrhauses, obwohl die Fensterluke offen stand.

»Seid ihr euch wirklich sicher?«, fragte Cornelis nun und schüttelte den Kopf. »Es wundert mich sehr, dass es so schnell gehen soll. Eine Braut in Schwarz, die gerade erst ihren Verlobten, Gott hab ihn selig, verloren hat.«

Er beugte sich vor und flüsterte, als würde er ein Geheimnis verraten: »Das wirkt doch etwas … ich möchte fast sagen, unziemlich. Auch wenn Joris und Fenja noch nicht verheiratet waren, ist der Tod eines Verlobten Grund für eine längere Trauerzeit.«

Greta legte eine Hand auf Fenjas Knie.

»Das ist die Entscheidung der Kinder, Herr Pastor. Meinen Sie nicht auch?«

Obwohl sie Cornelis damit widersprach, entging Fenja das Zittern in der Stimme der alten Frau keineswegs. Sie sah auf und suchte für einen Augenblick Gretas Blick. Beinahe unmerklich schüttelte diese den Kopf. Nils wurde deutlicher.

»Solange wir beide am Altar unser Versprechen geben und ja sagen, ist doch aus kirchlicher Sicht nichts gegen unsere Vermählung einzuwenden, würde ich meinen.«

Cornelis räusperte sich betreten.

»Wenn ihr euch wirklich sicher seid …«

Er hob die Brauen und sah Fenja an. Ihr kam es vor, als wollte er die junge Frau ermutigen, ihre Stimme zu erheben. Fenja schwieg jedoch. Ob sie sich sicher war? Es gab nur noch eines, das sie mit Gewissheit wusste – dass es ihr gleichgültig war, was noch auf sie wartete. Es ging nur noch um Sina. Deren Aussichten, Hansen zu entkommen, schienen in der Tat besser zu sein, wenn sie mit Fenja zusammen bei Nils unterkam. Also hatte sie keine Wahl.

»Wir sind uns sicher«, bekräftigte Nils. Fenja hörte den gereizten Unterton in seinen Worten. Galt er ihr oder den hartnäckigen Fragen des Pastors? Es war einerlei.

»Dann können wir einen Termin festlegen«, entschied Cornelis und seufzte, als würde er sich geschlagen geben.

»Am Sonntag in zwei Wochen?«, schlug Nils vor. Cornelis nickte und kaute dabei auf seiner Unterlippe herum, sich offenbar einen Kommentar verkneifend. Er griff nach einer Feder und notierte sich das Datum in einem Buch, das vor ihm lag und in dem er seine Verpflichtungen zu vermerken pflegte.

Fenja stand auf. »Danke«, murmelte sie leise. Es war das erste Wort, das sie bei dem Termin mit dem Pastor von sich gab.

Greta erhob sich ebenfalls und hakte sich bei Fenja unter. Nils setzte seine Mütze, die er auf dem Schoß abgelegt hatte, wieder auf.

»Wir sind dann fertig, nicht wahr?« Er nickte dem Pastor zu und begleitete die Frauen nach draußen. Alle drei blieben vor der Tür des Pfarrhauses stehen. Fenja starrte auf den Boden, während Nils zufrieden aussah.

»Das ist also geregelt«, meinte er. »Ich mache mich dann auf den Weg zum Krämer, ich kann heute wieder ein paar Lieferungen übernehmen. Wir sehen uns später.«

Er drehte sich um und lief die Straße entlang. Als er außer Hörweite war, ließ Greta Fenjas Arm los und stellte sich vor das Mädchen.

»Sieh mich an«, bat sie, und Fenja hob zögerlich den Blick.

»Warum tust du das?«, drang die alte Frau nun in sie. »Ich sehe dir an, wie es dir geht. Du kannst kaum atmen vor Trauer! Warum um alles in der Welt willst du Nils heiraten?«

Als Fenja nicht reagierte, packte Greta sie an den Schultern und rüttelte sie, als wollte sie das Mädchen aus einem tiefen Schlaf wecken.

»Fenja! Was geht hier vor?«

»Es gibt Dinge, die du nicht weißt«, erwiderte Fenja schließlich und schluckte. »Ich kann nicht anders.«

Greta trat einen Schritt zurück. »Vielleicht weiß ich mehr, als du meinst.«

Fenja kniff die Augen zusammen. Was wollte Greta damit sagen? Ahnte sie etwa doch, was wirklich geschehen war?

Greta schnaubte und verzog den Mund.

»Meine beiden Enkelsöhne, friedliebend wie die Täubchen, kommen plötzlich und wenige Tage nacheinander zerschunden und blutend nach Hause! Tuscheln geheimnisvoll miteinander. Danach kommst du. Jeden Tag warst du bei uns, das schlechte Gewissen ins Gesicht geschrieben, und hast Nils' Verletzungen versorgt, um die er so ein Aufsehen gemacht hat, obwohl sie kaum mehr als blutige Kratzer waren! Ich bin weder schwerhörig noch dumm, Fenja!«

»Wir wollten dir keine Angst machen«, verteidigte das Mädchen sich. »Dir nicht zur Last fallen mit dem, was geschehen ist.«

»Und was genau ist das?«

Als Fenja zögerte, rang Greta die Hände.

»Fenja! Mädchen! Bitte sprich doch mit mir. Oder wenn du es mir unbedingt verschweigen willst, dann sag mir, ob es wirklich so weit führen muss? Ich sehe, wie es dir kalt den

Rücken herunterläuft, wenn du neben Nils sitzt. Ich verstehe nicht, warum er sich dir ausgerechnet jetzt anträgt. Wir haben Joris gerade erst verloren! Ich verstehe gar nichts mehr. Ich liebe den Jungen, das kannst du mir glauben. Aber du tust es nicht. Du fürchtest ihn! Egal, aus welchem Grund Nils so handelt; für dich muss es einen anderen Weg geben, um Gottes willen!«

Fenja hob den Blick. Für einen Moment schöpfte sie Hoffnung. Wenn sie sich Greta anvertraute – würde die alte Frau einen Rat für sie haben? Doch so schnell wie er aufgeflackert war, verließ der Mut Fenja wieder. Nein, Greta konnte ihr nicht beistehen. Sie würde Nils für seine vorschnellen Heiratspläne tadeln, vielleicht sogar versuchen, die Eheschließung zu verhindern. Aber was würde sich dadurch für Sina ändern? Gar nichts. All ihre Hoffnung hatte auf Joris gelegen. Selbst wenn er später als Hansen eingetroffen wäre, hätte sie es irgendwie geschafft. Notfalls hätte sie Sina von Versteck zu Versteck gezerrt, bis er endlich da war. Aber so? Joris hatte sämtliche Hoffnung auf Nimmerwiedersehen mit sich genommen. Fenja schluckte schwer und fuhr sich mit den Händen über die Augen, um die Tränen wegzureiben. Wo kam nur all das Wasser her? Sie aß und trank kaum noch etwas. Wie war es möglich, dass trotzdem immer noch Tränen flossen?

»Ich danke dir, Greta. Wirklich!«

Fenja zwang sich, der alten Frau fest in die Augen zu sehen. »Aber ich habe Nils' Antrag angenommen. Ich werde ihn heiraten.«

Gretas Augen wurden feucht. Sie schüttelte ungläubig den Kopf.

»Fenja, mein Mädchen.« Sie trat vor und legte ihre Arme um die Schultern der jungen Frau. »Mein armes Mädchen.«

Fenja schloss die Augen. Sie wünschte, sie könnte die Umarmung erwidern. Sich an Greta festhalten und weinen, bis die Tränen endlich versiegten. Aber was brachte ihr das? Sie hatte sich erst kürzlich geschworen, stark zu sein. Galt das nun, da Joris gestorben war, nicht mehr? War es nicht vielmehr so, dass sie es nun erst recht sein musste – für Sina? Behutsam löste sie sich aus Gretas Umarmung, drückte die Finger der alten Frau und richtete sich auf.

»Danke, Greta. Allein schon zu wissen, dass ich mit dir unter einem Dach leben werde, ist mir ein Trost.«

»Ich werde an deiner Seite sein.« Greta nickte ernst. »Du bist nie allein, Fenja. Auch nicht, wenn du es dir anders überlegst. Wenn du doch noch auf dein Herz hörst!«

Das Mädchen lächelte dankbar, auch wenn die Worte sie nicht wirklich zu trösten vermochten.

»Ich muss jetzt gehen«, sagte sie daher. »Vater wird schon warten.«

Sie wandte sich ab und ging mit eiligen Schritten davon, ehe Greta die Frage stellen konnte, wie Sören die Nachricht aufgenommen hatte. Fenja hätte keine Antwort geben können – weder Sören noch Sina oder Neele wussten bislang Bescheid, und vor den Gesprächen, den vielen Fragen und skeptischen Blicken, die sie erwarteten, graute ihr fast so sehr wie vor der Vermählung selbst.

*

Nils' Herz klopfte rasend schnell, als er, statt zum Krämer zu gehen, über den Kirchplatz in Richtung Hinterland lief. Das Haus von Gerrit Hansen befand sich ein Stück außerhalb des Ortskerns. Abgeschieden stand es dort, als wollte es dem Betrachter gleich verdeutlichen, dass sein Besitzer etwas Besonderes war. Für einen alleinstehenden Mann war das Haus groß, und die alte Magda sorgte dafür, dass es während der langen Monate, in denen Hansen nicht hier war, gepflegt und in Ordnung gehalten wurde. Die Zuwegung war sauber gefegt, und die roten Steine, aus denen die Wände gefertigt waren, hatten keinerlei Grün angesetzt.

Nils strich seine Hose glatt, als müsste er sich für den Besuch herausputzen. Ob Hansen mit ihm zufrieden war? Ein mulmiges Gefühl breitete sich in seiner Magengegend aus, als er die Hand hob und an die mit Schnitzereien verzierte Tür klopfte. Zu Nils' Überraschung gewährte Hansen selbst ihm Einlass. Obwohl es warm war und er sich im Haus aufhielt, trug der Commandeur einen eleganten Rock. Sein Bart war gestutzt, und die blonden Haare waren kürzer als bei seiner Ankunft. Nils und er waren zwar ungefähr gleich groß, aber er wirkte dennoch einschüchternd.

»Guten Tag, Herr Hansen«, grüßte Nils und musste sich räuspern.

»Komm herein.«

Hansen trat beiseite und ließ Nils eintreten. Staunend sah der junge Mann sich um, während der Commandeur ihn einen schmalen Korridor entlangführte. Bilder zierten die weißen Wände. Es waren Walfänger darauf zu sehen, die mit Öl auf Leinwände gebannt waren. Das Blau des mit feinen Strichen abgebildeten Meeres ließ ihn beinahe das Getöse der Wellen hören. Fenja wäre angetan von diesen Werken, dachte Nils.

Bei dem Gedanken an sie spürte er einen Kloß im Hals. Wenn sie wüsste, dass er hier war! Nils schüttelte unmerklich den Kopf. Nein, so durfte er nicht denken. Dies war der Weg, für den er sich entschieden hatte, und nun würde er ihn auch gehen. Bis zum Schluss. Er folgte Hansen in die Stube.

In dem mit Delfter Kacheln verzierten Ofen, der das Herzstück des großzügigen Raumes darstellte, loderte ein Feuer, obwohl es ein warmer Tag war. Hansen nahm an dem wuchtigen Tisch, der davorstand, Platz und bedeutete Nils mit einem Nicken, sich ebenfalls zu setzen. Auf dem Tisch standen Becher und ein Krug, aus dem es verführerisch nach Kräutern duftete, doch Hansen bot seinem Gast nichts an. Er lehnte sich zurück, verschränkte die Arme vor der Brust und musterte Nils. Ein beinahe spöttischer Zug umspielte seine vollen Lippen.

»Man darf zur Verlobung gratulieren, wie ich höre.«

»Danke.« Unsicher rutschte Nils auf dem Stuhl hin und her.

»Hat das eine Bedeutung für unser Abkommen?« Hansen beugte sich vor und stützte die Ellbogen auf dem Tisch ab. »Willst du die Heuer in der nächsten Saison noch? Oder bleibst du lieber im Bett deiner Frau und lässt deine Lenden verwöhnen, anstatt mit uns ins Nordmeer zu reisen?«

Nils errötete.

»Natürlich will ich die Heuer noch«, beeilte er sich zu sagen.

»Mir ist es gleich.« Hansen zuckte mit den Schultern. »Ob du mitreist oder nicht, entscheidest du. An deinen Teil unserer Abmachung hast du dich so oder so zu halten. Das ist dir hoffentlich klar.«

»Selbstverständlich, Herr Hansen. Ich halte mein Wort. Aber es ist ohnehin mein inniger Wunsch, mit auf die Reise zu gehen. Ich möchte meiner zukünftigen Frau und der Familie, die wir gründen werden, etwas bieten können.«

Hansen nickte. »Das wirst du auch, wenn du im Frühjahr mit auf die Walfahrt gehst. Meine Männer kehren nie ohne einen prall gefüllten Geldbeutel heim.«

»Ich freue mich darauf, Herr Hansen. Und ich werde Sie nicht enttäuschen.« Nils richtete sich auf. »Mit einer Hand schaffe ich so viel wie andere mit zweien, das kann ich Ihnen versprechen.«

Hansen ging nicht auf seine Worte ein.

»Das Wichtigste ist, dass du dich an die Abmachung hältst. Sonst ist die Heuer hinfällig.«

»Ich weiß, Herr Hansen.« Nils nickte eifrig. »Es besteht

kein Grund zur Sorge. Sie ist dann meine Schwägerin und wird mir vertrauen. Wann immer Sie wollen, kann ich sie von zu Hause wegbringen.«

Hansen beugte sich vor. »Das Beste wäre, wenn du deine Frau heraushältst. Sie sollte nicht einmal den Hauch einer Ahnung haben. Weiber bedeuten nur Ärger. Sieh zu, dass sie schnell einen dicken Bauch hat, dann wird sie sich hüten, zu viel herumzulaufen, und keine Zeit für Überlegungen haben.«

Nils senkte den Kopf. Es gefiel ihm nicht, wie Hansen redete. So würde er mit Fenja nicht umgehen. Nicht länger als unbedingt nötig. Sobald sie seine Frau war, würde er sich darum bemühen, ihr Vertrauen zurückzugewinnen. Auf Dauer sollte ihre Ehe eine glückliche werden. Er versuchte, nicht daran zu denken, dass er Sina diesem Mann ausliefern musste. Würde er sie sogar mit auf die nächste Walfahrt nehmen? Dann wäre Nils ebenfalls an Bord. Er könnte während der Reise ein Auge auf sie haben, und wenn Hansen ihrer überdrüssig wäre, würde er sie mit zurück nach Borkum nehmen. Sicher würde sie sich dann erholen, und irgendwann wäre alles vergessen. Nils' Schläfen begannen, schmerzhaft zu pochen, und er schloss für einen Moment die Augen. Hansen stand auf.

»Wir sind dann fertig, denke ich. Ich reise morgen nach Emden, die Tranfässer müssen abgeliefert werden. Im September bin ich zurück. Vergiss nicht, was wir besprochen haben.«

Nils ließ sich von ihm zur Tür bringen, die Hansen wortlos hinter ihm schloss.

Im September kam der Commandeur also zurück. Nur wenige Wochen noch, bis er ihm Sina übergeben musste. Die Zeit drängte. Gedankenverloren trat Nils den Heimweg an. *Sünde*, flüsterte eine Stimme in seinem Inneren. Du versündigst dich für Geld und eine Frau, die nicht die deine ist. Er dachte an seinen Bruder. Daran, wie es einmal gewesen war.

Zwei Jungen, die in Emden am Hafen standen und Hansen bewunderten. Er, der Kleinere, hatte zu seinem Bruder aufgesehen. Er wäre Joris bis in die Hölle gefolgt, in blindem Vertrauen darauf, dass der große Bruder ihn sicher wieder hinausführen würde. Und jetzt? Wo war Joris jetzt? Sie hatten sich damals versprochen, zusammenzustehen und gemeinsam ins Eis zu fahren. Was war nur aus ihnen geworden? Was sollte er Joris sagen, falls sich ihre Wege noch einmal kreuzten? Nils schüttelte den Kopf. Er hatte sich entschieden. Für eine Umkehr war es längst zu spät. Und wer verbat ihm, später für das Sühne zu tun, was er tat – zum Besten aller? Er würde Fenja und Greta schon zu trösten wissen. Die Zeit würde ihm dabei helfen. Und selbst Sina würde es später besser gehen. Sie konnte bei Fenja und ihm leben. Sie würde nie wieder Hunger leiden, wenn er reich aus dem Nordmeer zurückkam. Nein, beruhigte er sich, alles war gut. Alles war auf dem richtigen Weg.

13.

Fenja bereute es, nicht einfach am Strand entlanggelaufen zu sein. Nur weil sie beim Krämer noch etwas Getreide besorgen musste, hatte sie sich für den Umweg über den Kirchplatz entschieden. Allenthalben hatten die Leute sie angesprochen. Die Nachricht über ihre anstehende Vermählung mit Nils hatte sich innerhalb weniger Tage herumgesprochen. Ein jeder schien Bescheid zu wissen.

»Wie schön, dass es endlich wieder eine Hochzeit gibt!«, riefen die Leute ihr zu und winkten. Fenja hatte gelächelt und war eilig weitergegangen. Nur nicht stehen bleiben!

»Du hast es verdient, dass das Glück endlich Einzug hält! Alles Gute und Gottes Segen«, jubelten andere, voller Vorfreude, denn ein jeder wusste, dass Nils beim Wirt den ein oder anderen Becher ausschenken lassen würde, wenn die Trauung vorüber war.

Doch neben der Begeisterung ob der Aussicht auf ein kleines Fest hatte Fenja noch etwas anderes in den Augen der Insulaner gelesen. Etwas, das sie nur allzu gut verstand. Die Frage, warum es jetzt sofort sein musste. Natürlich raunte man sich untereinander leise zu, weshalb die junge Akkermann denn ausgerechnet nun, so kurz nach dem Tod ihres Verlobten, heiraten musste! Und noch dazu dessen Bruder. Ja, dachte Fenja und seufzte erleichtert, als endlich das Haus des Bäckers in Sicht kam, ihr habt recht. Es ist viel zu früh! Es ist unanständig – und es ist der falsche Mann.

Sie drückte das Bündel, das sie bei sich trug, fest an die Brust und dachte an den Abend nach dem Gespräch beim Pastor zurück, als sie Sören erzählt hatte, dass sie Nils heiraten würde. Ihre Stimme hatte gezittert, und sie hatte ihrem Vater nicht in die Augen sehen können. Er hatte nichts gesagt, sondern war aufgestanden und zum Regal gegangen. Dort hatte er sich einen Becher Gebrannten eingeschenkt und ihn in einem Zug heruntergestürzt. Sein Blick war ins Leere gegangen, als er endlich die Sprache wiederfand.

»Das kann nicht dein Ernst sein.«

»Doch, Vater. Es ist für alle das Beste. Aus vielerlei Gründen.«

Er hatte seinen Becher abgestellt und mit der Faust auf den Tisch geschlagen. Fenja war zusammengezuckt.

»Ich dachte, du liebst Joris so sehr! Ich wäre nie auf die Idee gekommen, so kurz nach Hannahs Tod jemand anderen zu heiraten. Oder überhaupt!« Er fuhr herum. Seine Augen funkelten wütend, und Fenja dachte, dass sie ihn lange nicht mehr so energisch erlebt hatte.

»Du kannst mir nicht erzählen, dass du dich auf einmal für Nils Meyer erwärmt hast. Warum, Fenja?«

Ein Schatten hatte sich auf sein Gesicht gelegt, und seine Stimme wurde leiser.

»Was hat er gemacht, um dich dazu zu kriegen?«

Fenja war errötet und hatte das Gespräch abgebrochen. Irgendetwas gemurmelt. Sie konnte Sören gegenüber doch nicht eingestehen, dass sie es wegen Sina tat! Ihm ging es wahrlich schlecht genug, und sie wollte nicht den kümmerlichen Rest seiner Lebenslust auslöschen, indem sie ihm zu verstehen gab, dass sie nicht daran glaubte, dass Sina und sie bei ihm in Sicherheit waren. Nun hielt Sören seine Älteste bestimmt für ein kaltes Miststück, das sich einfach nur versorgt wissen wollte! Fenja schluckte schwer. Ihre Schritte beschleunigten sich, als das Haus der Familie Klaas endlich zu sehen war. Neeles Eltern waren in der Backstube beschäftigt, sodass die Mädchen das Haus für sich allein hatten.

»Dein Brautkleid?« Neele deutete auf das Bündel unter Fenjas Arm.

»Ja.« Sie öffnete den Beutel und entnahm ihm einige Lagen hellblaues Leinen, das an den Säumen mit einer günstigen, aber gepflegten und schneeweißen Spitze verziert war. Vorsichtig legte sie den Stoff auf dem Küchentisch ab.

»Es hat meiner Mutter gehört.«

Fenja strich unsicher über den Stoff. Vielleicht würde es ihr helfen, dieses Kleid zu tragen? Vielleicht würde es sein, als wäre ihre Mutter bei ihr?

Neele jedoch schürzte die Lippen und machte ihre Überlegungen zunichte.

»Was würde Hannah dazu sagen? Du trägst ihr Kleid an einem solchen Tag. Ich fände es besser, du würdest einfach in Schwarz vor den Altar treten. Oder noch besser gar nicht!«

Fenja ließ den Stoff fallen, als habe sie sich daran verbrannt.

»Kannst du dir vorstellen, dass mir das auch am liebsten wäre? Glaubst du, ich würde auch nur in Erwägung ziehen, das hier zu tun, wenn ich eine andere Wahl hätte? Ich ziehe Joris in den Dreck! Heirate seinen Bruder, während seine Überreste irgendwo durch das Eis treiben. Ich hasse mich dafür, dass ich das mache! Ich will weglaufen oder mich selbst in die Fluten stürzen, aber es geht nicht. Ich muss Sina beschützen. Verstehst du das denn nicht?«

Sie schlug die Hände vor die Augen und schluchzte. Neele trat erschrocken zu ihr und umarmte sie. Fenja spürte, wie ihr Hemd an den Schultern feucht wurde. Weinte Neele etwa?

»Es tut mir leid.«

Die Freundin löste die Umarmung und trat einen Schritt zurück. Energisch wischte sie sich über die Augen.

»Du hast ja recht. Ich wünschte nur, wir hätten einen anderen Weg gefunden. Ich hasse es, dass das passiert. Ich hasse es einfach!«

»Glaub nicht, dass es mir anders geht.« Fenja ließ sich auf den Schemel fallen und strich ihre Haare aus der Stirn. »Es kommt mir vor, als würde ich das Andenken meiner Mutter mit Füßen treten, wenn ich Nils in ihrem Kleid heirate. Aber ich will es trotzdem. Ich will sie bei mir haben. Verstehst du?«

»Natürlich.« Neele setzte sich zu ihr und griff nach Fenjas Hand. »Und ich bin auch bei dir. Das verspreche ich.«

Fenja nickte. Ihr Hals war wie zugeschnürt, sie konnte nichts mehr sagen. Sie wusste, dass sie nicht allein war. Sie hatte Neele und auch Greta an ihrer Seite. Was sie tat, war außerdem richtig, ohne jeden Zweifel. Es ging um Sina! Und doch war es Fenja, und nur sie, die vor dem Altar stehen und ja zu Nils sagen musste. Unendlich einsam. Trotz allem.

*

Als die beiden Männer an Deck traten, wurden sie von Willem Claus beäugt. Eine kräftige Brise wehte, obgleich die Sonne schien und es ein warmer Morgen war. Joris und Ove hatten ihre Seesäcke geschultert. Alles, was sie nicht dringend benötigten, ließen sie an Bord zurück. Auch wenn der Bader um jeden Tiegel und jedes Fläschchen gekämpft hatte, hatte er doch eingesehen, dass überflüssiges Gepäck zu viel Kraft kostete.

»Seid ihr euch sicher?«, fragte der Commandeur der *Vrouw Magdalena*. »Noch könnt ihr eure Meinung ändern. Wenn die Schaluppe zu Wasser gelassen ist, müsst ihr rudern. Und es ist verdammt windig heute.«

Er sah über die Reling. Das Meer war aufgewühlt. Die Wellen schlugen hoch, und weiße Gischt spritzte an die Schiffswände. Es war nichts, das einem stolzen Walfänger etwas anhaben konnte, aber in einer Schaluppe über Stunden und Stunden gegen diesen Wellengang anzurudern, war etwas anderes.

»Wir sind uns sicher«, entgegnete Joris dennoch. »Es gibt Angelegenheiten, die nicht warten können. Ich muss so schnell wie möglich nach Hause.«

»Und du, Ove?«, wandte Willem Claus sich an den Bader, der schweigend danebenstand und die Schaluppe betrachtete. Er ließ die Schultern kreisen, wie um seine Armmuskeln bereits auf die Anstrengung einzustimmen, die sie erwartete.

»Du stammst doch gar nicht von der Insel?«

»Nein, aber auf mich wartet in Emden nichts Dringliches. Und ich kann diesen Burschen hier nicht allein reisen lassen. Er bringt sich fortwährend in Schwierigkeiten.«

Ove schmunzelte, doch Joris sah ihm an, dass ihm ganz und gar nicht zum Lachen zumute war. Er selbst versuchte, keine Bedenken zuzulassen, aber natürlich sorgte auch er sich insgeheim. Ob sie es überhaupt nach Borkum schaffen würden? Wie oft konnte man die Gezeiten herausfordern, ohne dass sie einem zeigten, wer auf See über Leben und Tod bestimmte? Joris schluckte. War es doch vernünftiger, erst nach Emden zu reisen und dann mit einem Handelsschiff nach Borkum überzusetzen? Nein, entschied er, dazu reichte die Zeit nicht. Wenn Hansen vor ihm eintraf, was der Himmel verhüten mochte, sollte er so wenig Vorsprung wie nur möglich haben.

»Danke, Ove.« Joris nickte dem Freund zu. »Ich bin froh, dass du mitkommst.«

Er nahm seinen Seesack von der Schulter und warf ihn in die Schaluppe. Ove tat es ihm nach. Dann reichten sie Commandeur Claus nacheinander die Hand und bedankten sich für die Mitreise. Der alte Seemann nickte.

»Passt auf euch auf«, sagte er. »Und meldet euch, wenn ihr in Emden seid. Ich kenne am Hafen alles und jeden, und wenn ihr wollt, lege ich jederzeit ein gutes Wort für euch ein. Ich selbst werde meinen Posten ja räumen. Ich denke, ihr habt beide enorme Fähigkeiten unter Beweis gestellt! Ohne euch wären wir in ziemliche Schwierigkeiten geraten.«

Mit hochgezogenen Brauen warf er Joris einen Blick zu, doch der junge Mann lächelte nur, ohne etwas zu erwidern. Er freute sich, dass Claus ihm offenbar zutraute, in seine Fußstapfen zu treten, aber wollte er das überhaupt? Nach allem, was geschehen war?

»Schaluppe zu Wasser!«, befahl Claus im nächsten Moment seinen Leuten, und die Männer, die beim Abschied schweigend zugesehen hatten, ließen unter Winken und Rufen das kleine Boot ins Meer. Minuten später legten Joris und Ove sich in die Ruder, um Abstand zwischen sich und den Walfänger zu bringen.

Als sie ein Stück entfernt waren, winkten sie noch einmal, doch schon erzwangen die Wellen ihre ganze Aufmerksamkeit. Sie schüttelten die Schaluppe hin und her, als wollten sie deutlich machen, dass die Männer in diesem Boot nichts weiter als ein Spielzeug waren, der Gunst der Gezeiten ausgeliefert.

»Was wir hier machen, ist der reine Wahnsinn.«

Ove schüttelte den Kopf. Seine Wangen waren von der Anstrengung bereits rot angelaufen, und er sprach keuchend. »Vor Spitzbergen mussten wir nur von Bucht zu Bucht rudern. Hier müssen wir es aber bis Borkum schaffen, oder? Wir können nirgendwo eine Pause machen!«

Joris nickte, während er verbissen weiterruderte. Die Schaluppe schaukelte auf den Wellen, und sie mussten achtgeben, nicht vom Kurs abzukommen. Er sah sich zu seinem Freund um.

»Richtig. Wir müssen es schaffen. Und zwar, bevor es dunkel wird. Die Zeit, in der wir noch eine Wahl hatten, ist vorbei.«

»Den ganzen Tag rudern. Hoffentlich geht das gut.«

Er bemerkte, dass sich ein Schatten auf Oves Augen legte.

Bereute der Bader, dass er ihn begleitet hatte? Seine Angst war nicht unbegründet. Der Weg war weit, und es hing alles davon ab, ob das Meer ein Einsehen hatte. Joris seufzte.

»Keine Sorge. Wir schaffen es.«

Er lächelte aufmunternd.

»Es geht nach Hause, Ove! Endlich nach Hause!«

*

Der Sonntag, an dem die Ehe zwischen Fenja Akkermann und Nils Meyer geschlossen werden sollte, begrüßte die Insel mit einem wolkenverhangenen Himmel. Fenja hatte kaum ein Auge zugetan. Sie hatte sich auf ihrem Lager hin- und hergewälzt, Stunde um Stunde. Am Abend zuvor war sie an den Strand gegangen. Sie hatte vorgehabt, sich von Joris zu verabschieden, ihn und die Zukunft, die sie miteinander erleben wollten, den Wellen zu überlassen und ihn in Frieden gehen zu lassen. Doch sie war nicht dazu imstande gewesen. Fenja hatte sich eingestehen müssen, dass sie keinesfalls bereit war, Joris loszulassen. Sie konnte noch immer den Klang seiner Stimme heraufbeschwören. Erinnerte sich an seinen Geruch, als stände er direkt neben ihr, und wenn der Sommerwind über ihre Haut strich, war es, als berührten seine Finger sie. Er war nicht fort. Irgendwann, als es längst Nacht geworden war, hatte sie den Weg zurück in die Hütte angetreten, ohne sich von Joris verabschiedet zu haben.

Sören und Sina waren schon eingeschlafen, und in der Stube roch es nach Schnaps und Bier. Offenbar hatte Sören einen eigenen Weg gefunden, sich auf den Hochzeitstag seiner ältesten Tochter vorzubereiten. Das Hochzeitskleid, das ordentlich an einem Haken hing, ließ sie links liegen. Im Schein der kleinen Öllampe, die wie jeden Abend im Fenster leuchtete, erkannte sie, dass Sina sorgsam einige Blumen in einen Krug gestellt hatte. Vermutlich würde die kleine Schwester ihr morgen damit das Haar schmücken. Fenja musste lächeln, obwohl ihr so schwer ums Herz war. Sie tat es für Sina. Das durfte sie nie vergessen.

Sie kniete sich neben ihr Bett und nahm das lose Brett des Bodens hoch, umsichtig darauf bedacht, kein Geräusch zu verursachen. Mit Daumen und Zeigefinger fuhr sie in die kleine Öffnung, die ihr seit Kindertagen als Geheimversteck diente, und holte den Holzring hervor. Sie hatte ihn hier für alle Zeiten verstecken wollen, damit Nils sie nicht drängen konnte, ihn abzulegen. Aber die Stunden am Strand hatten in ihr die Erkenntnis reifen lassen, dass sie das nicht wollte. Dieser Ring gehörte zu ihr, und sie würde ihn bis zu ihrem letzten Tag tragen. Auch morgen. Sollten die Leute es unziemlich nennen, das war ihr einerlei. Die ganze Hochzeit war unziemlich! Nils konnte den Ring, den er bestimmt für sie hatte, direkt vor den Holzring stecken, ihr war es egal. Beinahe trotzig schob sie den Reif auf ihren Finger, wo er sich perfekt an ihre Haut schmiegte. Erst da wurde ihr klar, wie sehr sie das Schmuckstück in den letzten Tagen vermisst hatte.

Auch jetzt, als sie am Morgen der Eheschließung vor einem Becher Wasser und etwas Haferbrei saß, spielte sie gedankenverloren an dem Holzring. Sören war ebenfalls zu früher Stunde aufgestanden. Er saß Fenja blass gegenüber. Immer wieder rutschte er unruhig auf seinem Schemel hin und her oder seufzte, offenbar nach Worten suchend. Einzig Sina schien sich auf den Tag zu freuen. Sie hatte sich hinter die Hütte zurückgezogen, um aus den von ihr gesammelten Blüten einen Kranz für Fenja zu binden.

»Wann kommen die Frauen?«, brach Fenja schließlich das Schweigen.

Sören räusperte sich.

»Müssten gleich da sein.« Er seufzte. »Ich konnte Wilhelmine Bakker nicht davon abbringen. Sie meinte, da Hannah nicht mehr ist, sei es an den anderen, dich hübsch zu machen.

Tut mir leid. Ich habe ehrlich versucht, sie davon abzuhalten. Aber wenigstens konnte ich durchsetzen, dass Neele dabei ist.«

Er lächelte scheu, und Fenja nickte ihm versöhnlich zu.

»Fenja, Liebes.«

Sören beugte sich vor. Mit zitternden Händen stellte er seinen Becher ab. Er kratzte mit den Fingernägeln über den Tisch, den Blick nach unten gerichtet.

»Du musst das nicht tun«, flüsterte er. »Ich weiß, du verheimlichst mir etwas. Ich bin vielleicht oft … na ja, betrunken …« Er brach ab. »Aber ich bin nicht blind. Ich weiß, was Joris dir bedeutet hat und dass Nils einmal ein guter Freund für dich war. Aber ganz bestimmt kein Mann zum Heiraten. Inzwischen weiß ich nicht einmal mehr, ob du in ihm überhaupt noch einen Freund siehst. So wie du ihn anschaust.«

Sören atmete tief durch. Fenja hörte ihm aufmerksam zu, dachte aber bei sich, dass er schon seit Ewigkeiten nicht mehr so lange mit ihr gesprochen hatte. Wie anders hätte sonst alles verlaufen können!

»Was ich nur sagen will: Wenn du diese Ehe nicht willst, lass es sein. Ein Leben ist zu lang, um es unter Zwang oder aus Angst mit jemandem zu teilen.«

Mit einem unsicheren Lächeln sah Sören auf. Fenja beugte sich vor und legte ihre Hand auf die des Vaters.

»Es ist schon gut.«

Sie schluckte den Kloß herunter, der sich in ihrem Hals gebildet hatte. Wenn es doch nur so einfach wäre, wie Vater sagte. Ob er die Trauung nicht in ganz anderem Licht sehen würde, wenn er ahnte, dass es um Sinas Sicherheit ging? Es war ja eine Ehe, die aus Liebe geschlossen wurde. Nur eben nicht aus Liebe zum Bräutigam.

»Ich weiß, was ich tue. Du musst dich nicht sorgen«, versprach sie. Fenja sah, wie Sörens Augen feucht wurden. Dass in dem Augenblick jemand an die Tür klopfte, empfand sie als

Erleichterung. Sie hätte nichts mehr zu sagen gewusst. So aber drückte sie noch einmal seine Hand und stand dann auf.

Zu ihrer Überraschung wartete nur Neele vor der Tür. Sie trug ihr dunkelblaues Sonntagskleid und hatte ihre schwarzen Locken ausnahmsweise einmal sorgfältig zusammengebunden und unter einer Haube versteckt. Neele war bleich, und die Schatten unter den blauen Augen verrieten, dass die Freundin ebenfalls eine schlaflose Nacht hinter sich hatte.

Sören drängte sich an ihnen vorbei und murmelte, er wollte draußen warten, damit die Mädchen sich in Ruhe zurechtmachen könnten. Er war kaum um die Ecke der Hütte verschwunden, da nahm Neele Fenja in die Arme.

»Ich kann nicht glauben, dass das hier wirklich passiert.«

Ihre Unterlippe zitterte. Fenja kniff die Augen zusammen.

»Bitte, Neele, hör auf. Ich kann das nicht hören. Nicht jetzt. Ich muss den Tag überstehen, aber ich werde vor Angst beinahe wahnsinnig.«

»Ich weiß.« Neele schluckte sichtbar und wischte sich über die Augen. »Es geht schon. Ich bin bei dir, ja? Wenn du das wirklich tun willst …«

»Für Sina. Ja.«

Einen Moment sahen die Freundinnen einander schweigend an. *Selbst Neele weiß nichts mehr zu sagen*, dachte Fenja. *Das beweist endgültig, dass alles verloren ist.*

»Vielleicht«, erhob die Bäckerstochter nun doch die Stimme, »können wir alle drei weglaufen. Sina, du und ich.«

»Ach, Neele.« Fenja schüttelte den Kopf, aber noch gab die Freundin nicht auf.

»Nein, hör zu. Ich meine ja nicht heute. Nicht sofort. Aber wir werden es doch wohl irgendwie schaffen, aufs Festland zu kommen. Wir können uns Arbeit suchen. Vielleicht im Hafen, wie deine Mutter.«

»Ja. Vielleicht.« Fenja brachte es nicht übers Herz, Neele ihre Träumereien zu nehmen, denn sie wusste, dass die

Freundin sie trösten wollte. Aber natürlich war Neeles Vorschlag nichts als Fantasterei. Fenja wüsste nicht einmal, wie sie mit lauteren Mitteln das Geld für drei Überfahrten zusammenbekommen sollten. Und dann? Was für eine Arbeit sollte im Hafen auf drei junge Mädchen warten? Eine Ehe mit Nils war wohl immer noch besser als ein Dasein in einem Hurenhaus, dachte Fenja schaudernd.

»Die anderen kommen«, sagte sie und lauschte. Schritte und aufgeregtes Geplauder verrieten, dass mehrere Frauen sich näherten. Sie erkannte die Stimme von Wilhelmine Bakker, der Krämerin.

»Ich lasse sie herein.«

Neele öffnete die Tür, und im nächsten Augenblick fanden die beiden sich von vier Frauen umringt, die Körbe voller Bänder und Geschmeide dabeihatten. Fenja ließ es sich regungslos gefallen, dass sie mit ihr hantierten wie mit einer Puppe. Ihr war es einerlei. Sollten die Frauen sie doch in das hellblaue Kleid hüllen, ihr die Haare aufstecken, sie mit Blumen und Blüten übersäen. Aufgeregt schnattern, als sei heute ein fröhlicher Tag. Neele versuchte immer wieder, die Frauen zu etwas Ruhe anzuhalten, aber niemand achtete auf die Tochter des Bäckers. Je mehr die Frauen um Fenja herumwirbelten, desto mehr zog sie sich zurück. Die Stimmen um sie herum waren nur noch ein Rauschen. Irgendwann kam Sina in die Hütte, um sich umzuziehen. Obwohl die Frauen auch sie mit großem Getöse begrüßten, nahm Fenja den Lärm kaum wahr. In ihrem Inneren trug die Braut Schwarz.

Erst als Anna, die Frau eines Fischers, in die Hände klatschte, schrak Fenja aus ihrer Starre hoch.

»Zeit für den Aufbruch!«

»Was?«, hauchte Fenja, doch niemand hörte sie. Ihre Augen suchten Neele, die längst jeden Versuch, die Frauen zur Ruhe zu bringen, aufgegeben hatte. Sie stand neben dem Ofen, die Stirn gerunzelt und die Arme vor der Brust verschränkt. Als sie Fenjas Blick auffing, trat sie vor und schob die Frauen beiseite, um zu ihr zu gelangen. Neele nahm sie bei der Hand, und Fenja umklammerte die Finger der Freundin mit aller Kraft.

»Zur Kirche!«, rief Wilhelmine und raffte ihren Rock. »Los, kommt. Fenja, du bist wunderschön. Nils werden die Augen aus dem Kopf fallen.«

Sie stieß die Tür auf, und die Frauen traten ins Freie, ihre mitgebrachten Körbe ließen sie zurück. Sören stand mit Sina vor der Hütte. Wann hatte ihr Vater sich umgezogen? Er war ungekämmt, und sein Bart hätte gestutzt gehört, aber immerhin trug er seinen Sonntagsstaat.

»Alle mir nach«, rief eine der Frauen, und zögerlich schlossen auch Sina und Sören sich dem Zug an. Die Braut selbst bildete mit ihrer besten Freundin, die ihr nicht von der Seite wich, den Schluss des Zuges.

Ein Trauerzug, dachte Fenja. Sie spürte ihren Herzschlag. Vielleicht würde die Angst ihr einfach die Brust sprengen und sie fiele hier und jetzt tot um, dachte sie, und die Vorstellung erschien ihr verlockend. Dennoch setzte sie einen Fuß vor den anderen. Ein paar Meter weiter vorn sah sie Sina. Obwohl der Tag wolkenverhangen war, leuchteten ihre dunkelblonden Haare, die sie sorgsam geflochten hatte. Sie hatte sich bei Vater untergehakt und wirkte aufgeregt. Sie war ein Kind! Hansen durfte sie nicht bekommen. Ich tue das Richtige, dachte Fenja. Und doch fühlte es sich grausam falsch an. Hoffentlich ging ihr Plan wenigstens auf. Hoffentlich war mit ihrem Jawort Sina dann wirklich in Sicherheit. Dafür gab sie heute alles auf, was ihr wichtig war. Ihr ganzes Leben, ihre ganze Zukunft opferte sie heute am Altar – für ihre Schwester.

*

Der Weg an den Dünen entlang zog sich schier endlos hin,

und trotzdem ging es für Fenja viel zu schnell voran. Sie wollte die Zeit anhalten, einfach hier stehen bleiben. Sich den Sand um die Füße wehen lassen, den Möwen lauschen. Jeder Schritt, den sie tat, brachte sie jedoch näher zur Kirche, wo Nils schon auf sie warten würde. Ihr künftiger Ehemann. Ein Schauer lief über ihren Rücken. Sie blieb kurz stehen, um Luft zu holen. War sie in den letzten Tagen wie betäubt gewesen, so machte sich jetzt Angst in ihr breit. Furchtbare Angst vor dem Leben, das sie nun beginnen sollte.

»Schaffst du es?«, fragte Neele besorgt.

Fenja nickte. Dass sie jemand anderen als Joris heiratete … es kam ihr vor wie ein schlechter Traum. Einer, aus dem sie nie wieder erwachen würde. Würde sie es überhaupt über sich bringen, die Ehe wirklich zu schließen? Was, wenn ihr die Stimme versagte? Wenn das Ja ihr einfach im Hals stecken blieb? Weil es eine Lüge war, eine verdammte Lüge.

Sie erreichten den Friedhof vor der Kirche, und Fenjas Blick wanderte zum Grab ihrer Mutter. Joris hatte nicht einmal ein Grab. Nicht einmal das! Sie spürte, wie ihre Lippen zu zittern begannen. Eine Gänsehaut lief über ihre Unterarme. Tränenblind tastete sie nach dem Holzring. Gleich würde ein anderer davor stecken. Nils würde die Augenbrauen heben. Vielleicht würde er sie nach der Hochzeit sogar schlagen, wenn sie sich weigerte, ihn abzunehmen. Es war ihr egal. Dieser Ring würde bleiben, bis sie selbst eines Tages hier auf dem Friedhof liegen und endlich Ruhe finden würde.

Vor der Kirche stand Nils und wartete auf sie. Als Fenja seine Kleidung sah, erstarrte sie. Das konnte er nicht machen. Was hatte er sich nur dabei gedacht? Sie erkannte die Hose und das Hemd – beides hatte Joris gehört. In diesen Kleidern war er aus Emden heimgekehrt.

Aus dem Schatten der Kirche trat eine Gestalt auf sie zu und fasste Fenja am Arm.

»Mein Mädchen.« Greta schüttelte den Kopf. Sie sah blass

aus, und die roten Flecken in ihrem Gesicht verrieten, dass sie geweint hatte. Ihre Stimme war nur ein fiebriges Flüstern, als sie sich zu Fenjas Ohr beugte.

»Es ist auch jetzt noch nicht zu spät. Sag nein, wenn du das nicht willst. Wir stehen dir bei.«

Fenja drückte Gretas Hand und schenkte der alten Frau ein schmales Lächeln.

»Ich danke dir, Greta. Aber es gibt keine andere Möglichkeit mehr.«

Fenja ließ Gretas Hand los und ging weiter in Richtung Kirche.

In diesem Moment bemerkte Nils sie, strich die blonden Haare aus der Stirn und trat auf sie zu.

»Ich weiß, was du sagen willst. Aber es sind die einzigen guten Sachen, die ich habe.«

Er zuckte entschuldigend mit den Schultern, ehe er Fenja seinen Arm bot.

»Wollen wir?«

Fenja schlug eine Hand vor den Mund. Obwohl sie versuchte, sich zu beherrschen, schluchzte sie unterdrückt auf. Sofort war Neeles Hand auf ihrer Schulter. Fenja spürte, wie ihre Knie nachgeben wollten. In ihren Ohren rauschte es.

»Ich schaffe es nicht.«

Ihr Atem ging keuchend, und sie klammerte sich an der Freundin fest. Nils wollte nach ihr greifen, doch sie schlug seine Hand weg.

»Lass mich los!«

Nils kniff die Lippen zusammen. Seine Stimme war ein drohendes Flüstern, als er sich zu ihr hinabbeugte.

»Du benimmst dich jetzt anständig, ist das klar? Ich will hier kein Theater!«

Fenja öffnete den Mund, um etwas zu erwidern. Da ertönte ein markerschütternder Schrei.

»O mein Gott!«

»Ein Geist! Das muss ein Geist sein – nehmt euch in Acht!«

»Das kann nicht sein! Wie ist das möglich?«

Die Leute drehten sich von der Kirche weg, rannten über den Platz. Stimmengewirr. Rufe und Schreie. Menschen, die sich bekreuzigten.

»Joris! Er ist es wirklich!«

Fenja stand wie erstarrt. Sie war unfähig, sich zu rühren. Was? Hatte sie sich verhört? Joris? Langsam drehte sie den Kopf zu Neele um.

»Was …?« Auch die Bäckerstochter schüttelte ungläubig den Kopf.

Fenja musste träumen. Als sie sah, wie die Leute auf dem Weg vor der Kirche einen Kreis bildeten, ließ sie Neele los. Fenjas Atem ging stoßweise. Mit zitternden Fingern raffte sie den Rock ihres Kleides und setzte sich Schritt für Schritt, unendlich langsam, in Bewegung. Was ging hier vor? Erlaubte sich jemand einen schlechten Scherz? Ihre Gedanken rasten, ohne dass sie auch nur einen davon richtig zu fassen bekam.

»Herr im Himmel, es ist der Meyer-Junge! Was ist nur passiert?«

Sie hatte sich nicht verhört! Die Leute riefen Joris' Namen! Was war dort vorn los? War er tot? Lebte er? Fenja begann zu rennen. Sie schob die Leute, die ihr im Weg standen, zur Seite.

»Lasst mich durch!« Ihre Stimme überschlug sich. »Macht Platz! Bitte!«

Und dann sah sie die zwei Gestalten, die umringt von den Insulanern auf dem sandigen Weg hockten. Auf allen vieren, keuchend, verschmutzt und sichtlich erschöpft. Aber sie lebten! Fenja wollte das Herz stehen bleiben, als sie Joris erkannte. Stolpernd stürzte sie zu ihm und fiel neben ihm auf die Knie. Er hob den Kopf und sah sie beinahe ungläubig an. Seine Wangen waren von Bartstoppeln bedeckt, die blonden Haare hingen ihm lang in die Stirn. Er war bleich, tiefe Ringe lagen unter seinen grünen Augen. Joris war entsetzlich dünn geworden, das Hemd schlackerte um seinen Oberkörper. Fenja rang nach Luft. Sie streckte die Arme aus und schlang sie um seine Schultern. Als sein Duft ihr in die Nase stieg, schloss sie die Augen. Sie roch Schweiß, Schmutz und Kälte. Aber auch ihn. So, wie er immer gewesen war. Der leichte Hauch von Salz, den sie so bitterlich vermisst hatte, lag auf seiner Haut.

»Joris!«

Sie begann zu schluchzen und spürte, wie er sie näher an sich heranzog, obwohl er nicht einmal genug Kraft hatte, aufzustehen. »Du lebst! Mein Gott, du lebst.«

Sie bemerkte die Feuchtigkeit auf ihren Wangen. Waren das ihre Tränen? Weinte Joris? Einerlei. Sie fühlte seinen Herzschlag an ihrer Brust. Noch vor Minuten hatte sie ihn tot geglaubt, und jetzt hielt sie ihn in ihren Armen. Ihr Körper bebte, so sehr zitterte sie.

Das Stimmengewirr um sich herum hatte Fenja ausgeblendet, doch nun hörte sie ihre beste Freundin, die energisch und laut auf die Leute einredete.

*

»Das reicht jetzt. Ihr habt genug gegafft. Die Hochzeit ist abgesagt, das sieht man ja. Geht. Bitte! Geht jetzt!«

Neele breitete die Arme aus, als wollte sie Fenja und Joris vor den neugierigen Blicken abschirmen. Endlich gehorchte die Hochzeitsgesellschaft. Unter aufgeregtem Gemurmel begannen die Leute, sich zurückzuziehen. Neele seufzte erleichtert. Für einen Moment schloss sie die Augen. Sie glaubte, das Blut in ihren Adern rauschen zu hören. Ihr war schwindelig. Was hier gerade passierte, konnte sie nicht fassen. Joris war zurück. Er lebte! Und er war ausgerechnet heute aufgetaucht. Sie warf einen Blick zur Kirche. Der Platz war leer. Selbst Sören, Sina, Greta und der vermaledeite Nils waren nicht mehr zu sehen. Wahrscheinlich waren sie genauso verwirrt wie Neele selbst und wussten nicht, was zu tun war. Und sie? Sollte sie bleiben oder die beiden allein lassen? Und wer war überhaupt der andere? Sie wandte sich den dreien zu.

Der Anblick von Joris und Fenja wollte ihr schier das Herz zerreißen. Wie Ertrinkende klammerten sie sich aneinander. Joris fuhr immer wieder mit den Fingerspitzen über Fenjas Wangen, betastete sie vorsichtig, als könnte er es nicht fassen, dass sie leibhaftig hier war. Dass er sie wiederhatte. Tränen liefen über seine eingefallenen Wangen, und es war ihm, den sie noch nie hatte weinen sehen, egal.

Und Fenja? Sie hatte aufgehört zu zittern und war ganz in Joris' grüne Augen versunken. Obwohl sie von seiner unerwarteten Rückkehr überwältigt sein musste, wirkte sie auf einmal ruhig. Unter seiner Berührung war Friede in ihr eingekehrt. Ein Friede, den sie alle ihr nicht hatten geben können.

Neele lächelte. Sie konnte es noch gar nicht glauben. Fenja war so stark gewesen in den letzten Tagen. Sie hätte Nils geheiratet! In der verzweifelten Hoffnung, ihre Schwester zu retten. Neele war nicht sicher, ob sie selbst das gekonnt hätte. Vermutlich wäre sie eher weggelaufen. Alle dachten immer, Neele sei stark. Aber in Wirklichkeit hatte Fenja viel mehr Mut aufgebracht.

Ein Stöhnen durchbrach ihre Überlegungen. Der Mann, der neben Joris und Fenja auf dem Boden kauerte, versuchte, sich aufzurichten. Neele eilte zu ihm, als sie sah, wie er sich quälte. Irgendetwas bereitete ihm Schmerzen. Oder lag es einfach an der Erschöpfung? Sie kniete sich neben ihn.

»Ich helfe dir auf«, bot sie an. »Ganz vorsichtig. Bist du verletzt?«

Der junge Mann, der in Joris' Alter zu sein schien, schüttelte den Kopf und blickte auf. Glatte braune Haare fielen ihm ins Gesicht, als er Neele aus klaren blauen Augen ansah. Sie senkte den Blick und spürte, wie ihre Wangen rot anliefen.

»Danke, das ist sehr freundlich«, sagte er und griff nach der Hand, die sie ihm darbot. Ihr fiel auf, wie warm und ruhig seine Stimme klang, obwohl ihm die Entkräftung anzuhören war.

Neele ergriff mit ihrer freien Hand seinen Ellbogen, und der Mann stand mühsam auf. Als er ins Wanken geriet, stützte er sich schwer auf sie. Bei der Berührung fuhr Neele ein unbekanntes Kribbeln durch den Magen.

»Verzeihung«, murmelte der Mann und beeilte sich, sein Gewicht zu verlagern. »Mir war kurz schwindelig.« Er rang sich ein Lächeln ab. »Ich bin Ove Jonge. Ich war als Bader bei Commandeur Meyers Reise dabei.«

»Neele Klaas. Ich bin die Tochter des Bäckers.«

Für einen Moment sahen die beiden sich unverwandt an. Es war Neele, die sich schließlich räusperte. Sie sah zu Fenja und Joris hinüber, die sich noch immer festhielten und um sich herum nichts wahrzunehmen schienen.

»Wie seid ihr beide denn hierhergekommen?« Sie schüttelte den Kopf. »Was ist nur passiert?«

Ove seufzte und verzog das Gesicht. Er fasste sich an die Schulter.

»Bist du verletzt?«

»Nein, nur vollkommen erschöpft. Wir haben stundenlang gerudert. Wir waren unterwegs zu Joris' Haus, aber dann konnten wir nicht mehr und sind wohl wie Mehlsäcke in den Sand geplumpst.«

Als Neele ihn verständnislos ansah, huschte ein beinahe schelmisches Grinsen über sein Gesicht, das ihm ein jungenhaftes Aussehen verlieh.

»Es ist eine lange Geschichte.«

Er unterdrückte ein Gähnen. Neele lächelte.

»Komm, ich bringe dich hinter die Kirche. Dort gibt es

Bänke. Du kannst dich etwas ausruhen, und ich besorge dir eine Stärkung«, schlug sie vor.

Ove nickte dankbar, warf aber einen Blick auf Joris und Fenja.

»Wir stören hier nur«, sagte Neele leise. »Ruhen Sie sich einen Augenblick aus, dann holen wir die beiden gleich ab. Derweil können Sie mir berichten, was Joris und Ihnen widerfahren ist.«

Sie verfiel in einen Flüsterton, und bei den nächsten Worten lief ihr ein Schauer über den Rücken.

»Wir haben alle geglaubt, er wäre tot.«

Ove wurde ernst.

»Das war er auch beinahe. Kommen Sie, ich erzähle Ihnen alles.«

Der junge Bader und die Tochter des Inselbäckers machten sich auf den Weg und überließen Fenja und Joris sich selbst.

*

»Dein Herz rast.«

Joris legte seine Stirn an Fenjas. Seine Finger zitterten, als er zum vielleicht hundertsten Mal über ihren Rücken fuhr. Sie war hier, bei ihm. Er hatte es geschafft. Er war zu Hause. Arm wie eine Kirchenmaus und unendlich müde, aber er war bei ihr!

»Ist das ein Wunder?«

Fenja lächelte und sah so aufgewühlt aus, dass er sie am liebsten geküsst hätte, bis sie sich beruhigte, aber er wollte, dass sie alles aussprach, was ihr auf der Seele brannte.

»Du lebst. Ich hätte nicht gedacht, dass ich dich jemals wiedersehe. Ich habe tagelang geglaubt, dass dein Körper irgendwo durch das Nordmeer treibt.«

Sie schluckte. »Du bist es wirklich, oder? Ich wache nicht

gleich auf, und das hier ist nur ein Traum? Du bist kein Geist, oder?«

»Nein, das bin ich nicht.«

Wie zum Beweis legte er nun doch seine Lippen auf ihre. Wie warm ihr Mund sich anfühlte. Fenjas Kuss vertrieb die Kälte aus seinem Körper, die ihn viel zu lange in ihrem eisigen Griff gehalten hatte. Er wusste nicht, was hier vor sich ging. Wo all die Leute hergekommen waren. Warum Fenja so elegant gekleidet war. Warum sie geglaubt hatte, er wäre tot. Aber das alles war jetzt auch nicht wichtig. Es zählte nur, dass er wieder bei ihr war. Dass ihre hellbraunen Haarsträhnen wie Samt durch seine Finger glitten, dass er in ihren Augen versinken und ihre Wärme spüren konnte. Alles andere würde sich finden. Mit einem Seufzer schloss er die Augen und zog Fenja erneut an sich.

»Willkommen daheim.«

Eine tiefe Stimme, die er gut kannte, ließ ihn aufschrecken. Die Begrüßung klang alles andere als herzlich. Joris ließ Fenja los und sah auf.

»Nils.« Joris lächelte. »Wie schön, dich zu sehen, kleiner Bruder.« Er richtete sich auf, um den Jüngeren zu umarmen, doch Nils' düstere Miene ließ ihn innehalten. Fragend sah er ihn an, während er sich mit Fenjas Hilfe aufrappelte. Er spürte, wie sie sich neben ihm versteifte.

»Vorsicht, Joris«, mahnte sie leise. Er verstand nicht. Vorsichtig sollte er sein? Wieso? Doch dann sah er es. Nils hielt ein Messer in der gesunden Hand. Seine Fingerknöchel traten weiß hervor, so fest war sein Griff. Und die Spitze der Waffe war auf Joris gerichtet. Ungläubig wich dieser einen Schritt zurück und zog Fenja mit sich.

»Was soll das?«, fragte er und runzelte die Stirn, als ihm noch etwas auffiel. »Warum trägst du meine Sachen? Was geht hier vor?«

»Du warst gar nicht eingeladen«, sagte Nils und spuckte vor Joris auf den Boden. »Heute ist meine Hochzeit.«

»Deine Hochzeit?«

»Ja. Meine – und Fenjas.« Nils verzog triumphierend den Mund. Joris versuchte zu verstehen, aber er konnte Nils nicht folgen.

»Ich erkläre es dir«, beeilte Fenja sich zu sagen und strich ihm beruhigend über den Arm. »Ich hatte keine Wahl. Ich dachte, du wärst tot. Es ging um Sina. Nils wollte sie schützen.«

»Indem er dich heiratet?« Joris verzog das Gesicht. Ihre Worte durchfuhren ihn wie ein stechender Schmerz. Fenja hatte Nils heiraten wollen?

»Das glaube ich nicht.« Er schüttelte den Kopf, wusste nicht, was er denken sollte. Warum ließ Nils nicht endlich das Messer los?

»Oh doch«, sagte Nils. Er klang spöttisch. »Ich bin der geborene Beschützer. Ich habe selbst dich beschützt. Ohne mich lägst du wirklich tot im Eis.«

»Was soll das heißen?«

Joris spürte einen hämmernden Schmerz hinter den Schläfen. Er hätte gern den Kopf in die Hände gestützt, aber er konnte Fenja nicht loslassen. Nicht, solange Nils mit einem Messer hantierte.

»Leg das weg«, bat er.

»Wenn es nach Hansen gegangen wäre, hätte er dich aufgeschlitzt.«

Nils' Augen blitzten, und Joris lief ein Schauer über den Rücken. Er wechselte einen Blick mit Fenja. Lauf weg, versuchte er ihr zu bedeuten, doch sie schüttelte den Kopf.

»Du hast gemeinsame Sache mit Hansen gemacht?«, fragte Fenja entsetzt. Sie starrte Nils an, als sehe sie ihn zum ersten Mal. Ihre Augen waren vor Angst geweitet, als stände ein

Monster vor ihr. »Was hast du ihm versprochen, damit er Joris verschont?«

»Das war nur eine lästige Nebensächlichkeit.« Nils zuckte mit den Schultern. »Das Wichtige war, dass ich im Gegensatz zu Joris in der nächsten Saison reich geworden wäre. An Bord der *Vrouw Jacoba!*«

»Er wollte dich mitnehmen? Wieso?« Joris schloss für einen Moment die Augen, um sich zu sammeln. Verdammt, was war hier nur los?

Nils antwortete nicht, doch Fenja hob die Stimme.

»Ich weiß es«, stammelte sie und machte einen Schritt zurück. »Du verdammtes Schwein hast Hansen Sina versprochen. Ist es nicht so? Dafür wollte er dich anheuern.«

Joris riss die Augen auf.

»Ist das wahr?« Er starrte den jungen Mann an, der ihm gegenüberstand. Kannte er ihn überhaupt wirklich? War das tatsächlich sein Bruder? Der Vertraute, in dessen Obhut er alles gegeben hatte, was ihm etwas bedeutete?

»Und bei der Gelegenheit wolltest du gleich Fenja zur Ehe drängen? Die du mir sowieso immer schon geneidet hast?« Fassungslos ließ er die Hände sinken. Er hatte es seit Jahren geahnt. Die Blicke, mit denen Nils ihn bedacht hatte, wenn er von Fenja erzählte. Es hatte ihm leidgetan, dass Nils eifersüchtig war, aber nie hätte Joris gedacht, dass er so weit gehen würde.

»Ich hätte dich geheiratet, und du hättest meine Schwester trotzdem ausgeliefert, nicht wahr? Ist es nicht so?« Fenjas Stimme brach.

Nils seufzte.

»Schon. Aber wir wären nach meiner Walfahrt reich gewesen, Fenja. Wir hätten gut leben können. Und Hansen wäre Sinas irgendwann überdrüssig geworden. Dann hätte sie bei uns bleiben können. Joris wäre auch nichts passiert. Hansen hat sein Versprechen, ihn nicht zu töten, gehalten! Aber statt sich fernzuhalten, bis hier alles geregelt ist, muss er natürlich auftauchen. Du hast alles verdorben, Joris. Immer verdirbst du alles. Aber das ist jetzt vorbei. Hörst du? Du hast genug angerichtet.«

Er hob das Messer und machte einen Schritt auf Joris zu. »Ich lasse mir von dir nicht länger mein Leben ruinieren!«

Im nächsten Augenblick fiel Joris zu Boden. Das Gewicht seines Bruders lag auf seinem Brustkorb. Er rang nach Atem, versuchte, sich zu befreien. Doch obwohl er Nils körperlich immer überlegen gewesen war, hatte die lange Reise ihn so viel Kraft gekostet, dass er sich kaum zur Wehr setzen konnte. Er spürte, wie Nils seinen Kopf zur Seite drehte. Sand drang in seine Nase, seinen Mund. Er hustete. Spürte Nils' Messer, das wie ein scharfer Fingernagel an seinem Hals entlangkratzte.

»Hör auf! Hör endlich auf!«, hörte Joris Fenja schreien. Aus dem Augenwinkel sah er, wie sie mit beiden Fäusten auf Nils' Rücken eindrosch. Der ließ kurz von Joris ab, hielt ihn aber mit den Knien weiterhin fest am Boden, und versetzte Fenja mit geballter Faust einen Hieb in die Magengegend. Es war pures Glück, dass das Messer sie nicht erwischte! Keuchend sank sie zu Boden und presste beide Hände an den Bauch.

Die Wut, die daraufhin in Joris hochkochte, verlieh ihm neuen Mut. Er drehte sich zur Seite und schaffte es, Nils von sich herunterzustoßen. Ehe der Jüngere reagieren konnte, hockte Joris auf seinem Oberkörper und entwand ihm die Waffe. Dann stand er auf.

Nils blieb am Boden liegen und spuckte aus. Blut tropfte aus seinen Mundwinkeln. Er lachte.

»Du bist wahnsinnig«, flüsterte Joris.

»Das hier ist nicht vorbei.« Nils hievte sich auf die Knie.

»Oh doch.«

Joris war selbst überrascht, wie entschlossen seine Stimme

klang. Er fühlte sich, als brächen gerade alle Wellen des Meeres über ihm zusammen. Nie hätte er erwartet, sein Zuhause so vorzufinden.

»Es ist vorbei, Nils. Ich habe genug Blut gesehen. Das reicht für ein ganzes Leben. Du stehst jetzt auf, und dann verschwindest du. Sieh zu, dass du Borkum verlässt. Ich will dich das letzte Mal gesehen haben.«

Nils stand auf. Er sah Joris fest ins Gesicht, und zum ersten Mal dachte dieser, dass die blauen Augen seines Bruders kalt waren. Wann war Nils so geworden? War es Joris' Schuld? Wenn er damals nur diesen Unfall verhindert hätte. Würden sie sich dann auch so gegenüberstehen? Ein Kloß bildete sich in Joris' Hals, doch er würde nicht nachgeben. Was Nils geplant hatte, zusammen mit Hansen … dass er zu solchen Grausamkeiten fähig war, entsetzte ihn.

»Fenja?«, wandte Nils sich nun an die junge Frau, die sich inzwischen wieder aufgerappelt, aber immer noch beide Hände auf ihren Bauch gelegt hatte.

»Lass sie.« Joris trat neben sie.

»Was willst du denn noch sagen, Nils?« Fenja schüttelte müde den Kopf.

Für einen Moment schien ein Schatten auf Nils' Gesicht zu liegen, dann versteinerte seine Miene sich.

»Irgendwo in dir drin weißt du selbst, dass alles gut geworden wäre.«

»Niemals, Nils.«

»Doch! Fenja, hör zu …«

»Das reicht jetzt!«, unterbrach sie ihn mit ungewohnter Schärfe. »Geh!«

Nils kniff die Augen zusammen. Er öffnete den Mund, als wollte er noch etwas sagen, doch dann drehte er sich um und ging, betont langsam, in Richtung Strand davon.

Joris ließ das Messer zu Boden fallen, trat zu Fenja und legte ihr einen Arm um die Taille. Fassungslos starrten beide

Nils nach. Er hielt sich gerade, den Kopf hoch erhoben. Wo ging er hin? Würde er Borkum wirklich verlassen?

Nils war beinahe außer Sichtweite, da drehte er sich noch einmal um und legte die Hände trichterförmig an den Mund.

»Das hier ist nicht vorbei!«, rief er ihnen zu. »Ihr kennt Hansen nicht! Er gibt nie auf – und er wird euch kriegen!«

Selbst auf die Entfernung hin konnte Joris sein Lächeln sehen. Diabolisch. Er erinnerte sich daran, wie Nils vor dem Unfall gewesen war. Dachte zurück an den Moment, in dem er das Flensmesser in der Hand hielt und wie von Sinnen damit herumfuchtelte. Nein, es lag nicht an dem Unfall. Diese Raserei musste schon vorher in ihm gesteckt haben. Joris schluckte. Sollte dies die letzte Erinnerung sein, die ihm von seinem Bruder blieb?

14.

In den nächsten Tagen schien es Fenja, als läge ihr ganzes Leben unter einem Nebelschleier. Es war mühevoll, die dichten Schwaden beiseitezuschieben und die Wirklichkeit Stück für Stück ans Tageslicht zu holen. Alles kam ihr so irreal vor. Es war, als sei ihr Kopf nicht imstande, die Ereignisse einzuordnen. Die Angst vor der Ehe mit Nils, die dann doch nicht geschlossen worden war. Joris, wie er auf einmal wieder aufgetaucht war, obwohl sie ihn tot gewähnt hatte. Nils, der noch im Weggehen mit Hansen drohte und nun wie vom Erdboden verschluckt war.

Dass sie ständig angesprochen wurde, machte die Sache nicht einfacher. Allenthalben wollten Insulaner von ihr wissen, was mit Joris geschehen war, wohin Nils verschwunden war und wie es jetzt weitergehen würde. Lauter Fragen, die sie doch selbst nicht beantworten konnte. Fenja war froh, dass im Ort allmählich wieder Ruhe eingekehrt war. Sie wusste nicht, welche Gerüchte kursierten, und es war ihr einerlei.

Sie fühlte sich ständig müde, doch sobald sie sich zur Ruhe legen wollte, drehten sich ihre Gedanken nur noch mehr im Kreis. Auch in dieser Nacht war sie wieder und wieder aufgeschreckt, sodass sie im Morgengrauen beschloss, aufzustehen. Leise, um Sören und Sina nicht aufzuwecken, wusch sie sich das Gesicht und zog ein frisches Hemd und ihren Rock an. Sie flocht ihre Haare zu einem Zopf, ehe sie die Hütte verließ.

Die Sonne schien, hatte aber noch zu wenig Kraft, um sie zu wärmen, sodass Fenja ihr Wolltuch enger um ihre Schultern zog, als sie den Weg zum Haus der Meyers einschlug. Vielleicht waren Greta, Joris und Ove, der bei ihnen Unterschlupf gefunden hatte, bereits wach? Sie wusste, dass auch Greta kaum schlafen konnte, seit Joris zurück war. Der eine Enkel von den Toten auferstanden, der andere einfach verschwunden. Joris hatte es nicht übers Herz gebracht, ihr zu erzählen, dass Nils ein Messer gegen ihn erhoben hatte. Sie hatten behauptet, dass Nils wohl wegen der gescheiterten Ehe so beschämt gewesen war, dass er nur noch rasch seine wichtigsten Sachen gepackt hatte und mit dem nächstbesten Schiff von der Insel verschwunden sein musste.

»Sicher kommt er wieder, wenn die Wogen sich geglättet haben. Er muss meine Rückkehr, die seinen Lebensplan natürlich durcheinandergebracht hat, wohl erst einmal in Ruhe verkraften«, hatte Joris versucht, seine Großmutter zu trösten.

Fenja hatte danebengesessen und den Tee, den Greta eingeschenkt hatte, nicht angerührt. Aus dem Augenwinkel hatte sie die alte Frau gemustert. Fenja war sicher, dass sie Joris' Worten keinen Glauben schenkte, doch sie ließ sich nichts anmerken. Sie hatte genickt, Joris aus müden grauen Augen gemustert und nichts dazu gesagt. Seitdem wurde über Nils geschwiegen, wann immer Greta anwesend war.

Als Fenja das Haus der Meyers erreichte, fand sie Joris draußen vor. Er stand an der Feuerstelle und hatte mehrere Fische zum Räuchern aufgehängt. Nachdenklich stocherte er mit einem Stab in der Glut. Als er Fenja sah, hellte seine Miene sich auf. Er ließ den Stab fallen und ging ihr entgegen.

»Guten Morgen!«, rief er. »Schon auf?«

»Ja.« Fenja ließ sich von ihm in die Arme nehmen. Sie vergrub ihren Kopf an seiner Brust, während er ihr einen Kuss auf den Scheitel gab.

»Das reicht nicht«, lachte sie und legte den Kopf in den Nacken. Joris lächelte und drückte seine Lippen auf die ihren. Sie öffnete leicht den Mund und genoss den wohligen Schauer, der ihr über den Rücken lief, als er sie dichter an sich zog.

Sie konnte ihm gar nicht nahe genug kommen. Erst recht nicht, nachdem sie schon um ihn getrauert hatte!

»Ich liebe dich so sehr«, flüsterte sie. »Ich danke dem Herrgott jeden Tag, dass er dich zurückgeschickt hat. Der Gedanke, dass du tot bist …«

»Pst«, machte Joris und strich ihr eine Strähne aus der Stirn. »Es ist alles gut. Ich bin hier.«

»Ja. Das bist du.« Fenja lachte. »Dem Himmel sei Dank.«

Joris drückte ihre Hand.

»Wollen wir zum Strand? Die Fische kann ich eine Weile allein lassen, und Ove und Greta schlafen noch.«

Fenja nickte. Arm in Arm erklommen sie die Dünen, die das Haus der Meyers vom Strand trennten. Fenja streifte ihre Schuhe ab. Obwohl der Sand zu dieser frühen Stunde noch kühl war, mochte sie das raue Gefühl der feinen Körner unter ihren Füßen.

»Ich habe den Strand vermisst«, erzählte Joris, während sie sich nebeneinander in den Sand setzten und auf das Meer hinaussahen. Es war windstill, und die Wellen plätscherten wie kleine Rinnsale an den Strand.

»Ich habe dich vermisst«, sagte Fenja und rückte dichter an ihn heran. Er griff sie um ihre Taille und zog sie auf seinen Schoß. Sein Gesicht näherte sich dem ihren, bis ihre Münder sich fanden. Fenja legte die Hände an seine Wangen. Seine Lippen wanderten ihren Hals entlang und entlockten ihr ein leises Stöhnen.

»Ich dich auch«, flüsterte Joris, ohne seine Lippen von ihrer Haut zu lösen. »So sehr.«

Er strich mit den Händen über Fenjas Rücken, unendlich langsam, und sie spürte, wie die feinen Haare auf ihren Armen sich vor Verlangen nach ihm aufstellten.

Viel zu schnell unterbrach Joris den Kuss, dafür zog er sie noch dichter an sich.

»Wie war es dort oben?«, fragte Fenja leise.

»Wir hatten tagelang nur Wasser um uns herum. Dunkle Wellen, ein dunkler Himmel, ohne ein Fitzelchen Land zu sehen.« Er lachte freudlos. »Das ist nicht gut fürs Gemüt. Erst als wir den Wal gefangen haben, hat sich die Stimmung gebessert. Leider ist es bei dem einen geblieben. Und den hat uns Hansen abgejagt.«

Er griff nach einem Steinchen, das neben ihm lag, und schleuderte es ins Wasser. Fenja zog die Knie an und legte ihren Kopf an seine Schulter.

»Hauptsache, du lebst«, flüsterte sie, doch Joris verzog das Gesicht.

»Ich habe es eigentlich nicht verdient, hier zu sein, Fenja. Ich habe zu viele Männer verloren, für die ich die Verantwortung trug. Und Georg. Ich hatte seinem Vater versprochen, dass ich ihn nach Hause bringe, und jetzt …«

Er brach ab und senkte den Blick. Fenja drückte seine Hand.

»Es ist doch nicht deine Schuld«, flüsterte sie, obwohl sie wusste, dass er kaum zu trösten war, wenn es um den Jungen ging. »Es war Hansen, der das alles angerichtet hat.«

Joris hatte ihr längst von dem kleinen Kajütwächter erzählt, und sie wusste, dass er so bald wie möglich nach Emden reisen wollte, um dessen Eltern die traurige Kunde zu überbringen. Insgeheim hoffte sie, dass er sie mitnehmen würde, falls es ihnen irgendwie gelang, die Passage für zwei Personen zu bezahlen. Sie hatte ihn zu lange vermissen müssen, als dass sie nun gleich wieder auf ihn verzichten wollte. Stück für Stück hatten sie sich in den letzten Tagen zusammengereimt, was geschehen war.

Dass Hansen einen Handel mit Nils eingegangen war und dieser von Anfang an darauf erpicht gewesen war, Fenja zu erobern, selbst wenn es bedeutete, dass er dafür Sina opfern musste. Das war das Schlimmste. Er hatte einfach vorgegaukelt, dass er Sina beschützen würde, wenn Fenja ihn heiratete – dabei hatte er genau das Gegenteil geplant. Dass Fenja Nils' Antrag angenommen hatte, traf Joris tief, doch er verstand, wie es dazu gekommen war. Sie hatte sich widersetzt, bis sie ihn tot wähnte und es für sie nur noch Sina gab, für die es sich zu kämpfen lohnte.

»Du bist so unglaublich tapfer«, hatte er gemeint und ihre Stirn geküsst.

»Dann bist du mir nicht böse?«

Fenja hatte die Frage einfach stellen müssen.

»Nein. Ich kann verstehen, warum es für dich der einzige Ausweg war. Du kannst nichts dafür – Nils aber schon. Ich kann kaum glauben, dass er zu solchen Taten wirklich imstande ist.«

Joris zog die Schultern hoch, als ob es ihn bei dem Gedanken an seinen Bruder fröstelte.

»Dass jemand so wird«, grübelte er, »kommt doch nicht von einem auf den anderen Tag, oder? Ich hätte es merken müssen.«

»Niemand hat es gemerkt.«

»Aber ich bin sein Bruder. Ich habe ihn täglich um mich gehabt. Doch seit dem Unfall …« Er schluckte schwer. »Die Sache mit seiner Hand hätte niemals geschehen dürfen. Es war an mir, es zu verhindern, und ich habe es nicht getan. Ich bin mitschuldig an dem, was aus Nils geworden ist.«

Joris starrte aufs Wasser hinaus.

»Du warst noch ein Junge, Joris.«

Er zuckte mit den Achseln, und sie wusste, dass sie ihm die Schuldgefühle nicht nehmen konnte. Sie würden ihn bis ans Ende seiner Tage begleiten.

»Ich habe so viel wiedergutzumachen, dass ein Leben kaum reicht.«

Joris wandte sich Fenja zu und gab ihr einen Kuss auf die Nasenspitze. »Bist du sicher, dass du bei mir bleiben willst?

Ich hatte versprochen, reich zurückzukommen, und hier sitze ich nun und habe beinahe weniger als vor der Reise.«

Er lächelte, doch die Unsicherheit in seinen Augen zeigte Fenja, dass er tatsächlich so dachte. Sie legte ihre Hände an seine Wangen und hielt seinen Blick fest.

»Joris! Du wärst beinahe gestorben. Kannst du dir nicht denken, wie egal es mir ist, ob du mit vollen oder leeren Händen zurück bist? Du lebst, nichts anderes zählt. Wir werden auch so ein schönes Leben haben! Und außerdem - wenn du willst, kannst du nächsten Sommer wieder auf Walfahrt gehen. Es hörte sich so an, als ob Commandeur Claus durchaus eine Empfehlung für dich aussprechen würde, nicht wahr?«

Joris runzelte die Stirn.

»Du würdest mich gehen lassen?«

»Natürlich. Wenn es dein Wunsch ist, möchte ich sogar, dass du fährst.«

Fenja war selbst überrascht darüber, wie leicht es ihr fiel, diese Worte zu sagen. Noch vor einem halben Jahr wäre das undenkbar gewesen. Nun aber, da sie so viel allein geschafft hatte, war sie gewiss, dass sie eine erneute Trennung überstehen würde.

»Du musst dich nur davor hüten, Hansen im Nordmeer noch einmal in die Hände zu fallen«, mahnte sie.

Joris nickte.

»Das schaffe ich schon. Ich würde dafür sorgen, dass er überhaupt nicht weiß, dass ich unterwegs bin. Vielleicht würde ich der Mannschaft meinen echten Namen gar nicht verraten.« Er zuckte mit den Schultern. »Da würde mir schon etwas einfallen. Aber was ist mit Sina und dir? Was, wenn Hansen wieder auf Borkum auftaucht?«

Wie von selbst glitt Fenjas Hand an ihrem Rock entlang, bis sie den Schaft der Klinge spürte, die sie in ihrer Schürzentasche versteckt hielt. Neele hatte ihr das Messer besorgt, und Fenja war entschlossen, es zu tragen.

»Dann werde ich vorbereitet sein.«

Ihr Lächeln war von solch grimmiger Bestimmtheit, dass Joris nicht weiter nachfragte.

»Ich gehe nur, wenn du dann meine Frau bist«, flüsterte er, strich Fenja die Haare aus der Stirn und küsste sie. Erst vorsichtig und behutsam, dann immer hungriger nahmen seine Lippen die ihren ein.

Fenjas Herz schlug schneller, und sie ließ ihre Hände über seinen Rücken gleiten. Er war dünn geworden, und doch spürte sie noch immer seine Muskeln, die sich unter ihren Berührungen anspannten. Sie stöhnte leise, als seine Finger über ihre Brüste glitten und ein warmes Gefühl ihren Unterleib durchflutete. Wieder ließ Joris sie viel zu schnell los.

»Entschuldige.« Er räusperte sich. »Ich will nicht zu weit gehen.«

»Das ist … bedauerlich.«

Fenja lachte, überrascht, dass sie diese Worte tatsächlich laut gesagt hatte. Aber es stimmte. Sie wollte endlich mit ihm zusammen sein. Am liebsten sofort – und dann für immer.

Joris lächelte und drückte einen Kuss auf ihren Handrücken.

»Du hast dich verändert.«

Fenja sah eine Mischung aus Verwunderung und Stolz in seinen grünen Augen.

»Ja«, stimmte sie zu. »Das habe ich.«

»Ich hatte Angst, dich allein zurückzulassen. Aber was finde ich vor? Eine unfassbar starke Frau.« Er lächelte. »Meine Sorgen waren umsonst.«

Fenja zuckte mit den Schultern.

»Ich hatte keine Wahl. Ich musste lernen zu schwimmen, sonst hätten die Dinge, die geschehen sind, mich untergehen lassen.«

»Ich bin stolz auf dich, Fenja. Wahnsinnig stolz.« Er drückte sie an sich und küsste sie.

»Hör nicht auf«, flüsterte sie, als er den Kuss unterbrach. »Lass mich nicht mehr los.«

»Ich lasse dich nicht los. Und wir werden alle Zeit der Welt für uns haben, wenn wir verheiratet sind. Das heißt – wenn du mich noch willst?«

Fenja lächelte und strich ihren Rock glatt.

»Du bist alles, was ich je wollte«, sagte sie. »Aber wenn du ein rauschendes Fest möchtest, können wir auch noch ein Jahr warten. Auch wenn es mir schwerfallen würde.«

»Und mir erst.«

Joris schüttelte den Kopf. Sein Atem ging nach dem leidenschaftlichen Kuss noch immer schnell, als er Fenjas Hand nahm. Seine Finger strichen über den hölzernen Ring, den er ihr vor seiner Reise angesteckt hatte. Er führte Fenjas Hand an seine Lippen und küsste den Reif.

»Wie gesagt: Falls ich wirklich noch einmal auf Walfahrt gehe, steckt erst ein Ring an deinem Finger. Ein richtiger. Und wenn ich dafür den Strand fegen muss. Das Geld verdiene ich schon.«

»Einverstanden.«

Fenja lachte. Sie würde Joris heiraten! Endlich! Wenn er danach wieder in See stach, dann sollte es so sein. Um sich selbst machte Fenja sich keine Sorgen mehr. Sie konnte auf sich aufpassen – und auf Sina. Sie hatte viel gelernt in den vergangenen Monaten. Und sie hatte ihr Messer. Sie wollte es nicht benutzen, aber wenn man ihr keine Wahl ließ, würde sie es tun.

*

»Es ist schön, dich endlich wieder lächeln zu sehen.«

Sören nickte Fenja zu, die neben ihm hinter dem Haus saß. Er nahm einige Fische aus, und sie flickte eines seiner Netze. Vor wenigen Tagen hatte Fenja Sören alles erzählt. Er hatte den Kopf in den Händen vergraben, geschluchzt und sich schlimme Vorwürfe gemacht.

»Wie konnte das passieren? Was bin ich für ein Vater, wenn ich nicht merke, dass meine Mädchen in Gefahr sind?«

Fenja hatte ihn trösten müssen, ihm versichert, dass sie sich auch bemüht hätten, ihn zunächst nicht einzuweihen. Sören hatte daraufhin geschworen, sich vom Gebrannten fernzuhalten. Er wollte jederzeit hellwach sein.

»Von jetzt an sollt ihr euch auf mich verlassen können. Wenn je wieder einer meinen Töchtern etwas antun will, dann gnade ihm Gott«, hatte er gesagt.

Es fiel Sören schwer, die Schenke zu meiden, aber er schaffte es Tag für Tag etwas besser, auch wenn es immer wieder Situationen gab, in denen er beinahe schwach wurde. Manchmal reichte es, wenn er auf dem Weg zum Krämer an Hannahs Grab eine Blume niederlegte. Dann konnte die Trauer ihn so übermannen, dass er über Tage kaum ansprechbar war. Dennoch blieb er standhaft.

»Ich will für euch da sein«, sagte er immer wieder. »Und Joris soll mich nicht für einen Trunkenbold halten. Ich will nicht, dass er sich für seinen zukünftigen Schwiegervater schämen muss.«

Fenja legte das Netz, das sie ausgebessert hatte, beiseite.

»Ich bin stolz auf dich, Vater. Ich kann dir gar nicht sagen, wie glücklich es mich macht, wie sehr du dich auf einmal um uns bemühst.«

Fenja beobachtete, wie Sören abwinkte und den Kopf schnell wieder über die Fische beugte, die vor ihm lagen, damit sie ihn nicht erröten sah. Sie schmunzelte. Über Gefühle zu reden war Sören ein Gräuel.

Sina trat aus der Hütte. Unter dem Arm hielt sie einen leeren Korb.

»Darf ich zu Frauke gehen?«, bat sie. »Wir wollen Sanddorn ernten.«

Fenja biss sich auf die Unterlippe. Noch immer war ihr erster Impuls, nein zu sagen, wenn Sina sich allein auf den Weg machen wollte. Fenja zwang sich jedoch, ihr die Erlaubnis zu geben, und hämmerte sich ein, dass keinerlei Gefahr bestand. Hansen war in Emden, und Nils war verschwunden. Sie glaubte nicht, dass er noch auf der Insel war. Er hätte längst irgendwo gesehen werden müssen, so viele Verstecke gab es hier nicht. Eine Zeit lang hatte sie überlegt, ob er vielleicht ins Ostland gegangen war, doch sie wusste von Neele, dass Bäcker Klaas in der Zwischenzeit schon häufiger dort gewesen war und nichts Ungewöhnliches festgestellt hatte. Wie hätte Nils sich auch versorgen sollen, ohne jemals im Ort aufzutauchen? Nein, Nils war längst nach Emden aufgebrochen, um sich an die Fersen von Hansen zu heften, dachte sie bitter. Die Insel war sicher!

*

»Meine Güte, mehr Kraft hast du nicht?« Erst jetzt fiel Neele auf, dass sie in das vertraute Du gewechselt war. Sie staunte selbst darüber, wie richtig sich das anfühlte, während sie lachte und Ove den Teigklumpen abnahm. Sie warf ihn auf die Arbeitsplatte, mehlte sich noch einmal die Hände ein und begann, den Teig zu kneten.

»Das gehört richtig gut vermengt«, erklärte sie. »Sonst schmeckt das Brot nicht.«

»Da hat meine Tochter allerdings recht. So viele Kunden habe ich nicht, dass ich mir das leisten könnte.« Jan Klaas sah Ove missmutig an, als hätte der junge Bader ihm beinahe das Geschäft ruiniert. Dann hängte er seine Schürze neben der Tür auf.

»Ich bin kurz beim Krämer. Meine Lieferung müsste angekommen sein. Deine Mutter ist im Haus, Neele.«

»Ich weiß. Bis später, Vater.«

»Ich lasse die Tür auf.«

Er musterte Ove, als wollte er abschätzen, ob es sich bei ihm um einen Sittenstrolch handelte, ehe er mit schlurfenden Schritten aus der Backstube ging.

Ove sah zu, wie Neele mit aller Kraft den Teigling walkte.

»Zählt es als Entschuldigung, dass ich mir beide Arme wundgerudert habe, um nach Borkum zu gelangen?«

»Nein, im Gegenteil. Das hätte deine Muskeln stählen müssen.«

Ove sah prüfend auf seine Arme und seufzte gespielt traurig. »Ich gebe auf. Mein Ding ist wohl doch eher die Heilkunde.« Er lachte, wobei sich kleine Fältchen um seine blauen Augen bildeten.

Neele senkte den Kopf. Sie spürte, dass sie rot wurde, und wollte das keinesfalls zeigen. Neele Klaas, die beim Anblick eines Mannes nervös wurde. Beinahe hätte sie über sich selbst gelacht. In den letzten Tagen war Ove häufiger in der Bäckerei aufgetaucht. Neele vermutete, dass er sich bei den Meyers ein wenig überflüssig vorkam. Er hatte sich bemüht, Greta unter die Arme zu greifen, aber für zwei erwachsene Männer gab es in dem kleinen Häuschen nicht genug zu tun. Joris wiederum verbrachte viel Zeit mit Fenja, und Ove hatte Neele bereits gestanden, dass er dem Freund nicht zur Last fallen wollte. Daher lehnte er dessen Einladungen, ihn und Fenja zu begleiten, so häufig ab, wie es ging, ohne unhöflich zu wirken, und tauchte stattdessen oft bei der Familie des Bäckers auf. Neele sagte sich immer wieder, dass es vermutlich einfach daran lag, dass er außer ihr kaum jemanden auf der Insel kannte.

Sie legte den fertigen Laib Brot auf ein Brett und schob es mit Schwung in den Ofen. Dann wischte sie ihre Hände an einem Tuch sauber und band die Schürze ab.

»Möchtest du etwas trinken?«, fragte sie den jungen Bader. »Mein Hals ist von der Luft hier drin ganz trocken. Wir könnten uns auf die Bank hinter dem Haus setzen, und ich hole zwei Becher Wasser, wenn du möchtest.«

Ove nickte und hielt Neele die Tür auf.

»Geh ruhig vor«, sagte sie zu ihm, und während er um das Haus herumlief, eilte sie in die Stube, um die Getränke zu holen. Ihre Finger zitterten beim Eingießen.

»Alles in Ordnung?« Ihre Mutter Elisabeth, die am Tisch saß und Rüben für das Mittagsmahl putzte, sah sie fragend an.

»Ja, natürlich. Ich trinke mit Ove einen Becher hinter dem Haus.«

»Mach das, Mädchen. Er scheint ein netter Bursche zu sein.«

Neele zuckte betont gleichgültig die Schultern. Sie nahm die gefüllten Becher in die Hände und ging gerade vorsichtigen Schrittes, um nichts zu verschütten, auf die Tür zu, als ein hoher Schrei sie zusammenfahren ließ. Sie fuhr herum und sah, wie ihre Mutter sich den Unterarm hielt. Sämtliche Farbe war aus dem Gesicht der Frau gewichen. Neele stellte achtlos die Becher ab und stürzte zu ihr.

»Was ist passiert?«

»Ach, es ist nichts.« Sie winkte ab. »Ich bin mit dem Unterarm an den Tisch gestoßen.«

»Zeig einmal her.«

Neele griff nach dem Arm der Mutter, aber die fuhr unter der Berührung zusammen und schaffte es nicht, ein schmerzvolles Stöhnen zu unterdrücken.

»Tut es so weh?« Neele runzelte die Stirn. »Das kommt doch nicht von einem Stoß an die Tischplatte! Mutter, was ist los?«

Elisabeth schüttelte nur den Kopf, den Arm fest an sich gedrückt. Neele griff nach dem Ärmel ihres Leinenhemds und schob ihn nach oben. Elisabeth verzog den Mund. Als Neele den blanken Unterarm der Mutter sah, erschrak sie.

»Um Himmels willen! Seit wann hast du das?«

Sie starrte auf die schwarzgeränderte, mit gelber Flüssigkeit gefüllte Beule.

»Ach, ich weiß nicht genau. Ich bin doch vor ein paar Tagen von irgendeinem Vieh gestochen worden. Das hat lange gejuckt wie verrückt.«

Sie versuchte zu lächeln, doch Neele ließ sich nicht so leicht beruhigen.

»Das sieht schlimm aus. Der Stich ist ganz entzündet.«

Ein Klopfen am Türrahmen ließ sie herumfahren. Ove stand dort und sah zwischen Mutter und Tochter hin und her.

»Entschuldigung. Ich will nicht stören, aber es wurde auf einmal laut. Ich dachte …« Er brach ab. »Ist alles in Ordnung?«

Elisabeth nickte, doch Neele eilte auf den Bader zu. Vielleicht konnte er helfen?

»Ove, meine Mutter hat einen schlimm entzündeten Arm. Siehst du dir das einmal an? Bitte! Du bist doch Bader.«

»Natürlich. Wenn ich darf, Frau Klaas?«

Er warf Neeles Mutter einen fragenden Blick zu. Neele sah Elisabeth an, dass sie ablehnen wollte.

»Mutter! Sei vernünftig«, bat sie leise, und endlich nickte die Bäckersfrau.

Ove trat zu ihr und nahm vorsichtig den Arm, den sie ihm hinhielt, in seine Hände. Neele stellte sich hinter ihn und beobachtete, wie seine schlanken Finger um die Wunde herum fuhren.

»Was machst du?«, fragte sie.

»Ich versuche herauszufinden, wie weit die Entzündung sich ausgebreitet hat«, erklärte er leise, ohne den Blick von der Wunde zu nehmen.

»Wenn ich Ihnen wehtue, sagen Sie es mir bitte«, ergänzte er an Neeles Mutter gewandt.

»Nein, nein. Es geht schon.«

Neele konnte sehen, wie die Anspannung ihrer Mutter

nachließ, als sie begann, Vertrauen zu dem Mann zu fassen, der behutsam ihren Arm abtastete. Schließlich ließ Ove ihn los und hob den Blick. Er sah kurz zu Neele, und sie bemerkte den besorgten Zug, der auf einmal um seinen Mund lag.

»Was ist es? Was können wir tun?«, drang sie in ihn.

Ove wandte sich ihrer Mutter zu.

»Die Entzündung ist zum Glück begrenzt. Aber die Eiteransammlung und die Wundränder gefallen mir überhaupt nicht. Wir müssen die Blase öffnen, damit die schlechten Säfte abfließen können.«

»Wirklich?« Neeles Mutter sah mit flackernden Augen zu ihrer Tochter, als könnte die ihr helfen. »Das wird doch furchtbar schmerzen! Gibt es denn keine andere Möglichkeit? Eine Salbe vielleicht?«

»Vor ein paar Tagen hätte man es damit möglicherweise in den Griff bekommen«, erwiderte Ove mit einem fast entschuldigenden Lächeln.

»Nun aber wäre mir das Risiko zu groß. Meine ehrliche Meinung ist, dass wir der Entzündung so rasch wie möglich Einhalt gebieten müssen. Die Säfte breiten sich sonst aus. Ich will Ihnen keine Angst machen, Frau Klaas, aber dann kann es übel ausgehen. Es tut mir leid.«

Neeles Mutter seufzte tief und versuchte vergeblich, das Zittern ihrer Finger zu verbergen, indem sie die Hände unter ihrer Schürze vergrub.

»Also gut. Wenn es sein muss.«

»Das ist tapfer von dir, Mutter.« Neele stellte sich zu ihr und drückte aufmunternd ihre Schulter.

»Kann ich kochendes Wasser, ein paar saubere Tücher und ein scharfes, möglichst reines Messer bekommen?«, raunte Ove Neele zu, die erschrocken die Augen aufriss. Dann nickte sie und bedeutete Ove, ihr zu folgen. Sie ging mit ihm in die Backstube hinüber.

»Wir sind sofort wieder da«, rief Ove der Bäckersfrau im Weggehen aufmunternd zu. »Trinken Sie gern noch etwas.«

»Hier müsste alles sein, was du brauchst«, sagte Neele und nahm einige frische Leinentücher aus einem Schrank. Sie wich Oves Blicken aus, als sie spürte, wie ihr Tränen in die Augen stiegen. Die arme Mutter! Warum hatte sie nicht gesagt, dass sie solche Schmerzen litt? Nie wollte sie jemandem zur Last fallen! Und als Dank dafür hatte sie nun eine Entzündung, die aufgeschnitten werden musste. Neele wurde übel vor Mitgefühl bei dem Gedanken, und ihre Finger bebten, als sie in der Schublade des Schranks nach einem Messer griff. Beinahe ließ sie es fallen, doch Ove fing es auf. Dabei berührten sich ihre Fingerspitzen, und ein Kribbeln fuhr Neele durch den Magen. Sie schloss die Augen.

»Du tust ihr nicht weh, oder? Nicht mehr als nötig, meine ich?«

Sie sah ihn flehentlich an, und Ove neigte den Kopf zur Seite. Hatte sie je einen Mann mit blaueren Augen gesehen? Sie schien regelrecht in ihn hineinschauen zu können.

»Natürlich nicht, Neele. Der Schnitt wird zwar wehtun, aber das ist nur ein kurzer Moment. Du wirst staunen, wie schnell sie Erleichterung findet, wenn der Eiter abfließen kann. Ich verspreche dir, dass es deiner Mutter in ein paar Minuten besser gehen wird als in den ganzen letzten Tagen. Vertrau mir. Bitte.«

»Das tue ich.« Sie lächelte und staunte über sich selbst. »Das tue ich wirklich!«

*

»Wie geht es Neeles Mutter?« Joris stocherte mit einem Stock in der Glut, über der er den Kessel angeheizt hatte, wie Greta es ihm aufgetragen hatte. Die Sonne schien brütend warm, und ausgerechnet heute so nah am Feuer zu stehen ließ ihm den Schweiß über die Stirn rinnen. Seine Großmutter hatte jedoch beschlossen, dies sei das beste Wetter für einen Waschtag, und keine Widerrede gelten lassen.

Ove saß neben ihm auf einem Schemel, den er sich aus der Stube geholt hatte, und sah seine Vorräte durch.

»Besser. Ich habe ihr noch Salbe dagelassen und ihr geraten, die Wunde zu verbinden, bis sie richtig abgeheilt ist. Es wurde aber höchste Zeit, dass der Schnitt gemacht wurde.«

»Hm.«

Die Glut leuchtete rot, und das Wasser im Kessel begann bereits hörbar zu brodeln. Joris legte den Stock beiseite und wischte sich mit der Hand den Schweiß von der Stirn.

»Weißt du eigentlich schon, wie es mit dir weitergehen soll?«

Ove hob die Augenbrauen.

»Nun ja. Ich dachte, ich warte auf die nächste Fleute nach Emden, und dann …« Er zuckte mit den Schultern. Joris schmunzelte.

»Du hast schon mindestens zwei Schiffe verpasst, mein Freund. Versteh mich nicht falsch, ich bin alles andere als böse darüber. Borkum braucht jemanden wie dich. Das hat die Sache mit Elisabeth ja deutlich gezeigt. Aber täuscht mich mein Gefühl, oder zieht es dich gar nicht allzu sehr zurück aufs Festland?«

Ove lachte, als hätte Joris ihn bei einem Streich ertappt.

»Man kennt sich zu gut, wenn man wochenlang zusammen im Eis festsitzt, oder?«

Er verstaute den Tiegel, den er gerade geprüft hatte, in seiner Kiste und richtete sich auf.

»Du hast schon recht. Eigentlich habe ich keine große Sehnsucht nach dem Festland. Seit mein Vater verstorben ist, gibt es nichts mehr, was mich dort bindet. Hier hingegen … wie du schon sagtest, ein Bader würde der Insel wohl gut zu

Gesicht stehen, nicht wahr? Hier gibt es ja auch Leute, die medizinische Hilfe brauchen.«

»Die gibt es.« Joris nickte und konnte sich ein Grinsen nicht verkneifen. »Und nette Bäckerstöchter gibt es auch.«

»Zumindest eine.«

Ove nahm die Kiste und schmunzelte. »Schauen wir mal, was die Zeit bringt.«

»Ist das Wasser bereit?« Greta trat, mit einem Stapel weißer Wäsche beladen, aus der Tür und ließ Joris keine Zeit für eine Erwiderung, als sie ihm die Wäschestücke entgegenstreckte.

»Ja, natürlich.« Er nahm ihr die Laken und Hemden ab und gab sie in den Kessel.

»Gut.«

Greta blieb neben ihm stehen, den Blick in die Ferne gerichtet. Joris spürte, wie Anspannung in ihm aufstieg. Er runzelte die Stirn und legte seiner Großmutter eine Hand auf die Schulter.

»Greta? Ist alles in Ordnung?«

Ove stellte seine Kiste auf dem Boden ab und trat zu den beiden.

»Frau Meyer? Hören Sie mich?«

Ove stand direkt vor Greta, doch Joris bemerkte beunruhigt, dass ihr Blick direkt durch ihn hindurchzugehen schien.

»Ja«, sagte sie mit seltsam heiserer Stimme. »Ich höre. Die Wäsche muss trocknen. Bevor der Sturm kommt.«

»Großmutter, es kommt kein Sturm.« Joris rüttelte sanft an der Schulter der alten Frau. »Es ist herrlichster Sonnenschein. Komm schon, Großmutter, wach auf.«

Im nächsten Moment schlug sie seine Hand weg.

»Hör auf, mich zu schütteln, als wäre ich ein Butterfass. Herrje, Junge, was soll das denn?«

»Wieso glaubst du, dass ein Sturm aufzieht?«

Joris wusste, dass seine Frage vermutlich unbeantwortet

bleiben würde, und tatsächlich schüttelte seine Großmutter lediglich den Kopf.

»Du redest dummes Zeug. Das kommt von der langen Reise, die steckt dir noch in den Knochen. Lass die Wäsche erst mal im Kessel, ich sehe später nach den Sachen. Jetzt muss ich mich um die Ziege kümmern.«

Sie wandte sich ab und verschwand hinter der Hütte. Die jungen Männer sahen ihr verunsichert nach.

»Ist sie häufiger so?«, wollte Ove wissen.

Joris sah nachdenklich in die Richtung, in der sie verschwunden war. Er hasste es, wenn Großmutter so war. Sie schien dann jeden Bezug zur Wirklichkeit zu verlieren. Was, wenn das einmal geschah, während sie allein war? Wenn irgendetwas ihr dann vorgaukelte, es wäre eine gute Idee, in die Wellen zu gehen? Sie könnte umkommen, wenn ihr ein solcher Zustand widerfuhr, ohne dass jemand auf sie aufpasste.

»Es kommt vor. Die Leute hier munkeln, dass sie das zweite Gesicht haben könnte.«

»Ich glaube nicht an so etwas«, erwiderte der junge Bader. »Ist sie ansonsten gesund? Fehlt ihr etwas?«

»Ich denke, nein.« Joris seufzte. »Ich weiß es nicht. Du erlebst ja inzwischen selbst mit, wie sie ist. Ihr könnte der Fuß abfaulen, und sie würde sich nicht beschweren. Ich werde sie im Auge behalten.«

Er räusperte sich. Das sollte nicht die Sorge seines Freundes sein. Er hatte Ove schon genug seiner Lasten aufgebürdet. Joris zwang sich, unbeschwert zu klingen, als wäre das Thema erledigt.

»Was hast du heute noch vor?«

»Ich hatte versprochen, noch einmal nach Frau Klaas zu sehen. Vielleicht kann ich danach in der Backstube helfen. Obwohl Jan und Neele mich immer auslachen, weil ich angeblich nicht in der Lage bin, den Teig vernünftig zu kneten.«

Er schmunzelte, wurde aber gleich wieder ernst. »Wenn du hier Hilfe brauchst, sag es aber. Der Tag ist lang.«

Joris winkte ab. »Nein, das schaffe ich schon.«

»Triffst du dich später noch mit Fenja?«

»Ja, wir wollen an den Strand.« Joris seufzte. »Ich denke, wir bleiben aber in der Nähe. Dann können wir zwischendurch nach Greta sehen.«

Ove klopfte ihm auf die Schulter.

»Sorg dich nicht zu sehr. Das wird schon. Vielleicht hat sie nur nicht genug getrunken. Durst kann einem den Verstand vernebeln.«

Joris nickte, war aber sicher, dass Ove sich irrte. So einfach war es nicht. Wenn Greta solche Momente hatte, geschah etwas. Ob der Sturm, den sie ankündigte, aus Wind bestand oder etwas anderes in der Luft lag, das stand auf einem anderen Blatt. Aber die Großmutter hatte zu oft mit ihren seltsamen Worten recht behalten, als dass Joris sie noch auf die leichte Schulter nehmen würde. Was mochte ihnen bevorstehen?

15.

Fenja hatte gleich bemerkt, dass etwas auf Joris lastete. Er hatte ihr von Gretas Gebaren berichtet, und nun saßen sie einträchtig schweigend zwischen den Dünen. Fenja hatte ihren Kopf in seinen Schoß gebettet. Mit geschlossenen Augen genoss sie die Wärme der Sonne auf ihrer Haut, während Joris' Finger wie eine sanfte Brise durch ihre Haare strichen. Obwohl sie vor Glück beinahe das Gefühl hatte, zu schweben, dachte sie über Greta nach. Ihr erging es nicht anders als Joris; die alte Frau hatte schon zu oft richtiggelegen, als dass man ihre Stimmungen als Spinnerei abtun konnte.

»Ich hoffe, diesmal irrt sie sich«, flüsterte sie dennoch. »Ich bin froh, dass endlich wieder Ruhe eingekehrt ist. Ich möchte keine Stürme mehr.«

»Das geht mir genauso.«

Joris beugte sich vor und küsste Fenjas Nasenspitze. Seine Lippen kitzelten sie, sodass Fenja kicherte, während sie nach seiner Hand griff. Joris strich über ihren Ringfinger.

»Ich will nur noch nach vorn sehen. Dich heiraten! Dir endlich den Ring anstecken, den ich dir versprochen habe.«

Fenja seufzte.

»Ich kann es auch kaum erwarten.«

Sie richtete sich auf. Über die Hochzeit zu sprechen hatte sie an Nils erinnert. Daran, was beinahe aus ihr geworden wäre. Seine Ehefrau! Bei dem Gedanken zog sie unwillkürlich die Schultern hoch, als ob es sie fröstelte.

»Was hast du?«

Joris musterte sie besorgt, und Fenja lächelte. Vor ihm konnte sie nichts verheimlichen.

»Ach, ich habe nur an Nils denken müssen. Ob er wirklich fort ist?«

»Ja, das denke ich schon. Sicher ist er längst in Emden.« Sein Blick verdüsterte sich. »Hängt an Hansens Rockzipfel. Aber lass uns nicht daran denken. Das alles liegt hinter uns. Wir haben so viel Schöneres, mit dem wir uns befassen können. Findest du nicht?«

»Doch«, erwiderte Fenja und schlang ihre Arme um ihn. »Das finde ich auch!«

Ein erwartungsvolles Kribbeln lief über ihre Haut. Sie schloss die Augen und spürte seinen Atem als sanften Hauch auf dem Gesicht, ehe seine Lippen ihren Mund umschlossen. Sie drückte sich näher an ihn. Nach den langen Monaten der Trennung und der Ängste war sie noch immer wie ausgehungert nach jeder seiner Berührungen. Warum konnte es nicht ewig so bleiben? Würde er wirklich wieder fortgehen? Daran wollte sie jetzt nicht denken. Die nächste Walfahrt lag noch in ferner Zukunft. Bald kam der Winter, und noch ehe das letzte Eis, das er bringen würde, geschmolzen war, würden sie Mann und Frau sein.

Obwohl die Dämmerung allmählich einsetzte und es ein wenig kühler wurde, mochten die beiden sich nicht trennen. Joris hielt Fenja fest umschlungen, damit sie nicht fror.

»Ich sollte nach Hause gehen«, sagte Fenja jedoch irgendwann traurig. »Heute bin ich für den Abendbrei zuständig. Sina hat Netze geflickt, und es wäre nicht gerecht, wenn sie sich auch noch um das Essen kümmern müsste.«

Joris nickte verstehend.

»Ich begleite dich«, bot er an und half Fenja auf.

Hand in Hand erklommen sie die Dünen. Ganz oben angekommen, sahen sie noch einmal zurück aufs Meer, das sich allmählich wieder über das Watt legte und die Ebbe ablöste. Die Strahlen der am Horizont versinkenden Abendsonne spiegelten sich auf dem feuchten Schlick und tauchten ihn in ein rotes Licht.

»Die See sieht so friedlich aus«, stellte Fenja leise fest. »Man mag kaum glauben, wie anders das Meer sich geben kann. Dass es Schiffe verschlingt und Leute ertrinken lässt.«

»Es hat zwei Seiten. Wie viele Menschen auch«, entgegnete Joris.

Fenja sah, wie er schluckte, und wusste, dass er an seinen Bruder dachte, für den das auch galt. Trotz all dem, was er getan hatte, sah sie in Nils nicht nur einen Verräter, der seinen eigenen Bruder angegriffen hatte. Ein Teil von ihm war immer noch der Junge, der zu Joris aufsah und dem aufrichtig an Fenjas Wohl gelegen war.

Sie gingen die Düne hinunter und bogen auf den Sandweg ab, der zur Hütte der Akkermanns führte. Ein sanfter Wind ließ den Strandhafer tanzen und wehte Sandkörner an ihre Füße. Es war noch immer warm genug, um barfuß zu laufen, sodass Fenja ihre Schuhe in die Hand genommen hatte. Über ihnen zog mit lautem Kreischen eine Möwe in Richtung Meer, um sich ihr Abendmahl zu suchen.

»Ich liebe diese Abende auf der Insel«, sagte Joris leise. »Du kannst dir nicht vorstellen, wie ich mich nach zu Hause gesehnt habe, als wir vor Spitzbergen lagen. Die Kälte dort zerfrisst dich von innen. Wenn ein Wal auftaucht, denkst du, dass du gegen ein Ungeheuer antrittst, so riesig sind sie. Die Wellen peitschen selbst die großen Walfänger so hin und her, dass es einen schwindelt. Ich weiß nicht, wie oft ich mitten in der Arbeit innegehalten und nur noch gebetet habe, dass alles gut gehen möge. Ich habe mir so oft gewünscht, wieder auf Borkum zu sein.«

Er wandte sich Fenja zu und küsste ihre Schläfe.

»Egal, ob ich noch einmal fahre oder nicht. Das ist unser Zuhause, nicht wahr? Ich möchte nie von hier fortziehen.«

Fenja lächelte erleichtert.

»Ich auch nicht.«

Sie sagte nicht, dass sie Angst davor gehabt hatte, dass er irgendwann in der Stadt wohnen wollen würde, doch bei seinen Worten fiel ihr ein Stein vom Herzen. Sie würden bleiben! Bei ihren Familien und Freunden!

Als die Hütte in Sicht kam, entdeckte Fenja ihren Vater, der auf dem Weg auf und ab lief, die Arme vor der Brust verschränkt. Sie runzelte die Stirn. Er wirkte besorgt!

»Vater? Was ist los?«, rief sie ihm zu und ging schneller.

Sören fuhr herum.

»Fenja, dem Himmel sei Dank!«

Er lief dem jungen Paar entgegen. »Ich habe schon nach euch gesucht. Ich dachte, ihr wärt vielleicht beim Pastor, wegen der Hochzeit.«

Er rang die Hände. Seine Augen lagen tief in den Höhlen, und Fenja bemerkte, dass seine Finger zitterten.

»Du hast uns gesucht? Wieso denn?«

Fenja spürte, wie Angst in ihr hochkroch. Ihr Magen schmerzte.

»Sina ist nicht nach Hause gekommen.«

Fenja schnappte nach Luft und blieb wie versteinert stehen. Joris griff nach ihren Fingern und drückte sie fest. Sina war weg?

»Wo hast du sie zuletzt gesehen?«, wollte Joris wissen.

»Na, hier. Sie hat den ganzen Tag über Netze ausgebessert und wollte sie rasch zu meinem Boot bringen. Das ist aber schon lange her. Ich dachte erst, sie hat vielleicht Frauke oder eines der anderen Mädchen in ihrem Alter getroffen. Dann plaudert sie immer so lange, das wisst ihr doch. Aber jetzt dämmert es schon. Da ist sie sonst immer zurück. Immer!«

Sören seufzte tief und schüttelte den Kopf, als wisse er nicht mehr weiter. »Ich habe schon am Strand nachgesehen. Dort ist sie nicht.«

»Sina ist wirklich immer zurück, wenn es dunkel wird«,

flüsterte Fenja Joris zu. Seit den Vorkommnissen mit Hansen war Sina nie mehr zu später Stunde allein unterwegs gewesen. Auch wenn die jüngere Schwester nicht darüber sprach, bekam Fenja mit, wie oft sie sich nachts hin- und herwälzte oder im Traum um sich schlug. Sina würde nie riskieren, noch einmal in Hansens Hände zu geraten. Sie kam immer zeitig nach Hause.

»Wir müssen sie suchen.« Fenja ließ ihre Schuhe fallen und schlüpfte hinein. »Wollen wir uns aufteilen?«

Sie sah zwischen ihrem Vater und Joris hin und her. Warum sagten sie nichts?

»Fenja, beruhige dich doch erst einmal.« Joris strich über ihren Arm. »Es ist sicher alles in Ordnung. Jeder auf der Insel kennt Frauke. Sie wird Sina überredet haben, noch länger auszubleiben. Mach dir keine Sorgen.«

»Doch«, entgegnete sie, »das tue ich. Wir wissen ja noch nicht einmal, ob sie überhaupt eine Freundin getroffen hat. Joris! Sie bleibt nicht lange weg. Sina ist immer daheim, wenn es dunkel ist.«

Sie starrte ihn eindringlich an. *Versteh doch*, flehte sie innerlich. Vor Sören wollte sie nicht wiederholen, was Sina damals wirklich geschehen war. Ihr Vater wusste zwar Bescheid, aber sie wollte ihn in dem Glauben lassen, dass Sina wirklich jeden Moment wieder auftauchen würde. Wenn Hansen zurück war, durfte ihr Vater ihm auf keinen Fall begegnen. Er würde den Commandeur angreifen – und Hansen würde ihn töten. Endlich sah sie das Begreifen in Joris' grünen Augen. Er nickte ihr beinahe unmerklich zu. Sören starrte in die Dünen, als hoffte er darauf, dass Sinas dunkelblonder Schopf jeden Augenblick zwischen den Sanddornbüschen auftauchen würde. Seine Schultern waren gekrümmt wie bei einem Greis, und Fenja sah den untröstlichen Ausdruck um seine Mundwinkel. Wenn er in dieser Stimmung war, gab es wenig, was ihn vom Trinken abhielt. Joris beugte sich zu Fenjas Ohr.

»Bleib ruhig bei Sören«, raunte er ihr zu und strich tröstend mit den Fingerspitzen über ihre Wange. »Vergiss nicht, Hansen ist nicht hier! Ich bin mir sicher, es geht deiner Schwester gut.«

Sie nickte, aber gegen die Zweifel, die in ihr aufloderten, kamen nicht einmal Joris' Worte an. Sina war immer ein zuverlässiges Mädchen gewesen, aber seit der Sache mit Hansen war sie darüber hinaus noch ein verängstigtes. Nein, Fenja konnte nicht glauben, dass alles in Ordnung war.

»Bitte, Joris. Können wir sie suchen?«

»Natürlich suchen wir sie. Bleibst du bei deinem Vater? Er sieht so aufgewühlt aus, dass ich denke, wir sollten ihn nicht allein lassen.«

»Sollte ich nicht besser mitkommen? Zu zweit sind wir schneller.«

Joris schüttelte den Kopf.

»Bleib hier, bitte. Gib auf deinen Vater acht. Wenn Sina wirklich etwas zugestoßen ist, ist es umso wichtiger, dass du nicht allein über die Insel läufst und sie suchst. Ich könnte es nicht ertragen, wenn dir etwas zustößt. Nicht nach allem, was war.«

Er sah Fenja so flehentlich an, dass sie schließlich wortlos nickte. Joris gab ihr einen kurzen Abschiedskuss.

»Ich finde sie«, versprach er, dann machte er sich auf den Weg

*

Fenja sah ihm nach, bis er hinter der nächsten Weggabelung verschwunden war. Es macht keinen Sinn, wenn nur er nach Sina sucht, dachte sie. Sie verstand, dass er sich sorgte. Und ja, sie hatte Angst. Wenn Hansen zurück war, wenn Sina wirklich etwas geschehen war … was würde der Commandeur mit ihr, Fenja, machen, wenn sie die beiden entdeckte? Mit einem

Schaudern dachte sie an sein Messer. Joris hielt es offensichtlich für unwahrscheinlich, dass Hansen auf der Insel war. Er ging davon aus, dass Sina irgendwo mit ihrer Freundin steckte. So wie damals, als sie mit den anderen jungen Mädchen kichernd in den Dünen gehockt hatte und nichts Schlimmes ahnte. Fenja wusste, dass Joris trotzdem gründlich nach ihrer Schwester suchen würde – allein schon, weil sie ihn darum gebeten hatte. Und doch. Sie sah sich nach ihrem Vater um. Sören saß vor der Hütte auf dem Boden, den Kopf hinter den Händen versteckt. Fenja ging zögernd auf ihn zu.

»Vater? Geht es dir gut?«

Er hob den Kopf und sah seine Älteste aus leeren Augen an. Müde sieht er aus, dachte Fenja, und gealtert.

»Ich kann nicht noch jemanden verlieren«, flüsterte er tonlos, seine Augen flehten Fenja an. Als stände es in ihrer Macht, für Sinas Sicherheit zu sorgen. »Wenn der Kleinen etwas passiert ist …«

Er brachte den Satz nicht zu Ende. In diesem Moment wusste Fenja endgültig, dass sie ihr Wort brechen musste. Joris hatte sie gebeten, nicht nach Sina zu suchen, aber sie musste es tun. Jede Minute, in der ihre Schwester noch nicht gefunden worden war, bedeutete Gefahr. Entschlossen stand sie auf.

»Ich helfe Joris, sie zu finden. Und wir werden sie finden, Vater. Bleibst du hier? Falls sie auftaucht?«

Sören nickte.

»Das hier ist Borkum, Vater«, sagte sie und rang sich ein Lächeln ab. »Hier kennt jeder jeden, und wir meinen es gut miteinander. Hansen ist nicht hier! Sina wird nichts passiert sein.«

»Und wenn sie sich im Watt verirrt hat? Es wird bald dunkel, dann kommt die Flut.«

Fenja schüttelte den Kopf.

»Sina ist ein Inselkind, Vater. Das passiert ihr nicht.«

Sie gab ihrem Vater zum ersten Mal seit langer Zeit einen Kuss auf die Wange, dann stand sie auf.

»Ich bin mir sicher, es geht ihr gut.«

Doch der Stock aus dem Stapel mit Feuerholz, den sie kurz darauf in die Hand nahm, und der Stein, den sie unter ihrem Rock verbarg, ehe sie sich auf den Weg machte, straften ihre Worte Lügen.

*

Joris hatte beschlossen, durch den Ort zur Anlegestelle zu gehen. Auf diesem Weg würde er an Hansens Haus vorbeikommen und könnte prüfen, ob dort etwas Ungewöhnliches vor sich ging. Er glaubte nicht, dass Hansen zurück auf Borkum war. So viel würde ihm Sina, eine kleine Insulanerin, kaum wert sein, dass er dafür auf gute Geschäfte verzichtete, die er in Emden machen konnte. Joris war trotz allem recht sicher, dass Sina mit einer Freundin die Zeit vergessen hatte. Und wäre das nicht sogar ein gutes Zeichen? Ein Beweis dafür, dass sie die furchtbaren Vorkommnisse mit Gerrit Hansen allmählich vergessen konnte? Er hing seinen Gedanken nach, als eine bekannte Stimme ihn rief.

»Joris!«

Er drehte sich um und sah Ove auf sich zuschlendern. Die Richtung, aus der der Bader kam, verriet ihm, dass er vermutlich bei Neele gewesen war.

»Ich dachte, du wolltest zu den Akkermanns.« Fragend sah der Freund ihn an.

»Dort war ich. Sina ist noch nicht zu Hause.«

Ove hob die Augenbrauen, doch Joris beschwichtigte ihn. »Sie ist wohl mit einer Freundin unterwegs. Die beiden werden sich irgendwo verstecken und über Geheimnisse plaudern, denke ich. Aber ich habe Fenja versprochen, sie zu suchen. Immerhin wird es bald dunkel.«

»Soll ich dir helfen? Wir könnten uns aufteilen.«

»Danke, aber ehrlich gesagt wäre es mir lieber, wenn du zu mir nach Hause gingst.«

»Um nach Greta zu sehen?« Ove nickte verstehend. »Das kann ich machen.«

»Ich danke dir. Dann sehen wir uns später.«

»Viel Glück«, rief Ove ihm nach, als Joris seinen Weg fortsetzte.

Er sah auf, als ein paar Möwen kreischend über ihn hinwegflogen. Wind blies ihm entgegen, und ihn fröstelte es. Joris wünschte, er hätte einen Mantel dabei. Wieso hatte er nicht gemerkt, dass das Wetter auf einmal umgeschlagen hatte? Er sah zum Himmel, an dem einige dunkle Wolken aufzogen. Joris hatte schon genug Himmelserscheinungen beobachtet, um zu wissen, dass diese Wolken Regen mit sich führten.

Ein Sturm zieht auf.

Greta hatte es gesagt.

Joris beschleunigte seine Schritte, bis er rannte.

*

Fenja verfluchte sich, weil sie ihr Wolltuch nicht mitgenommen hatte. Der Wind, der von Minute zu Minute stürmischer zu werden schien, zerrte und zog an ihrem Hemd, als sie am Strand entlanglief. Sandkörner wurden aufgewirbelt. Fenja hielt den Kopf gesenkt, damit ihr nichts in die Augen geriet. Der Strand schien menschenleer zu sein, doch auf einmal trat eine Gestalt aus den Dünen. Fenja entfuhr ein Aufschrei.

»Pst!« Greta legte einen Zeigefinger an die Lippen, als sie auf Fenja zutrat. Sie sah aus, als sei sie schon eine Weile herumgeirrt. Ihr Haar hing ihr zerzaust über die Schultern, und sie hatte ein warmes Tuch umgelegt.

»Greta! Was machst du hier draußen? Du musst ins Haus, das Wetter …«

»Ich weiß. Niemand weiß das besser als ich.« Sie stellte sich direkt vor Fenja und hielt den Blick der jungen Frau fest. Fenjas Herz pochte schneller.

»Er ist hier«, flüsterte Greta.

»Wer? Hansen? Oder Nils?«

»Vielleicht beide.« Greta legte ihre Hände auf Fenjas Schultern. Ihr Blick wurde flehentlich. »Halte Nils auf, Fenja.«

»Hast du ihn gesehen?«

Sie nickte. »Er war kurz im Haus, als er dachte, wir wären alle nicht da. Aber ich habe ihn gesehen, Fenja. Er hat ein paar Sachen gepackt. Er sah verändert aus. Lief herum wie jemand, der am liebsten alles zertrümmern würde.« Sie schluckte schwer, und Fenja legte ihre Hände auf Gretas Finger, um die alte Frau zu beruhigen.

»Ich habe mich versteckt, Fenja. Vor meinem eigenen Enkel. Er ist nicht mehr er selbst. Verloren, das ist er. Aber lass nicht zu, dass Nils sich weiter versündigt. Bitte. Geh zur Anlegestelle, dort wird er sein. Sei vorsichtig!«

»Er ist an der Anlegestelle?«

Greta nickte. »Ich weiß nicht, warum, aber ich bin mir sicher.«

Sie trat einen Schritt zurück.

»Geh«, drängte sie. »Du musst dich beeilen.«

Fenja nickte, ohne etwas zu erwidern. Sie rannte weiter. Nur aus dem Augenwinkel sah sie noch, wie Greta den Weg zurück zu ihrem Haus einschlug. Der Wind heulte über Fenja hinweg und ließ sich lediglich vom Schreien der Möwen übertönen. *Ich darf mich nicht verunsichern lassen*, ermahnte sie sich. *Das hat nichts zu bedeuten!* Auf der Insel konnte sich das Wetter immer wieder schnell ändern, selbst an einem Sommertag wie diesem! Das war nichts Ungewöhnliches, schon gar kein schlechtes Zeichen! Hoffentlich hatte Sina inzwischen den Weg nach Hause gefunden. Fenja lehnte sich gegen den

Wind und kämpfte sich Schritt für Schritt weiter den Strand entlang.

Sie musste also zur Anlegestelle. Würde sie dort nur auf Nils treffen, oder war auch Hansen auf der Insel? Wenn Hansen etwas damit zu tun hatte, dass Sina nicht zu Hause war, dann würde er sicher versuchen, das Mädchen schnellstmöglich von der Insel fortzubringen. Fenja konnte sich nicht vorstellen, dass er Zeit damit vergeuden würde, Sina in seinem Haus oder irgendwo im Hinterland festzuhalten. Nein, wenn er sie hatte, dann würde er sie schleunigst aufs Festland schaffen wollen. Das würde zu Gretas Mahnung passen, schnell zur Anlegestelle aufzubrechen.

Mit zusammengebissenen Zähnen lief sie weiter und versuchte, nicht an ihre Beine, die schon schmerzten, zu denken. Nicht an die Kälte, die längst durch ihre dünne Kleidung gekrochen war. Das war einerlei. Wie viel mehr musste Joris im Nordmeer gefroren haben. Joris ... welchen Weg er wohl genommen hatte? Vielleicht hatte er Sina längst entdeckt, und beide waren in Sicherheit, wärmten sich am Ofen im Haus der Meyers auf und begrüßten Greta, wenn sie eintraf, mit warmer Milch. Irgendetwas sagte ihr jedoch, dass das nicht der Fall war, und es war dieses Gefühl der Angst und der Sorge, das sie ihre letzten Kräfte sammeln ließ.

Endlich erkannte sie die Biegung des Strandes, hinter der die Anlegestelle lag. Beinahe hätte sie sich vor Erleichterung auf die Knie fallen lassen, aber noch lag ein Stück Weg vor ihr. Sie war noch nicht am Ziel. *Weiter, ich muss weiter*, dachte sie und stemmte sich erneut gegen den Wind. Er hatte gedreht und bedrängte sie nun von der Seite, als wollte er sie vom Weg abbringen. Fenja keuchte. Ein paar Schritte nur noch!

*

Die Insel war ihm fremd geworden. Er gehörte nicht mehr hierher. Nachdem er nach Joris' Rückkehr eine Nacht durch das Hinterland gestreift war, war er im Morgengrauen mit dem Schiff, das den Krämer beliefert hatte, nach Emden geflohen. Versteckt zwischen Kisten und Säcken, weil er kein Geld bei sich gehabt hatte. Wie ein Verbrecher. Und war er das nicht auch? Nachts, wenn die Geräusche auf dem Schiff verstummt waren und nur noch er und die Dunkelheit da waren, hatte es immer wieder Stunden gegeben, in denen er mit sich gehadert hatte. Alles hatte mit einer verlorenen Hand begonnen. Aber rechtfertigte das wirklich, was er danach getan hatte?

Doch am Hafen in Emden angekommen, hatte ihn die Geschäftigkeit der Stadt in ihren Bann gezogen, und zum Grübeln war keine Zeit mehr geblieben. Hansen hatte seine Versprechen wahr gemacht. Er hatte seine Unterschrift unter die Heuer für das nächste Jahr gesetzt. Nils würde gut verdienen. Genau, wie der Commandeur es versprochen hatte. Doch noch hatte Hansen Nils den Vertrag nicht ausgehändigt. Vielmehr hatte er ihm klargemacht, dass die Tinte auf dem Pergament nichts wert war, wenn nicht auch Nils seinen Teil ihres Abkommens erfüllte.

»Ich mache es dir aber leicht«, hatte er gesagt. »Wir reisen zusammen nach Borkum. Ich kann ein unauffälliges Schiff besorgen. Sie werden denken, dass einfach ein bessergestellter Fischer unterwegs ist. Wir schnappen die Kleine und sind wieder weg, ehe sie sichs versehen.«

Nils hatte trotzdem Bedenken gehabt. Was, wenn er auf Joris oder Fenja traf? Was, wenn es ihm nicht gelingen würde, Sina allein abzupassen? Aber dann war alles viel einfacher gewesen als erwartet. Weil sie ihn vergessen hatten, weil niemand mehr mit ihm gerechnet hatte. Sina war ihm direkt in die Arme gelaufen, vermutlich auf dem Weg zu einer ihrer albernen Freundinnen. Als sie ihn mit Entsetzen in den Augen angestarrt, sich mit Händen und Füßen gegen ihn gewehrt hatte, war er noch einmal unsicher geworden. Er wusste, was Hansen mit ihr machen würde. Wollte er das wirklich auf sich nehmen? War er bereit, eine solche Schuld zu tragen? Doch dann hatte er an die Heuer gedacht. Daran, dass ein neues Leben auf ihn wartete. Eines, in dem es ihm gut gehen würde und er dennoch für seine Taten Sühne tun konnte. Also hatte er zugeschlagen.

*

Als Fenja endlich um die Ecke bog und freie Sicht auf die Anlegestelle hatte, erstarrte sie. Ein Schiff! Da vorn lag ein Schiff vor Anker. Es war kein Handelsschiff, sondern deutlich kleiner. Die Segel blähten sich im Wind. Fenja wusste, dass die Borkumer diese Stelle nicht nutzten, sondern dass der Platz Reisenden vom Festland vorbehalten war. Was also ging hier vor sich?

Sie traute sich ein Stück weiter vor. Ihre Finger schlossen sich fester um den Stock. Sie war froh, dass vor ihr ein paar niedrige Büsche standen, hinter denen sie Schutz finden konnte. Sie ging in die Hocke und kniff die Augen zusammen, um in der Dämmerung besser sehen zu können. Das Schiff schien verlassen dazuliegen. Aber es musste doch jemandem gehören! Ein Geräusch unterbrach ihre Überlegungen. Schritte, unterdrücktes Gemurmel. Fenja riss die Augen auf. Ihr Herzschlag beschleunigte sich. Noch einmal umklammerte sie ihre Waffe fester. Ihre Handflächen wurden feucht. Sie durfte den Stock nicht fallen lassen! Und dann erkannte sie die beiden Gestalten, die auf dem Weg hinter den Dünen liefen und sich dem Schiff näherten.

Das war Nils! Genau, wie Greta es gesagt hatte – und er zerrte Sina neben sich her. Das Mädchen wand sich unter seinem Griff, doch er hielt sie eisern fest. Irgendetwas steckte in ihrem Mund. War das ein Tuch? Hatte der Mistkerl sie etwa geknebelt? Fenja war versucht, loszurennen und sich einfach auf ihn zu stürzen. Wie hatte sie sich nur so in ihm täuschen können?

Fenja schlug die Hand vor den Mund, um einen Aufschrei zu unterdrücken, als eine dritte Gestalt auftauchte. Hansen! Das war Hansen, der sich von der anderen Seite her näherte! Er stand kerzengerade da, als ob der aufziehende Sturm ihm nichts anhaben könnte. Also wollte er Sina wirklich wegschaffen! Bei diesem Wetter? Natürlich, er würde es wagen. Er war Gerrit Hansen. Er erlaubte sich alles.

Fenja war beinahe froh über die Wut, die sie durchfuhr. Sie würde ihr den Mut verleihen, den sie nun brauchte. Sie war ganz allein. Es war an ihr, Sina zu retten. Und sie würde es tun. Fenja zwang sich, aufzustehen. Sie achtete darauf, dennoch im Schutz der Büsche zu bleiben. Nils und Hansen durften sie nicht sehen. Noch nicht!

Nils hatte den Commandeur erreicht. Sina hing schlaff an seinem Arm. Noch immer versuchte sie, sich zu befreien, doch selbst auf die Entfernung sah Fenja, dass die Kräfte ihre Schwester verlassen hatten. Hansen kam auf sie zu. Er streckte den Arm aus und streichelte Sina über die Wange. Fenja schluckte die Tränen hinunter, die ihr in die Augen schossen. Für den Bruchteil einer Sekunde stellte sie sich vor, wie Sina sich fühlen musste. So allein, so verängstigt. Doch sie erlaubte sich nicht, den Gedanken zu Ende zu führen. Sie musste sich konzentrieren. Sie gegen zwei Männer. Wenn sie diesen Kampf nicht sofort verloren geben wollte, musste sie ihre Sinne beisammenhalten. Sie sah zu, wie Nils Sina losließ und einen Schritt zurücktrat. Fenja fiel auf, dass seine Schultern herunterhingen. Hatte er etwa ein schlechtes Gewissen? Dafür war es längst zu spät! Hansen griff nach Sina, zog sie an sich und näherte sich ihrem Gesicht. Fenja musste zusehen, wie er ihrer Schwester einen Kuss aufzwang. Seine Hände glitten über ihren schmalen Rücken. Das reichte!

Fenja atmete tief durch, hob ihren Stock und rannte los.

»Sina!«

»Was zur Hölle …?« Hansen hob den Kopf, ohne Sina loszulassen, während Nils erschrocken herumfuhr.

»Fenja?«

Fassungslosigkeit stand in seinen Augen. Er streckte beide Arme aus, als wollte er sie auf Abstand halten. Oder aufhalten?

»Geh mir aus dem Weg, Nils Meyer!«

Sie erkannte ihre eigene Stimme, die vor Wut bebte, kaum wieder.

»Ach, sieh an«, mischte Hansen sich in das Gespräch ein. Er hatte sich offensichtlich wieder gefangen. Dieses spöttische Lächeln! Wie sehr Fenja es hasste!

»Die tapfere große Schwester eilt herbei. Wie immer! Ich hätte es wissen müssen.«

Er grinste Fenja an, während er Sina noch dichter an sich zog. Fenja erlaubte sich nicht, Blickkontakt mit ihrer Schwester aufzunehmen. Nils stand ein Stück seitlich von ihr. Er machte keine Anstalten, einzugreifen, aber sie musste aufpassen. Beide Männer im Blick behalten. Sie durfte sich keine Schwäche erlauben, auch wenn ihr Herzschlag ihr beinahe die Brust sprengte.

»Möchtest du dich uns anschließen?«, fragte Hansen nun, und seine Stimme triefte vor gespielter Freundlichkeit. Er verhöhnte sie!

»Dir fehlt vermutlich etwas, jetzt, wo dein Verlobter so tragisch verendet ist. Mein Beileid übrigens. Ich würde dir gern sagen, wie tapfer er gestorben ist, aber das wäre gelogen. Lag einfach im Eis, mein Messer in der Seite. Hat sich hin und her gewunden, stöhnend und blutig wie ein Schwein bei der Schlachtung. Wenn ich Nils nicht versprochen hätte, ihn leben zu lassen, hätte ich ihn von seinem Elend erlöst, aber so …«

Er schüttelte den Kopf, als habe er Mitleid mit ihr. Fenja starrte ihn an, ohne etwas zu erwidern. Hatte Nils ihm nicht erzählt, dass Joris wieder da war? Dann konnte Hansen gerade erst zurückgekommen sein! Vermutlich wollte er Sina so schnell wie möglich fortschaffen.

»Was ist jetzt?«, fragte Hansen, und auf einmal lag Ungeduld in seiner Stimme. »Willst du mit oder nicht? Mein Freund Nils würde sich gewiss freuen, aber du musst dich schon entscheiden. Ich habe nicht ewig Zeit. Dieses kleine Täubchen hier wird ja auch nicht jünger.«

Er lachte und strich Sina über die Wange. Fenja konnte es nicht länger aushalten, dem Blick ihrer Schwester auszuweichen. Kreidebleich hing sie in Hansens Arm. Seine Finger hatten schon Male an ihrem Hals hinterlassen. Und ihre Augen! Fenja lief ein Schauer über den Rücken. Ihre Augen sahen aus wie tot. Es reichte. Sie hatte genug von ihm, endgültig genug!

Fenja hob den Stock und lief auf Hansen zu. Endlich ließ er Sina los und schubste sie in Nils' Richtung. Fenja musste jetzt schnell sein! Sie holte tief Luft, schwang ihren Stock und schaffte es, Hansen einen Schlag auf die Brust zu versetzen. Für einen Moment hielt er inne und keuchte. Sein Mund verzerrte sich. Dann schlug er zurück. Seine Faust traf Fenja am Ohr. Sie taumelte. Schwärze zog vor ihren Augen auf. *Nein*, dachte sie verzweifelt, *ich darf nicht das Bewusstsein verlieren.*

Während sie noch gegen den betäubenden Schmerz in ihrem Kopf ankämpfte, spürte sie wie durch einen Nebel, dass Hansen ihr den Stock aus der Hand wand. Ihre Knie gaben nach, als er ihr einen weiteren Schlag versetzte, diesmal in den Magen. Sie krümmte sich vor Schmerzen. Es war, als würden ihre Eingeweide in Flammen aufgehen. Sie hätte es ahnen müssen. Er war zu stark, er war wie ein Baum. Aus dem Augenwinkel sah sie, wie Hansen Nils zu sich winkte. Der hatte

Sina wieder fest umklammert. Fenja hörte die Stimme ihrer Schwester.

»Ich hasse dich, Nils Meyer. Ich hasse dich! Ich dachte, du wärst unser Freund!«

Ohne auf sie einzugehen, übergab Nils das sich verzweifelt wehrende Mädchen an Hansen.

»Komm schon«, forderte dieser. »Pack dein kleines Biest und schaff sie an Bord. Feuer hat die Kleine ja, aber mein Fall wäre sie nicht. Zu widerspenstig! Obwohl – so eine zu zähmen ist bestimmt auch reizvoll.« Er lachte und klopfte Nils auf die Schulter. »Keine Sorge, die überlasse ich dir. Aber jetzt los.«

Hansen zerrte Sina in Richtung Boot. Nils machte einen zögerlichen Schritt auf Fenja zu.

»Wag es nicht«, zischte sie am ganzen Körper bebend. Vor Wut, vor Schmerz? Sie wusste es selbst nicht. »Wag es ja nicht, mich anzurühren!«

Nils zögerte, und für einen Moment trafen sich ihre Blicke. Sollte sie versuchen, an ihn zu appellieren? Konnte sie den Jungen, der ihr Freund gewesen war, noch erreichen? Doch als er sich ihr näherte, wusste sie, dass es dafür zu spät war. Mit ruhigen Schritten lief er auf sie zu, ein wölfisches Grinsen im Gesicht. Er sah aus wie Hansen.

»Nils!«

Fenja fuhr herum, aber im gleichen Augenblick fühlte sie, wie Nils' Arm sich um ihren Oberkörper schlang. Sie trat um sich, doch er starrte unbeeindruckt in die Richtung, aus der er gerufen worden war.

Joris kam über die Dünen. Er ging langsam auf die Gruppe zu und versuchte anscheinend, die Situation zu erfassen. Er warf Fenja einen Blick zu. Sie nickte, um ihm zu bedeuten, dass es ihr gut ging. Seine grünen Augen waren dunkel vor Zorn, als er sich an seinen Bruder wandte.

»Bei Gott, Nils.«

Fassungslos schüttelte Joris den Kopf. Fenja spürte, wie Nils sich hinter ihr versteifte.

»Lass Fenja los!«

»Hansen! Er ist hier!«, schrie sie, um Joris zu warnen.

»Halt deine verdammte Klappe«, zischte Nils, während Joris sich auf sie zubewegte, Schritt für Schritt, die Hände vor sich ausgestreckt und offenbar noch immer hoffend, zu Nils durchdringen zu können.

»Mach, dass du wegkommst«, schrie dieser.

Er packte Fenja und zerrte sie zum Boot. Hansen löste bereits die Taue.

»Beeil dich«, rief er Nils zu. »Weg hier! Wer weiß, wen er alles im Schlepptau hat!«

Fenja wehrte sich nach Kräften, doch Nils hielt sie unbarmherzig fest und zog sie an den Haaren aufs Schiff. Es fühlte sich an, als würde er ihr die gesamte Kopfhaut abreißen. Fenja wimmerte. Sie erblickte Sina, die zusammengekauert in einer Ecke saß. Sie hielt den Kopf in den Händen und wiegte sich vor und zurück.

Joris kam unterdessen näher an das Schiff heran. Der Wind hatte noch weiter zugenommen, und die Wellen schubsten das Boot zwischen sich hin und her wie bei einem Spiel. Die Segel blähten sich im Wind, und Fenja hoffte schon, der Stoff würde unter der Spannung reißen. Immer wieder schwappte Wasser über die Reling.

Joris hielt Fenjas Stock in der Hand, den Hansen einfach fallen gelassen hatte, und schwang ihn durch die Luft. Alles an ihm strahlte Entschlossenheit aus. Sie folgte Nils' Blick. Als er den Stock in Joris' Hand sah, ließ er sie los und nestelte an dem Beutel, den er an seiner Hose trug. Fenja war klar, dass er nach einem Messer suchte. Aber er hatte sie losgelassen! Sie musste diesen Moment nutzen.

Beeil dich, ermahnte sie sich, *Nils darf nichts merken.*

Aus dem Augenwinkel sah sie nach Hansen. Er kniete ne

ben Sina. Strich über das Haar ihrer Schwester, die wie leblos neben ihm hockte. Fenjas Finger fuhren in ihren Rockbund und tasteten nach dem Stein. Da war er. Glatt lag er in ihrer Hand, als sie ihn herauszog. Joris hatte derweil das Boot erreicht und sprang mit einem Satz an Bord. Er stolperte auf dem nassen Holz und fiel auf die Knie. Fenja sah etwas aufblitzen und wusste, dass Nils sein Messer gezückt hatte. Für eine Sekunde sah sie ihm ins Gesicht. Er würde nicht zögern. Da war kein Zweifel in seinen Augen. Er hob die Waffe und ging auf Joris zu. Ihr blieb keine Wahl.

»Nils!«, lenkte sie seine Aufmerksamkeit auf sich, den Stein hoch erhoben. Er wog schwer in ihren Händen, unendlich schwer. Nils fuhr herum und starrte sie an, das Messer fest in der Hand. Einen Moment lang standen sie beide still da, jeder mit einer erhobenen Waffe. Sie waren einmal Freunde gewesen. Fenja sah in seinen Augen, dass Nils dasselbe dachte wie sie. Sie konnte es nicht tun. Sie war keine Mörderin. Fenja ließ den Stein sinken, und sie war sicher, dass auch Nils dabei war, das Messer zu senken. Da jedoch erfasste eine hohe Welle das Boot. Nils verlor das Gleichgewicht. Er hatte zu dicht an der Reling gestanden, viel zu dicht. Das Boot senkte sich zur Seite. Er geriet ins Taumeln.

»Nils!«

Fenja streckte die Hand aus, doch ihr Griff ging ins Leere. Nils fiel hinterrücks in die Wellen. Fenja schrie auf. Hektisch machte sie zwei Schritte nach vorn und sah über die Reling, doch sie konnte Nils in den dunklen Wellen nicht mehr entdecken. Wie konnten sie so hoch peitschen? So dicht am Ufer!

Noch ehe sie verstand, was geschehen war, hörte sie Sina schreien und blickte auf. Hansen hatte sie hochgezerrt. Er stand mit dem Mädchen mitten auf dem Schiff und drückte ein Messer an ihren Hals. Sina wimmerte. Ihnen gegenüber stand Joris, den Stock in der Hand.

»Von den Toten auferstanden«, spöttelte Hansen. »Hätte nicht gedacht, dass du es noch zurückschaffst.«

Joris ging nicht darauf ein.

»Lass das Mädchen los.«

Hansen seufzte gereizt. »Glaubst du wirklich, du kannst mir etwas befehlen?« Er sah Joris an, als würde er mit einem Kind sprechen, das ihm lästig fiel.

»Ich habe schon beim letzten Mal gewonnen. Ich habe ein Messer, du einen jämmerlichen Ast. Wenn dir dein Leben lieb ist, dann lauf. Ich sage es nicht noch einmal.«

Langsam, unendlich langsam, ging Fenja von hinten auf ihn zu. Auf einmal war sie dankbar für den Wind, der wütend über sie hinwegheulte. Er dämpfte jedes Geräusch, das sie machte. Ihre schweißnassen Finger umklammerten den Stein, den sie wieder aufgehoben hatte. Hansen schien sie vergessen zu haben! Er dachte in diesem Moment nur an Sina und Joris. Womöglich glaubte er, sie sei mit Nils über Bord gegangen. Sie musste eingreifen. Aber wie? Sein Messer war so dicht an Sinas Kehle. Wenn er im letzten Moment zustieß … hinter Hansens Rücken suchte sie Joris' Blick. Er starrte auf das Meer hinaus, und sie glaubte, in seinen Augen eine Warnung zu entdecken. Sie schüttelte den Kopf. Was immer Joris meinte, sie würde nicht mehr warten. Sie hob den Stein, holte Schwung. Hansen drehte sich um und starrte sie an. Er zog den Kopf weg, doch Fenja erwischte ihn am Kinn. Ein scheußliches Knacken war zu hören, als der Stein auf seinen Knochen traf. Hansen schrie auf. Er ließ Sina los.

Und dann kam die Welle. Das Boot wurde auf die eine Seite geschleudert, und direkt danach schwankte es wieder auf die andere. Die Bohlen unter Fenjas Füßen knarzten laut, als wollten sie gegen den Sturm ankämpfen. Gegen den Untergang, der sich ankündigte. Eine zweite Welle, noch höher als die erste. Fenja schrie, als das Boot kippte.

»Fenja!«

Wie durch einen Nebel hörte sie Joris' Stimme, doch dann war da nur noch Kälte. Das Wasser türmte sich über ihr auf. Die Nässe fraß sich in rasender Geschwindigkeit durch ihre dünnen Kleider. Der Stoff wurde schwer, zog sie nach unten. Wo war oben? Wo war unten? Sie bekam Wasser in den Mund, musste husten. Holte kurz Luft. Noch eine Welle. Wieder ging sie unter. Sie spürte, wie sie vom Boot weggezogen wurde. Sie musste sich gegen den Sog stemmen, sonst würde sie aufs Meer hinaustreiben. Fenja ruderte mit den Armen.

Endlich durchbrach sie die Wasseroberfläche. Keuchend schnappte sie nach Luft. Ihre Lunge schien zu brennen, als sie sich umsah. Da vorn war der Strand. In die Richtung musste sie. Fenja war keine gute Schwimmerin, aber ein paar Züge schaffte sie, bis neben ihr etwas vorbeitrieb. Wie ein dunkelblonder Teppich hatten Sinas Haare sich auf dem Wasser ausgebreitet.

Fenja griff nach ihrer Schwester und bekam den Arm der Jüngeren zu fassen. Sie zog sie mit sich. Weiter, weiter, bis sie endlich Boden unter den Füßen spürte. Sie zog und zerrte Sina an den Strand. Dann richtete sie sich mühsam auf. Übelkeit stieg in ihr hoch, gemischt mit einem unerträglichen Hustenreiz. Fenja beugte sich vor und spuckte Wasser. Auch Sina hustete. Fenja half ihrer Schwester, den Kopf auf die Seite zu legen.

Dann wandte sie sich zum Meer um. Joris! Hansen! Wo waren sie? Sie zitterte. Ob vor Kälte oder vor Angst um Joris, wusste sie nicht. Wo war er? Es durfte nicht sein, dass er zurückgekommen war, nur damit sie ihn nun verlor. Sie watete zurück in die Fluten.

»Joris!«

Ihre Stimme verlor sich im Pfeifen des Windes.

»Joris, wo bist du?«

Sie kniff die Augen zusammen und starrte auf die See hinaus. Nichts. Nur Wellen. Unbarmherzige, alles verzehrende

Wellen und ein paar Holzbretter. Überreste des kleinen Bootes, das von den Wellen zerschmettert worden war. Sie lief weiter ins Wasser, bereit, das ganze Meer umzugraben, wenn es sein musste. Sie musste ihn finden. Er durfte nicht tot sein.

»Joris!«

Ihre Stimme war nur noch ein Schluchzen. Die Kälte des Wassers schmerzte auf ihrer Haut wie Nadelstiche. Als sie dachte, dass ihre Beine sie keinen einzigen Schritt mehr tragen würden, sah sie etwas. Jemanden! Ein Arm in einem hellen Hemd, das an einem Körper klebte. Jemand schwamm auf sie zu. Wer von den Männern war es? Sie stakste in die Richtung. Wenn es Hansen war? Oder Nils? Doch dann erreichte der Schwimmer das flache Gewässer vor dem Strand und rappelte sich mühsam auf.

»Joris!« Fenja rannte auf ihn zu, so schnell es im Wasser ging.

»Mein Gott, Joris!«

Er sah auf, während er die Hände auf die Knie stützte und seine Atmung zu beruhigen versuchte. Als sie ihn endlich erreichte und ihre Arme um ihn schlang, keuchte er.

»Du lebst.«

Ihre Tränen vermischten sich mit dem Meerwasser auf seiner Haut. »Dem Himmel sei Dank!«

Er drückte sie an sich. Da bemerkte sie das Blut an seiner Wange. Doch Joris lächelte.

»Ein letzter Gruß von Hansen«, erklärte er grimmig und fuhr sich mit dem Zeigefinger über die Wunde. Er verzog den Mund. »Das brennt höllisch. Verdammtes Salzwasser.«

»Ove wird sich darum kümmern.«

Fenja nahm ihn am Arm und führte ihn zum Strand. Sina hatte sich inzwischen aufgesetzt und sah mit weit aufgerissenen Augen zwischen ihrer Schwester und Joris hin und her. Sie zitterte am ganzen Leib.

»Wo ist Hansen?«, fragte Sina.

Joris setzte sich neben sie und legte ihr eine Hand auf die Schulter.

»Er ist abgetrieben worden«, sagte er. »Als das Boot kenterte, sind wir nebeneinander ins Wasser gefallen. Er hat sich direkt auf mich gestürzt. Ich wusste noch nicht einmal richtig, wie mir geschah, als ich schon den Schnitt an meiner Wange gespürt habe.«

Fenja schauderte.

»Ich habe versucht, ihn abzuwehren, aber ich konnte nicht richtig sehen, meine Augen waren voller Salz, und überall war Wasser. Irgendwann hat eine Welle uns mitgezogen, dabei muss er mich losgelassen haben. Ich habe es dann irgendwie an die Oberfläche geschafft. Er wurde aufs Meer hinausgezogen. Das ist das Letzte, was ich von ihm gesehen habe.«

Sina nickte, sah aber immer noch verstört aus.

»Es ist alles in Ordnung, Sina. Du bist in Sicherheit«, flüsterte Fenja und strich ihrer Schwester über den Arm. »Diesmal wirklich. Das verspreche ich!«

»Was ist mit Nils?«, fragte die Jüngere.

Joris warf Fenja einen Blick zu. »Ist er …?«

Er brachte es nicht fertig, den Satz zu Ende zu sprechen.

Fenja schlug die Augen nieder. »Ich fürchte, ja. Er ist über Bord gegangen, schon bevor das Schiff kenterte. Es war ein Unfall. Eine Welle hatte das Schiff getroffen, und es hat sich so stark zur Seite geneigt, dass Nils …«

Zögernd dachte sie an den letzten Blick zurück, den sie mit Nils gewechselt hatte.

»Ich glaube, es tat ihm leid. Ich glaube, im Grunde wollte er das alles nicht, Joris. Er ist in einen Strudel geraten, aus dem er nicht mehr herauskam.«

Joris schluckte sichtbar. Fenja wusste, dass er noch immer Schuldgefühle hatte.

»Er ist nie wieder glücklich gewesen seit dem Unfall«, flüsterte er.

Fenja sah ihn an.

»Ich weiß. Wir werden dem Jungen, der er einst gewesen ist, ein ehrendes Andenken bewahren.«

Ihre Stimme zitterte. Sie würde noch oft über Nils und Hansen nachdenken müssen und ahnte, dass viele durchwachte Nächte vor ihr lagen. Nächte, in denen sie um Nils trauern würde, und Nächte, in denen die Angst vor Hansen sie aufschrecken lassen würde. Aber Joris war hier. Und mit ihm würde sie es schaffen. Sie reichte ihm die Hand. Er stand auf und drückte sie an sich. Das Beben seiner Brust verriet, dass er ein Schluchzen unterdrückte.

»Es war zu spät, Joris«, versuchte sie, tröstende Worte zu finden. »Nils hatte den rechten Weg schon lange verlassen.«

Er nickte und wischte sich über das Gesicht.

»Ich weiß. Du hast ja recht.«

Mit einem Seufzen drückte er sie an sich und küsste sie auf den Scheitel.

»Gehen wir heim?«

»Ja, lass uns nach Hause gehen.«

Sie legte Joris den Arm um die Hüften und reichte Sina ihre freie Hand.

Sie hatten überlebt. Sie waren auf dem Heimweg. Zu Greta und Sören. Zu Neele und Ove. Sie hatten eine Zukunft. Eine Zukunft, die nicht mehr von Angst geprägt sein würde. Fenja sah auf und lächelte. Der Sturm ebbte allmählich ab. Die Abendsonne blitzte versöhnlich durch die Wolken und kündigte eine friedliche Nacht an.

Sie hatte es geschafft. Ein wenig fühlte es sich an, als sei sie selbst eine Walfängerin. Sie konnte nachfühlen, wie es sein musste, sich im Eismeer zu behaupten. Immerhin hatte auch Fenja den Wellen und Stürmen getrotzt, denen das Leben sie ausgesetzt hatte, bis sie sicher zu Hause angekommen war. Bei Joris.

Epilog

Borkum, 1654

Der weiße Sand glitzerte in der Septembersonne, als wollte die Insel die Heimkehrer feierlich begrüßen. Der Strandhafer tanzte im Wind, und Möwen zogen über den Segeln des sich nähernden Schiffes ihre Kreise. Erst vor wenigen Tagen hatte die Mannschaft der *Vrouw Magdalena* die mit Waltran gut gefüllten Fässer in Emden abgeliefert, dann hatten die Wege der Männer sich getrennt, und die Borkumer hatten auf das nächste Handelsschiff gewartet, das die Insel ansteuerte.

Joris Meyer, der als Commandeur in die Fußstapfen von Willem Claus getreten war, lehnte sich über die Reling, den Seesack bereits in der Hand, um als einer der Ersten von Bord gehen zu können. Wie am Ende eines jeden Sommers warteten die Insulaner bereits auf die Rückkehr der Walfahrer. Lächelnd schulterte Joris sein Gepäck. In der Tasche trug er neben seinen Habseligkeiten auch ein Geldsäcklein mit der Heuer, die er verdient hatte. Es war genug Geld, um von nun an ein sorgenfreies Leben zu führen. So, wie er es sich immer erhofft hatte. In Emden hatte er gleich nach der Bezahlung für Fenja Pergament und Farbe erstanden. Er konnte es kaum erwarten, ihr sein Geschenk zu überreichen.

Allenthalben schlugen ihm Männer auf die Schulter, bedankten sich für die wohlbehaltene Heimkehr und versicherten, dass sie bei der nächsten Reise wieder dabei sein wollten. Joris verriet nicht, dass es für ihn keine weitere Reise geben würde.

Er würde auf Borkum bleiben und als Lehrer in die Fußstapfen von Pastor Cornelis treten. Das hatte er schon vor seiner Abreise geregelt. Das Meer rief weniger laut nach ihm als die Insel. Er wollte hier sein. Bei seiner Familie, bei Fenja. Auf die neue Aufgabe freute er sich. Die Jungen von der Insel, die auf Walfahrt gehen wollten, würde er so gut es eben ging auf ihre Reisen vorbereiten, damit sie wohlbehalten zurückkamen.

Joris' Blick glitt suchend über die Menge. Wo war Fenja? Er entdeckte sie ganz vorn, neben seinem Freund Ove, der einen Arm um Neele Klaas gelegt hatte und mit dem anderen Joris' Großmutter stützte. Greta schien über etwas zu lachen, das Ove gesagt hatte. Sie lachen zu sehen tat ihm gut. Greta war nach Nils' Tod wie versteinert gewesen, und er hatte sich während seiner Reise ins Eismeer große Sorgen um sie gemacht, doch nun schien die alte Frau wieder ins Leben zurückgefunden zu haben.

Joris suchte Fenjas Blick. Sie winkte, der Ring, den er ihr vor seinem Aufbruch in der Kirche angesteckt hatte, reflektierte die Sonnenstrahlen. Fenja Meyer stand hocherhobenen Hauptes da und lächelte zu ihm hinüber. Unbekümmert sah sie aus. Sie hatte es ganz offensichtlich geschafft, ihre Albträume zu besiegen. Wie sehr sie sich doch seit seiner ersten Reise verändert hatte! Er kehrte zu einer starken Frau heim, die sich zu behaupten gelernt hatte. Auch wenn er ihr die Steine gern aus dem Weg geräumt hätte: Nie war er stolzer darauf gewesen, dass sie die seine war.

Nachwort

Borkum wird oft als »der schönste Sandhaufen der Welt« bezeichnet. Seit Jahren verbringe ich mit meiner Familie gern meinen Urlaub dort. Neben der Natur fasziniert mich auch die durchaus bewegte Vergangenheit der Insel.

Der Walfang, aus heutiger Sicht ein grausames Unterfangen, war in der Vergangenheit für viele Menschen die Möglichkeit, aus ihrer Armut auszubrechen.

Seine Hochzeit als Walfahrernation erlebte Borkum erst später als in diesem Buch, nämlich im 18. Jahrhundert. Bereits ab Mitte des 17. Jahrhunderts beteiligten sich jedoch Insulaner am Walfang. Auf Borkum gibt es noch immer Zeugnisse aus dieser Zeit zu bestaunen, zum Beispiel die Walknochenzäune beim Alten Leuchtturm.

Die Handlung dieses Romans ist frei erfunden. Einige der verwendeten Nachnamen finden sich noch heute häufig auf der Insel, aber alle Charaktere in diesem Roman sind fiktiv und haben keinerlei Bezug zu lebenden oder verstorbenen Personen. Auch bei der Ausgestaltung der Orte habe ich mir viele Freiheiten gelassen.

Skorbut, in diesem Roman noch mit dem alten Namen »Scharbock« bezeichnet, wurde erst später mit Vitaminmangel in Verbindung gebracht. Hier ist Ove seiner Zeit voraus. Ein Schiff mit dem Namen *De gulden Leeuw* segelte meines Wissens nach im Jahr 1643 unter dem Borkumer Jan Pieters de Jonge. Auch ein Walfänger namens *De Vrouw Jacoba* war bekannt, allerdings erst im 18. Jahrhundert.

Eine junge Sattlerin kämpft um ihre Freiheit und für die Liebe

Ralf H. Dorweiler
DIE GABE DER
SATTLERIN
Historischer Roman
DEU
432 Seiten
ISBN 978-3-404-18079-0

1781. Um einer Vernunftehe zu entgehen, flieht die junge Sattlerstochter Charlotte aus ihrem Heimatdorf. Zuflucht findet sie im Hofgestüt Marbach, wo der württembergische Herzog Carl Eugen die edelsten Pferde der Welt züchtet. Damit sie bleiben darf, muss Charlotte einen prunkvollen Sattel für seinen Lieblingshengst fertigen. Doch die Zeit dafür ist knapp bemessen, zumal ein Regimentsarzt, eine Räuberbande und der Sohn des Gestütsleiters für gefährliche Verwicklungen sorgen. Kann Charlotte sich in ihrem neuen Leben behaupten?

Ein farbenfroher Roman um eine junge Frau, einen bekannten Dichter und ein Gestüt, das Pferdefreunde bis heute fasziniert

Lübbe

Eine spannende Reise durch die mittelalterliche Medizin und die Geschichte der Kreuzzüge

Sabine Weiß
DER CHIRURG UND
DIE SPIELFRAU
Historischer Roman
DEU
592 Seiten
ISBN 978-3-404-17937-4

1217. Weil sein Vater ihn ins Kloster geben möchte, flieht der junge Bremer Adlige Thonis und schließt sich einem Kreuzzugsheer an. Doch er kommt nicht weit: Schon auf dem Weg ins Heilige Land erblindet er, wird zum Sterben zurückgelassen. Dass er gesundet, verdankt er allein dem betörenden Gesang einer Spielfrau, der ihn im Leben hält, und der Kunst des Chirurgen Wilhelm. Fasziniert lässt sich Thonis selbst zum Chirurgen ausbilden und spürt die Frau auf, die ihn einst rettete: Elena, eine Sklavin. Beide wollen sie den Menschen helfen – und geraten in einer Zeit der Kreuzzüge und Ketzerverfolgung in tödliche Gefahr ...

Lübbe

Ein sterbender Kaiser, seine mutige Geliebte, eine gefahrvolle Mission

Peter Dempf
DIE GELIEBTE
DES KAISERS
Historischer Roman

448 Seiten
ISBN 978-3-404-17945-9

Rom, im Jahr 1001. Otto III., römisch-deutscher König und Kaiser des Heiligen Römischen Reiches, liegt im Sterben. Es ist Winter, und er und seine Getreuen sind auf der Flucht aus Rom, wo Unruhen ausgebrochen sind. Ottos letzte Bitte an seine Geliebte Mena: Sie soll dafür sorgen, dass sein Herz nach Augsburg gelangt. Mit dem Mut der Verzweiflung schließt sich Mena einem Trupp wagemutiger Kaufleute an, die mit Schlitten dem Winter trotzen und als Erste im Jahr die Alpen zu überqueren versuchen. Sie trägt Ottos ungeborenes Kind unter dem Herzen, den letzten Spross und Erben seiner Linie, und der Kampf um Ottos Nachfolge hat längst begonnen ...

Lübbe